KB245368

다시 그리워지는
함석헌 선생님

함석헌기념사업회 편

한길사

다시 그리워지는
함석헌 선생님

엮은이 **함석헌기념사업회**

지은이 **장기려 외**

펴낸이 **김언호**

펴낸곳 **(주)도서출판 한길사**

등록 · 1976년 12월 24일 제6-15호

주소 · 135-120 서울 강남구 신사동 506 강남출판문화센터

www.hangilsa.co.kr

E-mail:hangilsa@hangilsa.co.kr

전화 · (02)515-4811~5

팩스 · (02)515-4816

제1판 제1쇄 2001년 4월 21일

값 10,000원

ISBN 89-356-5275-X 03800

잘못된 책은 바꿔드립니다.

"증자(曾子)는 선비는 짐은 무겁고 길은 멀다고,
그렇기 때문에 마음이 넓고 거세야 한다고 했습니다. 우리 짐은 전체요 우리 길은 영원한 역사입니다."

오산학교에서

"물 없는 흙 없고 흙을 떠난 물이 없듯이, 역사 없는 인생도 없고, 인생을 내논 역사도 없다."

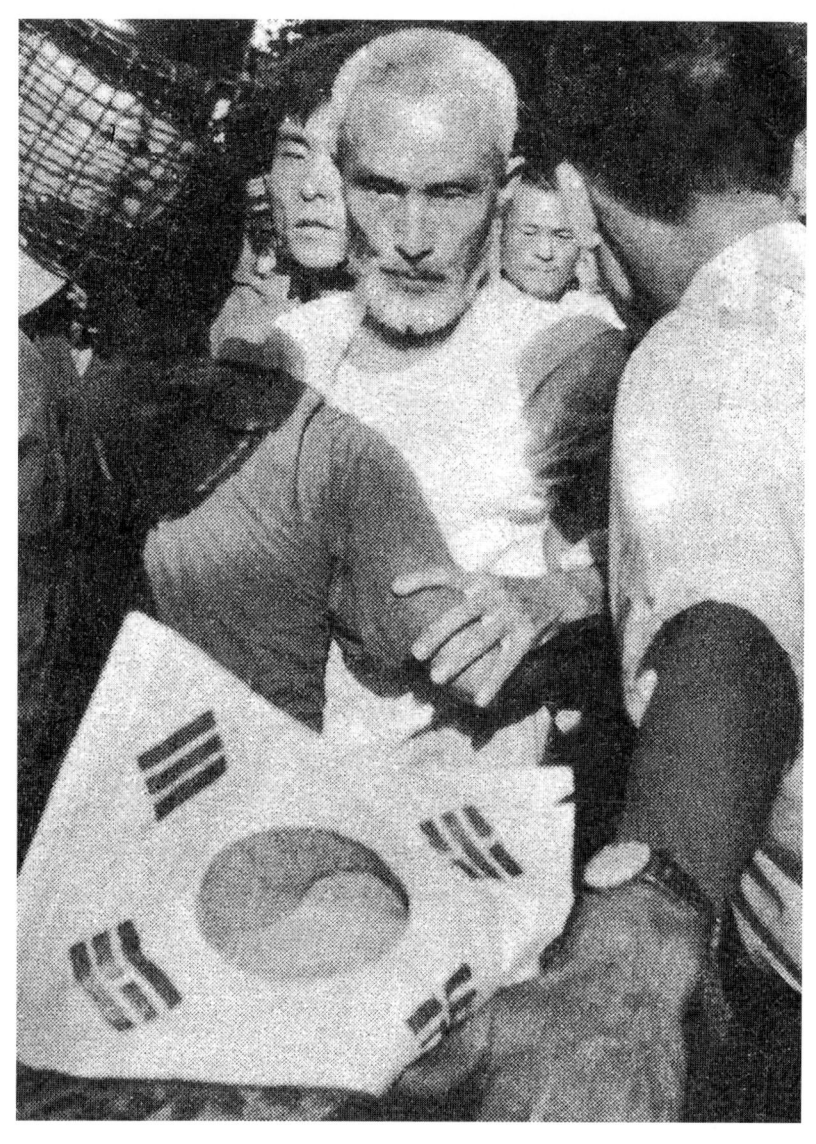

"저항! 얼마나 좋은 말인가? 모든 말이 다 늙어버려 노망을 하다가 죽게 된다 해도,
아마 이 저항이라는 말만은 새파랗게 살아나고 또 살아나 영원의 젊은이로 남을 것이다."

스승 유영모 선생과 함께
"사람이니 정이 없을 수 없고 정이 있으니 울기는 울지만 정만이 사람은 아닙니다.
뜻이야말로 사람입니다. 버티고 꿰뚫는 뜻이 사람을 사람으로 만듭니다."

"누구나 다 할 수 있는 소리를 쓰려면 무엇 때문에 글을 써. 글이란 나 아니면 못 하는 소리를 써야 돼."

"모든 악은 선의 뒷면이요 모든 싸움은 다 사랑 싸움이다.
가시 없는 장미를 볼 수 없듯이 아픔 없이 하나님을 찾아 만날 수는 없다.
그러므로 인류의 길은 고통의 길이요 역사의 나감은 수난의 과정이다."

사모님 황덕순 여사와 함께
"꽃은 생명이고 평화를 상징하거든. 이건 내 기도야, 이 땅에 생명들이
평화를 누리게 해주십사고 하는."

"잊을 것은 잊고 잊지 않을 것은 잊지 않아야 합니다.
잊을 것을 잊지 못하면 잊어 아니 될 것을 기억하지 못합니다."

"시대의 말씀은 민중의 입에서 나와야 한다. 민심이 천심이다.
종교도 철학도 정치도 문학도 미술도 음악도, 다 이 시대의 말씀을 해보자는 것이지만,
정말 시대의 뜻을 그대로 나타내는 것은 민중이 직접 하는 말이다."

"사람이 최후까지 가지고 가는 보물이 뭐냐 하면 곧 자기의 약함. 곧 자기 병입니다.
유쾌했던 행복은 다 잊어도 좋지만 제 병은 마지막까지 놓을 수 없습니다.
그 병을 놓는 순간이 곧 자기의 최후인 동시에 새 생의 시작입니다."

"창조적 기백과 혼을 가진 참 정신이 나와야 해. 나는 빈 들의 소리요 바람에 불과하다.
나는 씨올을 믿는다. 우주생명의 진화를 위해 씨올의 정신은 누구에게도 굴복해서는 안 된다."

다시 그리워지는
함석헌 선생님

함석헌기념사업회 편

한길사

흩어진 씨올을 모으며

함석헌 선생 탄신 100주년을 맞이하여 특별히 『다시 그리워지는 함석헌 선생님』이라는 내용의 책을 내게 되어 기쁘다. 이 책에는 50명의 필자가 각자의 자리에서 '함석헌'을 말하고 있다.

함석헌기념사업회에서는 탄신 100주년 기념사업 준비위원회가 구성되면서, 네 가지 방향으로 출판계획을 세운 바 있다. 첫째, 선생님 유고집이다. 친필유고가 있는 것은 아니나 1971년도부터 시작하신 고전강좌(노자와 장자) 녹음과 강연 녹음을 풀어내는 것을 뜻한다. 둘째, 함석헌 연구논문집이다. 70년대부터 시작된 함석헌 연구 석·박사 학위논문과 연구논문을 말한다. 이 분야는 앞으로 점점 더 활발해질 전망이다. 셋째, 번역사업이다. 일어와 영어 번역은 이미 시작되었고, 이번에는 두 권의 영문 출판물을 계획하고 있다.

그리고 또 하나의 계획이 이 책 『다시 그리워지는 함석헌 선생님』에 관한 내용이다. 이 분야는 함 선생님이 90평생을 사시는 동안 관계된 모든 사람들의 이야기 모음이라 할 수 있다. 이미 유명을 달리한 분들이 있어서 안타까움이 있지만, 가족과 동지, 그리고 선생님을 따르고 가르침을 받은 모든 이들의 이야기가 포함된다. 이 일도 이 책 한 권으로 끝날 수는 없다고 본다.

『다시 그리워지는 함석헌 선생님』은 어려운 논문이 아니다. 그렇다고 무슨 문학 장르에 속할 만한 작품도 아니다. '함석헌'이라는 시대의 위대한 인물을 만난 각자의 경험을 말하는 체험적 글을 모은 것이다. 마치 예수나 공자를 따르고 가르침을 받았던 제자들처럼, 선생님의 가르침을 받거나 특별한 관계를 가졌던 이들의 누구도 알지 못하는 독특한 증언이라 할 수 있다. 그렇기에 더욱 소중하고 값진 것이다.

이 책은 세 부분으로 나누어 편집하였다. 제1부는 선생님 서거 당시 『씨올의 소리』(1989. 4, 통권 제100호)에 기고했던 글들이고, 제2부는 선생님의 모교 오산학교에서 발행한 『함석헌 선생 추모문집』(1993. 11)에 수록된 것이다. 그리고 제3부는 이번에 새로 쓴 글들을 모았다.

이 책의 한계라 할까 문제점은 선생님을 아는 분이 이 책에 소개된 분들보다 훨씬 더 많다는 점이며, 이 책에 소개된 많은 사람들이 아는 것보다 선생님은 더욱 큰 분이라는 점이다. 따라서 더욱 진실에 가까운 『다시 그리워지는 함석헌 선생님』이 나오기를 기대하며 이 책을 펴낸다.

이 책을 위해 원고를 보내주신 필자 여러분과 출판을 맡아주신 한길사에 감사드린다.

2001년 4월
사단법인 함석헌기념사업회
이사장 이문영

다시 그리워지는
함석헌 선생님

제1부

근원이 풍성한 샘

믿음은 내게서 나오는 것입니다
누구나 무엇에 향한 것은 믿음이 아닙니다
믿음은 스스로 믿음입니다
이것 하나를 하라고 이 역사요 이 고생이요
이 한입니다

함석헌 선생님과 나

장기려

함 선생님을 제가 처음 만난 것은 1940년 1월 1일 서울시 정릉 김교신 선생 댁에서 『성서조선』 독자들이 겨울 모임을 가졌을 때입니다. 그때 저는 손정균 군(당시 경성의학전문학교 재학생)의 소개로 그 모임에 참석하였습니다. 김교신 선생은 함 선생님의 『성경』 강해를 "근원이 풍성한 샘에서 표주박으로 생수를 퍼내 마시게 해주는 것 같다"고 논평하셨습니다.

그때 3일간에 걸쳐 「요한계시록」을 강의하셨는데, 그 박식한 역사관으로 예수님이 아시아 일곱 교회에 보낸 편지와 사도 요한이 본 하늘 보좌, 그 보좌를 받들고 있는 네 생물, 이를 둘러싸고 있는 스물네 명의 장로, 그리고 역사를 완성시키는 어린양의 광경을 설명하신 후 이어 일곱 봉인을 뗄 때 나타나는 심판의 의의, 하나님의 나라(새 예루살렘)가 내려오는 광경을 마치 화가가 그려놓은 예수 재림의 그림을 보듯 말씀해주셨습니다. 또 하나님의 경륜의 실천을 그린 그림은 영원을 지향하고 있다고 설명하시던 것이 지금도 희미하게나마 기억납니다.

그 후 『성서조선』에 연재되었던 함석헌 선생님의 글 「성서적 입장에서 본 조선역사」를 탐독해서 우리 민족의 역사는 이스라엘 민족의 역사와 같이 고난의 역사임을 밝히 알게 되었고, 그것이 민족을 통해서 이루시고자 하는 하나님의 섭리라고 하셔서 저는 비로소 역사의 의의를 조금 깨닫게 되었습니다. 그리고 그 글 가운데 우리 민족에게 풍부히 주신 은사는 어진 마음(仁)이라고 지적하시고, 당시 경상도에 살던 우리 동포들이 소망도 없이 '노조미'(희망)라고 이름붙인 기차를 타고 남부여대(男負女帶)해서 만주로 이민을 가고 있었는데 가지고 가던 강냉떡을 옆에 있는 동포에게 먼저 잡숫도록 권하고야 먹는 광경을 쓰시면서, 우리 동포에게 주신 하나님의 은혜는 남을 긍휼히 여기는 어진 마음이라고 강조하셨습니다. 그리고 우리 민족이 인류역사에 크게 공헌할 바는 이 어진 마음이라고 강조하신 것이 지금도 제 머릿속을 떠나지 않습니다. 저는 지금도 이 말씀을, 깊은 감명을 가지고 살면서 친구들에게 전하고 있습니다.

그 후 선생님을 가까이서 모시게 된 기회로는 1942년 시내원충웅(矢內原忠雄) 선생이 평양에 오셨을 때 잠깐 뵌 후, '성서조선사건'으로 제가 유치장에 12일간 들어갔다 나왔을 때 선생님은 약 1년간 영어(囹圄)의 몸으로 계시다가 나오셔서 평양에서 만나, 유치장 생활의 어려움을 함께 나누었던 기억이 납니다. 그리고 선생님이 평양 근교에 있는 송산학원에서 농사짓는 학생들 및 김두혁 선생과 함께 생활하며 교육하시던 때의 일이 기억납니다.

세상의 잣대에서 자유로웠던 분

1945년 8월 15일 해방 후 선생님이 용천군민위원회 위원을 지내시다 평안북도 문교부장으로 계실 때, 신의주 고등학교 학생들의 자유데모에 책임을 지고 소련 정보부에 가셔서 엄한 조사를 받고 수개월간 감옥에 계셨다고 알고 있습니다. 그 동안 H. G. 웰스의 글을 많이 읽고 민족주의, 국가주의의 결함을 확인하시면서 세계연방정부의 장점을 인정하셨다고 들었습니다.

1946년 신의주 감옥에서 나와 이남으로 내려오실 때 평양에서 만나뵙고 무사히 내려오시기를 기도드렸습니다.

저도 1950년 12월 평양을 떠나 같은 달 20일에 부산에 도착하여 제3육군병원에 있으면서 주일에 한상동 목사님이 섬기던 초량교회에 나갔을 때, 선생님도 그 교회에 나오셔서 다시 만나뵙게 되었습니다.

저는 제3육군병원에 있으면서 상이병사들에게 위로와 소망을 주기 위해 선생님을 모시고 매주 1, 2회 천막교회에서 말씀을 듣는 자리를 마련했습니다.

선생님은 건강하여 대저면에서 대청동에 있는 제3육군병원까지 버스와 도보로 약 30리 되는 길을 왕래하셨던 겁니다. 제가 지혜가 없어서 선생님께 무리한 청을 드렸고, 또 선생님을 많이 괴롭혔다는 생각에 죄송한 마음도 듭니다만, 당시 우리 나라는 위태로웠고 의인의 수고가 나라의 지주(支柱)였다고 믿으며 스스로 위로를 받고 있습니다.

그 후 1957년 제가 부산의대 부속병원 외과과장으로 있을 때, 교실원들에게 진리의 말씀을 전해드리고자 주일모임을 가졌습니다. 그때부터 선생님은 한 달에 한 번씩 부산에 내려오셔서『성경』과『논어』『맹자』『노자』『장자』를 들어 진리의 말씀을 전해주셨습니다. 선생님이 미국 필라델피아 펜들힐에 가셨던 2년과 세 차례에 걸쳐 수개월씩 세계를 일주하시던 기간을 제외하고는 거의 정기적으로 매달 둘째 주일에 부산에 오셔서『성경』말씀을 전해주셨습니다.

함 선생님을 모시고 섬기며 따른 많은 이들이 선생님께서 진리 (하나님, 그리스도, 성령) 이외에는 이 세상의 어떠한 권력자나 실력자, 부한자, 지혜자에게도 머리를 숙이거나 무릎을 꿇지 않았던 점에 존경심을 갖게 되지 않았나 생각됩니다. 선생님은 온전히 독립적인 인격자를 자처하셨습니다. 우치무라 간조(內村鑑三) 선생이 독립을 예찬하였듯이 선생님은 왕이나 여왕, 대통령이나 총독, 교수나 목사들보다도 독립을 더 귀하게 여기셨습니다. 그런 점에서 선생은 우치무라 선생의 제자들과 더불어 무교회인이라 할 수 있습니다. 또 평화를 사랑하고 존중하는 의미에서 퀘이커 인이 되셨지만 그보다 진리를 더 사랑하셨기 때문에 극히 자유하셨고 생명이 넘쳤다고 봅니다. 선생님은 독립과 자유를 위해 농사를 지었고, 또 노동을 예찬하셨습니다.

나중에는 우리 민족의 한 사람 한 사람과 인류의 한 사람 한 사람, 즉 민초(民草)라고 불리는 각 개인을 '씨올'이라고 하여 이들을 생명의 단위로 부를 것을 제창하셨습니다. 이들의 인격은 하나님으로부터 온 생명체여서, 이들의 조직체는 이상사회로 발전한다고 고조(高調)하셨습니다. 그리고 그 생명은 하나님과 예수 그리스도, 그리고 성령님의 사랑으로 영원히 살며 또한 구원받는다고 믿으셨던 것으로 저는 생각하고 있습니다.

선생님이 우리 민족의 결함은 쉬이 잊어버리고 잘못을 되풀이하며, 또한 진리를 깊이 파고들어 그 진저(眞低)와 진수에 도취될 줄 모르는 점이라고 지적하며 탄식하시는 것을 저는 종종 들었습니다. 그리고 기독신도들은 하나님과 예수님, 성령님, 즉 진리를 자기들의 머리로 틀을 짜서 꽉 믿고 움직이지 못한다고 말씀하셨고, 또 곁길로 나가는 사람들에게는 그 틀을 깨뜨릴 수 있게 하기 위하여 자유롭게 말씀하셨다고 생각됩니다. 그래서 잘 모르는 사람들은 함 선생이 기독교의 교리를 부정했다 하여 이단이니 적그리스도니 하였지만 선생님은 그것을 듣고도 당신의 생각이 진리라고 믿으셨기 때문에 조금도 움직이지 않으셨습니다. 그러나 우리들 부산 모임의 작은 무리 앞에서는 당신이 진리를 말씀하신 여러 성현들을 찾아보았지만 예수님을 그리스도로 확신하게 되었다고 확언하셨습니다.

이제는 영의 사람이어야 되겠어

선생님은 자주 진리를 직관하는 말씀을 해주셨습니다. 예를 들면 '생명'은 죽는 것이 아니다, 생명이 어디에서 온 것인가 하면 하나님에게서 온 것인데 생명이 왜 죽느냐, 육체의 생명은 죽지만 영혼의 생명은 영생하는 것이라고 누구든지 긍정할 수 있는 말로 가르쳐주셨습니다. 이것은 소크라테스가 벌써 말했고 믿었던 성질의 것이었습니다. 더욱이 예수님의 보혈로 구속받은 생명은 예수님과 같이 영생하는 것이므로 죽을까 염려하지 말고 의에 용감하라고 격려하셨습니다.

또 어떤 때에는 죄에 대하여 근심하고 걱정하는 사람들에게 "죄는 없는 것이야"라고 하여 놀라게 하셨습니다. 그래서 저도 직접 물어보았습니다. 제게는 죄가 현실에서 너무도 큰 세력으로 느껴지는데 없다고 하신 말씀의 뜻을 모르겠다고 하였더니, 참 실존세계는 하늘나라인데 그곳에 무슨 죄가 있겠는가 하셨습니다. 즉 선생님은 하나님의 나라를 동경하며 사셨고, 그의 나라에서 사는 사람, 곧 예수 그리스도인에게는 죄 정함이 없다고 믿으셨던 것으로 생각됩니다. 그래서 선생님의 말씀을 이해하려면 빈 마음 곧 허심이 필요하다고 생각했습니다.

선생님의 간절한 소원은 씨올들이 자기 속에 들어 있는 빛을 스스로 깨닫고 그 빛을 발휘할 수 있게 하는 데 있었다고 봅니다. 전에 『말씀』이라는 잡지를 발간하신 것이나, 또 『씨올의 소리』를 발행하신 것은 모두 오로지 씨올들의 영혼에 생명을 불러일으켜 보겠다는 염원이었다고 믿습니다. 그리고 선생님은 참 씨올은 예수 그리스도의 생명을 받은 자라고 믿고, 몸소 그 속에 뛰어들어 온 힘을 다하여 용감하게 싸우셨습니다. 저는 그 점에 있어서 다만 이해하려고 했을 뿐, 도와드린 것이 없음을 부끄럽게 생각하고 있습니다.

선생님은 언제 어디서든지 자유의사를 존중하셨고 아무 조직이나 단체에 속하려고 하지 않으셨습니다. 하나님의 정의와 진리를 믿었으므로 옳은 것은 옳다고 하는 민권운동과 데모에 가담했지만 하나님이 들어주지 않으셨다고 솔직히 시인하시고는 "사랑으로 하는 것만이 하나님의 뜻"이라고 말씀하셨고, 최근에는 "육체를 가진 인간으로서는 안 되고 영의 사람이어야 되겠어" 하셨습니다. 선생님의 독립과 자유하는 인격에 저는 깊은 감명을 받았고, 운명하실 때까지 주 안에서 교제가 계속되었습니다.

나는 꼼짝할 수 없는 죄인

선생님의 말씀 가운데 늘 기억되는 것을 한두 가지 추가하겠습니다.

첫째, "나는 꼼짝도 할 수 없는 자"라고 하신 말씀입니다.

서울에서 부산으로 내려오시는 길에 웬일인지 "양떼를 떠나서 길 잃어버린 나"라고 하는 찬송이 마음으로부터 울려나왔다고 하시더니, "나는 꼼짝도 할 수 없는 죄인"이라고 하셨습니다. 그 체험담은 두 가지였습니다.

하나는 천안에 있던 농장이 선생님 명의로 되어 있어서 농휴지에 대한 세금이 몇 백 만원이 나왔는데, 선생님 자신으로서는 해결할 방법이 없어서 꼼짝도 못 하겠다고 느끼셨다는 것입니다. 나중에 그 땅의 본래 주인 되시는 정 장로님이 수고하셔서 해결된 것으로 짐작되는 일이었습니다. 다른 하나는 집에 도둑이 들어왔을 때의 일인데, 하루는 강연 나가셨다가 돌아와서 곤하게 잠이 들었다고 합니다. 한 도둑이 부엌에서 칼을 들고 들어와 아랫방에서 자던 며느리를 위협해 며느리가 이불을 둘러쓰고 숨 죽이고 있는 사이에, 윗방에 들어와서는 선생님 주머니에 들어 있던 돈 20만 원을 전부 가져갔다는 것입니다. 그러면서 그때 당신이 잠자고 몰랐으니 다행이지 깨어 있었던들 꼼짝 못 했을 것이라고 하셨습니다. 저도 선생님과 같은 성격이어서 아주 공감이 갔습니다.

둘째, 함 선생님은 『성경』 중에서도 「요한복음」을 가장 좋아한다고 하셨습니다.

그것은 죄 많은 세 여자를 용서하고 축복하신 예수님의 사랑에 대한 감격이었다고 말씀하셨습니다. 하나는 막달라 마리아를 가장 사랑하신 일입니다. 가장 많이 탕감을 받은 막달라 마리아가 가장 많이 사랑할 것이라는 것이었고, 둘째는 수가성의 창녀에게 친히 자기가 메시아임을 나타내 보여주시고 믿게 하신 일이었으며, 셋째는 음행하다 현장에서 잡혀온 여인에게 "나도 너에게 죄를 주지 아니 하노니 가서 다시는 죄를 범하지 말라"고 하신 사건 중에 나타난 예수님의 사랑에 대하여 말씀하신 것입니다.

"예수님의 사랑은 이와 같이 크고 넓은데 예수님을 구주로 믿는 사람들의 마음은 어찌나 좁은지" 하시는데 저도 동감하며 예수님의 사랑을 다시 기억하게 됐습니다. 그런데 그 말씀을 하시면서, 아마도 예수님이 다시 오실 때에는 자기를 팔았던 가롯 유다도 데리고 오실 거라며 마치 당신을 가롯 유다에 비하듯 말씀하시는 것이 느껴졌습니다. 그 말씀이 이해되지는 않았지만 예수님의 사랑은 그렇게 하실 수 있다고 믿는 것이 성경적이지 않다고 비난하는 것보다는 더 긍정적이라고 할 수 있을 것입니다. 진리는 영원 긍정이라고 생각할 때에 조금 이해가 됩니다만 이것은 하나님에게 속한 영역이므로 "주여, 뜻대로 하시옵소서"라는 말밖에 더 할 수 없다고 생각합니다.

선생님과 저는 위와 같은 믿음에서 서로 이해하고 살았으며 앞으로도 계속 주 안에서 살 것입니다.

함석헌 선생 결별식 기도

하늘에 계신 우리들의 아버지, 이제는 우리들 육체의 제한 때문에 아버지께서 1901년 3월 13일에 이 세상에 보내셨다가 1989년 2월 4일에 데려가신 함석헌 선생과 결별을 고하는 시간이 되었습니다.

우리가 이제까지 '아버님' '할아버님' '선생님' '선배님' '동창생' '동지님' '씨올의 소리의 지도자'라고 불렀던 함석헌 선생님과 결별을 고하게 되는 것은 인정으로는 슬픔을 금할 수 없사오나 이것이 아버지께서 영생으로 주신 길이오니 우리들은 순종하며 도리어 감사드릴 수밖에 없습니다.

함 선생은 일찍이 참을 찾다가 하나님 아버지께 붙들려 발에 채이면서 다녔사오니, 죄 때문에 신음하다가 어렸을 때 믿었던 예수님을 그리스도로 확신하게 되어, 예수님은 홀로 그리스도이시며 당신의 구주님이라고 증거케 하신 주님 앞에 감사와 찬송을 드립니다. 선생이 『성경』과 성현의 글과 역사 속에서 성령의 역사를 확신하고 『성서적 입장에서 본 한국역사』와 『씨올의 소리』로 씨올들의 뜻과 생명을 깨우치게 해주심에 대해서도 감사드립니다. 이것들은 모두가 다 진리이신 아버지로부터 받은 것이온데 선생이 인격의 자유의지를 가지고 자기발전에 힘썼고, 인생의 구원을 위하여 애썼던 결과라고 생각됩니다.

함 선생의 일생이 주님의 뜻 안에서 이루어졌다고 믿고 감사드리오며, 다만 우리들이 아버지께서 사용하셨던 함 선생을 잘못 이해하고 잘못 대접하였다고 생각되어 그 점을 용서해주시기 바랍니다.

앞으로 우리들로 하여금 함 선생을 통해 보여주신 아버지의 뜻과 정신을 더욱 분명히 해서 그와 같이 삶으로써 우리 주 예수 그리스도를 증거하는 자들이 되게 하옵소서.

4개월 전에 "앞으로의 시대는 영의 사람이어야 되겠어!" 하고 말씀하셨던 대로 지금은 영의 사람이 되었고, 두 달 전에 "평화는 금년까지나……?" 하고 말을 흐리고 말았던 대로, 음력으로 1988년 그믐 전날 운명케 하시어 생활로써 예언하게 하신 주님께 다시 감사 드립니다.

우리들은 주님이 하늘나라를 이루어가지고 다시 오실 때 다시 만날 것을 기약하면서, 아니 지금도 주 안에서 살면 함께 사는 생활이 되는 줄 믿고 이 세상에서 힘차게 살고자 하오니, 주여 선한 뜻대로 인도하소서. 영원하신 주의 이름으로 기도 드리나이다. 아멘.

위대한 스승 함석헌 선생

김대중

함석헌 선생은 우리에게 무엇을 남겼는가. 함석헌 선생은 우리에게 어떠한 존재였는가.

이제 선생이 가신 뒤 우리는 조용히 함 선생에 대해서, 함 선생이 우리에게 어떠한 존재였는지를 생각하게 됩니다.

함 선생은 참으로 위대한 평화주의자였습니다.

마치 인도의 간디가 그랬던 것같이 함 선생은 철저한 평화주의자였습니다. 인도의 간디는 사티아그라하—진리파지운동(眞理把持運動)을 함에 있어서 영국으로부터 인도의 독립을 이러한 진리파지운동의 차원에서 추진하면서 그 방법으로서 아힘사 즉 불살생(不殺生)—철저한 비폭력을 주장했던 것입니다. 간디는 만일 어떠한 투쟁을 계획했다가도 폭력을 쓰면 그 투쟁을 중지해버릴 정도로 철저한 비폭력주의자였습니다. 폭력은 결코 목적을 정당화시킬 수 없다는 확고한 진리에 입각했기 때문입니다.

그래서 간디운동은 세계가 우러러보고 존경하는 높은 도덕성을 갖고 있었습니다. 적인 영국조차도 그를 존경하고 두려워했습니다.

함 선생도 마찬가지로 철저한 평화주의자요, 절대로 폭력을 배제하는 도덕성을 가지고 계신 분이었습니다. 이 점에 있어서 그분은 추호도 타협이 없었고 결코 양보하지 않았습니다.

이런 점에서 우리는 함 선생을 세상 사람들이 '한국의 간디'라고 부르는 한 가지 이유를 알게 되는 것입니다.

함 선생은 일제시대에는 독립운동, 해방 이후에는 민주화운동을 추진하면서 비폭력을 가장 중요한 지침으로서, 기본원칙으로서 유지해왔습니다.

그런데 우리가 여기서 한 가지 주목해야 하는 것은 인도의 간디나 우리의 함석헌 선생이 비폭력을 주장한 것은 결코 윤리적 가치 그것만은 아니라는 사실입니다.

만일 그러한 윤리적인 가치에만 치중했다면 두 분은 정신적 지도자는 될 수 있었을지언정 현실적 지도자는 될 수 없었을 것입니다. 되더라도 성공하지 못했을 것입니다. 그러나 이분들은 비폭력투쟁이 현실적으로도 가장 승리를 보장하는 투쟁이라는 것을 알게 했습니다.

거대한 권력과 체제의 폭력과 무력 앞에서 민중이 가질 수 있는 보잘것없는 폭력은 아무런 승리의 방법이 못 됩니다. 오히려 상대방이 '법과 질서의 유지'라는 미명 아래 거대한 폭력을 무자비하게 사용하는 구실을 줄 뿐입니다.

그리고 그 결과로서 이쪽이 가지고 있는 정당한 목적마저도 폭력을 썼다는 이유 때문에 훼손당하고 대중으로부터 고립되고 맙니다. 그러나 비폭력투쟁을 할 때 우리는 가장 높은 도덕적 권위를 발휘할 뿐 아니라, 그러한 투쟁에 많은 사람들이 참가하게 됩니다.

비폭력은 희생을 최소한도로 줄일 수 있는 동시에 세상 여론의 지지를 압도적으로 끌어들여서 결국 폭력적 지배자를 여론으로부터 고립시키고 민중의 승리를 가져온다는 것을 선생은 잘 알고 있었습니다.

이런 의미에서 비폭력투쟁을 일관한 함 선생의 일생은 참으로 고귀한 것이었고, 이것 하나만 가지고도 함 선생이 노벨 평화상 후보에 올랐던 이유를 우리는 충분히 알 수 있습니다.

함선헌 선생은 또한 행동하는 양심이었습니다.

함 선생은 본래는 종교가였고 학자였습니다. 현실적인 행동하고는 그렇게 큰 관계가 있는 입장은 아니었습니다. 그러나 함석헌 선생은 현실적 입장에 있는 그 어떤 사람보다도 더 철저히 행동하였습니다. 우리 시대에 있어서 가장 위대한 '행동하는 양심' 그 자체였습니다.

나는 함 선생의 행동하는 양심으로서의 배경을 우연한 기회에 알게 되었습니다. 1976년 3·1구국선언(당시 정부가 말하던 '명동 사건')으로 우리는 같이 재판을 받게 된 때였습니다. 저는 구속되어 있었고 함 선생은 불구속이었습니다. 그런데 함 선생이 최후 진술하는 마당에 이런 말씀을 하셨습니다.

내가 오늘 이 자리에 선 것은 내 자신의 의사라기보다는 내가 예수에게 발길로 엉덩이를 채여가지고 밀려나온 것이다. 나는 한 사람의 크리스천으로서 진실히 예수를 따르려면 이와 같은 일에 참여하지 않을 수 없었다. 물론 내가 이렇게 참여하면 박해가 있을 줄을 알았지만, 내가 예수를 버리지 아니하고, 예수의 뜻에 따라서 행동하는 한 이렇게 법정에 서지 않을 수 없다고 생각한다.

단순히 인간적인 양심만이 아니라 예수님과 하나가 된 신앙적 양심에서 살아오신 것을 알 수 있었습니다. 많은 신앙인들이 예수님의 진실한 가르침, 십자가에 못박히면서까지 행동하신 예수님의 가르침을 못 본 체하는 일이 많은데, 함석헌 선생이야말로 이 시대를 살다 가신 가장 모범적이고 가장 본받아야 할 행동하는 크리스천이었다고 말할 수 있을 것입니다.

함 선생은 또한 철저한 한국인이었습니다.
한국인 가운데에서도 아마 마지막 선비라 해도 과언이 아닐 만큼 선비정신에 투철하였습니다.
함석헌 선생이 학문적으로 심오한 식견을 가지고 있었다는 것을 우리는 잘 알고 있습니다. 철학·역사 등의 분야에서 독보적이고 심오한 식견을 가지고 있었습니다.
함 선생의 노자 연구는 너무도 잘 알려져 있습니다. 그 어려운 노자를 우리가 알기 쉽게 풀이해주신 함 선생은 이것 하나만 가지고도 우리에게 큰 스승이었고 위대한 선비였습니다. 또 함 선생은 『뜻으로 본 한국역사』라는 한국사람 불후의 명저를 남기셨습니다. 우리 역사와 하느님의 뜻을 결부해서 하느님의 뜻에 의한 한국역사를 해석해 나간 이 저서는 아마 한국의 많은 역사책 중에서도 특이한 존재요, 빛나는 금자탑이라고 생각됩니다. 이 책은 아마 두고두고 여러 사람에게 읽혀지고 영원히 남을 것입니다.
함 선생은 이런 학문적 업적뿐 아니라 청렴결백한 일생을 살았습니다. 우리는 지금도 원효로 골목길에 있던, 판잣집과도 같은 초라한 집을 생생히 기억합니다. 이 집은 뜻 있는 제자들에 의해서 반드시 보존되어야 하지 않겠나 하는 정도로 나는 이 집에 대해서 깊은 인상을 가지고 있습니다.

또한 함 선생은 일생을 통해서 한 번도 불의에 굴복하지 않는 꼿꼿한 절개를 지킨 선비의 삶을 사셨습니다. 그리고 무엇보다도 우리나라의 선비들이 생명같이 지켰던 언론의 자유를 위해 감옥 가는 것까지도 불사하면서 싸우셨습니다. 함 선생은 마치 광야에서 외친 세례자 요한같이 우리 앞에 서서 소리 높이 진리·정의를 외치고 우리 국민의 권리를 외쳤습니다.

그리고 언제나 흰 두루마기에 하얀 수염을 휘날리는 함 선생의 풍모를 떠올릴 때면, 이 나라 마지막 선비로서의 깨끗하고 고고한 모습을 보게 됩니다.

참으로 영원히 우리에게 그리운 존재라 할 것입니다.

함 선생이 정성을 다해서 유지해오던 것이 『씨올의 소리』였습니다.

함 선생은 우리나라가 해방 이후 초기의 지도자 시대(5·16 군사정변 이후), 소위 엘리트 시대에도 일관되게 씨올의 시대를 주장하셨습니다. 민중만이 역사 주인이고 역사를 움직이는 추진력이라고 말씀하셨습니다.

선생은 민중에 대한 철저한 신뢰와 함께 민중의 가치를 깊이 인식하신 분이었습니다. 민중이 없는, 민중이 주체가 되지 않는, 민중이 참여하지 않는 그러한 사회는 진정한 바른 사회가 될 수 없다, 민주주의도 결국 민중의 참여가 있어야 진정한 민주주의다라고 생각하셨습니다. 함 선생은 민중을 씨올로써 표시하면서 '씨올의 시대, 씨올들이 참여하는 정치·경제·사회·문화 모든 분야의 그러한 시대'를 꿈꾸어왔고 그러한 시대를 위해 노력분투해 오셨습니다. 참으로 함 선생은 씨올의 위대한 스승이었고 보호자이며 동반자였습니다. 그리고 씨올과 더불어 살고 씨올과 더불어 죽는 일생을 살았습니다.

함 선생은 참으로 우리의 위대한 스승이었습니다.

그런데 특이한 스승이었습니다.

함 선생은 우리가 그렇게 많이 만나보았지만 별로 설교하는 일이 없었습니다. 그저 조용히 미소짓고 침묵을 지키거나, 말씀을 하시더라도 결코 우리들에게 가르치는 것과 같은 설교로 말씀하신 기억은 별로 없습니다.

참으로 겸손한 분이었고, 그리고 말수가 적은 분이었습니다. 스스로 행동하시면서 그 행동을 통해 배울 수 있도록 솔선수범한 스승이었습니다.

그리고 함 선생은 참으로 예수가 "내가 이 세상에 온 것은 섬김을 받으러 온 것이 아니라 섬기러 왔다"고 말씀하신 바와 같이 약하고 가난하고 보잘것없는 사람들에 대해서 그들을 섬기는 자세로 일생을 사셨습니다.

이 모든 것은 함석헌 선생의 씨올에 대한 사랑에서 나왔습니다. 선생은 사상을 관념으로가 아니라 행동으로 실천한 위대한 스승이었다고 사무치는 마음으로 생각되는 것입니다.

이 나라에는 1천만이 넘는 크리스천이 있습니다. 누구나 자기를 참된 교인이 되려는 사람으로 믿고, 많은 사람은 자신이 크리스천이라는 것에 대해서 의심하지 않습니다. 그러나 얼마나 많은 사람들이 예수님이 가르치는 것과는 다른 길을 가고 있습니까?

예수님은 억압받고 고통받는 사람들 편에서 그들과 일생을 살다가 지배자들에게서 미움을 받아 정치범으로 십자가에 못박혀 돌아가셨습니다. 예수님은 소작인, 창녀, 문둥병 환자, 날품팔이, 세리, 떠돌이 이런 사람들의 벗이었습니다. 예수님은 결코 큰 교회당을 짓고 가르치지 않았고, 결코 깨끗한 옷을 입고 많은 연봇돈을 내는 사람들의 벗은 아니었습니다.

그러나 오늘날 우리 사회의 교회는 예수님이 선교하던 기층 민중들과 거의 관계가 없는 교회가 너무나 많습니다. 예수님은 그런 교회들—하늘을 찌를 듯한 십자가, 높은 건물들—을 볼 때, 많은 기부금과 연봇돈을 내는 사람들이 마음 편하게 활개치며 들어가는 교회를 볼 때 땅을 치며 통곡하면서 저것은 내 교회가 아니다고 외칠 것입니다.

이런 의미에서 함석헌 선생은 참된 그리스도의 표상이었습니다.

이미 말한 대로 함 선생은 행동하는 양심이었으며, 평화의 사도였고, 한국 선비다운 깨끗한 생을 살았고, 언제나 씨올의 편에 섰고, 자기 희생의 모범을 보인 스승이었습니다.

이런 생활을 통해서 함 선생은 진정한 크리스천이 무엇이라는 것을 가르쳐주셨습니다. 함 선생은 언제나 예수님과 같이 억압받고 고통받는 사람들 편에 섰고, 그들을 위해서는 어떤 희생도 감수하셨습니다. 목숨조차 내놓는 그런 생활을 해오셨습니다.

십자가에 못박힌 예수와 마찬가지로 그분은 하루하루를 십자가에 못박히면서 살았던 것입니다.

그런 의미에서 함석헌 선생은 우리가 가졌던 가장 위대하고 참된 크리스천이었다고 생각합니다.

이제 함 선생에 대해서 마지막으로 생각하는 것은 그분은 우리

시대에서 가장 고결하고, 가장 사랑에 차고, 가장 겸손하며, 실천력이 강했고, 보배롭고, 다시없는 위대한 한국인이었으며, 우리들의 스승이었고, 우리들의 벗이었다고 생각합니다.

우리 한국사람들은 이러한 함 선생을 가졌던 것을 영원한 자랑으로 생각하고 언제나 존경과 사모의 정으로 그분을 생각해야 될 것입니다. 민중의 힘이 커지면 커질수록, 민중이 인간다운 대접을 받는 세상이 되면 될수록 우리들의 이 위대한 스승을 만감이 벅찬 그런 심정으로 회상하게 될 것입니다.

함 선생은 민족 양심의 표상이었다고 생각합니다. 고향이 이북이었던 탓도 있었지만 통일에 대해서 아침부터 저녁까지 마음에 새기고 염원하고 그런 생애를 보냈습니다. 그분은 모든 노력을 어떻게 보면 우리 민족의 통일의 성취와, 그리고 그러한 통일 조국에서 자유와 정의를 맘껏 누리는 우리 6천만 민족에 대한 꿈속에서 사셨다고도 볼 수 있습니다.

우리 영원한 스승인 함석헌 선생은 떠나셨지만 우리는 그분의 뜻을 받들어서 이 땅에 민주주의를 꽃피우고, 씨올들이 주인이 되고 씨올들이 참여하고 씨올들이 대접받는 그런 사회를 만들어야 합니다. 동시에 남북통일도 이 6천만 씨올들의 힘에 의해서 평화공존, 평화교류, 평화통일이라는 착실한 절차를 밟아가면서 이룩되는 세상이 하루속히 와야 한다고 진심으로 바랍니다.

우리들의 존경하고 사랑하는 위대하신 함석헌 선생의 명복을 빌면서, 함 선생은 가셨지만 선생은 이 땅에 우리와 더불어 살고 계시고, 앞으로도 영원히 사실 것이라고 확신합니다.

우리 근현대사의 양심 함석헌 옹

김영삼

우리는 이 시대의 참 양심을 떠나보냈다.

1989년 2월 4일, 20세기를 온몸으로 부딪치면서 치열하게 일제와 독재에 항거했던 함석헌 옹이 유명을 달리했다. 그는 한복과 고무신 차림의 한국인이었으며, 끝까지 야인으로서 세상의 불의와 부정을 온몸으로 거부했던 우리 역사 격동기의 양심이었다.

함석헌 옹은 20세기가 열리는 1901년 평북 용천군 부라면에서 태어났다. 원래 서북지방은 기독교의 영향을 강하게 받은 곳이다. 함석헌 옹의 사상의 저변에 깔려 있는 기독교적 휴머니즘은 성장과정에서 배태된 것이라 하겠다.

아마 함석헌 옹처럼 평생을 야인으로 보내며 백성과 고난을 함께하고, 나라의 민주화를 위해 싸우며, 파란만장한 생애를 보낸 분도 드물 것이다.

철저한 야인정신과 행동력의 소유자였던 함석헌 옹은 그 순수함과 민중적 풍모로 항상 백성과 함께 호흡했던 것이다.

함석헌 옹은 1950~60년대 고 장준하 선생이 창간한 『사상계』

에 많은 명논설을 남겼다. 즉「생각하는 백성이라야 산다」「한국 기독교는 무엇을 하고 있는가」「5·16을 어떻게 볼까?」등에서 자유인의 정신세계를 펼쳐 보여주었다.

사회정의와 민족정기를 바로잡기 위한 함옹의 외침은 한일협정반대단식, 삼선개헌반대운동을 거쳐 국민투표반대운동을 벌이는 과정에서 민주회복국민회의에 참여하는 데서 잘 나타난다.

군사독재하의 암울했던 시기에 "혁명은 사람이 해야지 제복이 해서는 안 된다"는 주장을 폈던 함옹, 그분의 일관된 반독재 민주화투쟁의 사상적 흐름은 마침내 씨올 즉 민중에 도달하게 된다. 함옹의 씨올사상은 씨올, 즉 민중이 바로 하늘이라는 사상이었던 것이다.

함옹은 70년 4월『씨올의 소리』를 창간하고 이 지면을 중심으로 독재와의 투쟁을 끊임없이 전개한다.

『씨올의 소리』에는 종교경전의 해석, 현대문명에 대한 비판, 역사의 반성, 그리고 시사논평을 실어 국민에게 건전한 상식을 심어주고 올바른 비판정신을 제공해주었다.

70년 4월 창간되고 정부의 인가취소가 있은 이후, 1년간의 법정투쟁 끝에 다시 햇빛을 본『씨올의 소리』는 비리와 모순으로 얼룩진 5공이 출범하던 80년도에 폐간되기까지 끊임없이 민중들에게 메시지를 전달하였다.

88년 12월 1일 복간될 때까지 독재와 투쟁을 끊임없이 전개한 함옹은 재야로 호칭되는 민권운동 그룹의 상징이었다. 인권을 위한 줄기찬 싸움을 전개한 함옹은 85년 2월 1일 파고다 공원에서 열린 '민주제도쟁취 국민운동대회'에서 김재준 목사와 함께 공동대회장을 맡아 민주화투쟁의 일선을 떠나지 않았던 것이다.

함옹은 퀘이커의 철저한 평화사상과 비교권적 태도에 공감하여 퀘이커에 귀의한다. 함옹은 79년과 85년 두 차례 세계 퀘이커 구호기구에 의해 노벨 평화상 후보로 추천을 받기도 하였다.

종교사상가로서, 역사학자로서, 언론인으로서, 무엇보다도 특히 민중운동가로서 사랑의 공동체를 형성하려 했던 함옹은 이승만정권의 독재하에서 온 백성의 심금을 울리며 이승만 독재를 뒤흔들어놓았으며 끝내는 옥살이도 마다하지 않은 행동하는 지성이었다.

함옹은 5공화국에 들어서도 5·17신군부세력에 의해 연행, 구금, 기소되었다. 이렇듯 함옹은 여든 고령에도 민주주의를 위한 불굴의 저항정신과 투쟁정신을 보여주었다.

함옹은 비폭력 민주화투쟁만이 가장 확실한 민주화의 길이라고 믿었는데, 이는 간디의 비폭력 평화주의에 크게 영향받은 것으로 알려지고 있다. 함옹은 이에 그치지 않고 톨스토이에게서 보편적 휴머니즘을, H. G. 웰스에게서는 역사적 낙관주의를 받아들였다. 함옹은 거의 무불통지의 해박한 경지에 도달하였으며, 칼릴 지브란, 노자, 장자에게서 달관의 정신을 배웠다.

함옹은 5공화국의 암흑기인 84년 민주통일국민회의의 고문에 추대되고, 86년 6월에는 재야인사들과 함께 직선제 개헌을 요구하는 시국성명서를 발표하였다.

이와 같이 일제와 독재에 대한 끊임없는 저항은 인권과 평화에 대한 함옹의 열정, 그리고 그분의 순결한 역사의식에서 비롯된 것이다.

군정반대, 월남파병반대, 한일굴욕외교반대, 삼선개헌반대 등에서 나타났던 함옹의 반독재, 자주화사상은 오늘을 사는 우리가 현재의 정치사회적 상황에 대처하는 데 있어 커다란 교훈을 준다.

88년간의 그의 삶은 해방과 자유를 향한 한국 현대사에 굵은

획을 그었으며, 역사의 전진에 강력한 힘이 되었다.

　최근 『씨올의 소리』 복간호에 쓴 권두언은 그분이 이 땅에 남긴 마지막 메시지가 되었다.

　저들은 씨올을 칼로 자르면 쉽게 죽는 줄 알지만 씨올은 죽지 않습니다. 죽이면 다시 살아나고, 다 죽어 없어졌다가도 굳은 땅 껍질을 들추고 일어나는 들풀 같은 것이 씨올입니다.

　다시 한 번 함옹의 명복을 빈다.

선생님은 4학년, 나는 1학년

최태사

함 선생님은 내 일생의 은인이십니다. 하늘 아버지께서는 선생님을 통해 나에게 영원한 생명을 갖게 하는 일을 해주셨습니다. 그뿐만 아니라 함 선생님을 통하여 나는 덕망이 높은 여러 선생님들과 진실한 믿음을 가진 좋은 친구들과 사귈 기회를 얻게 되었습니다. 그리하여 나는 이 거짓과 미움과 싸움으로 가득 찬 공포의 세상에서 마치 천국의 시민들처럼 사랑과 믿음 속에 둘러싸여 즐겁고 행복한 생활을 하고 있는데, 이것도 모두 함 선생님과 또 그를 통해서 알게 된 여러분들의 덕택인 줄로 알고 있습니다.

내가 처음 선생님을 알게 된 것은 오산학교에서였습니다. 내가 오산중학교 1학년 때에 선생님은 4학년이었습니다. 그때 선생님은 공부도 잘하셨지만 그림을 잘 그리셔서 전교에서 모르는 학생이 없었습니다.

그 후 선생님은 오산학교를 졸업하시고 일본에 건너가셔서 동경고등사범학교를 졸업하시고 곧 모교의 교사로 부임하셨습니다.

그때에 오산교회에서는 선생님이 무교회 신자인 줄 몰라서였던지 그를 자주 교회로 불러 설교하시게 하였는데, 나는 그때에 비로소 선생님의 말씀을 들을 수 있었습니다. 저는 어려서부터 주일학교에 나갔고, 계속해서 교회에 나가기는 했으나 하나님이 계시다는 것 등 기독교의 교리에 대해서는 아무것도 알지 못하고 있었습니다. 지금은 고인이 되신 이찬갑 선생님께서 성심껏 '하나님이 계시다는 것' '내세 문제' 등에 대해 말씀해주셨으나 잘 이해하지 못하였습니다. 더구나 학교에서 배운 진화론 등이 머리에 젖어 있어서 기독교의 진리가 제대로 이해되지 않았습니다.

선생님께서 오산학교에 부임하신 지 얼마 안 되어 오산교회 옆에 있는 오산기독교청년회관에서 1주일 동안 밤마다 '세계역사상에 나타난 하나님의 섭리'를 천지창조를 시작으로 과학자의 견지에서 깊고도 폭넓게 말씀해주셨는데, 그 말씀을 듣는 동안 기독교의 깊은 진리는 알지도 못하면서 주제넘게 비판을 하기도 한 나의 태도가 부끄럽게 생각되어 새로운 각오로 기독교를 참으로 믿어야겠다는 생각이 들게 되었습니다. 언젠가 교회에서 말씀을 끝낸 다음 『성서조선』 제2호에 실린 「주여 믿어지이다」라는 글을 읽어주셨습니다. 그 글 읽으시는 소리를 듣는 동안 얼음처럼 차갑던 내 가슴에 어떤 뜨거운 기운이 감돌아 나는 곧 선생님 숙소로 찾아가서 『성서조선』의 독자가 되겠다고 말씀드렸는데, 이것이 선생님과 나의 개인적인 첫 대면이었습니다. 그 후 선생님은 학생들에게 바른 신앙을 넣어주어야겠다는 결심을 하셨는지, 얼마 후에 교회 강론을 그만두시고 학교 강당에서 주일마다 『성서』 연구모임을 갖게 되었습니다. 그때 저는 오산학교 학생이 아니었지만 선생님께 간청하여 그 모임에 참석하게 되었는데, 이 소식을 들은 오산교회의 목사님이 저를 불러 "함 선생은 교회 밖에서 모임을 갖는 무교회주의자이며, 따라서 이단이니 그 모임에 참석하지 말 것이며, 만일 계속해서 그 모임에 참석한다면 교회에서는 출교할 수밖에 없다"고 하였습니다.

그러나 나는 선생님 집회에 계속 참가하여 출교를 당했는데, 그때에 오산학교 설립자이자 오산교회 장로로 계시던 남강 이승훈 선생님과, 오산중학교 교사이며 오산교회의 영수이신 박기선 선생님도 같이 출교당하셨습니다.

얼마 후 선생님께서 집회 장소를 선생님 댁으로 정하시고, 1938년 봄에 오산학교 교직을 사임하시고 오산을 떠나실 때까지 매 주일 모임을 계속하셨고, 나도 오산에 있는 동안에는 선생님 집회에 계속 참석하였습니다. 오산학교를 그만두고 선생님은 평양 부근에 있는 송산고등농사학원으로 가셨는데, 나에게 살고 계시던 집을 팔아달라고 부탁하셨습니다. 그 주택은 과수원 가운데 지어진 퍽 한적한 곳이었는데, 주인이 떠나버린 집이라 사려고 나서는 사람들이 터무니없는 헐값에 사려 했기 때문에 매매가 성립되지 않고 시일을 오래 끌게 되었습니다. 그러던 차에 지금은 고인이 된 나의 전처가 "우리가 선생님께서 정하신 값을 다 드리고 그 집을 사자"고 하여 결국 우리가 그 집을 차지하게 되었습니다.

선생님께서 떠나신 후 가끔 오산에 오시게 되면 대체로 우리 집에 머무르셨습니다. 또 평소 몸이 허약하여 앓는 때가 많았던 집사람이 한 번은 선생님께서 오셨을 때 심하게 앓고 있었는데, 선생님께서 그날 밤을 새우시며 간절히 기도해주셨습니다. 이러한 관계는 월남한 이후에도 계속되어 집사람이 중하게 앓을 때에는 선생님께서 오셔서 철야기도를 해주시곤 하였습니다. 그 후 아내가 운명을 했을 때에 영결식을 주도해주셨고, 그 후 제가 재혼할 때에도 결혼식 주례를 해주셨으며, 제 자식의 결혼식까지도 주례를 해주셨습니다.

1951년 1·4후퇴 때 개성서 살고 있던 이성기·김복영이라는 두 청년이 저를 찾아와 급히 피난을 가야 한다고 서두르며, 오늘 저녁 남하하는 화물열차가 있으니 빨리 떠날 준비를 하라고 하였습니다. 그때 내 머리에 함 선생님을 꼭 모시고 떠나야 한다는 생각이 떠올라, 나는 곧 선생님을 찾아가 두 청년의 말을 전하고 빨리 남하해야 된다고 졸랐습니다. 선생님은 무척 주저하시다가 내가 그냥 돌아갈 것 같지는 않고, 그러다 나까지 피난길을 놓치게 될 것을 염려하셔서인지 할 수 없이 따라나서셨습니다. 이리하여 그 후 "자기만 사시려고 혼자 일찍 피난 가셨는가" 하는 비방을 받으신 것은 나 때문이었습니다. 처음에 대구에 내려 얼마를 지내다가 그 후에 다시 김해로 갔는데, 거기서 많은 친구들과 함께 휴전이 될 때까지 모여 살았습니다.

1953년 휴전협정이 성립된 후 선생님은 먼저 상경하셨고, 나는 그 후에 뒤늦게 상경하였다가 곧 경기도 여주로 가서 10여 년을 떨어져 살았고, 그 후 다시 상경하여 살고 있지만 직업 관계상 선생님을 자주 찾아뵙지도 못하였으며 선생님의 집회에도 참석지 못하였습니다.

하지만 그 이유보다는, 선생님께서 월남 이후 그리스도 신앙에 큰 변화가 일어나 오산 시절과는 아주 다른 주장을 하시게 되었는데, 나는 본래 학식이 없고 소견이 좁은 탓인지 선생님의 그 같은 변화를 이해하지 못하고 있었습니다. 이것이 고민이 되어 나는 한동안 선생님을 모실 자격조차 없는 자가 아닌가 하는 생각이 들어 자연히 선생님을 멀리하게까지 되었습니다.

그러나 어쨌든 선생님은 나의 일생의 은인이심엔 틀림없습니다. 선생님의 가르침으로 그리스도의 한없이 넓고, 높고, 깊은 사랑의 품에 안겨 어떠한 역경 속에서도 소망을 잃지 않게 되었으며, 부족과 거짓으로 가득 찬 내 냉랭한 가슴속에 주님의 영이 깃들어 그의 크신 은총으로 자유와 평화를 갖게 되었습니다. 이제는 이 세상에 사는 동안 닥쳐오는 모든 역경과 슬픔은 나에게 영원한 생명을 주기 위함이며, 이 육의 삶에 존귀한 삶이 있게 하시려는 하늘 아버지의 시련으로 알아 감사한 마음으로 받게 되어, 즐거울 때나 괴로울 때나 희망 속에서 즐거운 마음으로 살아갈 수 있게 되었는데, 이 모든 기독교 진리를 알려주신 분이 바로 함 선생님이시므로 저는 선생님의 은혜를 평생토록 잊을 수 없는 자입니다.

선생님께서는 예나 지금이나 아무 진보나 향상이 없는 나를 안타깝게 여기실 것이라 생각도 하지만, 나로서는 그리스도의 대속의 십자가를 통하여 부활영생을 믿는 신앙을 견지할 수밖에 없음을 솔직히 고백하는 바입니다.

사실 좀 건방진 생각인지는 모르겠으나, 선생님께서 내가 가지고 있는 이 평안과 기쁨을 지금도 과연 갖고 계실까 하는 생각이 가끔 드는 때가 있으며, 선생님의 비약적인 신앙이 도리어 걱정되는 때도 있습니다. 나는 가끔 선생님을 위하여 기도하면서 선생님께서 처음에 가졌던 그리스도에 대한 사랑을 지금도 가지게 되시기를 빌기도 합니다.

선생님께서는 나의 이러한 염려를 웃으실 것이라 생각하면서도 이것을 선생님께 대한 내 어리석은 정성이라 생각하시고 너그럽게 이해해주시기를 바랍니다.

한편 나도 그리스도를 신앙하는 문제와는 별도로 선생님을 민족의 위대한 영도자로서 존경하고 있습니다. 선생님은 80여 년의 생애를 통하여 불굴의 의지로써 모든 불의에 항거하셨습니다. 일제와 공산치하에서는 물론이고, 월남 이후 남한에서도 어떤 권력이든 불의에 대하여는 준엄한 질책을 서슴지 않으셨으며 그 때문에 여러 차례 옥고를 치르시기도 하였습니다. 선생님 자신의 표현대로 수난의 5백 년 역사를 이어받은 일제시대와 8·15해방 이후의 혼란의 와중에서 선생님은 어떠한 강풍에도 꺾이지 않는 정정한 노송과 같이, 또 어떠한 격랑에도 미동치 않는 거암처럼 꿋꿋하게 이 민족의 지향할 바를 지시해주셨습니다.

또한 선생님께서는 해방 이전은 별로 생활고를 모르고 지내셨으나 월남 이후에는 여러 차례 끼니를 걱정해야 할 정도로 가난한 생활을 하신 바 있지만, 단 한 푼의 깨끗하지 못한 돈은 받으신 적도 요구한 적도 없이 일생을 청렴결백하게 살아오셨습니다. 실로 선생님은 위무(威武)에도 굴하지 않고 가난해도 아첨하지 않는 헌헌(軒軒) 대장부이십니다. 앞으로도 더욱 건강하셔서 이 민족을 위하여 그 지조와 신념을 보다 굳게 하시기를 빌며, 아울러 한 가지 더 큰 소원은 선생님과 나의 신앙 태도가 전날과 같이 하나의 입장에 서게 되기를 바라는 마음 간절합니다.

우리 가슴속에 영원히 살아 계실 선생님

이태영

    고 함석헌 선생님을 진짜로 아는 사람 치고 그를 존경하지 않은 사람이 없다. 필자도 예외가 아니다. 내가 함 선생님을 마음으로 가까이 모시게 된 것은 1970년 4월 19일에 『씨올의 소리』를 펴내시던 때부터이다. 내 자신이 열렬한 독자였을 뿐만 아니라 내 나름으로 『씨올의 소리』 영구독자모집운동에도 뛰어다니고 독자수련회에도 참가하는 등 열심이었다.

    그러다가 1972년에 『씨올의 소리』 편집위원으로 위촉되면서 나는 함 선생님 곁에 바짝 다가가 뵐 수 있었다. 글을 잘 쓸 줄도, 잡지편집이란 것도 해본 적이 없던 나는, 씨올의 소리 같은 격조 높은 잡지의 편집위원님들이 한결같이 존경하여 가까이 뵙고 싶은 분들이라서 장준하 선생의 그 청이 슬그머니 황송하고 기쁘기까지 하였다. 과연 그때의 편집위원 모임처럼 무게 있고 뜻 있는 모임을 그 뒤로는 별로 가진 기억이 없다.

    그러나 유신시대에 뜻 있는 잡지 만드는 일은 마치 만주벌판을 헤매며 독립운동을 하는 것처럼 위험과 고난, 갖은 고생과 추위와 싸우는 일이기도 했다. 그런 때도 함 선생님은 아무런 내색 없이 "하는 날까지 해야지⋯⋯" 그 한마디 뿐이셨다. 선생님의 인내심과 초연함은 보통 사람의 상식을 넘는 것이기에 내게 항상 감동을 주었다.

『씨올의 소리』를 꾸려가는 일 외에 함 선생님과 나는 시절이 시절인지라 유신철폐운동·군사독재반대·민주화운동에 동참할 기회가 많았다. 함 선생님을 운동의 멤버로 모시는 일은 으레 내 몫이곤 했는데, 그때도 선생님은 흔쾌히 응락하시기보다는 "글 쎄⋯⋯, 하긴 해야지" 하실 뿐이었다. 그분 특유의 그 "글쎄⋯⋯" 하는 침묵 끝의 한마디는 선생님이 지닌 겸손과 깊은 사색, 그러나 무한한 실천력의 전주(前奏) 같은 것이었다. 이따금 외부요청으로 선생님과 대화할 때도 보면, 먼저 말씀하시는 법 없이 상대의 말을 예의 그 전주로 받으며 더 깊은 대화로 유도하는 것은 선생님만의 장기였다. 대담이 끝난 뒤에는 함께 걸어 나오기를 좋아하셨고 식사하기를 청하시는 등 살가운 정을 느끼게 하는 분이셨다.

강직하나 여유가 있으시며 무뚝뚝하면서도 부드러웠던 선생님의 이런 성품은 아마 누구보다도 꽃을 사랑하셨던 그 마음에서 연유했을 것이다. 원효로 댁의 그 언덕바지에 좁은 집의 좁은 방보다 더 큰 온실을 만들어놓고 사시사철 풀과 꽃을 벗하시며 사시던 멋진 노인이 아니셨던가! 하루는 댁에 갔는데 참대나무 자랑을 하시기에 '잘 키우셨다'고 말씀드렸더니 그 자리에서 한 그루 파내 봉원동 언덕의 내 집에 갖다 심어주시는 것이었다. 이제 내 키만큼 자라난 그 참대나무를 볼 때마다 함 선생님 생각이 나리라.

선생님은 비록 물질적으로는 빈한했지만 마음의 양식은 누구 못지않은 부자셨다. 한 평 남짓한 작은 방에서 온통 책들로 둘러

싸여 꽃이 아니면 책에 몰두하시던 선생님을 뵐 적마다 존경과 감탄의 마음이 일곤 했다.

철저히 무저항 비폭력주의를 실천하시던 선생님에 대한 기억은 더욱 뚜렷하다. 74년 민주회복국민회의를 발족하던 날 함 선생님이 선언문을 낭독한 후 들이닥친 형사대에 붙들렸을 때였다. 원고는 누가 썼느냐는 물음에 선생님은 망설임도 없이 "이태영이 써서 나더러 읽으라고 했지" 하시는 것이었다. 그때 나는 선생님이 조금도 노엽지 않고 오히려 어린이 같은 그 순진함과 솔직함에 감탄했을 뿐이다. 또 국민회의 마지막 모임을 윤형중 주교님 방에서 갖고 나오던 날, 성당 앞 큰길에 2천 명 가까운 검은 옷의 경찰이 우리가 탄 차를 새까맣게 에워싸고 당장 내리라고 호통칠 때도 "함 선생님, 내리시면 안 돼요. 잡히시면 안 됩니다" 하며 말리는 내 손을 뿌리치고 차문을 열고 나가 잡혀가셨다. 잡혀가지 않으려고 마지막까지 반항하던 나와는 하늘과 땅처럼 대조적인 모습이었다. 나 같은 보통 사람이 느꼈던 부끄러움을 아직 잊지 못하고 있다.

3·1명동사건으로 6개월여 재판을 받을 때 바로 내 옆에 앉아 계시던 선생님은 고개를 약간 수그린 채 몇 시간이고 숨죽이고 계실 뿐 표정에 별 변화가 없으셨다. 그러다가 이따금 "저거, 저거, 저 사람들 좀 봐" 하시는데, 그 말에는 다른 이들의 몇 시간 진술에 맞먹는 무게가 실려 있는 걸 느낄 수 있었다.

나는 함 선생님이야말로 우리 민족의 대표, '하늘에서 곧바로 이 땅에 내려오신 분'이라고 생각하는 사람이다. 하얀 머리카락과 긴 수염에 흰 두루마기 차림의 그가 일요일이면 봉원동 퀘이커 교도 모임을 마치고 언덕길을 내려가는 모습을 우리 집 마당에서 내려다보노라면 마치 산신령이 내려와 훨훨 나는 듯 걸어가는 것 같다.

두루마기 소맷자락을 휘적휘적 하는 양은 세상의 온갖 더러움, 먼지를 쓸고 가는 것 같아 그가 지나는 길은 맑아지는 느낌이었다.

언젠가 수술을 받은 뒤 문병 간 내게 서슴없이 배를 드러내 수술한 자리를 보여주던 때의 함 선생님은 꼭 어린아이 같았다. 가방 속에 넣어 간 꽃을 맞은편 벽에 걸어드리니 몸을 일으켜 하염없이 그 꽃을 바라보시던 표정과, 다시 오마며 일어서는 나를 배웅하기 위해 굳이 휠체어를 태워달라고 하셔서 1층까지 내려온 그 정성은 선생님의 진한 인간미와 깊은 정이 가슴에 와 닿는 것이었다.

나는 뜻밖에도 선생님께서 눈물을 흘리시는 걸 본 적이 있다. 1988년 올림픽 평화의 불 점화식에 참석하시고 다시 병원으로 가는 차에 모셨을 때였다. "선생님, 왜 우세요?" 내가 묻자 "내가 이 자리에 더 있고 싶은데 자꾸 가라고 하지 않아" 하시는 거였다. 그 행사에 참석한다고 주위에서들 말도 많았지만 오로지 평화를 사랑하신 선생님은 평화를 못다 마치고 가는 걸 아쉬워하셨던 것이리라.

살아서 움직이고 걸어다닐 수 있는 한 이 땅의 젊은이들을 깨우치기 위해 나라 곳곳을 찾아가셨던 선생님. 그가 가시어 이 민족의 정신적 지주였던 큰 별이 떨어진 듯하여 애통하고 허전하기만 한데, 복간된 『씨올의 소리』가 내 앞에 툭 떨어지며 위로를 건넨다. 그래, 함 선생님은 죽지 않으셨다. 비록 선생님의 육신은 우리 곁을 떠났으나 선생님의 높은 정신이 이렇게 말씀으로 살아오셔서 우리 가슴속에 영원히 사실 것이다. 그래서 선생님이 하시던 대로 우리도 민주화운동·통일운동·인류평화의 운동을 비폭력으로 계속할 것이다. 선생님의 명복을 간절히 빈다.

나도 중이나 되었으면

| 법정

사람 목숨 허무해라 물거품일세
80년 한평생이 봄날의 꿈이어라.
인연 다해 이 몸뚱이 버리는 이날
한덩이 붉은 해가 서산으로 진다.

고려 말 태고 화상(太古和尙)의 임종의 노래다. 다른 사람들로
는 몇 생을 산다 할지라도 그만큼 살 수 없는 알차고 빛난 생을
누렸으면서도 한평생이 봄날의 꿈 같다고 하니, 생명의 덧없음이
우리에게까지 다가서는 것 같다.

사람은 가고 기억만 남는가? 함 선생님께서 어느덧 고인이 되
셔서 그 기억을 더듬으려고 하니, 새삼스레 삶의 허무를 되새기
지 않을 수 없다. 우리들도 언젠가는 자기 삶의 그림자를 이끌고
태초 생명의 그 바다로 돌아갈 것이지만.

함 선생님을 처음 뵙게 된 것은 종로에 있던 사상계사(思想界
社)에서였다. 사장인 장준하 선생님을 만나러 갔다가, 때마침 나

보다 한 걸음 늦게 사무실로 들어오시는 함 선생님과 마주치게
되었다. 그때가 한일국교정상화를 반대하던 6·3사태가 있던 그해
봄이었다. 그날 동국대학교에 가서 강연을 마치고 돌아오는 길이
라고 하셨는데 꼬장꼬장한 모습이었다. 그 무렵 나는 해인사 퇴
설당선원에서 정진하던 때였다.

두번째는 함 선생님께서 미국무성 초청으로 도미하기 직전
『뜻으로 본 한국역사』를 다시 손질하기 위해 해인사의 한 암자
(金仙庵)에 들어와 계실 때였다. 이 무렵에는 자주 뵙고 귀한 말
씀을 들을 수 있었다. 한 번은 해인사 큰방인 궁현당(窮玄堂)에서
선생님을 모시고 전 대중이 말씀을 듣는 자리를 갖기도 했다. 주
제는 한국의 종교가 나아갈 길에 대해서였는데, 어떤 종파를 가
릴 것 없이 매서운 채찍질을 해주셨다. 젊은 스님들한테는 적잖
은 일깨움이 되었다.

70년대에 들어서 서울 봉은사 다래헌(茶來軒) 시절, '민주수호
국민협의회'와 『씨올의 소리』 일로 거의 주일마다 자리를 같이하
게 되었다.

그때 『씨올의 소리』 편집회의는 주로 면목동(중곡동?) 전세방
에서 살던 장준하 선생님 댁과 신촌의 김동길 박사 댁, 그리고 내
거처인 봉은사 다래헌으로 옮겨 다니면서 열었다. 어디를 가나
정보기관에서 뒤따라 다녔기 때문에 편집위원들은 자연 긴장하지
않을 수 없었다.

봉은사에서 있었던 일이다. 그날의 모임에 누구누구가 참석했
다고 담당형사가 전화로 상부에 보고하는 장면을 목격한 나는,
홧김에 그 전화기를 빼앗아 그의 면전에서 돌에 박살을 내버렸
다. 그때 우리들은 피차가 잔뜩 독이 올라 있었다.

이런 모임이 아니고도 함 선생님께서는 이따금 우리 다래헌에

들르셨다. 차를 좋아하셨기 때문에 샘물을 길어다 차를 달여 마시면서 마하트마 간디며 칼릴 지브란이며 노자에 대한 이야기를 많이 들었다.

미국에 가셨을 때인데, 함 선생님을 태우고 가던 택시 운전사가 함 선생님 얼굴을 빤히 쳐다보더니 칼릴 지브란을 닮았다고 하더란다. 그래서 함 선생님께서 『예언자』를 한국어로 번역했다고 했더니 아주 반기면서 정식으로 악수를 청하더라고 하셨다.

함 선생님께서 주관하시는 퀘이커 모임을 우리 다래헌에서 연 적도 있었다. 나도 그때 함께 앉아 참석하면서, 번다한 종교적인 의식이 없고 마치 참선과 같은 퀘이커 모임을 처음 알게 되었다.

그 무렵 함 선생님은 노인답지 않게 아름다움 앞에 천진스런 면모를 자주 드러내셨다. 뜰에 피어 있는 꽃을 보면 무심히 지나치지 않고 걸음을 멈추고 눈여겨보면서 꽃에 대한 해박한 이야기를 많이 해주셨다.

원효로 집에 그 손바닥만한 뜰과 온실에 여러 가지 화초를 손수 가꾸셨던 걸 보아도 꽃을 얼마나 좋아하셨는지 알 수 있다. 한번은 꽃삽과 호미를 가지고 와서 다래헌 곁에 무성하게 자라 오르는 머위를 옮겨가기도 하셨다. 머위 이파리의 쌉쌀한 그 맛을 좋아하셨다.

초파일 때 만든 연등을 우리 방에 달아두었는데, 한번은 그걸 유심히 쳐다보시면서 "거 참 곱다, 거 참 잘 만들었다"는 말씀을 연거푸 하셨다. 가시는 길에 떼어서 드렸더니 어린애처럼 아주 좋아라 하셨다.

1975년 가을 내가 거처를 조계산 불일암으로 옮겨왔을 때, 내 산거(山居)에 한번 오시고 싶다는 서신을 받았다. 오셔서 쉬어 가시라는 회신을 이내 보내드렸더니, 열대여섯 되는 장자모임 회원들과 함께 오셨다.

회원들은 아랫절(송광사)에 묵도록 하고 함 선생님은 나랑 같이 우리 불일암에 올라와 하룻밤 주무시게 되었다. 그때 하신 많은 말씀 중에서 나는 다음과 같은 말을 아직도 기억하고 있다.

"나도 젊다면 산 속에 들어와 중이나 되었으면 좋겠소."

그때 어떤 심경에서 하신 말씀인지는 몰라도, 아주 침통한 어조로 말씀하셨다. 그 무렵 함 선생님은 안팎으로 몹시 지쳐 있는 듯한 느낌이었다.

"나도 중이나 되었으면……" 하시던 그때 그 말씀이 함 선생님을 생각할 때마다 한동안 그림자처럼 뒤따르곤 했다.

그리고 나는 이때 함 선생님께 두고두고 죄송한 마음의 빚을 지게 되었다. 다 알다시피 함 선생님은 하루 한끼밖에 안 자셨다. 그것도 저녁을. 그때는 내가 불일암으로 옮겨온 지 얼마 안 되어, 양식은 있었지만 20명 가까운 사람들이 한꺼번에 먹을 수 있는 그릇과 수저가 절에 마련되어 있지 않았다. 지금도 마찬가지이지만 그때는 더욱 그랬다.

함께 온 회원들에게 그런 사정을 이야기하면서 밥 대신 감자를 삶아 먹으면 어떻겠느냐고 했더니 다들 좋다고 해서 감자를 한 솥 삶았다. 젊은 사람들은 별식이라 좋았겠지만, 하루 한끼밖에 안 드시는 노인이 감자로 끼니를 대신한다는 것은 아무래도 무리였다. 겨우 두 갠가 드시고는 더 안 드셨다.

이때 일이 두고두고 나를 후회하게 했다. 따로 밥을 지어드렸어야 했는데, 융통성 없이 꼭 막힌 나는 미처 그런 생각을 하지 못했던 것이다.

또 한 가지, 나는 함 선생님의 마지막 가시는 길에 예를 드리지 못한 허물을 지었다. 그때가 안거중인데다 영결식날 하필 절에서 예정된 행사가 있어, 인편에만 조문을 대신케 하고 참석지 못하고 말았다. 고인과 유가족께 죄송하고 송구스러울 따름이다.

돌이켜 생각하면, 함석헌 선생님과 같은 큰 어른을 가까이서 모실 수 있었던 인연에 감사드리지 않을 수 없다. 한 개인의 삶이란 그 자신만으로 그치는 것이 아니라 관계된 세계를 통해서 거듭거듭 형성된다. 이런 사실을 상기할 때, 함 선생님은 어렵고 험난한 우리 시대의 큰 스승으로 우리들 가슴속에서 오래오래 삶을 함께 하리라 믿는다.

선생님의 명복을 빈다.

유영모 선생님과 함석헌 선생님

서영훈

내가 함 선생을 처음 만난 것은 1954년 늦가을 어느 날 충정로에 있는 적산집 2층에서였다.

그때 나는 대한적십자사 청소년부 책임을 맡고 있었는데, 그보다 2년 전 부산에서 『사상』(思想)지 편집일을 볼 때와 해방 후 청소년운동을 할 때 가까이 인연을 맺은 장준하 선생의 소개를 받아 학생들에게 말씀을 해달라는 부탁을 드리러 찾아뵌 것이다.

처음 뵌 선생님은 명상하는 구도자의 모습이었다. 그때 벌써 길게 자란 흰 수염과 머리, 흰 바지 저고리 차림으로 꿇어앉아 계신 모습이 인도의 어느 숲 속에서 속연을 끊고 해탈하려는 두타행을 보는 것 같았다.

그때 여쭌 말씀이나 하신 말씀을 지금 다 기억할 수 없으나 단 몇 마디 국가주의 강권주의를 배격한다는 것과 하느님의 뜻인 역사의 명령을 따라야 한다는 말씀을 들었던 것으로 기억한다. '역사의 명령'이, 씨올이 주인인 한울나라 세우는 데 있다는 뜻을 알게 된 것은 나중 일이다.

그 뒤로 함 선생을 적십자사에 자주 모셔다 청소년들 모임에서 말씀을 들었고『청소년 적십자』라는 잡지에 무료로 써주시는 원고도 여러 번 받아 실었다. 서울역 앞 세브란스 회관이나 종로 4가 중앙신학교 강당에서 가진 선생님의 말씀 모임에도 자주 나가게 되었다. 하루는 종로 4가에서 을지로 입구까지 모시고 걸어오는데 나더러 몇 번이나 할 수만 있으면 직장을 그만두고 인도에 가서 공부를 해보는 게 어떠냐고 하셨다. 아마도 선생님께서 간디의 사상과 인도철학에 크게 끌려 있을 때여서 비교적 젊은 나에게 그런 권유도 하셨던 것 같다. 그러나 나는 선생님 권면을 실천할 수 없었다.

하루는 적십자 학생집회에서 선생님 말씀을 듣게 되었는데 "내가 오늘 이야기하는 것이 마지막이 될지도 모른다"고 서두를 떼시고는 이승만 박사가 반공포로를 석방한 것을 남들은 위대한 지도자의 용기 있고 현명한 영단이라고 하는데, 이 일은 매우 잘못된 일이며 국제법 위반이므로 우리나라의 국제적 공신력을 떨어뜨리는 일이라는 놀라운 말씀을 하셨다. 국제법이란 '제네바 조약'의 포로 취급에 대한 규정을 두고 하신 말씀이었으나, 당시 우리나라의 상황과 여론으로서는 하기 어려운 말씀이었으므로 학생들은 어리둥절해하였고 나도 좀 당황스러웠다. 그 뒤에 아마 조병옥 박사도 비슷한 발언을 했다가 테러를 당했다는 보도를 본 적이 있다.

1956년경인데 원효로에 있는 댁으로 선생님을 찾아갔더니 사모님께서 "선생님 강의를 들으러 갔다"고 하신다. 나는 의아하여 함 선생님이 강의를 들으러 가셨다는 그 선생님이 누구시냐고 물었더니 "유영모 선생님을 모르느냐"고 하시면서 유 선생님이 YMCA에서 매주 금요일에 강의를 하시는데 함 선생님이 그 말씀을 들으러 매번 나가신다는 것이다.

나는 그 길로 YMCA로 갔더니 열 평이 될까 말까 한 강의실에 그림 속 노자(老子)의 모습을 연상케 하는, 빡빡 깎은 머리는 괴이하게 크고 키는 아주 작은 노인의 강의를 그 앞에 열 명 남짓한 사람이 앉아 듣는데 맨 뒤에 수염은 단상의 선생님보다 더 희고 길게 자란 노학생 함석헌이 꼿꼿이 앉아 열심히 청강을 하고 계신다. 세상에 희한한 선생과 제자! 유영모와 함석헌의 인연이 얼마나 깊고 높은 것이었는지 미처 짐작도 못했던 때였지만 그때 나는 일생 잊혀지지 않는 강한 인상을 받았다.

그 뒤로 나도 이 모임의 끝자리에 나가 앉아 말씀을 듣게 되었다.

유 선생님 말씀이나 함 선생님 말씀이 거의 우주, 자연, 도, 생명, 영원한 진리, 평화와 사랑, 참 삶의 지혜에 관한 것인데『성경』외에는 거의 동양의 고전을 해석하거나 인용하시되 그 정수와 요령을 파악하여 이를 우리말과 뜻으로 새겨서 '알짬 말씀'으로 해주시는 강론이었다.

4·19학생혁명이 있고 세상이 달라질 당시 우리들 30대도 제 몫의 구실을 해보자고 삼, 사십 명이 모여 '5월회'라는 모임을 갖게 되었는데, 첫 모임에 함 선생님 말씀을 듣자고 김용준 님이 천안에 있는 씨올농장으로 찾아가 선생님을 모셔왔다.

그때 선생님은 머리를 빡빡 깎으셨고 건강도 좋아 보이지 않았다. 평소 편안하고 겸손하시던 것과는 다른, 좀 피로한 모습으로 약간은 자조적인 고백 같은 말씀을 하시면서 형식적이고 위선적인 도덕률의 폐해를 말하는 가운데 '가족제도'라는 것이 언젠가는 없어져야 한다는 말씀도 하시는 것이었다.

함 선생의 사상 속에 낡은 문화와 가치체계의 틀을 깨고 벗어

나려는 저항정신과 초월사상이 있는 것이 사실이나 이때의 표현에는 어떤 체험적 고백 같은 것이 있지 않았나 생각된다. 그 직후에 선생님이 번역해 내놓은 칼릴 지브란의 『예언자』 서문을 통해 당시의 정신적 역정을 짐작할 수 있었다.

어느 날 사상계사에 들렀더니 선생님이 거기 와 계셨다. 나를 보시더니 지금 서울대학병원에 유영모 선생님이 입원해 계시는데 함께 가보자고 하셨다. 며칠 전 유 선생님이 구기동 자택 2층 옥상에서 어린 손녀가 떨어지는 것을 붙들다가 떨어지셔서 중상으로 입원 가료중이시라는 것이다. 그래 함 선생님과 함께 종로서부터 대학병원까지 걸어 병상에 계신 유 선생님을 뵈러 갔다. 유 선생님은 의식 없이 그 독특한 깊고 성찬 숨소리만 높았다. 함 선생님 표정은 꼭 어버이 임종을 맞는 것처럼 엄숙하게 느껴졌다. 하지만 그로부터 4주일 뒤에 유 선생님은 기적같이 회복되어 병원을 나와 걸어서 구기동 자택까지 돌아가셨다.

아시는 분은 다 알고 있듯이 유 선생님과 함 선생님은 하루 한 끼만 드시는 절식주의일 뿐 아니라 각기 자득하여 길들인 섭생법으로 심신을 연단하신 분들이다. 두 분 다 간디와 톨스토이를 좋아하셨을 뿐 아니라 천지간 참 기운과 씨올의 생명, 그리고 속알의 말씀을 받아서 키우고 익힌 참사람 참아들들이었으므로 정신뿐 아니라 육체적으로도 대단히 강건하신 분들이었다.

함 선생님이 사회참여를 본격적으로 하시게 되어 사회적 부도덕이나 기성종교의 위선을 비판하는 데서부터 인권문제나 정치문제에 깊이 관여하게 되고 마침내 독재정치에 정면으로 항거하여 민주수호 민권운동의 선두에 나서시게 되었을 때, 나는 직장이 정치에 직접 관여할 수 없는 적십자였을 뿐 아니라 위인이 모자라서 함 선생님을 접촉하는 기회가 적어졌고, 유영모 선생님을 자주 찾아뵙게 되었다. 그러다 1963년 여름부터 적십자사 사택에서 젊은 교수들과 대학생 20여 명이 함께 유 선생님을 모시고 3년 동안 말씀을 듣는 모임을 가지게 되었다. 이때에는 어떤 까닭으로 두 분 사이가 좀 소원하였다. 때로 함 선생님 사생활에 관한 언짢은 말씀도 하셨다. 세상에서도 말하기 좋아하는 이들이 이리저리 헐뜯는 말들이 있었다. 그러나 내가 보고 느끼기에 유 선생님이 함 선생님을 아끼고 존중하는 속마음은 다른 누가 헤아릴 수 없이 깊고 깊었다. 유 선생님과 가까웠고 그 영향을 받은 이들 가운데 남강 이승훈 선생을 비롯하여 정인보, 문일평, 윤세복, 이광수, 김정식, 김교신, 현동완, 최흥종, 이현필, 김흥호 등 정신적 지도자와 이인(異人)들이 많으나 함 선생님만큼 유 선생님과 가깝고 아낌과 굄을 받은 사람은 없을 것으로 믿는다.

유 선생님과 함 선생님은 나이가 11년 차이인데 생일이 같고 돌아가신 날은 함 선생님이 하루 늦다.

유 선생님은 1981년 2월 3일에 돌아가셨고 함 선생님은 금년(1989년) 2월 4일에 돌아가셨다.

유 선생님은 돌아가신 뒤 해마다 추모의 모임을 갖게 되었는데 김흥호 님이 주관하여 선생님 사시던 구기동 집에서 모였다. 함 선생님도 나오시곤 했다. 그러나 그 집에 사시던 유 선생님 작은 아드님이 일산 쪽으로 이사를 가는 바람에 재작년부터 내가 관계하던 흥사단 강당에서 추모 모임을 갖게 되었는데 연락하는 이가 잘못했는지 재작년에는 안 나오셨다. 작년에는 내가 찾아가 말씀을 드렸더니 나오셔서 추모의 말씀을 하시다 우시기까지 하셨다. 함 선생님과의 마지막 인연이 된 것은 '서울 올림픽 평화선언대회'에 선생님을 모시게 된 일이다. 여기에 대해 세상의 오해도 좀 있고 함 선생님의 걸어온 길과 궤를 달리했다는 견해도 있는 줄 안다. 그러나 이 일은 처음부터 순수한 뜻으로 진행되었고, 함 선생님도 오직 참된 평화의 정신과 요소를 일깨우며 증진시키자는 뜻에서 참여하셨다.

적십자 출신 젊은이들이 발의하여 시작된 이 평화선언대회는 이 고난의 땅, 수난의 민족이 주인 되는 서울 올림픽이 단순한 체육행사로 끝나거나 정치적 목적으로 이용되어서는 안 되고 진정한 평화의 메시지를 전 세계에 널리 전해야 한다는 뜻에서 올림픽 행사와는 완전히 별도로 순 민간인의 힘으로 조직되었고 세계 각국에서 저명한 인권운동가와 평화운동가들이 참여하였다. 준비하는 이들의 의견이 모두 함 선생님을 위원장으로 모시자고 하여 그 뜻을 전하였더니 흔쾌히 승낙하시고 개회사를 맡아주셨다.

이제 유 선생님과 함 선생님, 두 분이 모두 이 세상에는 안 계시다. 그러나 두 분은 한국인의 기억과 사상 속에 길이 남을 것이다.

한 분은 북두성처럼, 한 분은 오리온 성좌 같은 모습으로 나에게는 남아 있다.

민족을 부둥켜안고 눈물 흘리던 예언자

김상근

고등학교 2학년 초에 나는 일본의 무교회주의자 가가와 도요히코(賀川豊彦) 선생의 자전적 소설 『사선(死線)을 넘어서』를 읽게 되었다. 그 어른의 진실된 삶에 크게 심취하였고 그것은 곧 나의 실존적 삶에 큰 영향을 미치게 되었던 것 같다. 예수님의 가르침을 과연 이웃과의 삶을 통해 구현해낼 수 있겠는가 하는 것을 고민하던 나에게는 명쾌한 대답이 되었던 것이다. 거지들과 함께 살아보려는 흉내, 그들의 더러운 몸에 손을 대보는 흉내, 심지어 나병환자들을 찾아 따뜻한 말동무가 되어주는 흉내를 내보는 등, 제법 진실된 삶을 향하여 실존적 자아를 훈련하고 있었다.

이런 분위기와 정서를 가지고 신학교에 입학하였고, 거기서 비로소 민족과 역사를 보기 시작했다. 4·19학생의거에 참여하면서 스스로 역사창조에 발을 들여놓고 있다는 인식을 갖게 되기도 했다. 여기에는 선생님의 가장 가까운 친구요 역사의 동반자이며 우리의 스승인 장공(長空) 김재준(金在俊) 목사님의 영향이 지대하다.

5·16군사 쿠데타가 일어났다. 우리 학생들은 매우 작은 몸짓이지만 저항의 씨를 틔우고 있었다. 아무도 말할 수 없던 때 선생님의 글 「5·16을 어떻게 볼까?」는 우리의 숨통을 확 틔어주었다.

그해가 1962년인지 1963년이었는지 잘 가늠되지는 않지만 한여름 대광고등학교 운동장에서 선생님의 강연회가 있다 하여 뙤약볕 복판에 주저앉았다. 선생님의 수염은 그때부터 백발이었다. 그리고 언제나 바람에 날리는 듯하였다. 지금 생각하면 그때 선생님 연세가 50대 중반이었는데, 아무튼 하얀 수염의 노인으로 보였다.

날씨는 폭염이었는데 선생님의 웅변은 더욱 뜨거웠다. 다 기억하지는 못하지만 연설 내용은 역사에 대한 것이었다. 역사가 무엇이냐, 이 나라 역사의 의미는 무엇이냐, 우리가 지금 무엇을 해야 할 것이냐는 등의 질문에 답하는 형식의 강연이었다고 기억된다. 이것이 선생님과 나의 첫 만남이었다.

내가 누구냐 하는 실존의 문제로 한참 갈등하며, 실존과 역사 사이에 채 다리를 놓지 못하고 있던 내가 분명한 시각을 갖게 되었다면 바로 이때쯤이었으리라고 생각된다. 대광고등학교 강연 후 나는 기회가 닿는 대로 선생님의 강연을 따라다녔다.

5·16 후 세계여행을 떠나셨다는 소식을 들었을 때, 나는 퍽 우울했다. '도피하셨구나' 하는 판단 때문이었다. 그렇게도 믿었던 어른인데 이런 시기에 세계일주라니 씁쓸한 패배감이 생기기까지 했다. 그런데 돌연 유유자적하던(?) 세계일주를 중단하고 귀국하셨다는 소식과 함께 시민회관에서 강연회를 갖는다는 소식을 들었다. '그러면 그렇지! 그렇게 하셔야지!' 나는 쾌재를 불렀다.

시민회관은 지금은 세종문화회관 자리에 있었고, 장준하 선생이 강연자로 함께 나섰다. 후에 안 일이지만, 『사상계』를 내고 계셨던 장 선생님의 주선이었다. 나는 조금 이른 시간에 도착하였으나 이미 실내는 만원이었고, 수백 명의 군중이 들어가지 못해 웅성거리고 있었다. 어쨌든 들어가서 선생님의 강연을 들어야겠다는 것이었다. 확성기 한 대가 밖을 향해 급히 설치되었으나 장외의 인파를 도저히 만족시킬 수 없었다. 결국 선생님과 장준하 선생님이 현관 위 2층 유리창을 깨고 현관 슬래브 위에 모습을 나타내셨다.

군중은 환호했고, 선생님은 매우 짧은 몇 마디를 포효하셨다. 물론 무슨 말인지 알아들을 수 없었다. 말이 들리지 않았다. 그러나 유리창을 쨍그렁 때려부수고 현관 지붕 위로 나오실 때 이미 그 유리 깨지는 소리가 나에게는 충분한 메시지였다. 깨진 유리창을 통해 밖으로 나오시는 그 모습에서 나는 참으로 가눌 수 없는 설교를 듣게 되었다. 정의의 역사를 막아서는 세력은 깨고 나가야 한다. 가차없이 부수고 바로 그것을 딛고 전진해야 한다. 투지, 용기, 돌파력, 확신 이런 것들을 통겨 던져주기에 충분한 광경이었다. 몇 분이나 계셨을까, 잠시 후 장내의 강연을 위해 다시 들어가셨다.

청년 대학생들 집회에 여러 차례 선생님을 모시는 강연회를 마련하게 되었다. 대개 사상계사로 찾아뵈었고, 거기서 장준하 선생님을 비로소 가까이 알게 되기도 하였다. 선생님은 누구의 요청을 받으시든지 속에서 솟아오르는 말씀을 쏟아놓으셨다. 집회가 크거나 작거나 개의치 않으셨다. 젊은이들이 모여 있다 하면 당신이 앞장을 서셨다. 이번에는 장준하 선생님을 모시자고 하여 찾아가 교섭을 하면 옆에 앉으셨던 선생님이 "장 사장은 요새 바빠서……"라고 슬쩍 끼여드신다. 장 선생님은 예외 없이 죄송하지만 선생님께서 가주십사고 부탁드린다. "그러면 내가 가볼까"

하시며 시간, 장소를 물으시기도 하셨다. 선생님의 가슴은 당신도 억제하기 어려울 만큼 뜨거웠던 것이다. 젊은 놈 몇만이라도 제대로 길러내 보시겠다는 열정이었으리라.

비교적 자주 뵙기 시작한 것은 '민주회복국민운동' 시절 후였다. 그리고 특히 이른바 '인민혁명당사건' 때는 매일 면대하였다. 참으로 행동하는 지성인, 민족의 양심으로 굳게 서시는 것을 가까이 뵈었다. 밤낮으로 인혁당사건의 조작성을 터뜨리는 것은 물론이다. 대법원이 형을 확정하자 스물네 시간도 지나기 전에 여덟 명을 사형집행해버렸을 때 선생님은 완전히 투사이셨다. 직접 거리에 나서 항의하셨고, 박정희 정권의 하수인인 경찰과 친히 몸싸움까지 벌이셨다. 어느 때는 끌려가시기도 하고, 또 어느 때는 길바닥에 드러누우시기까지 하며 박 정권의 죄를 공박하셨다. 그리고 그 가족들을 자기 자식처럼 대하시며 스스로 시대의 죄를 회개하는 금식기도를 하시기도 했다.

『성서』에 나오는 지성적 예언자 이사야 같기도 했고, 왕의 학정을 정면에서 비판하던 엘리야, 혹은 그러다가 목 베임을 당한 세례 요한 같기도 했다. 아니 저 불쌍한 민족을 부둥켜안고 눈물을 흘리던 예언자 예레미아와도 같았다.

"한국교회의 단 1할만이라도 바로 선다면 이 나라가 이렇게 되지는 않을 것인데"라고 탄식하시는 말씀을 나는 매우 자주 들었다. 역사의 한 귀퉁이를 붙들고 있는 한국교회 안의 소수자들을 격려하고 또 고무하신 말씀이었다고 생각했다. 그러나 나 같은 사람에게는 각성과 함께 긴장을 주시기 위해 하신 말씀으로 새겨 듣곤 하였다. 그렇게 선봉에 서서 민족과 교회를 이끌어 가시면서도 "하나님의 발길에 채여" 여기까지 왔다고 고백하시는 선생님의 깊은 신앙을 감히 헤아릴 수 없다.

선생님은 결코 가신 것이 아니다. 부활의 몸으로 지금도 우리와 함께 살고 계신다. 그 부활의 세계에 자신을 던지는 자는 언제까지나 선생님과 함께 있을 것이다.

'글쎄'의 철학자

원경선

함석헌 선생을 처음 만난 것은 53년 전인 1936년경 내가 22세, 함 선생이 36세쯤 되던 때에 만리동 김교신 선생 댁에서였다. 흰 두루마기를 입은 것이 인상 깊게 남아 있다. 긴 세월 동안 가끔 함 선생 강연회에도 나가게 되고, 식사도 같이 하면서 꽤 가깝게 지냈다.

내가 부천에 살 때도 몇 차례 들르셨고, 양주 풀무원에도 여러 번 찾아오셨다. 한번은 중앙신학의 이호빈 목사와 함께 밤이 늦도록 풀무원에서 이야기한 일도 있다. 마음이 답답한 때면 찾아가서 만났는데 이제 타계하였으니 허전함을 느끼게 된다.

어린 소녀 같던 선생

한번은 천안 씨올농장에 들렀더니 "원 형 잘 왔소. 그러지 않아도 무슨 의논할 일로 소사로 찾아갈까 했는데……" 하며 반가워했다. 그때가 가을이었고 포도원 옆에 배나무가 있었는데, 그 잎이 아름답게 단풍 들어 있었다. 함 선생이 그 나무로 가까이 가더니 그 잎 하나를 양 손바닥으로 어린애 손 만지듯 비비면서 "참 곱다"를 연발하는 것을 보고, 어린 소녀의 감정 같다고 생각했다.

한번은 7월경에 씨올농장에 들렀더니 함 선생이 포도원을 돌아보고 있었는데 나도 들어가서 함께 돌아보니 포도에 대한 기초지식도 없는 분들이 하고 있는 것을 보았다. 포도송이를 적과(곁송이를 따주는 것)해주어야 하는데 그대로 두어서 송이가 엉성하고 너슬너슬하여 상품가치가 없었다. 내가 "이렇게 기초지식도 없이 어떻게 포도원을 하느냐"고 하여 피차에 웃은 일이 있다.

한번은 초겨울이었는데 씨올농장에 가서 하룻밤을 지내게 되었다. 저녁식사에 호밀가루로 끓인 호박죽이 들어왔다. 그때 경제적으로 극도로 궁지에 몰려 있었던 것 같다. 함 선생과 청년 네 명, 나 이렇게 여섯 명이 먹었는데, 보통이면 호박죽을 별식으로 해먹지만 그분들은 경제적 이유 때문에 호박죽을 끓여 먹고 있었다. 식사하면서 청년들에게 "이 겨울을 어떻게 지내지? 나는 원고를 쓰면 한 달에 4만 원 정도(그 당시 한 달 월급 수준) 벌 수 있는데, 자네들은 무얼 해서 밥벌이 하겠나?" 하며 의논하는 소리를 듣고, 그들의 경제 상황을 짐작했다.

영감님, 그 수염 가졌으면 국회의원 나갈 만한데

나의 넷째 딸에게서 들은 얘기인데, 기차로 서울역에서 소사까지 오던 중에 함 선생이 자리에 앉아서 영문책을 읽고 있으니까, 흡사 시골노인 같은데 영문책을 읽고 있으니까 그 옆에 앉았던 한 노인네가 함 선생에게 "할아버지 그 영어 읽을 줄 아세요?" 하고 묻더라는 얘기를 듣고 웃었다.

한번은 소사의 우리 집에 와서 자고 나와 함께 부평 미군병원에 정신질환으로 입원한 미국 청년을 방문하고 부평역에 나와서 기차를 기다리며 역 대합실에 있었는데, 어떤 할아버지가 함 선생님에게 가까이 가더니 "영감님! 그 수염이 참 좋소. 영감님! 그 수염 가졌으면 국회의원 나갈 만한데!" 하면서 그 수염을 슬슬 쓸어내렸다. 그런 실례되는 태도에도 함 선생은 히죽히죽 웃으면서 그 촌노를 바라보고 있었다.

그런가 하면 한번은 종로 보신각 앞 네거리를 건너가는데, 그때는 신호등이 설치되기 전이었다. 함 선생과 손을 잡고 건너는데 승용차가 다가왔다. 나는 차를 먼저 보내려고 멈칫하니까 함 선생은 내 손을 휙 잡아당기면서 "사람이 우선이지!" 하고 건너간 일이 있다.

언젠가는 서울역에서 기차를 같이 타는데, 그때는 6·25사변 후라 모든 질서가 혼란하여 좌석을 잡기도 어려운 때였다. 상이군인들이 신문이나 지팡이 같은 것을 여러 자리에 놓았다가 그 자리를 300원씩에 팔았다. 우리가 들어가니까 자리가 없어 서 있는 사람들이 많았고 지팡이가 놓여 있는 자리만 비어 있었다. 함 선생은 그것을 보고는 그 지팡이들을 집어 팽개치면서 "성한 놈들이 병신놈들한테 져!" 하고 앉는 것을 보았다. 이렇게 그는 강할 때는 강하고, 부드러울 때는 부드러웠다.

권정림 씨(노연태 선생 전부인)가 임종이 가까웠다는 급보를 받고, 서울에서 함 선생과 함께 오류동 송두용 선생 댁으로 가서 함 선생과 나와 둘이서 권정림 씨의 운명을 지켜보게 되었다. 운명한 후에 함 선생이 무슨 뜻인지 모르지만 "이 세계와 저 세계는 확실히 다른데……"를 두 번이나 뇌까렸다. 그리고 이튿날, 집 처마 끝에다 권정림 씨의 시 한 구절인 "푸른 마음 가져야 푸른 하늘 보지!"를 친필로 크게 써서 붙였다.

위수령이 내려지고 학생들이 제적되고, 적령도 되기 전에 군에 강제로 집단입대될 때 그때마다 함 선생은 용산역에 나가서 그들을 보냈다. 한번은 나에게 "저 학생들이 아무 방비도 없이 총칼 앞에 나서면 어떻게 하지……" 하며 근심했다. 나의 아들이 제적당하고 체포되어 재판을 받게 되니까 앰네스티 인터내셔널의 변호사에게 직접 가서 협조를 요청해주었다.

친지들의 불만

함 선생이 처음 미국에 갈 때 일이다. 김포공항에 전송을 나갔는데, 청년들은 많이 나왔지만 나이 많은 사람으로는 나와 최태사 선생 두 사람뿐이었다. 그와 가깝게 지내던 무교회 관계분들은 눈에 보이지 않았다. 모종문제 때문에 친지들이 그를 멀리하여 고독을 느낄 때였다. 나에게 "나와 국가의 죄를 지고 태평양 바다에 펑 빠졌으면 좋겠다"고 비통한 말을 남기고 떠나셨다.

옛날 도쿄 시절 무교회 친구였던 일본의 마사이케 진 씨가 처음 한국에 왔을 때 그의 환영회를 시청 앞 어떤 중국요릿집에서 가졌다. 내가 좀 늦게 갔더니 함 선생이 혼자서 따로 앉아 있었는데, 나와 악수를 하며 한참 동안이나 손을 놓지 않고 꼭 잡고 있어서 그의 고독한 심경이 나에게 깊이 전달되기도 했다.

함 선생은 풀무원에 여러 번 와서 강연을 해주었는데, 첫번째 온 때였다. 그때는 정보정치가 극성을 부리던 때여서 함 선생이 감시를 받고 있었는데, 내가 어리석게 전화로 함 선생에게 강연 요청을 했다. 물론 도청되었다. 그날이 되어 함 선생이 와 있는데 형사들이 몰려왔던 일이 있다.

나는 그를 '글쎄'의 철학자라고 우스갯소리를 하고 싶다. 그는 명쾌한 대답을 하는 때는 많지 않고, 대개는 "글쎄"로 대답한다.

자기도 그것을 알고 있기 때문에 언젠가는 나더러 "또 '글쎄!'라고 대답한다고 하겠지만……" 하고 말을 시작하는 것을 들었다. 하지만 나도 점점 늙어가면서 그 '글쎄'의 뜻을 알게 되는 것 같다. 젊어서는 자기의 판단이 정확한 줄 알고 명쾌하게 '예스' '노'를 말했지만, 여러 사건들을 경험하게 되면 만사에 양면이 있어서 주관적인 관찰이나 판단이 결과적으로 객관성을 띄지 못해 빗나갈 때가 많다는 것을 알게 된다. 그러니까 나도 무슨 사건을 당할 때마다 그 양면성을 의식하게 되므로 차츰 '글쎄'라고 대답하게 되는 것을 느낀다.

함 선생은 '글쎄'의 철학 때문에 사건처리에 있어서도 명쾌한 처리를 못 해서 친지들로부터 불평을 산 일도 있었던 것이 사실이다. 그의 생각은 넓고 깊었다고 생각된다.

아직 채 덜 깼어

다나카 요시코

어젯밤, 저는 평소에 없던 아주 희한한 일을 경험했습니다. 한 번 잠이 들면 아침까지 눈뜨는 법이 없는데도 그날 밤(1989. 2. 4)은 갑자기 배가 몹시 아파 잠에서 깨어 시계를 보니 새벽 3시 8분을 가리키고 있었습니다. 곧 함 선생님을 생각하면서 기도를 드렸습니다. 선생님께서 믿음을 완성하시도록, 그리고 최후의 순간까지 신앙의 증거가 되어주실 수 있도록 해주십사고 정성을 모아 기도 드리고 있었습니다. 그러고 있노라니 일곱시가 가까워졌는데 국제전화가 연달아서 걸려오기 시작했습니다. 선생님의 부음을 전해 듣는 순간, 왠지 제 마음은 잠잠하고 매우 침착해졌던 것 같습니다.

하나님이 하시는 그 순간이란 언제나 옳고 틀림없다는 것, 드디어 그때가 온 것이구나 하고 생각했습니다. 지금의 제 심정은 어떻게도 정리되어 있지 않은 상태여서 조리 있게 말씀드릴 수 없습니다만, 요 수년 동안 선생님께서는 자주 "내가 죽으면 어떡할래……?"라는 질문을 하시곤 하였습니다. 저는 그때마다 대답을 드리지 못했습니다. 정말 그때가 오고야 만 지금, 어떤 의미에서는 아주 확실하게 대답할 수 있는 무언가가 이 경험(예배모임) 속에서 정돈되어가고 있습니다. 그것을 함 선생님께 답해드리고 싶지만, 아직은 잘 할 수 없습니다.

내가 죽으면 어떡할래?

그런 말씀을 제게 가끔 하시면서, 함 선생님께서는 생애 마지막 시간을, 평소 그렇게 정정하셨는데도 병상에 누워 지내셨습니다. 선생님께서 누우시다니 웬일일까 하고 많이 걱정했습니다만, 지금 와서 생각해보니 선생님은 참으로 죽음에 대한 준비를 잘 할 수 있으셨던 분이었구나 싶습니다. 제게는 작년 9월 16일자 편지가 선생님의 마지막 편지입니다만, 거기에 이르기까지 여러 가지 형태로, 죽음이라는 말을 쓰시지는 않았지만 마음의 준비라고나 할까요, 옛 자기로부터 새로운 자기로 바뀌는 일에 대해서 자주 쓰셨습니다.

생각해보면, 사람이 일생을 마치고 새로운 것으로 다시 태어난다고 할 때 미처 준비가 되어 있지 않은 사람들이 많이 있습니다. 그리고 인간은 완전한 존재가 못 되므로 여러 가지 불충분한 일이 있습니다만, 그런 일들을 이 세상에 있을 때 정말 하나하나 스스로 책임지고 회개하며 새사람됨을 맞아들이지 못하는 이들도 많다고 생각됩니다.

그렇게 정정하고 그렇게도 바쁘시던 선생님이 요 1, 2년 사이 그 번다한 생활로부터 잠시 떠나 자기 자신과 대치하며 무엇을 하고 계셨을까?

역시 하나님께서는 깊이깊이 선생님께 새로운 영적 생명으로 부활하는 그 준비의 시간을 주셨던 것으로 생각됩니다.

또한 그 동안 얼마나 많은 분들로부터 경애(敬愛)를 받았으며 행복한 분이었는가를 저는 제 눈으로 생생하게 보았습니다. 또 저 같은 사람은 여러분과 달리, 떨어진 곳에 살고 있기 때문에, 함 선생님을 통해서 얼마나 많이 기도라는 것을 배웠는지 알 수 없습니다. 정말로 90년에 이르는 그분의 생애는 하나님과 함께한 생애였고, 그리고 지금 그 하나님께서 데려가신 것이므로, 우리들은 선생님께서 바라고 계시던 참으로 자유로운 영의 나라로 여행을 떠나셨다고 생각합니다.

이 세상에서의 사귐은 이제 끝이 나고, 그러나 모든 이들에게 많은 좋은 추억들을 남겨주고 가셨습니다. 선생님은 지금 이 세상의 일에 몇 번이나 눈물을 지으셨습니다. 그렇게도 슬퍼하고 고민하며 지내셨습니다만, 이제는 그러한 모든 일로부터 해방되어서 아무개, 누구 하는 그러한 관계에서가 아니라, 좀더 넓은 하나님 슬하에서 진실된 사랑과 정의와 평화……, 그 일을 위해서 하나님께 섬기는 새로운 생명에 들어가신 것이라고 생각합니다.

아직 채 덜 깼어

제일 마지막으로 제게 남겨주신 유언의 말씀은, 지난번 서울에 왔다가 돌아갈 때 공항으로 가기 전에 아침 일찍 선생님께 문안을 드리러 갔는데, 밤에 잠이 오지 않아 하룻밤을 꼬박 새우고 그 때 막 잠이 드셨다고 했다. 그런데도 애써 깨워주셨고, 또 눈을 떠주셨다. 그리고는 일본말로 분명하게 "아직 채 덜 깼어"(まだ充分醒めていない)라고 말씀하셨다. "아직 채 덜 깼어", 그것은 지금 막 깨어났기 때문에 아직 채 정신이 들지 않았다는 뜻으로 들릴지도 모르겠습니다만, 언제나 아주 깊은 의미의 말씀을 남겨주셨듯이 저는 바로 그런 뜻에서 그 말씀을 받아들였습니다.

"아직 채 덜 깼어", 하지만 저는 지금 이렇게 생각합니다. 지금은 선생님께서 충분히 깨어나셔서, 영혼의 저 깊은 곳에서 깨어나셔서, 하나님 앞에 깨어나신 영혼으로서 살고 계시다고. 요전에는, 불과 1개월 전이군요. 그때는 제게 아직 충분히 깨어 있지 않다고 하셨습니다. 하지만 지금은 다르다고 생각합니다. 지금은 충분히 하나님 앞에서 진정한 깨어남을 경험하셔서, 이 세상에서 뜻대로 안 되시던 일들이 진정 자유로워져서, 이제부터 하나님 곁에서 사시는 것입니다.

저는 여러분과는 다른 의미에서 참으로 많은 것들을 가르침 받았습니다.

떨어져 있었으니만큼 그만큼 많은 글로써 여러 가지를 써 보내주셨습니다. 그것들을 이제부터 다시 정독해가면서, 또한 일본사람들에게 그 위대한 혼이, 그리고 한국 분들께 참으로 마음으로부터 경애받으셨던 이 어른의 가신 뜻을 전하는 소임을 다하기를 소원하고 있습니다.

뜬세상의 근심 걱정 맘에 두지 않으리

1년 동안을 깜짝 놀랄 정도로 찬송가가 그리워져서 참으로 눈물을 흘리시며, 그리고 기쁜 모습으로 찬송가를 부르셨습니다. 일본말 찬송가를 어찌 그리 잘도 외우고 계셨는지요. 저에게 몇 번씩이나 불러주셨던 찬송가, 그 찬송가는 일본에 아주 오래 전부터 있던 것으로, 일본 찬송가 제530장입니다(우리말 찬송가 제403장 곡조. 일본 찬송가 530장의 가사에 해당하는 우리 찬송가 가사는 찾을 수 없으며 그 곡조만 우리 찬송가 403장과 같습니다. 그 찬송 3절의 뜻이 다소 비슷한 정도입니다. 우리 것은 너무도 교리적이며 기복적 냄새가 나는 듯합니다. 함 선생님께서 일본 찬송가로 부르신 심정이 헤아려질 듯합니다. 여기 일본 찬송가를 번역해봅니다 — 옮긴이).

뜬세상의 근심 걱정 맘에 두지 않으리
영세의 즐거움 내 몸 속에 가득 차
저 하늘에 들려오는 신비로운 저 노래
거기 맞춰 우리들도 함께 찬양 부르세

뜬세상의 영화는 꺼질 테면 꺼져라
영원하신 참된 영화 주님께만 있도다
밤 같은 세상 만나도 주님 함께 계셔서
하늘 노래 주시니 기뻐 찬양 부르세

높은 하늘 우러르니 이 세상의 뜬구름
날로 날로 사라지고 깊은 안개 걷혔다
저 앞에 빛나는 영원한 나라 빛
그 빛 본 우리들은 모두 찬양 부르세

살아 생전, 함 선생님께서는 분명히 이 세상 언젠가 벗겨지고 나타날 영원한 세상(永世)의 빛을 보고 계셨다고 생각합니다. 그 준비가 충분히 되었을 때 하나님께서 그분을 불러 가셨다고 생각합니다. 정말 최후까지 아름다운 신앙의 발걸음을 완성하셨습니다. 하나님의 축복이 함 선생님 위에도, 유가족들 위에도, 그리고 우리들 모든 사람들 위해 임하시기를 바라오며, 이 한 사람을 통해 행하신 하나님의 일을 찬양드립니다.

비폭력·평화주의 선생님

한승헌

함석헌 선생님을 추모하면서 먼저 떠오르는 공간은 쌍문동이 아니라 원효로이다. 달리 말하자면 함 선생님과 우리의 얽힘은 원효로 시절이 훨씬 진한 의미를 남기고 있는 것이다.

원효로 4가 언덕배기에 찬바람도 아랑곳하지 않고 서 있던 초라하고 낡은 그 집은 한 시대의 스승을 연상하기에 알맞은 상징성을 갖는다. 옹색하고 가파른 언덕길이 거의 끝나는 지점에 '씨올의 집'이란 간판 아닌 문패가 쓸쓸하게 붙어 있었다.

바로 그 집에서 선생님은 불의를 질타하고 씨올을 깨우치는 수많은 글을 쓰셨고 『씨올의 소리』를 펴내셨다. 그리고 각계의 뜻있는 사람들이 불의한 시대의 분노와 우울을 안고 그 집을 드나들었다. 강연회나 집회, 그 밖의 여러 모임에 나가시기 위해 선생님 자신은 또 얼마나 많이 그 골목길을 오르내리셨던가.

어느 해 겨울날 아침, 저 경상도의 한 읍내에 강연을 하러 가신다면서 찬바람에 두루마기 자락을 날리시며 터벅터벅 외롭게 큰길 쪽으로 내려가시던 선생님, 지금은 저세상 어느 곳에서 생전의 고달픔을 달래며 쉬고 계실까.

끝나는가 하면 이어지고 마무리되는 듯하다가는 다시 전개되는 그 도도한 강연을 우리는 더 이상 들을 수 없게 되었다.

70년대의 대성빌딩(명동 복판에 있다가 지금은 없어진 흥사단 건물) 강당은 독재정권에 항거하는 민주애국시민들의 강연·집회가 수없이 열리던 본산이었고, 함 선생님은 자주 그 연단에 오르시어 예언자와 선각자로서의 말씀을 선포하셨다.

1974년은 동이 트자마자 소위 '대통령 긴급조치'가 연발되어 개혁운동과 민주화투쟁을 15년 징역으로 탄압하던 시기였다.

바로 그해 10월 어느 날 대성빌딩에서 열린 시국 강연회에도 함 선생님이 연사로 예정되어 있었다. 그런데 갑자기 건강 관계로 나오시지 못하게 되었을 때 하필이면 나에게 '대타'로 나가달라는 말씀이 떨어졌다. 강연회를 불과 두어 시간 앞두고 나온 '긴급조치'였는지라 달리 못 하겠다고 물러설 겨를조차 없었다.

준비도 없이 얼떨결에 단 위에 올라선 나는 우선 변명부터 해야 했다.

……다른 분도 많이 계시는데 함 선생님께서 굳이 저더러 대신 하라고 하신 이유는 알 수 없으나, 아마도 함석헌이나 한승헌이나 발음도 서로 비슷하니까 대신 해도 무방하지 않을까 해서 감히 이 자리에 나오게 되었습니다…….

그러고 나서 두서없는 이야기로 대타자의 고역을 때웠던 기억이 난다.

함 선생님의 사상과 경륜은 여러 권의 책으로 출판되어 수많은 애독자에게 큰 감명을 주기도 했다. 그래서 출판사마다 선생님의 원고를 책으로 내고 싶어 앞을 다투었다. 독기에 찬 집권세력으로부터 '판금'이니 뭐니 하는 출판탄압도 받았지만, 그러한 위험부담을 웃도는 보람과 수지타산을 놓치고 싶지 않았던 것이다.

그 무렵엔 나도 변호사 자격을 빼앗긴 후에 출판사를 차리고 있었던 참이라 선생님께 간청을 드린 끝에 마침내 책 한 권 분량의 원고를 넘겨받는 데 성공했다. 『씨올의 소리』에 연재하신 중국의 고전 풀이를 정리한 원고였다.

선생님은 대인이고 바쁘신데다가 연만하신데도 그 책의 교정쇄를 두 번이나 직접 보시고 교정과 첨삭을 하시는 데 놀랐다.

나는 책 이름을 문천상(文天祥)의 「정기가」(正氣歌)에 나오는 '천지유정기'(天地有正氣)를 풀이한 『하늘 땅에 바른 숨 있어』로 정했다. 그러나 선생님께서는 '씨올의 옛글풀이'가 좋겠다고 하시므로 한참 논의한 끝에 그것을 책의 부제로 삼았다.

책의 첫 장에는 "집고지도 이어금지유"(執古之道 以御今之有)라는 노자의 말씀이 함 선생님의 흔치 않은 휘호로 장식되어 있다. 내가 듣기로는 선생님께서는 여간해서 남에게 휘호를 써주시는 일이 없다고 한다. 바로 그런 이유 때문에 오히려 나는 선생님의 친필 휘호를 받고 싶어서 거듭거듭 특청을 드린 끝에 마침내 뜻을 이루게 되었던 것이다.

"이제 있는 이 천지만물과 인생역사를 이끌어 가려면 예로부터 지금까지 뚫려 있어 변함이 없는 그 진리를 알아야 한다"는 뜻이라고 선생님은 풀이해주셨다.

이런저런 일로 선생님을 자주 찾아가 뵙는 가운데 나는 퀘이커 모임의 여러분과도 지면을 갖게 되었다. 수적으로는 많지 않으나 모두들 무척 신실한 분들이었다. 다나카 요시코(田中良子) 여사를 알게 된 것도 그런 자리에서 맺어진 소중한 만남이었다. 그분은 일본에서 육영사업에 헌신하시는 독실한 퀘이커 교도로서 함 선생님에 대한 존경심이 대단했다. 바쁘신 중에도 자주 서울에 다녀가셨고, 특히 연말연시에는 '반드시'라고 할 만큼 함 선생님을 뵈러 오시곤 했다.

퀘이커의 평화운동은 함 선생님의 말년을 특징지을 만한 남다른 노선이 되지 않았나 싶다. 다만 포악한 독재에 대한 반항으로 격렬 일로를 치닫게 된 이 땅의 젊은이들이 함 선생님의 비폭력·평화주의 사상을 얼마만큼 긍정적으로 이해했는지는 의문스럽다.

어느 해 여름인가, 선생님께서는 그 점에 대한 안타까움을 말씀하시면서 나에게 책 한 권을 읽어보라고 주시는 것이었다. 스위스의 전설적이며 영웅적인 평화운동가 피엘 세레졸의 전기였다.

함 선생님께서 이 나라의 씨올을 위해 평생을 바쳐 싸우신 공생활(公生活)은 아마도 이번 특집의 다른 필자들이 소상히 언급하시리라고 믿기에 끝자리에 있는 나까지 굳이 반복할 필요는 없을 줄 안다.

다만 70년대 이후에 이 나라의 민주화투쟁을 이끌어온 '민주회복국민회의'와 '민주주의와 민족통일을 위한 국민연합'에서 선생님은 상임 대표위원 혹은 공동의장으로서 불굴의 싸움을 이끌어주셨고, 그리하여 온 겨레의 정신적 지주가 되셨던 점은 한번 더 기억해두어야 할 일이라고 믿는다.

그와 같은 재야 민주단체가 생길 때 나는 중앙위원 혹은 상임위원이라는 이름을 걸고 회의나 집회에 참여하곤 했지만, 이제 생각하니 별로 한 일이 없어 부끄러울 뿐이다.

각종의 모임이 끝나고 함 선생님께서 돌아가실 때에 좀더 자주 모셔다 드리기라도 했더라면 하는 후회스러움이 서로 유명을 달리한 지금 하나의 아쉬움으로 남아 있다.

역사의 새 지평을 열면서

강기철

1984년 6월 15일 16시 쌍문동 소재 함석헌 선생님 댁 응접실에서 '대담의 모임'이라는 것을 처음 가졌다.

전년 9월 김재준 박사님이 미국에서 돌아오시고 나서 얼마 뒤 나는 함석헌 선생님과 이병린 선생님을 모시고 우이동에 찾아가 김재준 박사님을 만난 일이 있다. 김 박사님과 서로 헤어져 있었던 지난 10년 동안 피차 겪어온 풍랑과 안부를 주고받기 위해서였다. 자연히 우리들은 뜻을 모아 함께 싸워온 지난날의 회고담에서 시작하여 각자가 처해 있는 저항선상의 현실을 논하며 앞으로 어떻게 역사에 참여해갈 것인가에 대한 화제로 꽃을 피우고 있었다.

격조함을 푸는 이 모임이 결과적으로 '대담의 모임'을 준비하게 되는 첫 예비접촉이 되었다. 그 후 우리들은 다시 김재준 박사님 댁에 몇 차례 모여서 모임의 성격과 취지문 채택, 모임의 유지 및 발전과 기금 적립, 그리고 계몽시기 및 확산 방안 등 대강의 윤곽에 있어 합의점에 도달하고 있었다. 모임의 노출 및 계몽 시기를 고려했던 것은 당시의 상황이 우리들의 모임을 방해할 것이 분명했기 때문이다.

어떻게 보면 이 모임은 우연히 생긴 일로 생각하기 쉽다. 그러나 결코 우연은 아니었다. 각자는 전공이 달랐고 자기 나름의 개성 있는 사물관이 있었고 걸어가는 인생로도 동일하지는 않았다. 함석헌 선생님은 종교사상가로, 김재준 박사님은 신학자로, 이병린 선생님은 변호사로, 본인은 문명사가로서의 삶이었다.

그러나 우리 다같이 자기가 걸어가는 삶 속에서 진리와 진실에 대한 소신과 지조를 굽히지 않고 있었다. 그리고 사회정의에 대해 소극적이든 적극적이든 현실참여를 계속하고 있었다. 그것도 하루이틀이 아니고 생애를 통해서 변함없이 그렇게들 살아왔던 것이다. 서로 알게 되고 나서 험난한 10년간 고난과 고뇌를 씹으며 함께 해온 삶에 대한 피차 확인은 오늘의 인간, 오늘의 역사, 오늘의 현장, 다시 말해서 민족과 인류, 현재와 미래, 한국과 세계에서 우리 다같이 무엇인가를 찾아가는 구도의 동행자라는 것을 느끼게 했던 것이다. 그것이 어떤 한 시점에서 우리들을 다시 하나로 묶어놓는 계기가 되었다.

그리하여 '대담의 모임'은 그 후 3년간 계속되었다. 매월 한 번씩 함석헌 선생님 댁과 김재준 박사님 댁에 번갈아 가며 모였다. 첫해의 주제는 '시대의 향방'이었고 다음해의 주제는 '현대위기의 진단'이었고 세번째 해의 주제는 '진리사회의 도래'였다. 대담의 내용은 카세트에 수록하여 고이 간직하고 있다.

1986년 8월 23일 이병린 선생님이 작고하고 나서는 세 사람이 모였고 그 후 김재준 박사님이 병석에 눕게 되면서 이 모임은 중지되었다. 1987년 1월 27일 김재준 박사님이 작고하고 나서 몇 차례 함석헌 선생님은 '대담의 모임'을 지속할 뜻을 비쳤으나 함석헌 선생님 역시 건강이 여의치 못했다. 그리고 지난 2월 4일 작고하셨다.

'대담의 모임' 취지선언문을 읽으면 알게 되지만 이 모임은 세 분이 고인이 되었다는 것으로 끝날 성질의 운동이 아니다. '대담의 모임'은 역사의 새 지평을 열기 위해 네 사람이 시작한 이 시대의 진리운동이다.

우리들은 다같이 생명의 존엄과 자유를 위해 인권운동에 참여했고, 정의와 우애의 구현을 위해 노동운동과 민주화운동에 참여했다. 자주와 평화의 확립을 위해 민족과 세계의 통일을 염원했으며 생명의 전일성을 자각하고 생물권의 보존에 지대한 관심을 쏟고 있었다.

그러나 우리들은 문명의 종말을 내다보며 불확실성 속에 표류하는 역사 현실을 상기하며, 현실참여운동에 선행하는 문제가 잠재되어 있다는 데 인식을 함께하고 있었다. 좀더 구체적으로 부연하면 역사의 올바른 흐름에 동참하고 있다고 자부하는 국내외 현실 저항세력·해방세력·평화세력·통일세력, 국내에 한정해서 얘기해 본다면 야당정치인세력·재야저항세력·운동권학생세력·노동운동세력·여성해방세력·기층민중세력이 추구하는 목적이 원천에서 배신당할 수밖에 없는 내밀한 문제파악에 대한 인식을 함께하고 있었다.

그것은 인간관·사회관·우주관이라고 하는 사물관에 대해 오늘의 진리 문제였다.

우리가 시작한 진리운동이 이 시대에 있어서 정곡을 찌른 것이라면 지구상 도처에서 전개되고 있는 모든 저항운동·해방운동·평화운동·통일운동·생태계보존운동에 참여하고 있는 역사의 주인공들은 저들이 신봉하는 이념과 목표, 저들이 전개하는 투쟁과 방법에 생명을 걸고 충실하되 동시에 새로운 역사의 지평을 여는 정신문화 가치구현을 보장하는 영(靈) 차원의 의식계발 교육을 병행해야 한다는 결론을 수락해야 할 것이다.

우리 네 사람은 다같이 더욱 성숙한 새 인간의 출현, 그리고 새 인간이 꾸려가는 새 사회의 비전을 보고 있었다. 새 인간의 출현은 생물학적으로 신종인간의 출현을 의미하는 것은 아니다. 분자생물학이 예고하는 인간의 무한한 잠재능력의 일부를 인출하여 오늘의 위기에 대처하며 인간관과 사물관에서 재조명되는 후인간 단계 의식구조의 인식기초를 받아들이는 성숙된 인간의 출현을 말한다.

함석헌 선생님은 이 성숙된 인간을 영의 인간이라고 했으며 김재준 박사님은 중생(重生)의 인간이라고 했으며 이병린 선생님은 진인(眞人)이라고 했다. 이 인간들이 꾸려가는 공동체에 대한 비전에 대해서 함석헌 선생님은 씨올의 공동체라고 했으며 김재준 박사님은 사랑의 우주공동체라 했으며 이병린 선생님은 진인사회(眞人社會)라고 했다.

아마도 인간과 사회에 대한 이와 같은 비전은 어제오늘에 시작된 것은 아니다. 아마도 지난 3천 년 동안 역사상에 등장한 종교적 천재들이 계속 투시하고 있었던 직관이었다. 그리고 이 직관은 선언적으로 선포될 뿐이었으며 받아들이는 자는 신앙행위에서 이를 받아들였다. 그러나 그것이 실천에 옮겨질 수 있다는 현실적 근거는 없었다. 대다수 인간은 역사 속에서 이와 같은 선언을 근거 없는 허구로 일소에 붙이고 말았다.

영의 사람, 중생의 사람, 진인이라는 이 성숙된 인간, 그리고 이 인간들이 꾸려가는 공동체에 대해서 오늘의 문명론은 누구나 받아들일 수 있는 지적인 접근으로 해명하고 있다. 그것이 문명론에서 만들어낸 신조어인 후인간단계 의식구조의 인식기초를 받아들이는 성숙된 인간이고 이 인간들이 꾸려가는 공동체가 후문명단계의 사회인 것이다.

고난의 발자취를 따라

김숭경

가까이 또는 멀리서 함석헌 선생님을 모신 지 30여 년이란 긴 세월이 흐르고 보니 감회가 깊다기보다 착잡한 심정이 앞선다.

선생님은 부족한 점이 한두 가지가 아닌 이 위인을 친자식처럼 아끼고 이끌어주셨으나 때로는 선생님의 깊고 깊은 뜻을 헤아리지 못하고 심려마저 끼쳐드린 것이 한두 번이 아니었다. 오히려 선생님께는 나라는 인간을 아시게 된 것이 항상 무거운 짐이었을는지도 모른다.

서울대학병원 산부인과에서 A도립병원 과장으로 파견나간 지 수개월 만에 3·15선거의 타락상을 비판했다가 타의에 의해서, 하지만 미련 없이 사표를 내던지고 낯선 천안으로 왔다. 선생님은 항상 천안을 하늘(天) 아래 고요한(安) 곳이라 하셨다. 천안에 어떤 연고가 있어 내려온 것도 아니었다. 다만 장준하 선생님이 발행하시던 『사상계』를 통해서 글로만 접할 수 있던 선생님을 찾아뵙고 지도를 받기 위해서였다. 때마침 K병원 산부인과에 손쉽게 자리를 구할 수 있었고 원장님을 비롯하여 대학 선배님들이 세

분이나 계셔서 한결 마음이 가벼웠다.

나는 그 길로 30여 분 걸어서 눈이 하얗게 쌓인 씨올농장을 수소문 끝에 찾아갈 수 있었다. 두서너 채의 흙벽돌집이 있었고 우사며 돈사, 계사가 띄엄띄엄 있었다. 40일을 단식중이었음에도 불구하고 피로한 기색 하나 없이 꼿꼿이 정좌하고 계시던 선생님을 뵙는 순간 일종의 위압감마저 느껴졌다. 나는 자초지종을 말씀드리고 자주 찾아뵙고 지도를 받겠다고 말씀드렸더니 그저 틈이 나면 놀러 오라는 말씀뿐이었다.

그 후 새벽기도회에 참석하기 위해서 이른 아침에 일어나 맑은 새벽공기를 마시며 눈길을 걷는 상쾌한 기분은 이루 말할 수 없었다. 십여 명의 농민들만의 새벽기도회는 찬송가에 이어 잔잔한 목소리의 선생님의 설교가 있었다. 일반교회에서 들을 수 있는 판에 박힌 설교가 아니라 한 말씀 한 말씀이 심금을 울리는 말씀이었다.

3·15부정선거 규탄기사가 연일 신문지면에 대서특필되고 민심이 어수선하여 갈피를 잡지 못하고 있을 때였다. 눈에 최루탄이 박힌 김주열 군의 시체가 바닷가에 떠올랐다. 이 처참한 광경을 본 마산 시민들이 격노하여 대대적인 데모가 일어났다는 소식을 전하려고 빠른 걸음으로 농장에 갔다.

마침 밭을 매고 계시던 선생님께 이 소식을 전했더니, "그 영감 오래도 해먹고 싶은 게지. 아직도 정신 못 차렸어" 하시던 선생님의 얼굴에는 전에 볼 수 없던 노기가 감돌았다.

나는 순간 「생각하는 백성이라야 산다」라는 글이 『사상계』에 발표되어 당시 사회적으로 큰 파문을 일으켜 옥고까지 치르셨던 필화사건이 떠올랐다. 종교적인 입장에서 당시의 현실문제를 다룬 이 글은 6·25때 서울 시민을 버리고 몰래 도망간 이승만 정권을 이조 500년을 거슬러 올라 비판하였고, 구호물자로 교세확장에 혈안이 되어 있던 교계를 통박한 것으로, 국체(國體)를 부인하고 혁명을 꾀하였다는 혐의로 구속되어 국회에까지 이 문제가 비화되어 또 한 차례 사회의 관심사가 되었다.

4·19 이듬해 약혼을 하고 주례를 부탁드리자 예식장에서 하는 주례는 절대 맡으실 수 없다고 하시며 양복 또한 평상시 그대로 입어야만 된다고 하시기에 장모님이 40여 년 다니시던 조그마한 교회에서 구두만 새로 갈아신고 간소하게 결혼식을 올렸다. 해가 뉘엿뉘엿 질 무렵에 두 부부가 서로 떨어져 두 손 모아 기도하는 밀레의 「만종」을 예로 드시면서 두 부부가 떨어져 있는 것은 그 사이에 하나님이 계시기 때문이며 부부 사이가 아무리 가깝다 하더라도 하나님만큼 가까울 수 없다는 주례사로 끝맺으셨다.

30여 년 전의 간곡하신 그 말씀이 지금 이 순간까지 귓전에 울렸으나 실천에 옮기지 못하고 주초(酒草)를 즐기며 속인의 길을 걷고 있는 나 자신을 선생님은 어떻게 보고 계실까 생각하면 두려움과 송구스런 마음이 앞선다.

첫애를 낳자 나는 돌림자 알 지(知)에다 선생님의 존함 법 헌(憲)자를 붙여 지헌(知憲)이라 이름지었고 둘째는 주석 석(錫)자를 붙여 지석(知錫)이라 지었으나 막내딸애는 착할 선(善)자를 붙이라는 선생님 말씀을 좇아 지선(知善)이라 이름지었다. 어린 것들이 선생님의 수염을 잡아당기며 무릎 위에서 장난하는 것을 보고 꾸짖었을 때, 선생님은 그러지 말라고 하시며 계속 어린 것들의 응석을 받아주셨다. 인자하신 시골 할아버지의 모습 그대로였다.

어느 날 따님의 입원비가 모자란다는 선생님의 편지를 받고 송금을 해드린 후 잊고 있었는데 얼마 후 손수 그 돈을 가지고 오셨기에 받기를 사양하였더니 그러면 이 돈을 긴요하게 쓸 수 있는 곳에 전하시겠다면서 돌아가셨다. 그 후 대전 근교에 음성 나환자촌을 관리하시는 분으로부터 고마운 뜻의 편지를 받았다.

선생님이 하시고자 하는 일에는 항상 액운이 뒤따랐다.

휴전선 가까이에 있는 인가 하나 없는 고지대인 안반덕에서 농장을 개간하시려던 꿈도 허망하게 무너졌고, 뜻 있는 젊은이들이 헌신적으로 피땀 흘려 이스라엘의 협업농장같이 만들어보겠다던 씨올농장도 적자에 허덕이다가 팔려 지금은 주택지로 변하고 말았다.

지금 생각해도 가슴 아픈 것은 선생님이 기거하시던 집 한 채만이라도 팔지 않고 남겨두었더라면 하는 것이다. 이제는 고인이 되신 장준하 선생님이 씨올농장을 처분하기로 선생님과 합의를 보시고 아산군 배방면 공수리에 있던 구화고등공민학교를 인수하고 학교를 새로 단장하고 주변도 정리하였다.

중학교에 진학하지 못하는 가난한 학생들에게 학비도 마련해주고 남에게 뒤지지 않는 기능공과 농업기술자를 배출하는 기술학교로 발전시키겠다는 굳은 결의로 다시 문을 열었다. 100명도 채 안 되는 학생들이었으나 다섯 분의 선생님들이 박봉에 허덕이며 자신들을 돌보지 않고 성과 열을 다했으나 3년 남짓하여 문을 닫고 말았다.

선생님은 이 나라의 역사를 고난의 역사라고 하셨는데 선생님이 걸어오신 길이야말로 고난의 발자취가 아니었나 본다.

훔쳐보는 것만으로도 기쁨이던 스승

배영기

언제부터 전해 내려오는 말인지는 몰라도 "선생 똥은 개도 안 먹는다"고 하였다. 이 얼마나 제자들을 가르치느라 애간장이 탔으면 그런 말이 나왔을까, 또 "선생님의 그림자는 밟지 않는 법이다"라고 하였는데 오늘날은 스승의 머리카락을 학생이 가위로 잘랐다고 하니 이 어찌된 일인가. 이 땅에 학생은 많아도 제자는 없어진 지가 오래이고, 선생은 많아도 스승이 없다는 이야기가 나온 지도 벌써 오래 되었다. 이는 한마디로 우리 교육에 있어서 교(敎)는 있어도 육(育)이 없다는 말로 요약될 수 있다.

세상에 태어나 살면서 단 한 분의 스승을 만날 수 있다면 그는 가장 행복한 사람이리라.

1960년대 초 대학시절 나는 우연한 기회에 함석헌 선생님의 저서인 『뜻으로 본 한국역사』를 읽게 되었다. 그 책 서문에,

고난의 역사라는 근본 생각은 변할 리가 없지만 내게는 이제 기독교가 유일의 참종교도 아니요, 성경만 완전한 진리도 아니

다. 모든 종교는 따지고 들어가면 결국 하나요, 역사철학은 『성경』에만 있는 것이 아니다……. 내게는 이제 믿는 자만이 뽑혀 의롭다 함을 얻어 천국 혹은 극락세계에 가서 한편 캄캄한 지옥 속에서 영원한 고통을 받는 보다 많은 중생을 굽어보면서 즐거워하는 그런 따위의 종교에 흥미를 가지지 못한다. 나는 적어도 예수나 석가의 종교는 그런 것은 아니라고 생각한다.

글맛에 그만 심취하고야 말았다. 아니 세상에 이런 예수를 믿는 사람도 있을까 하여 참으로 꼭 한번 찾아뵙고 싶은 충동을 억제할 길이 없었다. 특히 같은 책 제2장 11절의 '고려의 다하지 못한 책임'과 제3장 33절의 '6·25', 제4장 37절의 '역사가 주는 교훈'은 읽을수록 나의 끓는 심장을 울렁이게 하였던 것으로 기억된다.

스승님의 그림자

나는 함석헌 선생님께 편지를 보냈다. 원효로 4가 70번지에 사시던 선생님께서는 언제든지 좋으니 시간을 내어서 오라는 답장을 주셨다. 나는 얼마나 감격하였던지, 결혼 전날 밤 신부의 심정이 그러할까, 뜬눈으로 밤을 새우고 이튿날 점심 즈음 선생님의 원효로 자택 대문 앞에 당도하였다. 허름한 나무대문은 누구든지 출입할 수 있도록 열려 있었다. 열린 대문 사이로 백양(白羊) 같은 선생님이 정원의 나무를 돌보시는 모습이 보였다. 나는 성큼 대문을 열고 들어설 용기가 나지 않았다. 얼마나 오랫동안이었을까. 나는 대문 앞 언덕바지를 오르내리며 멀리서 선생님을 훔쳐보는 것만으로도 희열할 수 있었다. 누가 태양을 똑바로 쳐다볼 수 있단 말인가, 누가 사랑하는 사람의 눈동자를 마주볼 수 있단 말인가. 나는 선생님을 멀리서 문틈 사이로 흘끔거리며 보는 것만으로 오늘의 일과는 만족스럽다고 생각하고 그냥 돌아오고 말았다. 며칠 후 다시 선생님의 집을 찾아가 크게 용기를 내어 대문을 열고 들어가 큰절을 하였다. 그래 선생님은 나를 방으로 안내하였다. 책이 사방으로 쌓여 있는 좁다란 장판방에 앉아서 선생님은 '수난의 역사, 고난의 민족'에 대해 근심 어린 표정을 지으시며 명상에 잠기셨다.

그날 이후부터 나는 선생님의 모든 책과 글, 강연을 빼놓지 않고 보고 읽고, 듣는 데 열심히 뛰어다녔다. 『동아일보』에 「정부당국에 들이대는 말」, 『해병』지에 「5·16혁명과 똥」, 『사상계』지 등에 실린 선생님의 수많은 주옥 같은 글은 장안의 지가를 좌우할 정도였다고 한다. 또 대광, 오산 교정에서의 그 많은 인파 속에서 나는 선생님의 행동하는 철학, 사상을 배울 수 있었고 그것이 청년 시절 내 정신적 골격을 형성하는 데 커다란 영향을 주었다.

씨올과의 기연(奇緣)

나는 군복무를 마치고 선생님께 인사를 드리기 위해 이화여대 뒤에 위치한 봉원동 '퀘이커 서울 모임의 집'으로 찾아갔다. 방에는 선생님을 중심으로 원을 그리며 십수 명이 방바닥에 정좌하고 있었다. 나도 조용히 사람들 사이에 끼여 앉았다. 임의로 한 사람씩 심장에서 토해내는 독백 아닌 절규의 말씀을 듣노라니, 이것이 초기 예수님이 예배 보던 모습이 아닐까 하는 생각이 들었다. 이렇게 하여 나로서는 매우 이색적인 예배 분위기에 처음으로 참석할 수 있는 기회를 가지게 되었다. 그 자리에서 여러 사람들이 선생님의 『씨올의 소리』 창간을 독려하는 말씀을 하였고, 선생님께서는 확실한 결심을 하시기보다는 "뭔가 해야 될 터인데……" 정도의 여운만 남기시는 모습이 지금도 눈에 선하게 떠오른다.

때가 온지라 1970년 4월에 4·19학생혁명 10주년을 기념하여 그 이름도 찬란한 『씨올의 소리』가 신생아의 울음소리를 내뿜으면서 한국 민족의 모태에서 탄생을 하게 되었다.

『씨올의 소리』가 폐간과 복간을 거듭하며 통권 100호를 내기까지의 그 형극(荊棘)의 길이 어떻게 점철되어왔는지는 박선균 님이 세 번에 걸쳐 연재한 「씨올의 소리 10년 발자취」 속에 소상히 기록되어 있다. 1988년 12월 복간호에 박선균 님이 "그때 독자 배영기 님이 『씨올의 소리』를 가지고 다니며 우체통에 넣다가 형사들에 끌려가서 조사를 당하고 나온 일도 있다"(188쪽)고 하였듯이 나는 작은 힘이나마 『씨올의 소리』를 통해서 선생님을 도울 일이 무엇인가를 궁리하던 끝에, 당시 『씨올의 소리』가 직면하고 있던 제작·판매·보급의 삼중고 가운데 판매와 보급을 조금이라도 돕겠다는 뜻을 박선균 님과 선생님께 말씀드리고 당시 정기 독자에게 우송되던 『씨올의 소리』가 자꾸만 증발되는 것을 방지하고자 몇십 부를 내가 가져가서 우체통에 분산하여 투입하기로 하였던 것이다.

그래서 잡지를 접어서 우체통의 좁은 투입구에 열심히 넣고 있다가 형사에게 연행되었다. 같이 잡지를 들어주던 고등학생과 함께 하루종일 노량진 경찰서에서 죄인 취급을 당하면서 조사를 받고 저녁이 되어서야 풀려 나오는데 형사가 "나가서 이런 일로 조사받았다고 말하면 안 돼" 하기에 나는 "형사님! 월급 받으면서 이렇게도 할 일이 없습니까? 일 같은 일 좀 하세요"라고 쏘아주고 나왔다. 이튿날 나는 선생님과 박선균 님이 계시는 원효로에 가서 조사받은 사실을 말씀드렸더니, 선생님께서는 화난 모습으로 내무부와 시경에 전화를 거셨다. 하지만 한결같이 그런 일을 지시한 적이 없다고 발뺌하는 것이 예나 지금이나 변함이 없었다.

결혼 축사의 말씀

1972년 8월 15일 광복절 오후에 나는 혼인을 하였다. 장소는 시민회관 소강당이었고, 주례만은 선생님이 수고해주십사고 부탁드리기 위하여 원효로 자택으로 갔다. 선생님은 장준하 선생님과 시국에 대해 담론을 하시며『씨올의 소리』사무실에 앉아 계셨다.

"선생님, 더운 날씨에 수고스럽지만 저의 앞날을 축복해주시는 뜻에서 주례를 좀 맡아주십시오."

"나, 다른 것을 하라면 몰라도 주례는 자신이 없어……."

나는 속으로 이거 큰일나겠다 싶었다.

"선생님, 정 그러시다면 저는 결혼식을 선생님이 주례를 승낙해주실 때까지 무기한 연기하겠습니다."

이렇게 단호히(?) 말씀드리고 나서야 선생님께서는 옆에 앉아 계신 장준하 선생님을 보고 이런 멋진 절충안(?)을 내놓으셨다.

"장 선생이 주례하시고 내가 축사를 하면 어때?"

나는 속으로 선생님을 모시는 것도 다시없는 영광인데 게다가 장준하 선생님까지 두 분을 모시게 되었으니 더욱 과분한 축복이 아닐 수 없었다.

8월 15일 예식 당일 먼저 장준하 선생님의 주례 말씀이 있었다. 이 자리에 선 이 모습대로 일생 동안 살아가는 부부가 되어달라. 그리고 이제부터 두 인격이 합해져 하나의 인격으로 통일되는 일체된 부부가 되어달라. 마지막으로 정절을 통한 부부의 정도를 걸어달라는 당부의 말씀이었다.

곧 이어서 함 선생님께서는 오늘은 8·15 광복절, 이 뜻깊은 날에 한 뜻 있는 청년이 결혼의 첫발을 내딛는 일은 매우 의미 있는 일이다라는 서두로 시작하여, 결혼이란 사사로운 일이 아니기 때문에 영광이니 행복이니 재미니 사랑이니 하는 부탁은 생략한다, 결혼이란 한 가정을 이루는 일인데 이 나라는 지금 옳은 일 옳은 생각을 하는 사람에게 말할 수 없는 탄압을 가하는 부도덕한 정권이기에, 옳은 일을 하다가 쫓기는 사람을 숨겨주고 감싸주는 그러한 가정을 만들기를 바란다. 자유를 찾기 위해 싸우다가 쓰러진 사람들을 위해서 따뜻한 밥을 주고 잠을 재워줄 수 있는 가정이기를 신랑 청년 배 군의 결혼으로 오늘부터 시작되기를 권유한다는 요지의 말씀이었다. 그때 선생님의 그 말씀은 지금도 나의 귓전을 울린다.

시민회관 대강당에서는 광복절 기념사가 울려오고, 소강당에서는 선생님의 축사의 말씀이 울려서 무더운 광화문 거리는 마치 유세대결이라도 벌이는 듯하였다.

마지막 생명의 등불

그 후 나는 서업(書業)을 버리고 교업(敎業)으로 직업을 바꾸었고, 선생님께도 그렇게 말씀드렸다. 무슨 과목을 가르치느냐고 물으시길래 '윤리'라고 하였더니 선생님은 길게 탄식하셨다.

"윤리가 어디 있어야지……."

"없으니까 가르쳐야지요."

"그 따위 정권윤리 가지고는 안 되지……. 새 인간, 새 윤리, 새 종교가 나와야지……."

선생님은 나의 전업을 대견한 듯 바라보시면서 열심히 해서 훌륭한 선생의 길을 걸어가 보라고 격려해주셨다.

작년에 미수연을 마치시고 퀘이커 모임에서 "기적같이 수술이 성공적으로 되어 이렇게 여러분을 다시 뵈오니 참으로 생명의 섭리는 따로 있는가 봐……" 하시며 마치 어린애처럼 기뻐하시던 선생님의 표정이 지금도 눈에 선한데 벌써 유명을 달리하셨다니 믿어지지 않는다.

선생님! 지하 1미터 한 평 땅에 영겁의 시간 속에 묻히어 일체의 사상도, 시비도 없는 곳, 선생님 말씀대로라면 그곳은 천당도 지옥도 없는 곳입니다. 사랑도 미움도 없는 곳, 정권도 국가도 없는 곳, 바람도 계절도 찾아오다 마는 곳, 비도 눈도 스며들다 멈추는 곳, 살아 있는 우리들과 가깝지도 않고 멀지도 않은 곳, 눈·귀·입·손·발이 전혀 소용없는 곳, 그냥 영겁의 시간 속에 굳어 있는 채 생각하다 마는 곳, 영혼은 하나님께 맡겨둔 곳, 무엇보다 사상이 없어 더욱 편한 곳, 우리 모두가 선생님 곁으로 갈 때까지 만남과 헤어짐의 연습을 반복하면서 몸부림치겠습니다.

선생님! 잔인한 이 세상에서 군림과 비굴의 신호등을 마주보며 한 가닥 선생님의 영혼을 지켜보는 소망으로 남아 있으렵니다.

이제 내가 의지할 곳이 없습니다
문대골

　아버지여, 이스라엘의 마병이여!

　이제 내가 의지할 곳이 없습니다. 기댈 곳이 없습니다. 터져나갈 것 같은 내 맘 열어놓을 곳이 없습니다. 벌써 죽을 수밖에 없던 놈이 하늘의 은덕을 넘치게 입어 철없던 나이에 울기를 배웠고 가슴치기를 배웠고 땅을 치고 발구르기를 배웠습니다. 그분을 아버지로 만났기 때문입니다.

　함석헌! 그는 나를 위해 오신 분이었습니다. 나 하나를 살리려고 하늘이 보내신 분이었습니다. 나는 실로 행복한 시대를 살았습니다. 그와 함께 한 세대를 살았으니 말입니다. 뿐입니까! 그를 쳐다보고, 그를 만져보고, 그를 안아보고……, 하늘이 보낸 사람을 온통 나 홀로 차지하고 살았으니 말입니다. 그는 깨끗했습니다. 그는 담대했습니다. 그는 거룩했습니다. 그는 거칠 것이 없었습니다. 그러면서도 그는 약했고 앓았고 얼룩졌고 당신의 말대로 "똥간에 빠진 몸"이었습니다. 사람이었고 죄인이었습니다. 그가 고백한 그의 주, 예수가 그랬던 것같이 말입니다. 사람의 사람된

점이, 불완전과 완전 사이에서 번민하는 데 있다면 그는 정말 무서운 사람이었습니다. '된' 사람이었습니다. 완전으로 가자는 맘에 끝없이 번민하는 분이었기 때문입니다. 그렇게 고민하고 그렇게 몸부림치는 사람을 견문이 좁아서인지 나는 이제껏 알지 못합니다. "내가 이래서는 안 되는데……", 수없이 반복하는 사람이었습니다. 나는 그분이 우시는 것을 종종 보았습니다.

"나이 70에 이른 놈이 친구들은 다 없어지고……", 그러면서 펑펑 우시는 것이었습니다. 하실 일 많은 분이 뭉그적거리시는 것 참 안된 일인 줄 나라서 왜 모르겠습니까만 그가 한 여성 때문에 눈물을 쏟으면서 "어떻게 하지? 어쩌면 좋지?" 하실 때 이상스럽게도 나는 웃음이 터질 것 같아, 참을 수가 없었습니다.

'세상에 저런 순진한 분이 또 있을까?' 했습니다. 나는 그 어른이 좋았습니다. 그 결점이 좋았고, 그래서 쏟는 그 눈물이 좋았습니다. 온몸을 뒤틀어대는 그 몸부림이 좋았고 "내가 이래선 안 돼, 안 돼." 그 '안 돼' 하는 자아부정이 좋았습니다. "세상에 사람이 없다"고 입버릇처럼 되뇌이던 오만투성이의 나였는데도 그 어른을 뵈올 때마다 '여기 사람이 있구나' 했습니다. 그는 사람 중에서도 큰 사람이었고 큰 사람 중에서도 큰 사람이었습니다. 그는 천하를 품고 있는 사람이었습니다. 세상이 그를 품기에는 너무 큰 사람이었습니다. 그를 그렇듯 높이 평가하는 이유가 뭐냐라고 혹자가 묻는다면 '그건 이렇기 때문이야'라고 딱 잘라 대답해줄 말을 나는 가지고 있지 못합니다. 무조건 좋고 무조건 크고 무조건 경이로운 것은 아닌데도 말입니다. 그는 크다 아니 할 수 없는 이입니다. 좋다 아니 할 수 없는 이입니다.

헛소리라고는 하나도 없고 헛생각이라곤 전혀 없는 것 같고 헛일이라고는 거의 없는 분임에 틀림없습니다. 내가 그분에 대하여 갖고 있는 이 같은 지극한 감정이 종교로까지 승화하는 것이 아닌가 싶습니다.

내가 그 어른께 대하여 지니고 있는 감정은 거의 종교적이라 말할 수 있겠습니다. 실제로 나는 그분을 통하여 종교적인 지경을 자주 경험한 사실이 있습니다. 나는 그런 경험 속에서 '아, 이런 경험, 이런 감정이 승화되어서 기독교 같은 것 불교 유교 같은 것이 나오는 거로구나' 하고 혼자서 되뇌어본 적이 적지 않습니다. 보수적인 기독교인이 들으면 자신을 '하나님의 아들'이라 했다고 예수를 후리던 바리새인들처럼 절대자 하나님께 대한 불경이라고 노발대발하겠지만 그런 것쯤은 내게 문제되지 않습니다. 내 문제는 진리에 있고 사실에 있기 때문입니다. 나는 내가 학문 없는 사람이라고 후회해본 적이 이날까지 없습니다. 사람의 사람 됨은 그 살림에 있는 것이지 학문에 있지 않다고 믿었기 때문입니다. 그래서 어떻게 사는 것이 제대로 사는 거냐, 하늘은 내게 어떻게 살기를 원하는 것일까를 골똘히 생각해왔습니다. 그러면서 하노라 했습니다. 목사가 된 이후에도 술 마신 적도 있고 남의 것 도적질한 적도 있고 미지의 여인 살 만진 적도 있습니다만 못 배운 것, 못 가진 것 때문에 비굴했다던가 부끄럽게 생각해본 적이 없습니다.

그런데 이 밤, 내 무지함, 내 무식함을 통절이 느끼고 있습니다. 김동길, 안병무만 되었어도 좋았을 것을……, 하고 있습니다. 내가 그분들이 부러워서가 아닙니다. 내 아버지 함석헌을 말하려는데 부족한 내 글재주, 부족한 내 실력 때문입니다.

아, 부끄러움, 맘 아픔, 전해야 할 분을 내 생각 옅고 내 아는 것 짧아 전할 수가 없다니…….

그러나 그렇게 망설이는 나를 후려치는 영이 있습니다. 이스라엘 야훼의 선지자들이 다 덜 다듬어진 것들이었고 갈릴리 예수 따라다니던 이들 덜 된 것들 아니더냐 하는 소리입니다. 그렇습니다. 나는 내 부족한 글재주, 내 부족한 지식, 내 부족한 정성 이대로를 가지고 그를 말해야만 합니다. 그를 통해 얻은 내 생명, 내 인격인데 그를 말하지 않을 수 없습니다. 말하지 않고는 견딜 수 없습니다. 말하지 않으면 내게 화가 미칠 것이기 때문입니다. 못된 땅에 오셔서 당신 하실 일 못 다하시고 가신 것 생각하면 아들된 내 가슴 미어지는 듯해 견딜 수 없습니다만 일본 무단치하에서뿐 아니라 이승만의 자유당, 박정희·전두환의 군부정치 치하에서도 쉴 새 없이 감시의 대상이 되고 연금을 당하고 끌려다니고 투옥당하고 '정신이상자'다, '반동분자'다, '위선자'다 등등의 온갖 된소리 못된 소리 다 들으면서도 '이 땅이 내 땅인데' 하시던 '아버지'를 생각하면 오히려 숙연해지는 내 맘, 이루 말할 수 없습니다.

선생님께서 마지막으로 미국을 방문하셨을 때 어떤 분이 이북에 두고 온 아드님 가족의 사진과 서신을 전해왔더랍니다. 손자 손녀들의 사진과 편지를 받아든 선생님은 그 글, 그 사진을 읽으시고 또 읽으시고 보시고 또 보시면서 얼마나 흐느끼셨는지 몰랐더랍니다. 그런데 그 가운데 어떤 분들의 말이 "선생님 북쪽에 가 보시지요" 하더랍니다. 그때만 해도 어림도 없는 소리였습니다. 한국인으로서는 아직도 그렇지만 말입니다. 후에 저에게 하시는 선생님 말씀이 "야, 사람을 몰라도 너무 모르더라" 하시는 것이었습니다. 그 편지를 제가 다시 읽으면서 선생님과 함께 운 적이 있습니다. "내가 아무리 혈육을 못 잊는다 해도 그럴 수가 있겠어" 하시는 말씀이었습니다. 선생님에게는 선생님만의 양식이 있었습니다. 그것은 아버지의 뜻을 이루는 일이었습니다. 그런데 그분이 가셨습니다. 오, 아버지여, 이스라엘의 마병이여!

제2부

생명을 가꾸는 들사람

사람의 삶이 싸움인 줄 모르나 봐!
싸움을 주먹으로 하는 줄
무기로 하는 줄 꾀로 하는 줄만 알고
기(氣)로 하는 것인 줄
얼로 하는 것인 줄을 모르나 봐!

사람은 외곬으로 가야 돼

안병욱

예술가는 지조가 있어야 한다고 로맹 롤랭은 말했지만 저널리즘이야말로 지조가 있어야 한다. 『사상계』는 이 지조를 자부한다. 『사상계』는 10년 동안 네 개의 정권을 경험했다. 이승만 정권, 허정(許政) 과도정권, 장면 정권, 그리고 군정(軍政).

내가 주간을 하던 때는 이승만 정권의 전성기였다. 독재의 권력으로 국민의 입을 봉쇄하려던 때다. 언론의 자유는 민주주의의 최후의 보루다. 우리는 독재자에게 모든 자유를 빼앗기더라도 언론자유의 토치카만 확보하면 이것을 거점으로 독재정치의 악과 부당성을 지적하고 공격하고 육박하여 그 아성을 무너뜨릴 수 있다.

자유당 말기 『사상계』의 역할은 컸다. 독자의 수가 제일 많았던 때요, 또 『사상계』의 생명과 의의가 최고조에 달했을 때다.

이때에 제일 예리하고 용감한 필봉을 휘두른 이가 함석헌 선생이다. 함 선생은 총을 잡는 마음으로 펜을 잡았다. 언젠가 내게 한 말이 생각난다.

"불의의 시대에 의인(義人)의 갈 곳은 감옥이다. 내가 아직 감옥에 안 가고 있다는 것은 수치스러운 일이다."

목에 칼이 들어와도 하고 싶은 이야기는 하고 또 해야 할 이야기는 하고야 마는 분이다.

『사상계』에 「생각하는 사람이라야 산다」는 글을 쓰고 필화사건으로 드디어 영어의 몸이 되었다. 그때 사상계사 사장도 경찰에 불려갔고 주간으로 있던 나도 서울시경 특별 정보과에 불려가서 몇 시간 문초를 당한 일이 있다.

잡지의 사명 가운데 하나는 훌륭한 필자를 발굴하여 천하의 정론을 펴게 하는 일이다. 내가 『사상계』에 관계하는 동안에 이 잡지를 위해서, 또 한국의 문필계를 위해서 이룬 조그만 기여가 있으면 두 분의 문필인을 발굴하여 글을 쓰게끔 귀찮게 군 일이다.

그 한 분이 함석헌 선생이요, 또 한 분이 유달영 교수이다. 함 선생의 필화사건 때 경찰에서 나에게 문초한 일은, 언제 함 선생을 알게 되었는가, 또 무슨 의도와 동기에서 함 선생의 글을 실었는가 하는 문제였다.

함 선생이 『사상계』에 처음으로 글을 쓰기 시작한 것은 1956년 1월호부터다. 「한국 기독교는 무엇을 하고 있는가」라는 글을 써서 한국 기독교에 따끔한 경종을 울리고 진지한 반성을 촉구했다. 함 선생 자신이 기독교인이지만 준엄한 자기 비판을 잠시도 잊지 않았다.

함 선생의 이 글은 『사상계』의 부수를 부쩍 올렸다. 나는 그때 『사상계』의 '교양란'을 맡아보고 있었다. 당시 『사상계』의 편집구조는 '정치·경제'란과 '교양란'과 '문학란'의 세 영역으로 나뉘어 있었고, 정치·경제란은 김준엽 교수가 맡았고, 교양란은 내가, 문학란은 김성한 씨가 맡았으며, 또 그가 주간(主幹) 일을 겸해서 보았다. 나는 그때 연세대학교에 나갔다. 일과의 반나절을 학교에서 보내고 나머지 시간과 정력과 정성을 모두 『사상계』에 바쳤다. 지금은 내용과 성격이 많이 달라졌지만 당시 『사상계』는 학술과 교양을 위주로 하였다.

내가 평양고보 다닐 무렵에 함 선생은 정주 오산고보에서 교편을 잡고 계셨다. 오산에 다니는 친구들을 통해 함 선생의 이야기를 자주 들어서 어떤 분인지는 잘 알고 있었다. 우리 학생들 사이에서 함 선생은 '도깨비'라는 별명으로 통했다. '도깨비'란 말은 비범과 실력과 권위와 위대를 상징하는 경칭이요, 또 애칭이었다. 여기에 관해서는 작가 선우휘 씨가 「주관적 함석헌론」에서 자세히 썼기 때문에 나는 더 쓰지 않기로 한다.

선우휘 씨의 글은 누구보다도 예리하게 함 선생의 본질과 본연의 모습을 찔렀다. 오늘날 한국에 필요한 것은 함석헌 선생 같은 '도깨비'다. 함 선생은 분명히 한국의 '등에'라고 나는 생각한다. 마치 소크라테스가 아테네의 등에였던 것처럼. 함 선생은 예수의 제자지만 깊은 의미에서 또한 소크라테스의 제자다.

연세대에서 강의를 마치고 돌아오는 길에 함 선생 댁에 들렀다. 그때는 신촌 이화여대 앞에서 사셨다. 열 칸쯤 되는 조그만 기와집이었다. 나는 이때 처음으로 함 선생을 뵈었다. 두 칸쯤 되는 장판방에 조그만 책상을 놓고 공부를 하고 계시다가 반가이 맞아주셨다. 톨스토이는 『성서』를 읽기 위해서 54세 때부터 희랍어 공부를 시작했다는데, 함 선생께서는 언제부터 희랍어를 시작했는지 물어보지는 못했지만 실력이 대단하시다. 한문에도 능하시고 영어를 잘하시지만 그런 빛이 통 없다. 오산고보에서 영어 선생들이 모르는 것이 있으면 함 선생한테 가서 물었다. 그는 정말 도깨비였다.

『사상계』에 글을 쓰시라고 하였더니 "내가 뭘", 하시면서 사양을 하신다. 그 후 몇 번 들렀다. 안 쓰시겠다고 고집하다가 결국은 쓰셨다. 그 후 내 성화에 못 견디어서 여러 번 쓰셨고 쓰실 때마다 남이 못 하는 소리를 하셨다.

"누구나 다 할 수 있는 소리를 쓰려면 무엇 때문에 글을 써, 글이란 나 아니면 못 하는 소리를 써야 돼." 언젠가 나보고 하신 말씀이다. 글다운 글을 쓰라고 나를 간접적으로 책하시는 말씀 같았다.

『사상계』의 집필을 통하여 오산의 '도깨비'는 한국의 '도깨비'가 되었고 그의 예리한 필봉은 독재정권의 아성을 겨누게 되었다. 의(義)를 위해서 죽기를 각오한 사람은 천하에 두려운 것이 없다.

함 선생의 글은 언제나 피의 맥박과 생명의 리듬이 약동했다. 함 선생의 기독교에 대한 준엄한 비판은 가톨릭으로 향하게 되었다. 이것이 「할 말이 있다」란 글이다. 나중에 함 선생은 육군사관학교 강연회에서 우연히 윤 신부를 만나게 되어 "당신이 윤 신부였소, 하고 가가대소(呵呵大笑)하였다"고 말씀하며 웃으셨다. 함 선생의 웃는 모양은 참말 보기 좋았다. 여러 해 동안 일일일식(一日一食)을 실천해오면서도 이가 생생하고 건강하셨다.

6, 7년 전에 유진오, 백낙준, 윤일선, 김팔봉, 함석헌 이렇게 다섯 선생님을 모시고 좌담회를 한 일이 있다. 그때 사회를 내가 맡아보았다.

좌담회가 다 끝나고 신신백화점 한일관 2층에서 저녁을 대접하기로 되어 있었다. 다른 선생님들은 모두 바빠서 돌아가시고 결국 함 선생만 남게 되었다. 가신다는 것을 굳이 붙들고 신신으로 모시고 갔다.

서울에 10여 년 넘어 사셨지만 신신백화점에 들어와보기는 오늘이 처음이라고 하신다. 요리상이 들어왔다. 갈비 정식에 맥주 세 병을 시켰다. 술을 통 안 하지만 속기사가 두 분 있었고 딴 직원들도 동반했기 때문에 술을 청했다. 결코 호화로운 성찬은 아니었다. 함 선생은 나를 보고 다짜고짜 책망하셨다.

　"아니 잡지를 한다면서 이렇게 술을 마시고 돈을 쓰면 어떻게 해, 이러지를 말아, 이러는 게 아니야."

　나는 이때 무안해서 어찌할 바를 몰랐다. 나를 책하시는 선생님의 뜻을 고맙게 생각했다. 사람은 어른이 되면 아무도 책망하고 훈계하지 않는다. 준엄한 스승의 정신을 가진 사람만이 남을 옳게 책할 줄 안다.

　그날 저녁의 음식은 과용도 낭비도 아니다. 누구나 다 하는 일이다. 그러나 함 선생의 안목으로 볼 때 못마땅한 일이었다. 그래서 책하신 것이다.

　"사람은 외곬으로 가야 돼."

　나는 이 말을 함 선생에게서 여러 번 들었다. 동경 유학시절에 함 선생은 학교와 도서관과 교회밖에 몰랐다고 한다. 그는 일심불란(一心不亂)한 태도로 외곬으로 자기의 길을 걸었다. 남이 뭐라고 하든 자기의 내적 명령에 충실하였다. 이 외곬 인생이 그를 훌륭하게 만들었다.

　저녁식사를 마치고 밖에 나가니까 비가 부슬부슬 뿌렸다. 신촌까지 택시로 모셔다 드리려고 차를 잡았다.

　"난 택시는 탈 줄 모르는 사람이야, 아니 휘발유 한 방울 안 나는 나라에서 택시를 타고 다니면 어떻게 해. 나는 절대로 택시를 안 타겠어."

　고집이 대단하셨다. 마침 신촌으로 가려고 택시를 붙드는 친구를 만났다. 그 친구 타는 차에 겨우 편승(便乘)을 시켜서 가시게 하였다.

나와 『사상계』에 관해서 쓰자면 너무 쓸 것이 많다. 내가 처음으로 『사상계』에 글을 쓰던 때 이야기를 비롯해서 『사상계』를 거쳐간 많은 사람들과의 교우관계, 그리고 장준하 형에 관한 여러 가지 에피소드와 나의 인상 등 쓰고 싶은 것이 많지만 후일의 기회로 미룬다.

내가 근 10년 가까이 『사상계』에 관여하면서 나의 기억에 가장 강한 인상을 남겨준 분이 함 선생이기 때문에 나와 관련시켜서 그 일단을 적어보았다. 내 이야기보다도 함 선생에 관한 이야기가 많았다. 함 선생에 대해서 세상에 호, 불호(好, 不好)와 찬, 불찬(贊, 不贊)이 많다. 나도 불찬성하는 점이 한두 가지가 아니다. 그러나 나는 함 선생을 통해서 붓대를 잡는 사람이 마땅히 견지해야 할 정신적 자세와 소크라테스적 지성의 본보기를 본다. 또 볼 뿐만 아니라 그것을 배워야겠다고 생각한다. 사상계의 생명과 정신도 이런 데 있다고 믿기 때문에 나의 필봉의 초점을 함 선생 이야기에 집중시킨 것이다.

미래의 함석헌 선생
이문영

함 선생님을 내가 처음 안 것은 해방 직후와 6·25 이전 사이다. 강연과 「성서적 입장에서 본 조선역사」를 통해서이다. 이 어른을 누가 초빙했는지는 모르지만, 내가 학생으로 있던 고려대학교에 와서 강연하실 때 3, 40명 되는 청중 틈에 나도 앉아 있었다. 위에 적은 책은 돈이 없어서 구입은 못 하고 종로서적에서 몇 번에 걸쳐 서서 읽었다. 그때는 종로서적이 지금같이 많은 사람으로 붐비지 않았다.

나는 그분을 왠지 모르지만 큰 정신적 지도자로 생각했다. 당시 일본에 다녀오는 사람이 책을 한 권 사다주겠다고 하여 나는 그에게 구체적으로 책 이름은 말하지 않고 함석헌에 해당하는 생존인물의 책을 부탁한 바 있다. 6·25 때에 나는 대구에 있는 육군 본부에서 근무했다. 이때 벽보에서 선생님의 '성서연구'가 정기적으로 개최된다는 것을 보고서 이 모임에 참석했다. 「히브리서」 강의였는데 수강자가 20명이 채 안 됐을 것이다.

이 모임에서 쉬는 시간에 나는 선생님과 첫 대화를 나눴다.

"선생님, 저는 고려대 4년 재학중 6·25가 발발하여 지금 군에 와 있습니다. 휴전이 되면 미국에 유학을 가고 싶은데 꼭 가야 하는 것입니까?" 하고 내 장래문제를 의논드렸더니 이에 대해 선생님은 반드시 갈 필요는 없다고 말씀하셨다.

휴전 후 서울에서 길을 지나다 우연히 광고를 보고 집사람과 함께 중앙신학교 한옥집에서 선생님 강연을 들었는데 이때에는 청중이 꽤 많았다. 그 후 나는 미국유학을 마치고 돌아와 59년부터 고려대에서 강의를 했다. 선생님은 그 후『사상계』『동아일보』등에 글을 많이 쓰셨고 또 많은 청중이 모인 곳에서 강연을 해서 유명해졌다. 나는 어떻게 된 셈인지 그분이 유명해진 후에는 유학 전과 같은 목말라하는 심정으로 그분에게 가까이 가진 않았다. 즉 그분의 강연을 찾아다니거나 그분의 글 읽는 것을 거의 하지 않았다. 나는 70년대 초 김재준 목사가 주간을 한 기독교 저항잡지『제3일』의 동인활동은 했지만 선생님의 잡지『씨올의 소리』의 편집위원은 아니었다.

선생님과의 본격적인 해후는 박정희 유신독재에 대한 투쟁과정에서이다. 분신자살한 청계천 노동자 전태일 씨의 추모강연을 씨올의소리사 주최로 함 선생님과 함께 하였다. 또한 해직교수들(나도 그중의 한 사람이었다)이 75년 8월에 만든 '갈릴리 교회'에 선생님은 자주 오셨다. 그러다가 76년 3월에 열한 명이 서명한 '3·1 민주구국선언사건'(속칭 명동사건)으로 이른바 공범이 되어 법정에 함께 섰다. 선생님은 구속되지는 않으셨다. 선생님은 당시 공범이었던 안병무 박사에게 당신의 일생 가운데 3·1사건이 중요한 전기였다고 말씀하셨다.

나는 동양 고전을 그의 사상을 통하여 조명한 책인『하늘 땅에 바른 숨 있어』를 교도소에서 읽었다. 재야단체인 국민연합의 공동의장 세 분인 함석헌·김대중·윤보선 가운데 한 분이어서 나는 그분을 출옥 후에도 자주 뵈었다. 또한 목요기도회에서도 자주 뵈었다. 그분이 마지막으로 입원하시기 전 가톨릭여학생회관에서 하신 노자(老子) 강의에 나는 수강자의 한 사람으로 있었다.

그는 누구인가?

그분은 한마디로 표현해 기독교인이다. 88세 생신 때 축하객들에게 나이가 들수록 자신은 예수님을 주님으로 고백한다고 말씀하셨다. 그러면 그분은 어떠한 기독교인인가? 그분은 사람의 손으로 지은 교회의 교인은 아니다. 일생을 무교회주의인 퀘이커 신도로 지냈다. 언젠가 승동교회에서 교회당을 꽉 메운 청중에게 교권주의를 신랄하게 비판하신 것을 들었다. 아마 그 후에 그분을 제도교회에서는 청하지 않았으리라. 심지어는 목요기도회의 사회자로부터 푸대접을 받는 것을 목격한 적도 있다. 따라서 그분은 예수님이 지은, 그래서 눈에 안 보이는 교회를 말년까지 사모한 기독교인이다.

둘째로 그분은 이 겨레에 전해진 한문, 그리고 한문이라는 문자를 통해서 표현된 가르침과 나라의 제도를 흠모하셨다. 내가 해방 후 처음 읽은 그분의 책에서 우리 겨레가 한문을 몰랐더라면 야만인이며 야만문명에 속했을 뻔했다고 말씀하셨다. 그렇다고 그분의 동양 고전에 대한 사랑이 기독교에의 귀의와 모순되는 것은 아니다. 오히려 동양 고전이라는 육(肉) 속에 기독교라는 혼(魂)을 불어넣어서 생각하셨으니 바로 우리의 것을 살려서 성육신(成肉身)을 실천하고자 함이 아닐까?

그분이 우리나라가 아닌 다른 나라, 곧 중국의 고전을 사랑한다는 것을 당연한 것으로 생각하는 점에서 이미 코즈모폴리턴이

시다. 민족주의에 심취하셨다고 볼 수 있는 송건호『한겨레』신문 회장의 회갑기념 때에 함 선생님은 축사에서 협소한 민족주의를 자신은 거절한다고 말씀하셨다.

셋째로 그분은 우리 동족—일본사람에게, 그리고 독재자에게 짓밟힌—을 유난히도 사랑하고 이를 긍정하셨다. 그러나 이 긍정의 대상을 민중이나 피지배자로 표현하지 않고 모든 것의 시작을 의미하는 말인 '씨올'로 표현하신다.

나는 단 한 번도 양복을 입으신 그분의 모습을 보지 못했다. 외국에 가실 때에도 한복을 입으셨다. 가까이서 뵐 때에 틀림없는 사람임을 알 수 있었다. 그분은 결코 잔소리를 안 하신다. 또한 자신의 과거사를 이야기하지도 않는다. 댁에서 식사 대접을 받은 적이 있는데 성품이 꼭 어린아이와 같으셨다. 형식적으로 손님보고 많이 먹으라고 권하시지 않고 자신만이 잡수신다. 책장에는 책이 이곳저곳 비체계적으로 꽂혀 있다. 일부러 서재를 꾸민 흔적이 없다. 뜰에 갖가지 식물들을 잘 가꾸고 전지가위를 갖고서 쉽게 잘라낼 것은 잘라내신다. 늘 무엇인가를 생각하고 계시며, 한 권의 책을 잡으면 식사 때나 화장실에 가서도 읽으신다. 동네 아이들은 선생님과 마주치면 늘 인사를 드린다. 이때 선생님은 그냥 아무 말 않고 인사를 받으시지 '어른 체'하는 말은 안 하신다.

그가 어떻게 역사에 남을까?

최명 교수가 번역한 중국 소공권(蕭公權)의 『중국정치사상사』(中國政治思想史)에 의하면 중국 정치사에서 오직 세 사람의 획기적 사상가를 위대한 자로 제시하고 있다. 두 명은 기원전 4세기경의 공자(孔子)·맹자(孟子)이며 다른 한 명은 19세기 말의 쑨원(孫文)이다. 전자는 중국사에서 당위로서의 통치제도를 제시한 사람이며 후자는 장 제스(蔣介錫)·마오 쩌둥(毛澤東) 모두가 그를 계승했다고 말하는 민주주의의 아버지이다. 영국의 철학자 버트런드 러셀(Burtrand Russell)의 『서양 철학사』에는 모든 사상을 유의미하게 안 보고 통치자의 횡포와 피치자의 난동을 회피한 통치제도를 만들어낸 사상가를 의미 있게 보고 있다.

러셀의 입장에서 볼 때에 소공권의 중국에 관한 지적은 타당한 것같이 보이며, 공자와 맹자가 정치가가 아니기 때문에 이 두 사상가가 흠모한 주(周)나라의 통치의 틀을 이어서 근세에 실천한 정치가는 쑨 원이다. 이러한 사고에 연유하여 우리 5천 년 역사에 등장한 통치이념의 유형을 살펴보면, 하나는 전제주의 국가나 전국시대가 아닌 주나라의 통치의 틀이며, 다른 하나는 영국에서 발생해 세계에서 제일 먼저 공화정 국가를 세운 미국의 통치의 틀이다.

우리 역사상 전근대사에서 통치이념을 구현한 정치가의 상징적 존재는 조선조의 세종(世宗)이라고 생각한다. 세종은 그 조부가 쿠데타로 건국한 무인정치에 단(斷)을 내리고 문치(文治)의 기틀을 마련한 왕이기 때문이다. 불행히도 우리에게는 이 글을 쓰는 1992년 10월 현재—아직도 대선 이전이므로—까지도 민간인 대통령이 등장하지 않고 있다. 그렇다면 함석헌 선생은 이 민주주의를 이 땅에 창조하는 것을 비록 생전에 보지는 못하였으나 이 땅에 자리잡아야 할 민주주의라는 당위로서의 통치 패러다임의 도래를 예언한 선지자이다. 우리의 정치현실을 동양 고전을 통해 비판적으로 조명한 사람으로 나는 『동아일보』 '단상단하'(壇上壇下)의 작가 백광하를 생각한다. 함 선생님은 앞으로 있어야 할 민주사상을 고전을 통하여 체계화한 분이다.

잘못된 근대화이론을 잣대로 옛 것은 다 무가치한 것으로 해석하는 것은 잘못이다. 위정자는 근대화를 구실 삼아 실재로는 독재 정치를 했고, 또한 이들에게 기생하여 군사독재정치를 옹호한 학자도 많았다. 저들과 비교할 때에 함 선생님은 실로 혼돈의 세계에 빛을 던지신 분이다. 아마 이제는 각자의 분야에서 함 선생님이 하셨듯이 고전과 기독교를 새롭게 해석하는 학자들이 많이 나올 것이다. 그러나 그들이 과연 그분이 지녔던 용기, 악한 정부에 저항한 그 용기를 제대로 이을 수 있을까? 선생님이 사셨던 세상은 더 거칠고 무섭고 포악했다. 이 점에서 함석헌 선생님은 돌아가신 과거의 분이 아니라 우리와 더불어 살 미래의 분이다.

단식은 왜 하는가

신일철

니체는 19세기에 대중사회화되는 유럽문명에 대해 "신은 죽었다"는 사신론(死神論)을 내놓았다. 그는 그러한 개성 상실의 대중을 '최후의 인간'이라 했고 이것이 19세기 유럽의 시민사회에서 평면화된 인간들이었다. 그러나 니체는 이런 대중의 시대에 '예외자'의 존재, 다시 말해서 위대한 초인의 이상을 희구하면서 속된 대중이 지배하는 한, 예외자를 박해하고 그 예외자마저 자신에 대한 믿음을 잃고 니힐리스트가 된다고 했다.

그러한 함석헌 선생은 속된 대중의 눈에는 '기인'이요 '반골'의 예외자였으나 그 자신은 자신에 대한 '씨올의 소리'의 믿음을 잃지 않았으며 니힐리스트도 되지 않았다. 오히려 니체가 대중사회의 개성도 신념도 없는 '노예도덕에 길들여진' 대중에 실망하였다면 함석헌의 '씨올'의 신념은 대중이 아닌 민중의 끈질기고 힘찬 생명력을 확신한 것이 되고 오히려 니체가 '초인'에서 찾았던 '주인의 도덕'을 씨올인 민중에서 재발견했다고 할 수 있겠다.

해방 후 오늘까지 50여 년간 한국사회에서 그 정신적 기둥 구실을 한 대표적인 지성이 누구냐고 물으면 함석헌 선생을 내세울 수밖에 없다. 『조선일보』가 행한 건국 50년 조사에서 그 사이 영향력이 컸던 인물로 박정희, 이승만, 김대중 대통령 등 통치자들이 우선 순위에서 앞섰으나 그래도 20위 안에 함석헌이 들어 있어 건망증 많은 대중도 그 이름을 잊지는 않았다고 안도의 숨을 내쉬었다.

정치권력의 시각에서 보면 함석헌은 그 반대의 극에 속한다. 권력과 관료는 함 선생의 글에서는 한마디로 '벼슬아치'다. 그러나 1960년대에 들어서면서 우리 사회는 정치권력·군사력·관권이 지배하여 '이기면 관군이요 지면 적군'이라는 권력숭배주의가 팽배하여 그 통속성의 사바세계에서 함석헌이라는 예외자의 가치를 아는 대중은 그리 많지 않았다. 함 선생이 자유당 말기 독재에 항거할 때나 5·16 군사독재에 날카로운 필봉을 날릴 때 말이나 글이 한계를 느끼게 되면 '단식투쟁'을 하여 재야 속의 '단식투쟁' 문화를 심은 선구자도 역시 선생이다.

한편 언론에서는 단식하는 함 선생을 '한국의 간디'라고 했으나 속된 세평 속에서는 '단식은 왜 하느냐'는 무관심한 반응도 있어서 함 선생의 간디적 사타이그라하의 진리파지(眞理把持) 노력을 이해하는 이가 적었다. 권력만능의 한국사회 속에 방자해지는 권력, 부패하는 권력, 전횡하는 권력에 대해서는 그 비판과 제약을 가해야 하는 지성의 저항문화를 만들고 힘없는 재야의 지성이나 민중에 비폭력저항의 민주화투쟁방식을 선도한 것이 함 선생이다.

이때에 대중의 속된 함석헌관은 '기인'이다. 무엇에나 반대만 하는 '반골'이라는 이미지도 생겼다. 그것은 우리 사회가 함석헌 같은 예외자의 소중한 가치를 인식하는 사회적 수준이 아니었기 때문이다.

4·19 직전에 고려대에서 옛 오산중학 출신의 이공계 교수를 만났다. 내가 함석헌 선생의 오산중학 교사 시절 이야기를 해달라고 했더니 그는 대뜸 '그 함 도깨비'라고 대꾸한다. 오산 시절 함 선생에 대한 별명은 '함 도깨비'라는 것이다. 그때까지도 함 선생은 그에게는 '함 도깨비'였다. 함 선생에게 그런 유별난 별칭이 붙은 연유는 이러했다.

그 오산 제자의 증언에 의하면 일제 말기에 일본글로 된 '수신'(修身) 과목을 담당했던 함 선생은 이 교재를 가지고 그 안에 있는 한문자에 우리말, 한글로 토를 달아 오라고 해서 '수신' 시간에 한글을 가르쳤다는 것이다. 일본 황국신민을 만든다는 '수신' 교과서로 우리 한글을 가르쳐 민족혼을 보전·전수하려고 했으니 당시로서는 '도깨비'가 아니고 뭐냐는 것이다. 그 덕분에 자신은 해방 후 한글을 새로 깨치느라고 전혀 고생할 필요가 없었다고 했다. '함 도깨비'는 일제 말 창씨개명과 신사참배 강요 등 전방위적으로 민족성 말살정책이 시행되는 와중에서 홀로 오산 학생들의 가슴속에 민족혼을 불어넣은 것이다.

그가 '함 도깨비'인 이유가 또 있다. 함 선생은 학생들과 으슥한 과수원에서 민족의식을 고취하다가 발각되어 헌병대에 잡혀갔는데 우선 잡아들인 사상범 혐의자에게는 자백을 강요하기 위해 일제시대의 곤장인 '소×몽둥이'로 때린다는 것이다. 그러나 함 선생은 아무리 때려도 "아얏, 아파" 하는 비명소리 한 번 내지 않았다. 그러니 곤장을 더 많이 맞게 되지만 '아얏' 소리를 내지 않기 위해 죽을 힘을 다해 참은 이유는 맞더라도 비명소리를 안 내야 일본놈에게 지지 않고 이기는 것이라는 확신이 함 선생 항일투쟁방법이니 그 별난 소문이 학생들 사이에 퍼져 역시 선생은

'함 도깨비'일 수밖에 없었다는 것이다. 이 역시 함 선생의 민족혼에는 간디적인 비폭력저항을 닮은 씨올의 승리전략이 있었던 것이다. 벌써 오산 때부터 『성서조선』을 우리말, 우리 글로 간행하면서 폭력적 학대의 극한에서도 비폭력저항의 방법을 실천했다고 할 수 있다. 그 때문에 왜놈과 함 선생의 싸움에서는 함 선생이 항상 승리를 거둔 것이 된다.

함 선생은 해방 후 우리나라 민중의 자기주장을 위한 비폭력저항의 방식으로 단식투쟁을 도입한 선두자이다. 힘없는 민중이나 재야 지성인이 정치적 폭력에 대항할 때 그 최후의 비방은 단식투쟁이어서, 그의 뒤를 이어 야당투쟁사에는 정치인들 사이에도 이 방식이 계승되었다. YS의 단식투쟁, 최근 이기택 위원의 단식도 모두 함석헌 저항문화의 소산이리라.

단식투쟁이 식사를 안 하고 그저 결식으로 버텨서 널리 국민의 관심을 불러일으키는 정치적 전시효과만 노린 것이라고 알고 있다면 그것은 단식의 초보도 모르는 것이 된다. 그 후 함 선생은 정치인들의 단식투쟁을 보고 별로 달가워하지 않았다. 왜냐하면 정치인의 단식투쟁을 보면 대중과 언론의 주목을 받겠다는 사심이 앞서서 안 된다는 것이다. 함 선생은 단식을 고도의 정신적 저항행위로서 간디의 사티아그라하의 정신이 그 기초가 되어야 한다고 강조했다. 오직 식사를 끊고 굶고 청승스럽게 앉아 있는 것이 단식이 아니다. 적어도 단식을 하려면 내장이 달라붙지 않게 적당히 수분을 공급할 줄도 알아야 하고 단식을 시작하는 것보다는 중단하는 과정이 더 중요하다. 그래서 단식하다 기진맥진해 쓰러져 병원에 입원하는 것은 단식의 퇴거까지 잘 마무리하는 완성미가 없는 것이 된다. 단식의 끝마무리에는 처음에는 아주 연한 풀죽에서 점차 곡기가 증가되는 원상복귀까지의 점진적 취식의 단계가 필요하다.

단식투쟁에서 더욱 중요한 것은 무서운 고독과의 자기싸움이다. 단식을 하는 성자가 밖을 기웃거리며 대중의 호응이 없는 것을 애타하는 조바심이 생기면 그것은 이미 실패이다. 함 선생은 단식기간에는 대개 『성서』와 동양 고전을 읽은 것으로 알고 있다. 필자가 천안 씨올농장으로 단식중인 함 선생을 찾아뵈었을 때 히브리어 『성서』를 독해하는 고된 작업을 하고 계셨던 것이 기억난다.

물론 단식의 고독을 물리치기 위해 아주 재미있거나 아슬아슬한 탐정소설, 무협지 등을 읽어 속으로 감정을 격앙케 해서는 안 된다. 그런 감정의 흥분은 단식으로 쇠약해진 심신에 타격을 주어 더 이상 단식을 속행할 수 없게 하는 것 같다. 따라서 단식기간에는 명경지수와 같은 마음의 고요가 있어야 하며, 함 선생은 『월든』의 저자인 H. D. 소로의 글을 추천하였다. 결국 단식은 밥 굶기가 아니라 선불교의 참선이나 간디의 수도행위와 같이 니르바나의 높고 해탈경지에 오르는 인격상승의 깨우침을 표방하게 되는 것 같다. 이상에서 필자가 『사상계』 편집국장 시절 함 선생과의 만남에서 듣고 느낀 단식의 간단한 견문을 더듬어보았다.

예로부터 인걸(人傑)은 지령(地靈)이라 했지만 평북 정주의 오산중학은 민족사학의 요람이었고 거기서 설립자 남강 이승훈, 고당 조만식, 가까이는 황소의 화가 이중섭이 모두 오산 출신이다. 함 선생도 역시 오산이 낳은 걸출한 인물임에는 틀림없다.

필자는 젊은 시절, 『사상계』에 실린 함 선생의 글 속에서 나의 선친 '신언준' 함자를 발견하고 몹시 감격했다. 나의 선친은 오산중학 시절 함 선생과 같은 반 동창이었다. 함 선생의 글 「남강·도산·고당」(『함석헌전집 4』, 163쪽)에서도 신언준 동창에 대한 다음과 같은 회고가 있다. 당시 오산중학은 학생들의 면학열이 용광로같이 높고 민족의식도 왕성한 학교였으나 시설이 불비하고 교사진도 제대로 갖추지 못해 휴강이 잦았던 것 같다.

설비가 그런데 사람도 마찬가지다. 옛날부터 계신 선생님이 라고는 두서너 분뿐이고 그 다음은 다 새로 온 분들인데, 이제 와 보니 엉터리 선생도 많았다. 한 달 있다 가는 분, 한 학기 있다 가는 분, 시간을 별로 충실히 하지 못했다. 그래 유명한 말이 됐지만, 후일 상해 가서 신문기자론가 있다 세상을 떠난 신언준이라는 친구가 하도 딱해 "오늘도 5전어치는 배워야 하지 않아요?" 했다. 그때 매달 수업료가 1환 50전이었다."

동창들 가운데 '신언준' 동창이 함 선생의 기억에 오래 남은 것은 한 달 월사금 1환 50전에서 하루 휴강 5전어치 손실을 계산해 따진 그 유명한 타산항의 때문이다. 요사이 휴강이면 모두 좋아하는 면학풍토에 대한 교훈으로 이 에피소드를 든 것이 함 선생이다. 당시 오산은 그처럼 교원과 시설이 불비한 가운데서도 민족혼을 넣어주는 민족사학이었기에 함석헌 선생 같은 분도 나오고 나의 선친의 독립운동 의지도 거기서 키웠다고 생각된다. 그래도 오산은 '가이스트' '혼'을 가진 학원이었다. 나의 아버지는 서당에서 글공부를 마쳤으므로 한문 실력이 뛰어나 당시 한문 시간이 휴강되면 대신 부친이 다른 학생들에게 한문을 가르쳤다고 들었고, 중국 상해의 호강대학을 나온 주요섭 선생을 뵈었더니 "자네 선친은 재중국 한인 가운데 백화문의 제1인자였다네"라고 일러주셨다. 함 선생께서 필자가 오산 동창의 아들이라고 각별히 관심을 베풀어주신 것이 내 평생 마음의 푸짐한 양식이 되었다.

자유당 말기였다. 흥사단에서는 월간지 『새벽』(주간 : 김재순)을 발간할 때 필자도 그 잡지 편집을 도왔다. 그때만 해도 함 선생은 도처에서 밀려드는 원고청탁을 모두 거절하고 계셨다. 필자는 『새벽』에 함 선생 원고를 받아 싣기 위해 고심한 끝에 함 선생의 이미지에 꼭 맞는 논제라고 생각된 '야인정신'(野人精神)을 청탁했다. 함 선생은 언제나 재야에서 우리 민족이 깨어나야 한다는 고함소리로 민족의 가슴에 울려퍼졌기에 그 이미지가 '야인의 정신'과 같다고 하여 선생께 청탁하면 꼭 써주시리라고 김재순 주간과 의논하여 시도했다. 다행스럽게도 함 선생은 그 논제의 원고청탁을 응락해주셨으니 예상이 적중했다는 기쁨도 맛보았다. 그런데 한참만에 함 선생의 원고를 받고 보니 그 논제가 「들사람 얼」로 바뀌어 있었다. 그래서 그 「들사람 얼」 밑에 괄호로 한자 '野人精神'도 넣었던 생각이 난다. 자유당 독재 말기증상 속에서 『새벽』지는 특집으로 '정권교체는 가능한가'를 꾸몄는데 그 특집 역시 민심의 정곡을 찔러 초판 찍은 부수가 모자라 다시 재판을 낸 것이다.

몇 년 후 시인 조지훈 선생이 고려대 『교양국어』를 편집하면서 함 선생의 「들사람 얼」을 넣었으나 조지훈의 감각으로는 역시 '야인정신'이 더 마음에 든다고 해서 「야인정신」으로 게재되었다. 「지조론」을 쓴 선비의식이 왕성한 조지훈은 함 선생의 「야인정신」을 국어시간에 읽혀서 학생들의 마음속에 야인정신을 고무시켜주고 싶었던 것이다.

그러나 국어강사들 중에는 함 선생의 이 글이 너무 난해해서 도저히 가르칠 수가 없어 정작 수업시간에는 건너뛴다는 말이 나왔다.

함 선생의 「들사람 얼」은 언뜻 보기에 쉬운 이야기체로 순 한

글로 씌어져 있으나 거기에는 함 선생의 인생관, 세계관과 『뜻으로 본 한국역사』의 함 선생의 씨올의 역사철학도 농축되어 있어서 국어수업에서 그 글을 하나하나 따지고 들어가보면 결코 쉬운 글이 아니었다. 선생의 이 글에서 세계사적 야인의 원형은 결국 십자가에 못박힌 예수 그리스도가 된다.

이 글은 잘 씹어 읽으면 속된 사람들이 함 선생을 무엇이나 반대만 하는 '반골'의 기인이란 속설을 벗어나 선생의 재야의 정신과 '뜻', 다시 말해서 세계정신의 로고스가 전개하는 역사에서 씨올의 대변자로 '들사람' 야인의 정신이 엮어내는 '얼의 세계사'를 읽어낼 수가 있게 된다. 내 나름대로 「야인정신」의 군데군데 무슨 소리인지 알 수 없다는 대목을 아우구스티누스 『신국론』(神國論) 이래의 그리스도교적 역사철학의 지식으로 어설프게나마 안내했던 생각이 난다.

결국 함 선생의 씨올의 역사철학은 『뜻으로 본 한국역사』에 나오는 것처럼, 선과 악의 대결의 드라마에서의 한국사가 함 선생의 사색에서는 벼슬아치의 권력과 짓밟히는 민중, 씨올의 대결의 역사가 되고 그 역사의 클라이맥스는 예수 그리스도가 된다. 그래서 동양사상에서도 권력의 '유위'(有爲)의 사상인 유교보다 함 선생은 노장의 '무위'(無爲)의 철학에서 씨올의 사상을 일구어낸다. 들이나 길가에서 밟히고 억눌려도 다시 살아가는 '씨올'에 대한 왕성한 민중적 생명력의 신앙이 그의 역사철학의 혼이기도 하다.

함 선생의 글은 우선 학자나 교수의 학술논문은 확연히 아니고 사상가, 철학자풍인가 하나 일반 강단철학자의 글과는 딴판이다. 우선 함 선생의 글에는 남의 글을 따온 인용이 없고 따라서 '인용학'(引用學)이 아니다. 그렇다고 그의 글이 통속적인 '잡문'인

것은 더더욱 아니다.

'문학적 수필' 장르에 넣기도 안됐고 사상적 에세이라 할까. 표현 형식은 민중을 향한 평이함을 지향하고 있으나 그 속뜻은 대단히 깊은 사변적 진실을 담고 있다. 그러나 그것은 머리로 쓴 글이 아니라 온몸으로 쓴 글이라 할 것이다.

함 선생은 글을 쓰려면 우선 그 주제를 마음에 심고 씨올농장의 밭에서 김 매고 노동하며 그 발상을 발효시켜서 전편을 꿰뚫는 하나의 논지의 줄거리가 무르익은 다음, 그 생각을 글로 옮기는 것이므로 읽은 사람에게는 그 글 뜻이 계곡의 흐름과 여울을 넘는 파도의 리듬을 거쳐 마무리의 클라이맥스에 이르는 것 같다. 그래서 함 선생의 글은 억지로 만든 이른바 '작문'이 아니라 생각의 흐름이요 큰뜻의 자기전개 과정이라 할 것이다. 여기서 숲속의 자연생활을 즐긴 소로의 『월든』을 연상시키기도 하고 때로는 휘트먼의 『풀잎』의 맛이 나기도 한다.

1959년경 선생이 자유당 독재에 항거하여 천안 씨올농장에서 단식투쟁중이던 때였다. 국제문화연구소의 『세계』지 주간이었던 필자는 함 선생의 황야에 메아리치는 글을, 의(義)에 목마른 사람들에게 생명수와도 같은 옥고를 받아 싣고 싶다는 욕심이 났다. 당시 단식중인 함 선생은 일체 면회사절이요 신문·잡지의 원고청탁도 철저히 거절하고 있던 터였다. 이런 때 필자는 함 선생의 원고를 받아 싣겠다는 패기 하나로 밤차를 타고 붐비는 객차에 입석으로 천안에 도착했다. 다음날 아침 10시쯤 씨올농장을 찾았다. 농장 입구에서 함 선생을 뵈러 왔다고 했더니 사립문에 나온 젊은이는 문조차 열어주지 않고 한마디로 거절했다.

여기까지 와서 빈손으로 돌아갈 수는 없다고 생각하고 필자는 농장 한가운데 함 선생이 거처하는 허름한 집 한 채가 있는데 그곳을 향해 힘껏 큰 소리로 "선생님께 신언준의 아들이 왔다고 전해주시오"라고 외쳤다. 그 소리를 들으신 함 선생은 문을 확 열어 젖혔다. "뭐, 신언준이 아들이라고? 들어오라고 해."

결국 필자는 속된 말로 아버지 함자를 팔아 선생과 대면하게 된 것이다. 선생에게는 그 흔한 도학자의 위선이란 것은 찾아볼 수 없었고 그저 천진스러운 어린아이의 따뜻한 '무사기'(無邪氣) 그것이었다. 때로는 총칼 앞에서도 도도하고 당찬 투지와 이런 어린아이 같은 따스한 천진함, 이렇게 서로 다른 두 기질이 어떻게 한 사람 속에 동거할 수 있는지 알 수 없었다. 이렇게 인정 많은 할아버지 같은 흰 수염에서 사람의 폐부를 찌르는 직설의 논설이 엮어내는 서릿발 같은 글발이 함 선생 속에 같이 있을 수 있음으로 해서 꾸밈 없는 '무위자연'(無爲自然)의 안락과 그분의 '노자강의'가 선생의 자연주의의 마음 안에서 공존할 수 있어서 더욱 돋보였는지도 모른다.

필자가 『사상계』 편집책일 때 함 선생 글을 한 편 실으면 그달 호는 대성황이었다. 장준하 사장을 자주 찾은 함 선생은 사상계사에 들러 쉬어 가시는 일이 많았다. 그때는 함 선생이 한참 외제 커피와 담배 추방운동에 심혈을 기울이기도 하고 간디가 그랬듯 국산품애용을 강조할 때였다. 나는 함 선생이 이른바 문화인의 양식이라는 커피 맛을 몰라서 안 드시는 것이 아님을 짐작하고도 남음이 있었다. 나는 응석을 섞어 선생님께 커피 한 잔을 대접하고 싶어서 다방에서 배달을 받아 선생님이 혼자 계신 사장실 문을 닫고 드시기를 권했다. 처음에는 단호히 거절하시다가 시켜온 성의를 저버릴 수 없다 하시며 그 커피를 마지못해 드셨다. 나는 선생께 진수성찬을 대접한 것보다도 딱 한 번 커피 한 잔을 대접했던 그날의 기쁨을 오래도록 잊지 못한다. 이때에도 융통성 없는 도덕주의자도, 위선도 없는 역시 소로의『월든』을 즐겨 읽었다는 따뜻한 자유주의자, 풍부한 인간성의 소유자로서의 함 선생을 확인할 수 있었다. 함 선생은 틀에 박힌 무교회주의가 아니라 퀘이커처럼 대자연과 온 사회가 그분이 생각하는 커다란 교회일 뿐이었다.

『성서』와 더불어 동양 고전에 조예가 깊은 함 선생은『성서』위주의 크리스천이라기보다 만인의 하느님을 믿는 씨올의 신자이다. 그리고 중국 고전 중에서도 공자의 '유위'보다 노장의 '무위자연'을 가까이하는 것은 권력에 의해 억지로 조직하고 민중을 강제하는 '유위'가 사대부(士大夫), 독서인 선비인 동시에 관료가 되어 군림하는 '유위'의 벼슬아치의 학(學)을 싫어하는 것이 바로 함석헌사상이기도 하다.

『공자가어』(孔子家語)에는 공자를 찾아 헤매는 그 제자들이 우리 선생을 못 보았느냐고 한 행인에게 묻자 행인은 "그 상가지구(喪家之拘) 말이냐"고 반문했다는 이야기가 나온다. 그 행인을 추정해보건대 노장파였을 것이고, 노장의 눈으로 볼 때 공자는 각 나라 권세가를 찾아다니며 자기의 경륜과 정책을 팔려고 했으나 끝내 실패하여 마치 주인을 잃은 상갓집 개처럼 야위고 지친 모습이었다는 고사에서 연유했을 것이다.

여기서 함석헌 선생의 지식인관이 나오는데 그 하나는 '상가지구'의 권력봉사형이고 또 하나의 유형은 힘없는 민중 편에서 민중을 대변하는 '씨올의 소리형' 지성의 2분법이다. 민주화투쟁으로 양당이 집권했다 하더라도 '씨올의 소리형' 지성이라면 권문세가 주변을 맴돌지 않고 다시 힘없는 씨올의 소리가 되기를 작정하는 것이 함석헌 선생이 온몸으로 보여주신 커다란 가르침이 아닐까 싶다. 함 선생은 항상 "겨울의 엄동설한이 가면 봄도 멀지 않으리니"란 시구를 즐겨 읊었다. 오늘날 남한은 민주화된 반면에 북한의 동족인 씨올이 아사하고 병들어 죽는 참상을 들으셨다면 함 선생은 결단코 친북이 진보요 반북이 보수라는 고식적 이분법을 물리치고 구소련과 동유럽에서 힘없는 민중이 일으킨 씨올의 혁명이 북녘에도 전파될 것을 확신했으리라 짐작된다.

인촌상(언론출판부문)의 제1회 수상자로 함석헌 선생이 심사위원회(박권상, 유재천 등)에서 만장일치로 추천되고 다시 운영위원회에서도 만장일치로 통과되었다. 그러나 가장 중요한 절차는 마지막으로 수상후보자의 수상수락이 있어야 했다. 함 선생은 일제하의『성서조선』과 민주화운동기의『씨올의 소리』를 통한 활동만으로도 이 상의 첫 수상자로 모시는 데 그 공적이 오히려 넘치는 바가 있어 걱정이었다. 선생의 수상수락을 받아내는 임무를 맡은 필자는 평소 함 선생을 가장 가까이 모시고『씨올의 소리』주간도 하신 고려대의 김용준 교수를 모시고 병상의 선생을 방문했다.

잠시 머뭇거리던 함 선생은 그 상이 인촌상이라 해서 거절할 이유는 없다고 하셨다. "내가 존경하는 남강 이승훈 선생이 서울에 오시면 인촌 선생 댁에 유하셨고 일제하에도 민족의 앞날을 함께 걱정하셨다"고 하시고 주변에서 이 상을 받는 것에 일부 거부감도 없지 않으나 인촌까지 백안시하는 것은 지나치다고 생각한다고 하시며 수상을 수락해주셨다. 그때 김용준 교수와 필자가 느꼈던 기쁨은 지금도 큰 보람으로 마음속에 남아 있다.

함석헌 선생은 일제 암흑기에도 민족언론의 줄기찬 소리였고 반독재민주화운동 속에서도 불멸의 씨올의 소리로 이 민족을 광명의 길로 인도한 모세의 막대기였기 때문이다. 때때로 함 선생이 기인이라느니 반골이라느니 하는 속된 편견에 부딪힐 때마다 필자는 주저없이 "함석헌 선생은 그저 이 나라에 존재한 것만으로도 우리 사회의 가치관의 중심이었고, 한국에서 민주주의가 정착하기를 기대하는 것은 쓰레기통에서 장미꽃이 피는 것을 바라는 것 같다고 했던 국제적인 한국관에 대해 함 선생은 동방의 빛인 한국의 양심이요 한줄기 빛이었다"고 말할 수 있었다. 우리 사회가 여야를 가릴 것 없이 정치건달과 벼슬아치에 의해 환란을 겪게 된 오늘에도 황야에 울려 퍼지던 함석헌 선생의 진리파지의 복음 『씨올의 소리』가 못내 그리워진다.

아예 죽어버려라

김서민

사람이라면 평생에 몇 사람의 귀인을 만날 기회가 있으며 그렇게 주어지는 기회를 자기 것으로 어떻게 만드느냐 하는 것이 중요한 것인 줄 안다. 그 기회를 자기 것으로 하게 될 때 새로운 인생이 전개될 수 있으며, 삶의 변화를 가져오게 된다고 믿는다.

그러고 보면 함석헌 선생님은 나에게 있어서 믿음에 큰 영향을 주신 분 가운데 한 사람이라고 말하지 않을 수 없다.

죽을 수밖에 없는, 즉 죽을 날만을 기다리는 육체의 질병에서 살아났으며 못나고 부족한 대로지만 그래도 어떻게 사는 것이 사람답게 사는 길인가를 깨닫게 해주셨으니 얼마나 귀한 분인가.

고향이 같아 어렸을 때부터 존함은 익히고 있었지만 아주 가깝게 무릎을 대하고 뵙게 된 것은 다 죽게 돼 결핵요양소에 들어가 있을 때였다. 물론 선생님이 나를 아실 리 없었고, 나는 그저 불쌍한 환자에 불과했다.

한국전쟁 중 피난지에서 모두 어렵게 지내며 자신조차 돌보기 어려웠던 시절 결핵환자의 심령을 위하여 복음을 전도하러 오셨을 때였다. 아마도 1953년부터였던 것 같다. 열 명 정도의 환자들과 비좁은 단칸방에 모여 무릎을 맞대고 앉았었다.

어렸을 때부터 교회는 다녔다. 중학교 때도 그랬고 1948년 월남하고 나서도 다녔다. 하지만 신앙 때문에 간 것이 아니었으니 제대로 다녔다고는 할 수 없다. 그러나 6·25 후에 결핵으로 인하여 죽음과 직면하게 되면서 비로서 내 삶을 정면으로 생각하게 되었던 것이다. 요양소 안 교회에도 나가며 믿음의 귀함을 새삼 통감하게 되었고, 여태까지 생각하고 있던 나의 믿음이란, 신앙이라고 할 가치조차 없는 것임을 회개하지 않을 수 없었다.

함석헌 선생님은 매달 한 번의 방문전도를 통해 방황하며 절망 중에 있던 영혼에게 생명의 고귀함과 그 생명이 어떻게 주어진 것인가를 깨닫게 해주셨고, 그 순간 내 삶의 의미는 180도 전환을 맞게 되었다.

그것은 물에 빠진 자가 지푸라기라도 잡으려는 심정인 때에, 육의 삶보다 더 귀중한 생명의 원천인 하나님을 발견한 것이니 지푸라기가 아니라 굵은 밧줄을 잡았다고 비유할 수 있을까.

이 같은 삶의 전환은 이생의 문제보다 내세에 대한 소망이 더 중요하며 현재의 안락한 삶보다는 내세에 의미 있는 삶에 대한 확신에서 비롯되었다. 또한 내세의 삶이 바로 현재 삶의 연속이라면 지금 내 삶의 모습이 어떠해야 한다는 깨달음만으로도 마음이 평안하고 생활이 기뻐지니 삶이 변화할 수밖에 없었다.

죽을 때 죽더라도 진리를 조금이라도 깨닫고 바르게 살다 죽자는 마음이었다. 기침 쿨럭거리는 가여운 심령에게 매달 한 번씩 마산까지 오셔서 인자함과 넓은 사랑으로 외로운 심령들을 붙잡아주는 사랑을 몸소 보여주신 것이다. 말씀을 깨닫게 되면서 내가 할 수 있는 일이 있다면 할 수 있도록 도와주십사고 기도 했다. 요양생활도 내 생의 중요한 일부이니 소홀히 살 수 없으며, 육신은 비록 중환자지만 내가 지금 할 수 있는 일이라면 해 나가겠다는 밝은 삶으로 변했다. 요우들과 삶을 나누며 서로 위로하고 도움을 주고 받는 것이 보람 있는 삶이라고 깨닫게 된 것이다. 이 삶이 언제 끝나도 좋으며 이 시간이 바로 내 삶의 중요한 일부이니 결코 허송치 말아야겠다는 확신은 점점 생활을 충실하게 만들었다. 이 신념은 오늘날까지도 내 삶의 목표이며 지침이 되고 있다.

언젠가 "아예 죽어버려라!"고 하셨다. 쓸모 없이 병도 못 고치고 괴롭고 살 것 같지 않거든 아예 죽어 없어져 부족한 나라의 도움이 되라는 말씀이었다. 오죽 안타까우셨으면, 젊은것들이 제 몫 하나 못 하고 이 꼴인가 하여 말씀하신, 깊은 사랑의 절규가 아니었던가. 나는 이 말씀에 분노를 느낀 것이 아니라 오히려 새로운 힘을 얻었으며 어떻게 하든지 살아야겠다는 의욕이 솟구쳤다. 결코 헛되게 죽을 수 없었다. "쓸모 있는 자는 하나님께서 버리지 않으신다. 아직 할 일이 남은 자는 살려주신다"고 하신 이 말씀은 우리에게 아직 할 일이 남아 있다는 믿음을 불타게 하였으니, 그 말씀으로 하여 오늘의 내가 있다고 믿는다. 하나님께서는 약속을 지켜주셔서 오늘도 새 날과 새 일거리를 주시며 살게 해주시니 하나님께 감사할 뿐이다.

당시 결핵이라고 하면 사형선고나 다름없었다. 지금은 다르지만 그때는 지금처럼 치료효과가 좋은 의약품이 없었던 때였으니까. 그 사형선고를 받고 쓰러진 자리가 오히려 삶의 일대전환의 기회가 주어진 자리였다고 하면, 하나님의 역사가 선생님을 통해 이루어진 것이라고 나는 감히 간증한다. 참말로 깨닫는다면 언제 죽어도 영원히 사는 생명을 얻는 것이지 죽는 것은 아니라고 하셨다.

온실 같은 요양소 안에서의 믿음을 이 세상에 나와서도 꿋꿋하게 지켜주시는 높은 뜻에 어찌 감사치 않으리요. 7년 반의 요양 생활에서의 회복으로 나에게 새로운 환영의 자리가 준비되어 있었으니 놀라운 역사였다.

오랫동안 뵙지 못하였던 함 선생님과의 해후는 1965년에 이어졌다. 1958년부터 참여한 부산주일모임(장기려 주관)에서 다시금 매달 한 번씩 뵙게 된 것이다. 사회의 한 구성원으로서 믿음을 세우는 훈련이 이어진 것이다.

1972년 2월의 일이다. 부산에서 있은 공개강연 내용이 문제가 되어 선생님이 남산에 연행되어 가셨고(가끔 그러셨지만) 그 다음날 부산에서도 3명이 연행되었다. 나도 오전 집무중 거구의 장정들에게 강제연행되어 갔다가 저녁 일곱시가 지나서 풀려 났다. 한번 들어가면 병신이 되도록 맞고 나온다는 때였으니까 밖에서 걱정들이 오죽하였으랴.

지하 심문실의 분위기에 압도되었지만 두렵지는 않았다. 선생님이 잘못 발언하신 바가 없었으며 나도 떳떳했기 때문이다. 그렇다고 선생님 말씀을 들은 것이 죄가 될 수도 없고, 그저 사실을 사실대로만 말하면 되는 것이니까. 그런데 오히려 선생님에 대한 내 무성의와 불성실 때문에 눈시울을 적셨다. "한 모임에서 한마디만이라도 기억해두라"신 말씀이 머리를 스치면서 마음이 저려 왔다.

그때 문제가 되었던 것은 함 선생님이 당시 공화당 의장으로 있던 정구영 씨의 탈당에 대해 말씀하신 것이 그들의 귀에 거슬렸던 것 같다. 당시에는 온 나라 안에 선생님만이 직언을 하셨다. 말을 하고 싶어도 감히 하지 못하는 살벌한 때에, 그들은 도리어 선생님의 입이 무서워 스물네 시간 감시의 눈초리를 떼지 않았고 집회장소에도 자유로이 가시지 못하게 하는 것은 물론, 외출하시면 집에 돌아오실 때까지 늘 감시의 눈이 뒤따랐다.

그래도 부산에서의 집회는 수월한 편이어서 공개 정기강연을 가졌으나 감시는 계속되었다. 그들은 강연장에 슬며시 들어와서 녹음이나 기록을 해갔다. 선생님은 말씀 전에 분명히 "떳떳이 들어와서 바로 듣고 사실 그대로를 윗사람에게 전하라"고 말씀하시곤 했다. 우리도 선생님의 상경일·숙소·말씀내용·참석인원 등을 다 알려주었다. 떳떳하게.

그런데 그날 심문실에서 강연내용에 대해서는 몇 마디밖에 기억하지 못하였으니, 선생님께 이다지도 불성실하고 불민함이 죄송스러웠고 스스로가 가여웠다.

이처럼 공의로운 일에는 당당하신 선생님이었지만 인간 개인적인 문제에 있어서는 약하고 부족함을 항상 괴로워하신 분인 줄 안다. 그래서 남을 사적으로 탓하시는 것을 듣지 못했다. 남이 싫어할 말은 하지 못하는 분이었다. 그래서 때로는 오해도 받으셨을 것이다. 당신의 약함을 아시고 그것을 감당해주실 분이 누구인지 또한 아셨기에 선생님은 변명하지 않으셨으리라고 믿는다. 판단은 하나님의 몫이라는 것 또한 아셨으니까.

선생님은 강하면서도 약한 데가 많은 분이었다. 선생님을 보는 시야에 따라서 누구나 그 어느 한쪽의 견해를 간직하고 있으리라. 그러나 진리는 언제나 양면이 있다.

내가 아는 함석헌

김천국

함석헌 선생님은 호가 없다. 선생님이 쓰신 『나의 자서전』에서,

오늘날 남강 선생이 계셨으면!
오늘날 도산 선생이 계셨으면!
오늘날 고당 선생이 계셨으면!

하는 바람과 함께 어느 지역, 어느 당 구별 없이 남강(이승훈)·
도산(안창호)·고당(조만식) 같은 인물이 계셨으면 이러지는 않
았을 터라 하시면서 자신을 성찰하였다.

함 선생님이 가신 지 4년이 된 오늘 우리는 그분이 남긴 인격
과 사상과 행동과 뜻을 다시 회상하면서 "오늘날 함 선생님이 계
셨으면!" 하고 그분을 그리워하며 그 뜻을 더욱 간절히 구하고
있다 해도 과언은 아닐 것이다. 남강·도산·고당에 이어 파란 많
은 역사의 수난 속에서 우리 민초의 대변자가 되어 위대한 삶의
발자취를 남기며 올바른 역사의식을 제시해준 씨올 함석헌 선생

님, 내가 뵌 그분의 면목을 여기에 적는다.

해방 후 대학생 시절에 함 선생님의 성경강의, 역사해석, 동양철학사상강좌 등을 들으려고 운집했던 일을 기억한다. 신학을 하는 나는 그 어른이 소개한 일본 무교회주의 사상과 교회에 대한 비판정신을 받아들이면서도 교회에 대한 냉소적인 비판은 따르지 않았다. 그러나 평화주의를 내세운 퀘이커신도가 된 1960년 이후부터 선생님의 교회관이 개방되어 한국교회 전체를 포용하고 민주화와 인권운동에 동참하면서 선구자적 예언자적 삶으로 우리에게 보여준 바를 잊을 수가 없다.

씨올정신을 보편화시키는 데 있어서 철저히 예수의 개혁과 저항 정신을 몸소 실천하였고, 평화주의자이면서도 부정과 불의에 대해서는 예리한 비판과 항거를 글로 몸으로 표현하기를 그치지 않았다. 그의 행동적 저항은 1919년 3·1운동 때 독립선언문을 경찰서 앞에 뿌렸다가 구타와 모독을 당한 것을 시작으로 평생에 걸쳐 구속과 연금의 연속이라는 고난을 동반했다. 18세 때 평양고보(관립학교) 시절이었다. 그는 독립만세운동 체험을 이렇게 적었다.

"나에게 3·1운동이 없으면 오늘은 없다. 그것은 내 일생에 있어서 큰 돌아서는 점이 되었다."

관립학교를 마치고 의사가 되어 이른바 출세를 할 수 있었을 터인데 "하느님이 내게 명하신 것은 그런 게 아니었다"는 것이다.

장준하 선생(사상계사 대표)과의 밀착은 함 선생님이 글로 행동으로 역사관과 시국관·종교관·인생관·세계관을 보여주는 데 큰 원동력이 되었으며 독재에 항거하여 싸우는 민중의 대열을 정신적으로 이끌어 나가는 데 큰 기둥이 되었다.

1975년 8월 17일 장준하 선생의 의문사는 함 선생님을 비롯하여 계훈제·문익환·백기완 등 주변 여러 인사들의 분노를 불러 일으켰다. 장 선생이 자유·민주·통일의 뜻을 막 펼쳐보려던 때에 죽음을 당했다는 평을 들은 바 있다. 장 선생의 상갓집에서 함 선생님을 비롯한 계훈제·문익환 여러분이 의문을 분노로 표출하지 말고 조용히 장례식을 치르자고 합의하는 과정도 지켜보았다. 그리고 그때 눈물을 흘리는 함 선생님의 모습을 처음 보았다. 유신독재로 묶였던 학생·목사·교수 들이 1975년에 풀려나온 이후 3월 1일 민주구국선언사건, 이른바 명동사건이 터져 수많은 어른들이 구속되었던 대열에, 함 선생님도 불구속으로 입건되어 법정에서 소신을 밝힌 바 있다.

1993년 2월 4일 오늘, 우리는 새로운 역사적 전환이라고 볼 수 있는 문민정치시대를 30년 만에 맞이하면서 큰 변화와 기대를 가지고 내일을 전망하고 있다. 함 선생의 씨올정신, 민초정신을 기반으로 하고 약한 자들의 권익과 행복이 성취될 수 있기를 기대한다.

추모

송건호

함석헌 선생님이 돌아가신 지 벌써 4주년이 되었다니 세월도 빠르다는 감이 든다.

내가 함 선생님의 이름을 처음으로 듣게 된 것은 1950년대 하반기 『사상계』에 「생각하는 백성이라야 산다」라는 글로 형무소 생활을 하시게 된 후였다.

그때 나는 「생각하는 백성이라야 산다」라는 글이 어떤 내용이기에 글만 가지고 감옥생활을 하시는가 의아하게 생각했으나 각 신문에 크게 보도된 것만을 기억할 뿐 글을 직접 읽지는 못했다. 그러다 20여 년 후 내가 선생님 글을 정리할 때 처음 이 글을 읽어봤는데 솔직히 말해서 그때 선생님의 글을 직접 인용하지 못했다. 그만큼 선생님은 생각하는 그대로 대담하게 글을 쓰시는 분이었다.

나는 1975년 안기부의 신문제작에 대한 관여를 반대하는 기자들에 동조하여 신문사를 떠난 후 기관원의 감시를 받으며 무직 생활을 하고 있을 때였다.

동아일보사 재직시 선생님이 내신 잡지 『씨올의 소리』에 여러 번 글을 발표했으나 직접 만나뵐 기회는 없었는데 78년인가 안병무 선생의 소개로 내가 『씨올의 소리』 편집위원이 된 후부터 선생님을 가까이 모실 기회가 생겼다.

선생님을 직접 모신 기회는 10년 남짓 될 뿐이다. 선생님은 언제나 한복 바지저고리에 두루마기를 입고 다니시는 것이 특징이었으며 긴 수염과 백발이 성성한 노인의 모습이 나에게는 인상적이었다. 그렇게 권력과 추호의 타협 없는 투쟁을 하시던 용감한 분이면서도 선생님은 언제나 착한 분이었으며 자주 뵐 기회가 있었지만 선생님이 화내시는 것을 본 일이 없었다. 그렇게 선생님은 마음씨가 착한 분이었다.

선생님을 대하면 전혀 부담감을 주지 않는 것이 특징이다. 시골 할아버지처럼 꾸밈이 없고 소박하셨으며 우리를 대하실 때도 언제나 자연스럽고 부드러우셨으며 선생님을 대하는 젊은이들의 마음을 편하게 해주셨다.

79년 여름, 즉 전두환 소장이 쿠데타를 일으키기 전 해에 나는 선생님을 모시고 지방으로 강연을 하며 다녔다.

선생님의 행적이 기관원의 감시를 받으며 무슨 말을 하는가 염탐당하는 눈치였으므로 우리가 선생님을 모시고 강연하러 다니는 것 자체가 위험한 일이었다.

한 가지 기억나는 것은 선생님은 강연하기 전에 양말을 벗고 맨발이 되셨으며 피곤하고 잠이 오는 청중들의 마음을 깨워주기 위해 일어서서 박수를 치고 노래를 시키는 일이 종종 있었다.

지금도 부산에 가면 선생님을 모시고 강연하던 교회를 보고 옛날을 생각하는 일이 있으며 그때 나는 처음으로 장기려 박사를 뵙게 되었다.

선생님과 장 박사가 대단히 친한 사이라는 것을 알았으며 장 박사는 그때 모 병원에서 일하고 계실 때이며 80이 가까운 노인으로 고향에 두고 온 가족을 생각하고 그때까지 혼자 생활하고 계시다는 말을 들었다.

경상북도 대구로 기억되는데 선생님의 사위 되는 분이 계시다는 것도 그때 알았으며 장 박사와 하룻밤을 지낸 것처럼 선생님의 사위 되는 분하고도 하룻밤을 머물 기회가 있었다.

오래된 일이라 잘 기억되지 않으나 아마 1980년 쿠데타가 일어나기 직전으로 기억되는데 그때 선생님과 문익환 목사를 모시고 호남으로 강연 간 일이 생각난다. 언제 보아도 젊은이들처럼 건강하신 선생님이 식사는 하루 한끼만 잡수신다는 이야기를 들었다. 아침 저녁을 안 드시고 점심만 드셨는데 점심식사는 대신 맛있게 드시는 것을 보았다. 선생님이 무병장수하신 이유가 바로 하루 한끼만 식사하시는 때문이라는 말도 있었다. 선생님이 감기나 소화불량으로 고생하신다는 이야기를 들은 적이 없다. 그렇게 건강하신 선생님이 그 후 암으로 고생하신다는 말을 들었을 때 도대체 믿어지지가 않았다.

내가 처음으로 선생님 댁을 찾아뵌 것은 원효로 종점에 계실 때의 일이다.

정초 세배를 가기 위해서 버스에서 내려 비좁은 골목길을 한참 올라가다 보면 비탈길에 선생님의 초라한 가옥이 있었다. 정초에 늘 선생님을 찾아뵙고 또 찾아오는 사람들은 대개 비슷비슷하여 낯익은 분이 많았다. 험난한 세상에 양심을 지키고 살고자 고생하는 젊은이들이 특히 많았다.

사모님이 선생님을 모시고 고생하시다 선생님보다도 몇 년 앞서 돌아가신 것을 기억한다. 몇 년 후 선생님은 원효로 집을 처분

하시고 이문영 교수 댁과 가까운 따님 댁으로 이사하셨다. 그래서 그 후에는 원효로로 가지 않고 따님 댁으로 세배를 드리러 간 일이 생각난다.

선생님이 계시는 댁에는 일본인들도 와 있었는데 나는 일찍이 선생님이 일본어를 쓰시는 것을 들은 일이 없다. 일본 동경고등사범학교를 졸업하셨으므로 일본어를 잘하시고 또 영어책도 읽으신다고 들었으나 생전에 선생님이 일본어나 영어를 하시는 것을 들은 적이 없다. 언제나 우리말만 하셨다. 일본인이나 미국인하고 이야기할 때도 우리말만 쓰시나 하고 의아하게 생각되기도 했다.

선생님 생활이 항상 깨끗했기 때문에 언제나 건강하신 것이 아닌가 하고 생각되었다. 선생님의 일식주의는 주변에 널리 알려진 사실이다. 나는 몇 번이나 일식주의를 실행하려고 했으나 하루 한끼만 먹고서는 배가 고파 실행하지 못했다. 주변에서는 식사를 줄이는 사람이 많았다. 문익한 목사는 1일2식주의, 최근 김동길 교수는 1일1식주의자가 되었다. 언젠가 김 교수를 보고 피골이 상접한 데 깜짝 놀라 물어본 즉, 일식주의를 실행하고 있다는 얘기였다. 지금은 정상 건강으로 회복됐는데 일식주의를 해도 3개월만 지나면 정상으로 회복된다는 이야기였다.

이밖에 일식주의자는 많다. 함 선생을 사모하는 김경희 목사도 1일1식주의자다. 하루 한끼만 먹으면 여러 가지 건강에 좋다는 말은 들었으나 나는 지금껏 실행하지 못하고 있다. 늙으면 소식하는 것이 건강에 좋다는 얘기는 전부터 들어오고 있는 바다. 함 선생님의 건강은 세상이 다 아는 바다. 그분은 감기도 들지 않고, 소화불량으로 고생하는 일도 못 보았다. 선생님은 언제나 원기가 왕성하셨다. 너무 건강이 좋아서 한때 잡음도 있었지만 요는 선생님이 그만큼 건강하신 때문이 아닌가 한다. 선생님은 80이 넘은 고령인데도 미국은 물론 아프리카까지 세계 여러 곳을 여행하셨다. 선생님은 본래 경제적으로 넉넉한 분이 아닌 줄로 알고 있는데 세계여행의 경비는 도처에서 하신 강연료로 충당하시는 것 같았다.

말년에 아마 마지막으로 외국여행을 하실 때 선생님 부재중에 서울의 따님 댁이 화재를 입었다. 화재가 났다는 소리를 듣고 달려가 보았더니 집이 몽땅 타버리고 터만 덜렁 남아 있었다. 선생님의 전 재산이라고는 책뿐이었는데 장서도 몽땅 타버리고 남은 것이 없었다. 선생님이 아신다면 얼마나 크게 실망하실까 싶어서 가족이 화재 사실을 한때 알리지 않았다는 이야기도 들렸다. 재산이라고는 책밖에 없는데 가지고 계신 책을 몽땅 태워버렸으니 선생님은 이제 무일푼이 된 셈이다. 의지해 사시던 사모님도 돌아가시고 장서마저 타 없어졌으니 선생님은 얼마나 외로우실까.

돌아오신 후에 얼마 안 있어서 서울대학병원에 입원하셨다는 얘기를 들었다. 병명은 직장암이라고 하였다. 병실로 찾아뵈니 선생님은 그 좋으시던 얼굴이 다 없어지고 병색 짙은 얼굴로 병상에 누워 계셨다. 선생님은 아무 일도 아니라고 하시며 퇴원하겠다고 말씀하셨다. 나는 그 무렵 신문사 창간 일로 정신없이 바빠서 한때 선생님 일을 잊어버리기도 했다. 그러던 중 선생님의 병환이 더욱 악화되었다는 소식이 들려왔다. 급히 달려가 보니 선생님은 거의 의식불명 상태였으며 이번만은 무사히 넘기기가 어려울 것 같았다. 빨리 회복하시기를 빌면서 병원을 물러나왔다. 그러나 이 문병이 마지막이 될 줄은 나 자신도 몰랐다. 그 후 선생님이 돌아가셨다는 소식을 들었다. 그렇게 건강하시던 분이 너무나 허무하게 돌아가신 것이다.

어느 추운 날 선생님의 입관식이 거행되었다. 그렇게 건강하시던 분이 이렇게 덧없이 돌아가실 줄은 정말 미처 생각지도 못했다. 노인 건강은 믿을 수 없다는 말이 생각되기도 했다. 선생님은 90을 맞이하지 못한 채 돌아가셨다. 돌아가신 후 선생님의 개인 잡지, 『씨올의 소리』를 다시 내자는 주장도 있었으나 이 잡지가 선생님의 개인잡지였던 만큼 선생님이 돌아가신 후 잡지가 독자들의 관심을 끌 리 없다. 얼마 못 가서 잡지는 많은 적자를 내고 폐간되었다. 돌아가신 지 이제 4년이 되고 있다. 아직도 선생님을 사모하는 젊은이들이 선생님의 추모집을 내고 생전의 선생님 모습을 사모하기도 하니, 위대한 인간의 육신은 떠나가도 정신은 사람들의 기억에서 사라지지 않는가 보다.

언론의 자유를 만끽한 이

조형균

내가 함석헌 선생님을 처음 알게 되기는 선생님의 전도 강연
장에서 청중의 한 사람으로서였다. 1947년인가 48년인가 봄에 서
울대학교 문리대를 중심으로 한 기독학생회 주최로 당시 쟁쟁하
던 교계 명사들을 강사로 번갈아가며 초빙하여 매일 저녁 문리
대 강당에서 가진 전도 집회에서였다. 첫날 초빙 강사는 지금은
고인이 되신 안과의사 손정균 선생이었다고 기억되는데, 당시 전
도 집회 연사들 가운데 제일 젊은 분으로서 칸트의 우주의 저
장엄한 질서와 내 마음의 양심의 질서에 관한 유명한 명문을 독
일어로 줄줄 외우시던 것이 인상적이었다. 손 선생은, 일제 말기
어려운 상황 속에서 정릉의 자택 서재에서 성경집회를 강행하시
던 김교신 선생님의 유일한 수강자로서 홀로 그 모임을 지켰던
분이다.

다음날 강사는 조선신학교 교장 송창근 박사였다고 생각되는
데 그분이 속이 틘 분이어서 그런지 신학교 학생들이야 목사직업
학교 학생들이지만 당신네들이야말로 믿는다면 진짜배기로 잘 믿

을 사람들이라며, 여기에서 믿음의 큰 인물이 나와야 한다는 격려의 말씀을 해주셨다.

한경직 목사님은 논리 정연한 신앙변증론을 펴셨는데 눈에는 안 보이는 나트륨 이온과 염소 이온이 합쳐져서 흰 소금이 되어 눈에 잘 보이듯이 하나님의 부르시는 음성을 확실하게 들었노라는 말씀이 인상적이었다.

장공 김재준 목사님은 인간의 절대자에 대한 동경과 믿음을 젊은 남녀가 서로 끌리는 연애 현상을 비유로 들어서 설명하신 것이 지금도 인상에 남는다.

첫번째 만남

내 기억에 아마 셋째 날쯤 저녁에 함 선생님이 등단하셨던 것 같다. 흰 두루마기에 그때는 아주 칠흑같이 검은 수염이었는데, 그 낭랑한 목소리와 정력이 넘쳐 흐르는 것 같은 말솜씨가 장내를 압도하였다. 그런데 주최측에서 연사 소개를 위해 내붙인 종이가 '조선 무교회주의자 대표 함석헌'이라 되어 있었다. 선생님은 입을 여시자 첫마디로 이 소개 문구부터 바로잡고 넘어가셨다.

"나는 도대체 무슨 주의 같은 걸 싫어하는 사람인데, 나를 무교회주의자로 부르는 건 잘못이오, 더구나 무교회란 그것이 주의로 삼는 것이 무교회인 줄 안다면 벌써 그건 무교회를 오해하고 있는 것이고, 더군다나 나를 그 '주의자'의 대표라니 그런 대표나 조직이다 하는 것이 없는 것이 무교회의 특색이라면 특색인데 그건 천부당 만부당하다"는 말씀이었다.

그날 함 선생님의 말씀은 청중을 크게 감동시키고 탄성도 많이 자아냈지만 그때 무슨 말씀을 하셨는지는 지금 기억하지 못한다. 다만 흰 종이에 적은 자작시를, 절이 바뀔 때마다 "아 조선아, 나의 사랑하는 조선아, 조국아?……"로 시작되는 꽤 긴 시를 읊으시면서 풀이해주셨던 기억이 난다. 그 후 그 시에 대하여 여쭈어보지 못했으니 지금 생각하면 후회 막급이다. 더욱이 선생님의 시집『수평선 너머』에도 이 시는 없는 것 같으니 말이다.

두번째 만남

1945년 가을, 추수감사절을 기해서 당시 아마도 우리나라 최초로 교내 기독학생회('성화회'라고 이름지었다)를 조직한 나는 열렬한 교회신자요 열성 있는 주일학교 선생이요 찬양대 대원이었다. 이것은 하나의 조숙(早熟)이라고 할까, 교내 기독학생운동은 아무 지도교사도 없는 순전히 자발적인 모임으로서 전도 집회와 노방전도, 그리고 1946년 겨울방학이 끝나서부터는 교내에 기독교 신문(주보)을 발행하여 전교생에게 배포하였으며, 해방 후 교내 문서전도운동도 아마 이것이 전국에서 처음이 아니었나 짐작해본다. 이런 것을 일개 중학교 학생들이 했던 것이다.

이러한 상황이니 주일에는 거의 교회에 매달려야 했고 종로 YMCA 앞을 낮에 서성댈 리도 만무여서 함 선생님이 주일 오후마다 전도 강연을 계속하고 계신 것을 알지 못했다. 다만 당시 노평구 선생의『성서연구』라는 잡지를 통해서 선생님의 글은 가끔 접할 수 있었고, 또 이와는 전혀 다른 인연으로 유영모 선생님을 더러 접하고 있었으나 그 선생님이 바로 함 선생님의 스승 되신다는 것은 전혀 모르고 있었다.

함 선생님을 두번째 뵌 것은 대학을 마치고 피난지 부산에서 지낼 때였다. 기독학생들과의 교류가 밀접했던 나는 자연히 그곳에서도 여러 가지 일을 하게 됐는데 첫 사업이 아마 강연회 개최가 아니었나 한다. 초빙 연사는 함 선생님이요, 드린 제목은 '기독학생에게 고함'(?)이었던 것으로 기억한다.

여전히 흰 두루마기 차림이셨다. 돌돌 말아 들고 계시던 작은 종이를 가끔 펴 보셨는데, 이야기 순서의 제목만 적어 오신 것 같았다. 전란에, 더욱이 민족상쟁의 피비린내 나는 싸움에 국토는 폐허가 되고 수많은 사상자를 냈으며 급기야 부산까지 쫓겨와 있는 이러한 상황에서 함 선생님은 무어라고 말씀하실까? 그 제일성이 궁금했다. 지금도 잊혀지지 않고 그 장면이 눈에 선하다.

"예끼 이 못난 놈들!" 하시면서 힘껏 발길질하는 시늉을 하시는 것이었다. "하나님께서 나보고 뭐라고 하시는지 알아? 예끼 이 못난 놈들!" 우리보고 그러신다는 것이다. "처음에는 낙동강가에 앉아서 고기를 잡는다면서 고기는 한 마리도 못 잡으면서……(당시 선생님은 김해에 살고 계셨다), 내가 그림을 하나 보았는데 그것이 꿈인지 생시인지, 산꼭대기에 누가 가마솥을 걸었는데 거기에 불을 지피니 물고기들이 죽겠다고 요동을 치는데…… 그게 부산(釜山) 아닌가? 부산이 바로 산 위에 솥 걸어놓은 것 아닌가?(당시 부산에 큰불이 났다)" 이런 말씀도 하셨다.

6·25가 터지던 날 그 소식을 듣고도 종로 YMCA에 나오셔서 「이사야서」 제30장을 읽으셨고 "이제라도 네가 안정하고 돌이켜서 잠잠하라, 그래야 구원이 있다"(30 : 15)는 말씀을 가지고 마지막 집회를 삼으셨다 한다. 그 무렵의 심경은 『성서연구』지에 더러 나오는데 『개역 성경』의 「시편」 문체로 비분강개하신 시가 실려 있다. 그 후 주일 오후 집회는 부산 영도에서 환도 무렵에 있었지만, 그전에 어느 교우댁에서 크리스마스 모임을 가졌던 것 같다. 그때는 송두용 선생님도 배석해 계셨는데 장편시 「흰 손」을 발표하셔서 신앙의 일대 전환을 암시하셨고, 그 후 「대선언」이라는 장편시를 부산에서 있은 또 한 번의 강연 때 그야말로 '내

부치는 글'로서 발표하셨다.

세번째 만남, 그리고

이번에는 먼 발치에서의 만남은 아니었다. 환도 후 이용남 형이 안내하여 이화여대 근처에 있던 선생님 댁으로 처음 찾아뵙고 인사를 드렸다. 「한국의 기독교는 무엇을 하고 있는가?」를 당시 국내 유일의 지성지 『사상계』에 발표하셔서 사회적 발언의 포문을 여신 무렵이었다. 그 후 윤형중 신부님과 논전이 벌어져 그야말로 낙양의 종이값을 올려놓게 되는데, 지면 관계로 이때 이야기를 여기에 자세히 쓸 수는 없지만, 세브란스의 에비슨 기념 강당에서 주일 오후마다 열렸던 성경 모임에서 그 논전을 스스로 중단하시는 심경의 일단을 다음의 시조를 칠판에 써놓고 풀이함으로써 대신하셨던 일을 기억한다.

든다면 잘 들 내 낫 풀 속에 묻어둠은
들 줄을 몰라서랴 날 아껴함이로다.
갈 날엔 선들선들한 내 낫 듦을 보오리

여기 '낫'은 '낯'이라는 것과 이중의 뜻이요, '날'은 생(刀)뿐 아니라 아(我), 일(日), 경전(經典) 등의 뜻이 들어 있는 시이다. '풀 속'은 씨올들 속이요 '갈 날'은 추수날인 동시에 '마지막 심판의 날'이라는 뜻도 들어 있다.

1947년, 에비슨관 집회에서 '씨올농장'을 시작하러 가니 우선 같이 가볼 사람은 가보자는 광고 말씀이 계셨다. 다음날 서울역에 가보니 나 외에 한두 사람의 젊은이가 와 있었다.

평소 선생님은 나에게 어떤 이미지로 비치고 있었을까? 면도칼 같은 '엄격주의'로 바로 그것이었다. 신촌 선생님 댁으로 찾아뵙고 초대면했을 때에도 별 말씀을 못 드렸던 나는 이번에야말로 완행열차에 마주 앉게 될 터이니 뭐 좀 긴요한 문제를 털어놓을 수 있으리라 싶어서 전에 썼던 원고 「실천적 기독자의 논리—그 기조(基調)의 전환을 위하여」를 가방에 챙겨 들고 갔다. 그런데 가서 하루인가 이틀을 자면서 씨올농장의 울타리 작업부터 하였는데, 차 속에서도 농장에서도 끝내 그 원고를 선생님께 보여드리지 못하고 그냥 싱겁게 돌아오고 말았다. 그분이 어쩐지 나에겐 어렵게 느껴졌고 또 나의 수줍음 때문이기도 하였다.

그런데 이상한 인연으로 훨씬 후에 가서 그 원고에 대한 선생님의 소감을 알아볼 수 있는 기회가 주어졌다. 선생님 말년에 약 15년을 가까이서 모셨던 나는 1979년에 오류동 성공회 신학교를 빌려서 가진 퀘이커 하기 수양회를 준비하느라 허둥지둥하다가 그만 나 자신의 준비를 못 하여 어느 한 시간을 그 원고를 읽는 것으로 때우게 되었다. 분량이 70장이나 되었으므로 시간에 쫓겨 설명 없이 그냥 읽었는데, 그러고는 몇 달인가 후의 일이었다. 무슨 일로 원효로에 있던 『씨올의 소리』 편집실을 찾아갔는데 선생님이 불쑥 그 사무실에 나타나셨다. 그런데 뜻밖에도 "지난번에 수양회에서 읽었던 원고를 다소 손봐서 『씨올의 소리』에 실을 생각이 없느냐?"는 말씀이었다. 원래 변죽이 없는 터라 즉시 원고를 보여드리고 어디를 어떻게 손볼 것인가를 함께 의논드렸으면 해결이 났을 터인데 어디를 어떻게 고치나 하고 또 혼자서 머릿속으로만 생각하다가 이래저래 시간이 흐르고, 이어서 1979년 가을에 선생님은 퀘이커 세계대회 참석차 미국에 가시고, 그 후 박 정권의 몰락과 전 정권의 대두 등 급변하는 정치적 와중에서 선생님의 서빙고 구금, 1980년의 『씨올의 소리』 폐간조치 등으로 결국은 기회를 잃고 말았다. 선생님이 손보라고 하신 곳은 어디였을까? 예화에 일본의 고사(故事)를 인용한 부분이 시대감각에 맞지 않았던 점과 또 한 군데 좀 지나친(?) 표현을 쓴 것이 아닌가 지금 추측해본다. 하지만 어쨌든 원고를 보여드리고 속시원히 논평 말씀을 듣지 못한 것은 지금도 아쉬울 뿐이다. 나는 왠지 선생님을 항상 스스럼없이 대하지 못하였다. 어렵기만 하여 사적인 대화를 거의 나누지 못했다.

내 마음에 비친 선생님

함 선생님은 어떤 분일까? 나는 한국에서 가장 언론의 자유를 크게 누리셨던 어른이라고 표현하고 싶다. 그것은 그분 스스로 쟁취한 것이었다. 서슬이 퍼렇던 자유당 말기와 군사정권시대의 약 30년 동안, 그 어른은 하고 싶은 말씀을 못 하신 적이 없었고, 쓰고 싶은 글을 못 쓰신 일이 없었다. 결과적으로 제약은 많이 받으셨지만 봄에 땅을 뚫고 나오는 새싹을 막아낸 흙덩이가 없었듯이, 그분의 입을 막고 붓을 꺾지는 못했다. 그리고 지금도 그분은 말씀을 계속하고 계신 것은 아닐까?

또 누가 그 어른과 같이 말하고 그런 글을 썼을까? 선생님 돌아가시기 전해 여름 병상에 계실 때 "선생님 글은 일본의 우치무라 간조에 버금간다고 할까요? 글에서 쫠쫠 하는 거문고 소리가 납니다"고 말씀드린 일이 있었지만, 글뿐 아니라 말씀도 좌중을 쥐었다 폈다 그 영대(靈帶)를 뒤흔들어 놓으셨는데 당대에 그분 말고 누가 또 그렇게 말하는 분이 있었을까? 선생님은 한 번 붓을 잡으시면 단정한 글씨로 거침없이 죽 써내리셨지 개칠하는 법이 없다고 들었다. 그리고 쓰신 후에는 한 번 소리 내어 쫙 읽어 내리신다고 한다. 선생님의 글이 리드미컬한 것은 바로 이 때문인가 보다.

언론의 자유를 스스로 쟁취하여 만끽하고 가신 어른! 스케일을 깨고 언제나 사물의 근원을 물으며 사고의 유연성을 끝까지 잃지 않으셨던 분! 젊은 사람들의 생각이 어째 나보다도 뒤져 있다고 섭섭해하시던 할아버지. 그분은 항상 우주적 사고의 틀을 버리지 않으셨고, 고등사범을 수석으로 졸업하셨으면서도, 오히려 틀에 잡힘 없이 학문다운 학문을 할 수 있는 '대학'에 못 가신 것을 한으로 여기신다고 했다.

함석헌, 현대 고난의 민족사에 비친 그 위대한 영상은 무엇일까? 그것은 오로지 씨올로서 사르신, 생명을 불 사르신, 스스로를, 일순일각을 소홀히 하지 않음으로써 불사르심으로 사신 이, 옷을 팔아 칼을 사신 이, 참으로 삶답게 사신(生) 그이는 사르신(燃燒)이요 사신(買) 이다. 무엇을 샀나? 생명의 말씀을 사셨다. 사심으로, 불사르심으로 사셨다.

요새 '휴거'라 하여 정신없이 하늘만 쳐다보는 사람들도 많은 모양이지만, 외람되게 나는 선생님 장례식 때 드린 조사 끝머리에 인용했던 "갈릴리 사람들아 왜 너희는 여기에 서서 하늘만 쳐다보고 있느냐? 너희 곁을 떠나 승천하신 저 예수께서는 너희가 보는 앞에서 하늘로 올라가시던 그 모양으로 다시 오실 것이다"(「사도행전」 1 : 11)라는 천사의 말을 가끔 회상한다. 하루를 일생처럼 사신 선생님은 매일이 죽고 사는, 하루하루를 마지막 날 같이 그렇게 날수를 세며 사셨으니 이것이야말로 참된 종말론적 삶 아닌가. 선생님은 믿음이란 물론 예수님을 믿고 따르는 것이지만 그것이 옳게 되려면 땅 위에 현재적으로 본받아 따라갈 만한 스승을 가져야 한다는 말씀을 늘 하셨다. 그 선생님은 이제 하늘로 가셨다. 그의 부활은 내 속에서 살아서 내가 움직이게 될 때, 그때 이루어지는 것이 아닐까? 선생님을 땅 속이 아니라 우리 마음속에 묻었으면 한다. 그리고 나의 닫힌 마음의 돌문을 열고 그가 부활하셔서 우리 앞에 우뚝 서시도록 해드려야 하지 않을까?

선생님 곁에서 지낸 50년

최진삼

1940년 3월 초로 기억된다. 내가 덕천공립중견농업학교 2년을 졸업하고 집에 있을 때 육촌 형님의 주선으로 평양 송산고등농사학원에 가게 되었다. 그때 집안 형편이 그리 넉넉지 못했기 때문에 어차피 나는 농사를 짓고 살아야 한다는 생각을 하고 있었는데, 일도 하고 공부도 한다는 형님의 말에 나는 군말하지 않고 함 선생님을 잘 알지도 못하면서도 선생님께서 경영하시는 송산농사학원에 들어가게 되었다.

송산농사학원

내가 들어갔을 때 송산농사학원 학생은 모두 열세 명이었고 기숙생은 나를 포함해서 아홉 명이었다. 농토는 약 5,000평 정도였는데 주로 과수원과 밭이었다. 공부는 오전시간에 하고 오후에는 농사일을 했다. 선생님은 김두혁 선생님과 함 선생님 두 분뿐이었다. 김두혁 선생님(한얼고, 천안농고 교장 역임)은 축산과 생물을 가르치셨고 함 선생님은 고등원예·국어·역사·한문 등 여러 가지를 가르치셨다. 덴마크의 정신적 지도자 그룬트비와 국민고등학교의 성격을 처음 함 선생님으로부터 들었을 때에는 마치 덴마크에 유학이라도 온 기분이었다.

선생님은 가르치실 때 외에는 거의 말없이 농사일에만 열중하셨다. 아침 동창이 밝으면 전원이 모여 새벽예배를 드렸다. 함 선생님이 한 시간 넘게 성경말씀을 가르치셨고 예배가 끝나면 식사 전까지 청소도 하고 농사일도 했다.

선생님을 만나뵌 후부터 내가 주일학교에서부터 배운 신앙이 많이 변해 하나님의 또 다른 면을 발견했고 소원기도의 내용도 달라지게 되었다.

한번은 이런 일이 있었다. 학생들끼리 싸움이 났다. 무엇 때문에 싸움이 났는지 지금 자세히 기억할 수는 없으나 학생들 사이에 흔히 있는 사소한 일이라 할 수 있다. 그러나 선생님께서는 이 사실을 아시고 몹시 언짢으셨던 모양이다. 한마디 책망의 말도 없이 조용히 방에 들어가서서 나오지 않으셨다. 한 시간이 지나고 두세 시간이 되어도 안 나오시고 저녁 때가 되어도 나오시지 않았다. 우리들은 큰일났다 싶어 조용히 선생님이 계신 방에 들어갔다가 선생님의 모습을 보고 또 한 번 놀랐다. 선생님은 두 무릎을 꿇고 기도하는 자세로 앉아 계시는 것이 아닌가! 우리들도 하나 둘 모두 방에 들어가 무릎을 꿇고 "선생님, 우리가 잘못했습니다. 용서해주십시오" 했다. 평소에는 일곱시에 먹던 저녁을 그날은 열시에 가서야 먹었다. 우리들은 다시 싸우지 않기로 단단히 각오했다.

일본의 우치무라 간조 선생이 미국에서 저능아들을 교육하실 때 하나에서 열까지 세도록 반복해서 가르쳐도 못 셀 때에는 선생님이 그 저능아와 같이 금식을 했다고, 후에 함 선생님이 말씀하신 일이 있다. 그렇게 해서 그 저능아들을 교육시키는 데 성공하셨다고 한다.

농사와 기도와

1940년 8월경이었다. 함 선생님이 경찰에 체포되어 서울로 압송되셨다. 나중에 안 일이지만 그것은 이른바 '계우회(鷄友會)사건' 때문이었다. 계우회는 원장 김두혁 선생님께서 동경유학시절에 만든 모임이었는데 회원들의 사상이(일본의 입장에서 보기에) 불순하다고 해서 일제히 구속한 사건이다. 함 선생님께서 잡혀가신 후 학원에서는 아무 일도 못 하고 있었는데, 선생님이 감옥에서 학생들을 모두 돌려보내는 것이 좋겠다는 말씀을 하셨다고 해서 모두 돌아가고 선생님의 가족만 남아서 농사를 경영했다.

나는 송산학원이 폐쇄된 후 함 선생님 댁으로 가서 선생님 가정의 농사일을 도와드리기로 했다. 선생님은 1년 만에 출옥하셨다. 출옥하신 후에도 나는 계속해서 선생님 댁에 머물러 있으면서 선생님과 함께 농사를 짓고 선생님께 개인교습을 받았다. 주경야독으로 『노자』 『대학』은 한 번씩 뗐고 『소학』 『맹자』는 배우다 말았지만, 지금 와서 생각하면 선생님이 개에게 진주를 던져주신 것이 아닌가 하는 생각이 든다.

1942년 5월, 선생님은 출옥하신 지 1년이 채 못 되어, 이번에는 또 성서조선사건으로 체포되어 가셨다. 그때는 나도 『성서조선』 독자였기 때문에 평양 선교리 경찰서에 끌려가 30일간 유치장 생활을 했다.

선생님은 농사꾼 출신이 아닌데도 밭에서나 논에서 일하시다가 중간에 쉬는 법이 없었다. 일을 시작하시면 점심시간까지 허리를 펴시는 일도 없이, 중간에 새참을 잡수시는 일도 없이 줄곧 일만 하시는 것이었다. 일을 빨리는 못 하셨지만 무슨 일이든지 꾸준히 하셨다.

선생님의 갈밭이 압록강변 외진 곳에 있었는데 추수 때가 되면 갈을 몰래 가져가는 사람들이 있기 때문에 거기 가서 지키지 않으면 안 되었다. 그래서 갈밭에 움막을 치고 선생님과 함께 며칠 동안 지내게 되었다. 서로 교대하여 자며 지키는데 자다가 가끔 눈을 떠보면 선생님은 혼자 찬송가를 부르시기도 하고 주로 기도로 밤을 지새우시곤 하셨다. 큰 소리로 철야기도 하시는 것은 여러 번 목격했다. 한번은 내가 움막에 누워 있는데 잠결에 들으니 선생님께서 나를 위해 기도하시는 것이 아닌가?

역사를 꿰뚫어보시고, 이 나라와 민족을 위하여 세계의 일을 생각하시며, 애타게 기도하시던 그때의 선생님을 나는 잊지 못한다. 어떤 때는 인도가 먼저 독립할까, 우리가 먼저 독립하게 될까, 말씀하시기도 했다.

가뭄에 막대기로 모를 심고

어느 해인가 모는 심어야겠는데 가뭄으로 논밭이 다 타고 있었다. 논이 갈라져 폐농을 할 수밖에 없는 상황이었다. 보다 못한 선생님은 막대기와 망치로 논바닥에 구멍을 뚫고 그 구멍에다 모를 꽂고 주전자로 물을 담아 부었다. 그것을 본 동네 사람들은 그래가지고 어떻게 농사가 되겠느냐고 의심하는 눈치였지만, 선생님은 그들의 말에 귀를 기울이지 않고 말없이 그런 식으로 며칠에 걸쳐 모를 다 심었다. 그런 일이 있은 일주일쯤 후에 비가 쏟아졌다. 그해에 다른 사람들은 논농사를 포기하기도 했지마는 선생님의 논농사는 평년작은 되었다.

1945년 가을 즈음이었다. 나는 그 동안 징병에 끌려갔다가 해방을 맞아 다시 선생님을 찾아 용암포로 갔다. 그때 함 선생님은 나를 반갑게 맞아주시면서 밭에서 똥거름을 주다가 해방의 소식을 들었다고 말씀하셨다. 선생님은 임시정부 평안북도 자치위원회 문교부장으로 나가셨고 나는 선생님이 하시던 농사일을 대신 맡아서 했다. 선생님께서 그 일을 내게 부탁하신 것이 아니고 내가 스스로 결정하고 기쁨으로 일을 했다. 해방 전에도 일본 고등계 형사가 나를 따로 불러서 "젊은 놈이 왜 그 집에 있느냐"고 위협도 하고 용암포 경찰서에서 3일 동안 시달리기도 했지만, 이때는 또 공산당 보안대에 끌려가 선생님 댁에 있는 일 때문에 조사를 받았다. 그러나 어떤 경우에도 그들이 나의 생각을 바꾸지는 못했다. 선생님께 끌리는 어떤 힘, 내가 선생님한테서 받은 사랑 때문이라 말할 수밖에 없을 것이다. 너그럽고 희망이 있고 생명력이 있는 선생님께 이끌렸기 때문이라 생각한다.

무교회 집회

세상이 다 아는 대로 선생님은 신의주학생사건의 주모자로 체포되어 소련군 감옥에서 50일간 계시다가 풀려났다. 함 선생님의 시집 『수평선 너머』는 이때 쓴 「쉰 날」(50일)이라는 시를 출판한 것이다. 출옥 후에도 선생님에 대한 감시는 심했고 더욱이 선생님으로서 견딜 수 없었던 일은 한 달에 한 번씩 소련군 장교가 불러서 동향보고를 하라는 것이었다. 말하자면 스파이 노릇을 하라는 것인데 함 선생님으로서는 차라리 생명을 버리는 일이 낫지, 그 일은 하실 수가 없었다. 그래서 월남을 결심하시게 된 것으로 안다. 해주까지 선생님과 동행한 나는 그때 23세 된 청년이었기 때문에 젊은 사람 조사가 더 심해서 그곳에서 떨어졌고, 선생님만 먼저 월남하셨다. 함 선생님의 월남 때 서울까지 동행하셨다가 다시 월북하신 박승방 씨와 경제적으로 도와주신 최태사 선생님의 공이 컸다. 나는 3일쯤 후에 최태사 선생님이 마련해주신 자금으로 행상을 가장해서 38선을 넘었다.

월남하여 오류동에 계시던 선생님과 합류했다. 얼마 후 송두용 선생님 조카인 송석도 씨 농장에서 일했지만 선생님이 계시는 곳이면 어디든지 따라가 선생님의 말씀을 들었다. 그 말씀을 듣는 일이 좋았다. 월남 후 선생님의 권유에 의해서였다. 또 당시 YMCA 총무로 계셨던 현동완 선생님 주선으로 서울역 앞 철도관사에서 유영모 선생님 집회가 있었는데 거기서도 함 선생님을 내세우셨다. 그 후 정확한 날짜는 기억할 수 없으나 YMCA에서 주일 오후 두시에 함 선생님의 주일집회가 시작되었다. 여전히 주일 오전에는 오류동 노연태 씨 댁에서 모임이 있었고, 이 집회는 말하자면 '무교회 집회'라 할 수 있다. 그러나 나는 선생님 입으로 "나는 무교회주의자다" 하시는 말씀을 한 번도 들어본 일이 없다. 선생님은 어떤 주의든지 '주의'를 아주 싫어하셨다. 그때 선생님은 철저한 무교회신앙인이었다. 그러나 그것은 참으로 옳게 살자는 것이지 어떤 '주의'나 신앙의 고집이 아니었다.

당시 선생님의 신앙은 아주 열심이었다. 매일 가정에서 새벽기도회를 드렸는데 이웃의 다른 가정에서도 꽤 많이 참석한 것으로 기억된다. 또 당시 선생님은 서울 충정교회, 지방의 해남읍교회, 부산, 마산, 강원도 지방에 가서 일주일 동안 부흥집회를 인도하시곤 했다. 선생님의 말씀은 할머니 할아버지도 다 알아듣고 좋아하시더란 말씀이었다.

충정교회 부흥회에는 나도 일주일 동안 꼬박 참석했는데, 지금 기억되는 일로는 헌금을 강조하시던 말씀이었다.

하나님한테 바친다고 하지만, 그래도 사람에게 바치는 게 헌금이다. 그래서 사람들이 보통 봉투에다 이름을 쓰고, 또 여기서 설교한 사람도 누가 얼마 누가 얼마 그렇게 하고 기도를 해준다. 어떤 사람은 무명으로 내니까 그거 진짜 하나님께 바치는 것 같지만 내가 무명으로 내면서 고것까지 알아주기를 바라는 생각에서 무명으로 낸다. 그러니 진짜 하나님에게 바칠 것이지 뭘 누가 여기서 기도를 해주고 누가 얼마 냈다 기록하고 그러지 말란 말야. 내려면 참으로 내라. 그게 진짜다.

그 말씀이 잊혀지지 않는다.

간디 같은 사람도 꼭 내야 할 사람이 안 내면 그 집을 찾아가서 밤을 새워가면서 며칠을 기다려서라도 돈을 받아왔다는 말씀을 선생님한테 들은 일도 있다.

함 선생님은 남달리 신비적인 데가 있었다. 자신의 신비적인 경험을 가끔 말씀하셨다. 그렇다고 방언이나 입신, 예언 그런 것이 아니었다. 몸이 떨린다든지 남이 무슨 생각을 하는 걸 안다든지 그런 체험이 주였다. 특히 성서조선사건으로 서대문형무소에서 1년 동안 미결수로 계실 때에 여러 가지 체험을 했다고 말씀하셨다.

최태사 선생님이 백인제병원(백병원)에서 방광염 수술을 받고 혼수상태로 사경을 헤매고 있을 때 함 선생님이 오셔서 기도하시고 다시 회생하신 일이 있었다. 어디를 갔는데 "너는 아직 올 때가 안 됐으니 다시 돌아가라" 해서 깨어나게 되었다고 했다. 그분은 1년 후에 세상을 떠났다. 기도가 아니라도 몇 시간씩 죽었다가 다시 살아나는 일이 없는 것은 아니다. 그러나 선생님은 신비적인 일을 될 수 있는 대로 억제하셨다.

사위가 된 이야기

나는 선생님 댁에서 선생님과 함께 가족처럼 살았지만 사위가 된다는 생각은 해본 일이 없다. 그때 선생님의 가르침도 수도사적인 분위기를 조성했지만 나의 생각에도 결혼은 일종의 타락으로 보던 때였기 때문이다. 그러나 내 나이도 26세를 넘어섰고 처음 생각도 많이 변해 있었다. 6·25전쟁이 나기 8개월 전 나는 함 선생님의 둘째 딸(은자)과 오류동에서 결혼식을 올렸다. 중매는 최태사 선생님이 서신 셈이었다. 결혼식은 오전 열시에 시작해서 오후 세시에 끝났다. 유영모 선생님이나 함 선생님이 주례를 서시면 두 시간씩 걸리는 일이 보통인데 나의 결혼식은 특별히 그 기록을 깼다고 볼 수 있다. 그날은 한 분만 말씀하신 것이 아니고 여섯 분이 말씀하셨다. 유달영 선생님, 송두용 선생님, 유영모 선생님, 노평구 선생님이 차례로 말씀했고, 그 다음에는 송석도라는 분이 원체 말씀이 뜬 분인데 말씀했고 맨 마지막으로 함 선생님이 말씀했는데 끝나고 나니 오후 세시가 되었다. 대부분의 하객들은 볼일도 보고 한두 번씩 외출도 했지만 나와 신부는 꼼짝 못하고 다섯 시간을 견뎌냈다.

함 선생님은 '바보 방귀 뀌고 변명 못 하는 얘기'를 하시면서 나를 바보로 설명하셨다. 새들이 왕을 뽑으면서 떠오르는 해를 가장 먼저 본 새를 왕으로 삼기로 했는데, 체통 크고 힘센 새들이 동쪽을 향해 보고 있을 때 제일 작은 잽새는 뒤에 쳐져서 하는 수 없이 서쪽을 바라보았더니 햇빛이 서쪽 산에 먼저 비춰서 바보 같은 잽새가 먼저 햇빛을 보았다는 이야기도 하셨다. 나를 바보에 비유하셨는데 어수룩하게 자기 변명 않는 면도 필요하다는 뜻인지도 모른다.

의에 살고 의에 죽고

선생님은 항상 '의를 위해 살고 의를 위해 죽어야 한다'고 말씀하셨다. 말씀만 그렇게 하신 것이 아니고 선생님 자신이 참과 옳은 것을 찾아서 살기 위해 일생을 일순(一瞬)으로, 순간 순간을 최선을 다해서 사셨다. 관에 들어가는 날까지 순간을 경시하지 않으면서, 동시에 아무리 귀한 것이라도 중단이 되면 안 된다는 생각으로, 지속적으로 최선을 다하셨다.

흔히들 선생님은 재주가 남다르다고 말한다. 그러나 선생님께는 재주 있는 것이 문제가 아니었다. 아는 것을 실천하느냐가 문제였다. 그에게는 아는 것이 힘이 아니고 실천하는 것이 힘이었다. 어떠한 일이든지 한번 결심하기까지는 많은 시간이 걸렸다. 그 결심하기까지의 과정에서 "글쎄" 하시곤 했다. 그러나 한번 방향이 결정되면 그 다음 어떠한 유혹도 그의 처신을 바꾸게 할 수 없었다. 한 번 참이라고 알면 끝까지 그 길에서 벗어나지 않으셨다. 선생님이야말로 언행일치를 신념으로 사셨다. 앞뒤가 다르지 않았고 겉과 속이 다르지 않았다.

5·16군사혁명 후 국가재건최고회의 의장 박정희 장군을 미국 케네디 대통령이 초청한 일이 있었다. 그때 정부는 학생을 동원하는 등의 방법으로 거국적인 환송을 했는데 이에 대하여 함 선생님은 "사람이 신(神) 대접받고 망하지 않은 법 없다"고, 각 신문사와 청와대에 써 보냈다. 신문들은 이 글을 싣지 못했지만 청와대에서는 충고에 고맙다는 회신을 보내온 일이 있다.

또 한 번은 박정희 대통령이 비서를 시켜 남자 대 남자의 약속으로 하자면서, 거액을 내놓고 선생님의 외유를 권유한 일이 있지만 선생님은 단호히 거절하였다고 말씀하셨다.

서슬이 시퍼렇던 유신시절, KBS기자 세 명이 선생님을 찾아 인터뷰를 하러 온 일이 있었다, 한국교회의 문제점이 뭣이냐고 물었다. 그러나 선생님은 말씀을 아니하셨다. 선생님의 교회비판을 당시 반정부활동의 전면에 서 있던 NCC에 대한 비판으로 편집, 방영할 계획임을 눈치챘기 때문이다. 긴 시간의 줄다리기가 실패로 돌아간 후 기자는 본사에 전화를 하고 와서 질문의 방향을 바꿨다. 이번에는 한국교회가 우리 역사에 기여한 점이 무엇이냐고 물었다. 선생님은 이것저것 대답했다. 그 다음에 그 기자는 그러면 한국교회의 문제점은 무엇이냐고 물었다. 그러나 끝내 선생님은 대답하지 않았다. "당신네는 묘한 방법으로 재편해서 반대되는 말로 이용하기도 한다지" 하시면서. 기자들은 인터뷰에 실패하고 돌아갔다. 한국교회의 문제점이 무엇인지 누구보다도 잘 알고 계시는 선생님이지마는 그의 교회비판이 독재권력에 이용당할 것을 간파하고 끝내 대답하기를 거절하셨던 것이다. 불의한 권력에 부지불식간에 이용당하는 것도 거부하셨던 것이다.

약자에 대한 사랑과 관심
안이현

나는 함 선생님과 시간상으로는 비교적 오랫동안 관계를 맺을
수 있었다. 지금부터 약 60년 전인 1930년에 오산중학교에 입학
하면서 함 선생님을 처음 만나게 되었다. 그때 내 나이 15세였다.

역사과목을 담당하셨던 함 선생님은 첫 수업시간에 들어오셔
서 "한국사람은 먼저 자기 나라의 역사를 잘 안 후에 다른 나라
의 역사를 알아야 한다"면서 한국역사를 가르쳐주시기 시작했다.
그때는 일본식민지 통치 아래 있었기 때문에 중학교에서는 의무
적으로 맨 먼저 일본역사를 가르쳐야 했다. 어린 나이였지만 나
는 함 선생님의 인격을 남다르게 보기 시작했다.

1930년 4월 1일 오산학교에 입학한 후 약 40일간 남강 선생님
을 뵈올 수 있었다. 그러다가 1930년 5월 9일 아침조회에서 남강
선생님이 갑자기 돌아가셨다는 소식을 듣고 전교생이 모두 통곡
하였다. 오산학교 설립자이자 정신적 지주였던 남강 선생님이 갑
자기 돌아가시자, 오산학교는 큰 혼란에 빠지게 되었다. 일제의
탄압은 갈수록 심해지고 학교의 재정문제는 더욱 어려워졌다. 더

욱이 그때는 소련 공산정권이 수립된 지 얼마 안 되는 시기였으므로 소련식 혁명사상이 많이 들어와서 급진적 혁명을 부르짖는 소리가 높아지고 있었다. 학생들이 동맹휴학을 자주 일으켰고 선생님들한테 반항하는 학생을 영웅처럼 여기는 풍조가 지배했다. 학생들은 모든 전통적 가치를 부정하고 파괴하려 했다. 남강 선생님이 돌아가신 후 정기수 교장선생은 견디다 못해 물러나고 말았다.

그 후 약 2년 반 가량 오산학교는 교장선생님 없이 지냈다. 이 어려운 시기에 함 선생님이 주로 오산학교를 꾸려가셨다. 결근하는 선생님이 계시면 주로 함 선생님이 보충수업을 했고 문제가 생겨도 함 선생님이 쫓아가서 해결하셨다.

나는 오산학교 3학년 때부터 함 선생님의 성경연구모임에 참석하였다. 어떤 동기에서 이 모임에 나가게 되었는지는 지금 잘 기억이 나지 않지만 아마 그냥 함 선생님이 좋아서 나간 것 같다. 함 선생님은 좋은 말씀을 많이 해주셨는데, 특히 "인생의 가치는 물질을 많이 소유하는 데 있지 않고 의(義)를 실천하는 데 있다" "나 개인을 보고 따르지 말고 하나님만을 믿으라"고 누누이 강조하신 말씀이 기억에 남는다.

그때 윤모 선생님이 계셨는데 일본 동양대학에서 철학을 전공하시고 오산학교에서 일본어를 가르치게 되었다. 학생들 사이에서는 한국사람이 하필 일본어를 가르친다는 선입견 때문에 몹시 그 선생님을 괴롭게 하였다. 한번은 윤 선생님이 수업시간에 들어오셨을 때 전 반원이 한마디씩 윤 선생님을 공격해야지, 만약 안 하는 학생이 있으면 그 학생에게는 몰매를 주기로 약속하고 있었는데 일본어 시간이 되어 윤 선생님이 교실에 들어오셨다.

처음 학생이 일어서서 "선생님, 하필이면 수업하러 들어오시면서 왜 그렇게 기분 나쁜 태도를 하고 들어오십니까?" 하고 까박부치기 시작하였다. 선생님은 하도 어이가 없어 "야, 이놈아!" 하고 무심결에 대답한즉 딴 학생이 "선생님, 교육가의 말이 어째서 그렇게 상스럽습니까?" 하고 공격하였다. 그 다음 학생들이 하나씩 일어서서 입에 담지 못할 말로 공격을 계속하니 윤 선생님은 차마 그 자리에 있을 수가 없어 "나 너희 같은 학생들에게 수업을 가르칠 수 없다"고 하시면서 나가려고 한즉 이때에 반장이 나가 "선생님 못 가십니다. 우리는 당당한 월사금을 지불하였습니다. 선생님은 이 시간 우리를 가르칠 의무가 있습니다. 못 나갑니다" 하고 가로막았다. 윤 선생님은 하도 기가 막혀 "너희가 사람이냐?" 하고 통곡하기 시작했다. 그때에야 비로소 학생들의 공격이 멎었다.

윤 선생님이 바로 교무실로 돌아가 통곡하고 계실 때 함 선생님이 이 사실을 알고 학생이 있는 교실로 달려오셨다. 선생님은 교실에 들어오셔서 윤 선생님이 일본어를 가르치는 동기부터 설명하시고 곧 주동학생이 누군가를 대라고 다그치시면서 계속 서 계셨다. 그때는 겨울이라 저녁 때부터 스토브에 불이 꺼지고 아주 추운 밤이었다. 밤 열두시가 넘어도 한 사람도 입을 열지 않았다. 그러자 학부형이 교실 안에 들어와서 함 선생님보고 한 번 용서해주시라고 간청하였다. 그러나 함 선생님은 아무 대답도 하시지 않고서 계셨다. 그때 한 학생이 일어나서 "제가 주동했습니다" 하였다. 그러자 또 다른 학생이 "아니오, 제가 주동했습니다" 하고 소리쳤다. 그러자 합창이나 하듯이 반 학생 모두가 "아니오, 저희들이 전부 했습니다. 한 번 용서해주세요" 하고 빌기 시작했다.

그때에는 일본사람이 한국학생 교육에 간섭이 심하여 오산학교에도 일본사람 교사 두 명 이상은 채용해야 한다는 의무규정이 있었다. 그리하여 오산학교에서도 최소한의 일본인 교사마저 두지 않으려면 한국인 교사가 일본말을 가르쳐야 하는 실정을 학생들이 모르고 있었기 때문에 이런 사건이 일어난 것이다. 일종의 배일사상에서 일어난 사건이었다. 그때 오산학교는 배일교육을 참 겁날 정도로 주입시켰고 여기 앞장섰던 분이 함 선생님이라고 나는 알고 있다.

크게 달라진 김언병 군

함 선생님은 공적인 일에는 아주 강한 성격으로 나타나시지만 선생님은 본래 인정이 아주 많은 분이다.

나의 오산 시절의 함 선생님을 생각하면 몇 가지 잊지 못할 기억이 있다. 오산학교 때 나와 동급생이고 가장 친했던 김언병 군과 함 선생님과의 관계이다. 김언병 군은 자기 친형님(김은병)이 오산고보 일회 졸업생이었고 김동제 군(오산고보 27회)은 친조카였다. 김군의 집안은 오산학교와 깊은 관계가 있었다. 김군은 오산학교 시절에 공부도 아주 잘하였고 운동도 잘하였다. 또한 말도 잘하는 편이었다. 그러나 3학년 1학기 때라고 기억된다.

김군이 무슨 생각이 났던지 혼자서 포도주와 과자를 사가지고 나오다가 함 선생님한테 들켰다. 그때는 학생이 포도주를 마시면 퇴학을 당하게 되어 있었다. 김군은 당황하여 도망쳤다. 함 선생님은 따라붙었다. 김군은 골목길로 뛰다가 하숙집 나뭇단에 자기가 가지고 있던 것을 전부 감추고 돌아서 나와 함 선생님 앞에 섰다. 선생님은 가지고 있던 것을 내놓으라고 다그쳤다. 김군은 아무것도 없다고 대답하여 교무실로 끌려가게 되었고 장시간 추궁을 받았다. 그러다가 김군은 기발한 아이디어가 떠올랐다. 김군은 갑자기 소변이 보고 싶다고 선생님을 속여 잠깐 나갔다 들어와도 된다는 허락을 받았다. 이를 절호의 기회라고 생각한 김군은 장군에게 사정을 설명하고 포도주는 치우고 과자만 그 나뭇단 속에 놓아두라고 부탁하고는, 곧 교무실로 가서 함 선생님한테 계속 추궁을 당하고 있다가 못 견디고 실토하는 듯이 말했다. 과자가 먹고 싶어서 사가지고 오다가 함 선생님을 갑자기 만나게 되어 부끄러워 도망하여 하숙집 나뭇단 사이에 끼워두었다. 함 선생님은 그러면 같이 가보자고 하시고 김군을 끌고 가보았으나 아무것도 없었다(그때 장군이 급하여 몽땅 치워버렸기 때문이다).

함 선생님은 노하여 더욱 다그쳐 김군보고 실토하라고 요구하였다. 김군은 뭐라고 변명할 방법이 떠오르지 않았다. 그래서 견디다 못해 마지막 방법으로 저 학교를 그만두겠습니다, 하고 폭탄선언을 하게 되었다. 함 선생님은 몹시 당황해하시며 태도를 바꿔 네가 다리가 아파서 그러느냐 하시면서 의자에 앉으라고 하시고 장시간 동안 이런 말씀 저런 말씀으로 훈계하셨다. 김군은 그 말씀을 듣고 나서는 갑자기 마음이 변하게 되어 그 후부터는 이전과 다른 사람이 되었다.

그 뒤 얼마 안 되어 김군은 함 선생님이 주관하여 모이는 성경연구회에 참석하게 되고 더욱 성실해졌다. 김군은 졸업 때에 집에 돈도 있고 학교성적도 좋아 좋은 상급학교에 갈 수도 있었는데 자기는 농촌으로 들어가 밑바닥 생활을 하겠다면서 상급학교 진학을 포기하고 시골 사립학교 선생으로 몇 해 있다가 다시 일본 와세다 대학 철학과를 졸업하였다. 와세다 대학 재학시에 계우회사건이 발생하여 김군도 1년간 일본 동경 형무소에 미결로 감금되었다가 3년 집행유예를 받고 풀려나왔다. 그 후 곧 다시 체포되어 서대문 형무소에 1년간 복역하고 출옥하였다. 해방 이후 함 선생님이 평안북도에 계실 때 김군이 사회과장인가 하면서 함 선생님을 보좌한 적이 있다. 그 후 6·25가 날 때까지 평양에 있었는데 이북에서 적당한 보직을 주지 않아 고생을 참 많이 하고 있는 것을 보고 헤어졌다. 함 선생님도 살아 계실 때 김언병 군에 대하여 말씀하시는 것을 여러 번 들었다. 하루 빨리 통일이 되어 김언병 군을 만날 수 있기를 간절히 기다리고 있다.

나를 찾아주신 선생님

1935년에 오산학교를 졸업한 후 함 선생님을 자주 뵙지 못하다가 1938년경 선생님이 송산학원에 오신 후 다시 평양에서 만나게 되었다. 함 선생님은 송산학원에 오셨다가 이른바 계우회사건에 연루되어 약 1년간 옥고를 치르시게 되었다. 계우회사건으로 인해 함 선생님은 오산에서 경영하시던 농장을 판 돈(약 2만 원)을 모두 탕진하고 빈손으로 송산학원을 떠나셔야 했다. 여기서 계우회사건에 대해서 간단히 이야기해보자.

송산학원은 본래 김두혁이 설립하여 운영하고 있었다. 그러다가 김두혁은 동경농대에 가서 공부를 했는데 거기서 나의 친구 김태훈(오산학교에서 3년 수업함)을 만나게 되었다. 부잣집 아들이었던 김태훈은 농대를 졸업한 후 농촌에 들어가 농민운동에 헌신할 뜻을 지니고 있었다. 농민들을 계몽시켜 농민운동을 일으켜야 한국사람이 잘살 수 있고 일제로부터 독립할 수 있다고 믿었던 그는 김두혁으로부터 송산학원을 인수하기로 했다. 이때 가까운 동지들이 모였고, 김태훈은 그런 큰일을 하려면 큰 지도자가 필요하다고 생각하고 함 선생님을 송산학원에 모시기로 했다. 그때 함 선생님은 일제의 간섭이 심해서 오산학교에서 소신대로 교육할 수 없게 되어 학교를 그만두고 오산 부근에서 조그만 농장을 경영하고 계셨다. 하지만 일본인들의 등살이 심해 농장 경영마저 어렵게 되어 함 선생님은 오산을 떠나야 할 처지에 있었다. 이때 함 선생님과 오산학교 동기동창인 명재억(당시 숭실대 교수) 선생이 앞장서서 함 선생님을 찾아가 김태훈의 계획을 설명하여 함 선생님이 송산학원에 오시게 되었다. 평소부터 농사와 교육과 종교를 결합하는 꿈을 지니고 계셨던 함 선생님은 그 꿈을 송산학원에서 이루어보려 하셨다.

함 선생님의 꿈은 이른바 계우회사건 때문에 깨졌는데 이 사건은 일본 동경 경찰이 조작한 것이다. 이 사건의 발단은 동경농대 한인졸업생환송회에서 이루어졌다. 당시 동경농대에는 한인 재학생이 수십 명 있었다. 나의 친구 김태훈과 김은하가 졸업반이었고 한인 학생들이 이들을 위해 송별회를 가졌다. 그런데 송별회에 입회한 형사가 그해부터는 일본말로 송별회를 하라고 지시하고는 그 자리에 모였던 한인 학생들이 여기에 분노해서 한 말의 내용을 꼬투리잡아 현장에서 김은하·김태훈을 체포해갔다. 그러고는 이들을 장기간 가둬놓고 계우회사건을 조작해냈다. 일본경찰은 계우회란 이름을 지어놓고 오산 출신 10여 명과 기타 30여 명을 체포한 후 계우회가 주동하여 송산학원을 중심으로 조선 농민을 계몽시켜 농민운동을 통해 폭력으로 독립을 쟁취하려 했다고 뒤집어씌웠다. 김태훈과 김은하는 미결로 약 3년간 옥고를 치르고 5년간 집행유예를 선고받고 풀려났다.

그때 오산 출신으로 이 사건과 관련해서 옥고를 치른 사람 가운데 김두성, 현오권, 김언병, 김홍진, 김상문, 주명도가 기억난다. 나도 이 사건에 연루되어 잠시 구속되었다가 병보석으로 가석방된 후 도망쳐서 1945년 8월 15일 해방될 때까지 아무 활동도 못하고 일본경찰을 피해 숨어 지냈다.

당시 나의 집은 평양에 있었다. 나는 도망자의 신분이었기에 평양 시내를 걸어다닐 수 없었다. 더욱이 그때 결핵에 걸려 시달리고 있던 나는 나의 아들마저 중병에 걸리자 절망하게 되었다. 그때 일본제국은 중국전쟁에 승리하여 중국 대륙을 짓밟으며 기세를 떨쳤다. 어느 모로 보아도 희망을 가질 수 없는 상황이었다. 이때 함 선생님이 내가 있는 곳을 알아내어 몰래 나를 찾아오셨다. 그때 함 선생님을 만난 기쁨은 이루 말할 수 없었다. 함께 저녁식사를 한 후 나는 함 선생님께 나의 괴로운 심정을 모두 말씀드리고 우리 가족은 집단자살을 했으면 좋겠다고 했다. 그러자 선생님은 "죽어? 가족을 죽일 권리가 있어?" 하시고는 "사람의 목숨을 제 마음대로 할 수 있나? 그게 제 것인가?" 하고 무뚝뚝하게 한마디 하시는데 "아차, 내가 잘못 생각했구나!" 하는 생각이 번쩍 들었다.

그 후 몇 년이 지나서 평양 부근의 강서라는 곳에서 은둔생활을 하고 있을 때 갑자기 함 선생님이 오산 출신 오철순이란 사람과 함께 오셔서 셋이 강서고분을 구경하러 갔다. 그때는 미국과 일본이 태평양에서 전쟁을 하고 있었다. 함 선생님은 걸어가시면서 이 전쟁에서 미국제국주의자들과 일본제국주의자들이 모두 태평양에 빠져 없어졌으면 좋겠다고 말씀하셨다. 나는 그때 그 말씀을 잘 이해할 수 없었다. 제국주의자들은 일본에만 있고 미국에는 자유를 사랑하고 남을 도와주고 기독교를 전파하는 인도주의자들만 있는 줄 알았다.

부산에서 다시 만난 선생님

8·15해방 후 공산치하에서 옥고를 치르신 함 선생님은 북한에서 지낼 수 없게 되자 남하하시게 되었다. 그때 평양에는 계우회 사건에 관계되었던 사람들 가운데 공산주의자가 된 사람들도 있

있는데, 함 선생님께서 남하하시려고 평양에 오셨다고 하자 함께 모여 저녁식사를 하며 선생님을 전송하는 모임을 가졌다. 그때 모인 사람 중에 기억나는 이로는 명재억, 김두혁, 현오권, 김태훈, 김언병 등이 있다.

함 선생님은 그때 월남하셨고 나는 평양에 남아 있었다. 그러다가 6·25전쟁이 나서 나는 부산으로 피난을 갔다. 부산의 평양교회에서 예배를 보고 나오다가 뜻밖에 함 선생님을 만나게 되었다. 함 선생님은 공적인 일에는 뜨거운 열정과 분노를 보이시면서도 개인적인 일에는 기쁜 감정을 드러내는 일이 드물었다. 그런데 부산 피난시절에 우연히 나와 만나게 되자 "여기서 반가운 사람을 만났네" 하시면서 무척 기뻐하셨다. 그때 부산에서 함 선생님의 스승이신 유영모 선생님이 주체가 되어 모임을 하셨는데 나는 함 선생님의 소개로 이 모임에 몇 번 나간 일이 있다. 그때 나는 처음으로 유영모 선생님을 뵐 수 있었다. 유 선생님은 글자 한 자를 놓고 깊은 뜻을 풀어서 말씀하셨다. 장자에 관한 말씀도 감명 깊게 들었다.

휴전이 이루어져 서울에 올라온 나는 흥사단 건물 또는 세브란스 학교에서 함 선생님이 말씀하시는 모임에 참석했다. 이때 함 선생님은 이승만 독재정권을 신랄하게 비판하셨고 『사상계』에 쓴 글이 미움을 사서 서대문 형무소에 수감되었다. 함 선생님을 빨갱이로 몬다는 소문을 듣고 걱정이 되어서 나는 내무부장관을 지낸 이모 국회의원을 찾아가 함 선생님의 석방을 부탁한 일이 있다. 함 선생님이 출옥하신 후 내가 이모 국회의원을 찾아갔던 일을 말씀드리니 함 선생님은 쓸데없는 일을 했다고 나무라셨다.

천안의 씨알농장에서 농사를 짓고 계실 때 함 선생님은 어떤 일로 인해서 말씀모임도 중단하고 실의에 빠져 고민하고 계셨다. 그때 나는 씨올농장에서 함 선생님과 하룻밤을 같이 지내면서 함께 울며 기도한 적이 있었다. 이 일을 계기로 함 선생님과 나는 더욱 가까워졌다. 이전에는 함 선생님을 숭배하고 존경했지만 나와는 다른 세계에서 사시는 분으로 여겨져서 함 선생님과 나 사이에 넘을 수 없는 벽이 있다고 느꼈다. 그런데 이 사건으로 인해서 함 선생님과 나 사이에 있던 벽이 없어졌다. 이제야 비로소 나는 함 선생님을 한 인간으로서 더욱 가까이 느낄 수 있었다. 함 선생님은 잘못이 있으면 솔직히 시인하시고 그것을 빨리 고치시는 분이다. 또한 과거의 잘못에 매이지 않고 용감히 일어서는 결단력 있는 분이었다.

5·16 군사정권이 들어선 이후에 함 선생님은 이 나라의 민주화와 정의를 위해 열렬히 싸우셨다. 그래서 함 선생님은 독재정권으로부터 미움과 감시를 받았다. 때때로 내가 방문하면 함 선생님은 절대로 자주 오지 말고 전화는 절대 걸지 말라고 당부하셨다. 누구누구도 선생님으로 인해 큰 피해를 보았다고 하시면서 주의하라는 말씀을 거듭하셨다.

지난 몇 해 동안 나는 오산학교 동창회 부회장으로서 함 선생님을 회장으로 모시고 동창회의 일을 돌보는 기쁨을 누렸다. 오산학교가 동창회 관계로 여러 가지 어려움을 겪고 있어서 함 선생님을 오산고등학교 이사로 영입하려 했으나 문교부의 반대로 이루지 못하고 동창회장으로 추대하게 되었다. 이사장이신 조진석 박사님이 내게 함 선생님을 도와드리라고 당부하셨고 최태사 선생님과 정원경 교장선생님을 비롯해서 그밖에 많은 분들이 동창회 일에 협조해달라는 부탁의 말씀을 하셔서 내가 동창회 일에 관여하게 되었다.

함 선생님은 오산학교 동문이고 오산학교 교사로서 민족사에 길이 남을 위대한 사상가이며 위대한 인격자이셨다. 참으로 함 선생님은 오산학교의 자랑일 뿐 아니라 한국이 세계에 자랑할 만한 인물이다. 함 선생님은 사심을 버리고 솔선수범하는 남강 선생님의 실천적인 정신을 숭상하시며 평생 그 정신을 이어받으려고 노력하셨다. 함 선생님은 오산정신의 귀감이었다.

나는 함 선생님께 감사한다

나는 오산학교를 졸업한 것을 지금도 영광으로 생각한다. 당시 이른바 명문공립고등보통학교는 민족정신을 말살하는 식민지교육정책에 충실했고 학생들을 개인적인 출세와 영달에 집착하도록 교육시켰다. 그러나 오산학교는 민족정신을 일깨우고 남과 더불어 사는 교육을 실시했다. 오산학교 동문들은 명문대학에 진학하여 출세의 길을 걷기보다 암울한 민족현실에 동참하는 삶을 택했다.

나는 함 선생님을 만나 약자에 대한 관심과 정의를 배울 수 있었다. 높은 자리에 오르고 돈을 많이 벌어 나만을 위해 인생을 살지 않고 어려운 사람들과 더불어 사는 것이 사회발전의 지름길이요 인간의 본분이 아니겠는가? 지나온 나의 생애를 돌이켜볼 때 나는 비록 함 선생님의 말씀을 모두 실천하지는 못했지만 그때의 오산교육이 옳았다고 느낀다. 그래서 나는 오산학교와 함 선생님께 감사한다.

함 선생님은 오산의 참다운 스승이시다. 말로만 가르치지 않고 자신의 가르침을 몸으로 실천하셨다. 우리에게 민족혼을 가르치셨을 뿐 아니라 죽을 때까지 민족혼을 지키셨고, 기독교적 사랑을 가르치셨을 뿐 아니라 그 사랑을 실천하셨다. 함 선생님은 일생 동안 온갖 희생과 고난을 무릅쓰고 기독교정신에 입각해서 평화적인 민중운동에 헌신하셨다. 민중의 자유와 정의를 위해 싸우셨기 때문에 지배세력의 박해와 모략을 당했으나 한 번도 굴복하거나 타협하지 않고 자신의 길을 당당히 걸어가셨다.

함 선생님은 기독교정신과 동양사상을 창조적으로 결합한 뛰어난 사상가였다. 무위자연(無爲自然)을 역설한 노자와 장자의 위대한 포용 정신과 시대적 사명을 강조한 기독교적 역사관이 선생님의 삶과 사상 속에 융합되어 있다. 흰 수염, 흰 두루마기를 날리며 걸어가는 선생님의 자태는 동양적 선비정신과 한국적 민족혼의 화신처럼 보였고, 힘없는 씨올들의 편에 서서 불의한 독재권력을 질타하는 선생님의 모습은 이스라엘의 예언자들을 연상케 했다.

함 선생님은 열렬한 기독교신자로서 누구보다도 기독교를 사랑했으나 타락한 기독교인과 무력한 제도적 종교를 미워하셨다. 특히 예수를 팔아 사욕을 채우는 사이비 교역자들을 신랄하게 비판하셨고, 하나님과 가장 가까운 존재인 씨올들을 외면하고 씨올들에게 생명과 희망을 주지 못하는 부패한 교회들을 통렬히 고발하셨다. 예수 믿고 천당간다는 개인주의적이고 피안적인 신앙을 거부하고 오늘의 현실에 대해 책임을 지는 신앙을 역설하셨다.

함 선생님은 뜨겁지만 외로운 신앙의 길을 걸어야 했다. 독선적이고 권위주의적인 교역자들과 보수적이고 기복주의적인 교인들은 선생님의 혁신적이고 실천적인 신앙을 이해하지 못하고 배척했다. 선생님의 신앙은 과거에 매이지 않고 『성서』의 문자주의나 교리주의에 집착하지 않고 교회제도에 의존하지 않고 오늘의 삶 속에 살아계신 하나님께만 충실한 신앙이었다. 함 선생님은 입으로만 믿는 신자가 아니었고 형식적 습관적인 기독교인이 아니었다. 예수의 말씀대로 십자가를 지고 예수를 따른 참된 신앙인이었다(마가 8 : 34). 예수께서 부자나 권력자들을 위해 살지 않고 가난하고 소외된 자들을 위해서 사셨듯이(마가 2 : 17, 누가 6 : 20~26), 함 선생님도 억눌리고 소외된 자들과 더불어 슬퍼하고 기뻐하며 사셨다. 보수적인 기독교 지도자들은 함 선생님을 배척했으나 이 땅의 씨올들은 선생님을 환영했다.

함 선생님의 신앙은 정치·사회의 역사현실과 밀접하게 연결되어 있지만 세속주의적인 신앙에 머물지는 않았다. 오늘의 세상 현실에 대한 책임을 말하면서도 '거룩'과 '초월'을 강조하고 영혼의 쇄신을 추구했다. 독재정권과 싸우는 민족민주운동의 선봉에 서면서도 자기 자신과의 신앙적 투쟁을 멈추지 않았다. 사회비판과 자기회개가 언제나 맞물려 있었다.

함 선생님의 영향을 받았기 때문에 나는 권위주의적인 교역자들이 싫고, 타성에 젖은 제도교회에 만족하지 못했다. 경건해 보이지는 않지만, 사회정의를 위해 몸바쳐 싸우는 청년들에게 나는 더 호감을 갖고 있다. 실천 없는 신앙은 죽은 신앙이라고 하지 않았던가? 실천 없는 한국교회가 밉다. 그러나 올바른 기독교 신앙은 무한한 용기와 희망을 줄 수 있다고 생각한다. 한국교회가 실천적인 교회, 오늘의 현실 속에 살아 있는 교회가 되기 위해서는 함 선생님의 신앙적 삶과 사상을 배워야 할 것이다.

스승의 간곡한 당부를 새기며

윤창흠

1934년 봄, 나는 아버님의 권유로 오산학교(五山學校)에 입학하게 되었습니다. 그때 처음으로 함 선생님을 뵙게 되었습니다. 또 선생님 댁에서 기거를 하게 되었습니다. 참으로 운이 좋았습니다.

선생님께서는 아침마다 경건회(敬虔會)를 인도하셨는데 나는 3년 동안 아침마다 꿇어 앉아 예배를 인도하시던 선생님의 진지한 모습이 존경스러웠습니다. 식탁을 함께 하면서 즐거운 생활을 하였습니다.

일요일이 되면, 우리들의 공부방은 성서집회를 하는 장소가 되었습니다. 그때 모임에 참석하셨던 어른들은 이찬갑 선생, 최태사(일심의원 원장), 노정희 선생님과 엄해식, 김용연 선생이었고 선배는 안이현, 김언병, 김상문, 김옥준, 김홍진 등이었습니다. 동급생으로는 김탕걸, 박여명, 이원전, 함종현, 김장성 등이었고 후배로는 김태준, 김몽택, 차기주, 함동화, 함석조 등이었습니다. 우리들은 일요일이 오기를 기다렸습니다. 선생님의 말씀은 우리들의 갈급한 심령에 시원한 청량제요 희망이요 태양이었습니다. 때로는 들로 산으로 장소를 바꾸어 옮겨가면서 모임을 주재하였습니다. 우리들은 그때마다 대자연을 벗삼아 대기와 하나되는 넓은 마음 탁 트인 마음, 열린 교육으로 우리들을 이끌어주셨습니다. 참으로 아름다운 추억이 되었습니다.

우리들은 5년의 과정을 수료하고 졸업을 하게 되었습니다. 선생님께는 우리 성서모임 졸업생을 위하여 일요일 성서집회를 졸업예배로 드리게 되었습니다. 그날 모임은 약 20여 명이 참석하였습니다. 우리 28회 동기생은 5, 6명이었습니다. 이날 주신 귀한 말씀을 나는 평생 잊을 수가 없습니다. 함 선생님께서는 꿇어앉으셔서 말씀하셨습니다. 사랑이 넘치면서도 간곡한 당부의 말씀이었습니다. '하지 말라'는 10개의 금지령이었습니다. "돈을 사랑하지 말라, 명예를 사랑하지 말라, …… 술 마시지 말라, 담배 피지 말라, 여색에 놀아나지 말라" 등 열 가지를 다 지킨다는 것은 어렵겠지만 그래도 나중의 세 가지만은 꼭 지켜야 합니다, 이것도 못 지키면 나와 사제지간이라고 할 것 없다고 일방적으로 말씀하셨습니다. 나는 그 시간에 속마음으로 "선생님, 저는 선생님의 말씀을 받아들이고 그 말씀대로 해보겠습니다" 하고 약속을 하였습니다. 이 얼마나 놀라운 은혜랴! 그 후 몇 날이 못 되어서 우리들은 졸업을 하였습니다. 금주, 금연은 교칙에 있는 금령이었습니다. 친구들은 해방을 맞이하였습니다. 졸업장을 들고서 담배를 피우고 술을 마시는 장면을 쉽게 볼 수 있었습니다. 나는 내심 함 선생님과의 약속을 다시금 되새기게 되었습니다. 고향에 돌아왔습니다. 삼금령(三禁令)은 나의 가는 곳마다 걸림돌이었습니다. 그해 바로 나는 일본 유학을 떠나 동경에 머물게 되었습니다. 일본 동경에서는 누가 나를 구속하지 못했습니다.

자유천지(自由天地)요, 내 마음대로요, 술 마실 기회, 담배 피울

기회는 항상 열려 있었습니다. 그때마다 괴로웠습니다.

연말이 다가왔습니다. 친구들이 모여서 한 유흥가에 가게 되었습니다. 그때에도 선생님의 말씀이 나를 선도하시는 것이었습니다. '너는 나와의 약속을 지켜야 한다'라고 말씀하시는 것 같았습니다. '금연, 금주, 금색'은 잘 지켜야 한다. 나의 동경에서의 생활은 선생님의 말씀을 지키려 노력한 것이 전부였습니다. 친구의 유혹을 물리치고 선생님께서 주신 삼금령 철칙을 충성스럽게 지켜 나가는 것입니다. 때로는 어려운 자리를 피하기도 했습니다. 유혹의 기회는 오고 또 오는 것이었습니다. 선생님과의 약속을 지킨다는 것이 얼마나 힘들었는지 모릅니다. 동경유학을 승리로 마치고 돌아왔습니다.

1943년 1월 서울대학 이공학부에 근무하게 되었습니다. 이공학부장 오오츠카 지로(大塚二郎)의 취임환영회 석상에서 술잔을 사양하였습니다. 해방 후에 경성 전기주식회사에 근무하게 되었습니다. 나는 궤도계장이라는 직책을 맡았습니다. 서울 시내의 궤도공사(軌度工事)와 궤도 내의 포장공사를 하는 책임이 나에게 주어졌습니다. 아스팔트 공급을 서울시 도로과에서 분양받아야 했습니다. 포장재인 아스팔트를 분양받기 위해 교섭위원으로 선정되었습니다. 도로과장을 초대했습니다. 초대석에서 술은 또 나를 괴롭혔습니다. 이때에 내가 지키려던 선생님과의 약속은 깨지고 위약되고 말았습니다.

나는 얼마나 괴로웠는지 모릅니다. 선생님께 대한 죄송스러운 마음을 무엇으로 표현해야 좋을지 알 길이 없었습니다. 너무 괴로워서 선생님을 찾아가서 여쭈었습니다.

"선생님, 저는 이후로 선생님을 나의 선생님이라고 부를 수 없게 되었습니다."

"왜?"

"선생님께서 오산학교 졸업예배 때에 금주, 금연, 금색 이 세 가지는 잘 지켜야 한다 하시며 이것을 못 지키면 나와 사제 관계를 끊는 것이라고 하셨기 때문입니다."

선생님께서는 나의 말을 들으시고 "내가 그때 그렇게 말했어?"라고 하셨습니다.

선생님 너무하셨어요. 그러나 나는 선생님을 원망하지 않았습니다. 그때에 주신 말씀에 약속을 하였던 것이 나를 자유롭게 하면서 "세 가지 하지 말라"는 삼금령의 철칙이 지금은 부담없이 지켜지고 있습니다. 평안한 마음으로 즐겁게 생활하고 있습니다.

지금에 와서 '선생님께서 왜 그때 그런 어려운 말씀으로 약속을 받으셨을까?' 하고 재삼 생각해보았습니다. 잠언에는 여러 곳에서 '근신(勤愼)하라'는 말씀이 있었습니다. 또 「디모데후서」 1장 7절에는 "하나님이 우리에게 주신 것은 두려워하는 마음이 아니요 능력과 사랑과 근신하는 마음이니" 이 말씀에 근거하여 주신 교훈으로 알게 되었습니다.

나는 지금 오산동문(五山同門) 앞에 내놓는 '하지 말라'는 삼금령의 교훈을 근신하라는 긍정적인 말씀으로 깨닫게 되었습니다.

내 70평생을 통해 만난 많은 분들 가운데 가장 잊을 수 없는 분이기에 내 마음속에 늘 넉넉하게 자리잡고 있습니다.

선생님 감사합니다.

깊은 외로움

이기백

중학교 3학년 때의 일인 것으로 기억된다. 그때 일제는 일본어 상용을 강요하였으며, 이에 따라서 학교의 모든 수업은 일본말로 하게끔 되었다. 이 어색한 변화에 당황한 여러 선생님들은 학생을 똑바로 쳐다보지 못하고 발 밑을 내려다보거나 혹은 창 밖을 쳐다보면서 강의를 했던 기억이 난다. 그런 속에서 함 선생만은 여전히 우리말로 강의를 했던 기억이 난다. 그러던 어느 날이었다. 선생의 수업 도중에 갑자기 문이 요란하게 열리며 도(道)의 시학관(視學官, 오늘날 장학관)이 교장선생과 함께 교실로 들이닥친 것이다. 예고 없이 급습하여 선생이 우리말로 강의하는 현장을 적발하려는 의도가 분명하였다. 우리는 모두 숨을 죽이고 긴장하지 않을 수 없었다. 선생님은 잠시 뜸을 들이고 나서 일본말로 강의를 계속 하셨다. 그때 선생의 일본말이 우리의 상상 이상으로 능숙하였다고 느꼈던 기억이 나는데, 우리는 선생이 동경고등사범 출신이라는 것을 잊고 있었던 셈이다.

이렇게 해서 우선 급한 불을 끄게 되었다. 그러나 그 뒤 얼마

되지 않아 선생께서는 학교를 떠나셨다. 잘은 모르지만 이 사건과 선생의 사임과는 무관하지 않으리라는 느낌을 가졌다. 그래서 그 수업시간은 실질적으로 선생의 '마지막 수업'으로 나의 기억 속에 남아 있다. 나는 그 뒤 『퀴리 부인전』을 읽으면서 제정 러시아의 지배하에 있던 폴란드에서도 그와 유사한 일이 벌어졌던 것을 알게 되었고, 그래서 더욱 그 '마지막 수업'은 오랫동안 잊혀지지 않고 기억에 남게 되었다.

나는 선생께서 일요일마다 자택에서 가지는 성서집회에 참석하기는 하였으나 아직 정신적으로 어린 터라 큰 감화를 받지는 못하였다. 『성경』에 대한 이야기보다는 오히려 『성서조선』에 연재하시던 「성서적 입장에서 본 조선역사」에서 더 많은 감동을 받았다. 이 글은 단재 신채호 선생의 『조선역사상 일천년래 제일대사건』(朝鮮歷史上 一天年來 第一大事件)과 함께 젊은 시절의 나의 한국사관을 형성한 두 기둥이었다고 할 수 있다. 단재 선생이 민족의 고유사상을 기본으로 한 데 대해서 선생께서는 도덕을 강조하셨지만, 모두 민족적인 입장이 공통적이었으며, 또 민족의 성쇠를 만주와 연결지어 생각하는 데에서도 마찬가지였다.

일제 말기에 일본군대에 끌려간 나는 소련군에 붙잡혀 포로생활을 한 일이 있다. 비록 부자유한 몸이었지만 모두들 해방과 독립에 대한 기쁨과 희망에 부풀어 있었고, 그러한 분위기를 반영하여 수용소 안에서는 교양강좌가 실시되었다. 나더러는 한국사 강의를 하라고 하였으나, 수줍은 나는 강의를 못 한다고 하였더니, 그러면 글을 써달라고 하였다. 그러면 그것에 의지해서 자기들이 대신 강의를 하겠다는 것이었다. 그렇게 해서 간단한 나의 첫 개설이 씌어졌는데, 그것은 전적으로 머리에 남아 있는 두 분 선생의 글에 의지한 것이다. 그만큼 두 분 선생의 영향은 컸던 것이다. 그 뒤 나는 우리 역사를 좀더 넓은 기반 위에서 이해해야 하지 않을까 하는 생각을 가지게 되었다. 또 나는 원래 마음이 약한데다가 오로지 학문적인 길만을 걸어도 힘이 모자란다는 생각을 가지고 지금껏 살아왔기 때문에 사회적으로 험난한 길을 걸으시던 선생을 따르기는 힘들다고 느끼고 있었다. 그러나 나는 선생으로부터 받은 영향을 아직도 향수와 같은 감정을 가지고 되돌아보곤 한다.

선생께서 『성서조선』을 통하여 글을 발표하실 때에, 선생을 아는 분은 많지 않았다. 선생의 이름이 널리 알려지게 된 것은 『사상계』에 글을 발표하시면서부터였다. 그래서 그 편집위원의 한 분은 자기가 선생을 유명하게 만들었다고 방언(放言)한 일이 있다. 선생께서는 우리 사회의 잘못된 일들을 가차없이 비판하는 글들을 쓰셨기 때문에 국민의 정신적 지도자가 되었다고 할 수 있다. 다 아는 바와 같이 5·16을 신랄하게 비판한 글은 너무도 유명하며, 아마 선생께서는 목숨을 걸고 그 글을 쓰시지 않았나 생각된다. 5·16의 주동자들은 선생을 정신이상자로 치부하여 문제삼지 않기로 함으로써 신상에 이상은 없이 넘어갔다.

나는 이 일에서 암시를 받아 온달(溫達)이 바보로 불리게 된 까닭을 알아차리고 「온달전의 검토」라는 논문을 쓰게 되는 횡재를 얻기도 했다.

이러한 과정에서 선생께서는 우리나라의 누구에게도 잘 알려진 분이 되었다. 그리고 선생의 주위에는 선생을 받드는 분들이 많았다. 그런데도 선생은 외로움을 호소하고 계셨다. 선생은 3·1 운동 60주년을 맞이하는 날에 남강 선생의 영 앞에 호소하며 "선생님, 저는 거친 들에 홀로 선 것 같습니다. 저는 외롭습니다"라고 외쳤다. 『뿌리 깊은 나무』 1979년 3월 호에 실린 「못난 석헌

이는 우옵니다」라는 글을 읽어보면, 선생께서는 마치 어린애와도 같이 몸부림치며 호곡하는 듯한 느낌을 받게 된다. 어쩌면 이것이 선생의 깊은 속마음을 드러낸 모습이 아닌가 하는 생각을 나는 떨쳐버리지 못한다.

선생께서 존경하던 인물들 중에서 남강 선생이 큰 자리를 차지하고 있었다. 따라서 남강 선생의 정신으로 교육해 온 오산학교에 대하여도 각별한 애착을 가지고 계셨다. 남강 선생의 뜻에 어긋나는 일들이 있을 때, 선생께서는 무척 노여워하시면서도 오산학교를 버리지 못하였다. 만년에 동창회장직을 맡으신 것도 그러한 선생의 심정을 나타내주는 것으로 생각된다. 이같이 선생께서는 오산학교에 큰 기대를 가지고 계셨는데도 그 기대가 채워지지 못하게 되자 우셨던 것이다. 선생은 남강 선생의 영을 향하여 이렇게 호소하였다.

"선생님, 제가 얻어들은 것이 있다면 오산에서가 아니고 어디겠습니까? 제가 동지가 있다면 오산물 먹은 것들 속에서가 아니고 또 어디 있겠습니까? 그런데 거기서 아무리 생각해보고, 아무리 찾아봐도 하나도 마음 가는 사람이 없으니 어떻게 합니까? …… 제 마음은 슬픕니다."

그런데 선생은 오산에서뿐만이 아니라 선생의 주위를 싸고도는 인사들에 대해서도 만족해하지는 않으셨던 것 같다. 그러기에 선생은 동지가 있다면 오산물 먹은 사람밖에는 없을 것이라는 말을 하신 것으로 생각된다. 실제 믿을 만한 분으로부터 들은 바에 의하면, 선생께서는 반드시 마음으로부터 찬성을 하지 않는 경우에라도 그분들이 하도 조르고 성화를 하기 때문에 나중에는 내키지 않는데도 참여하는 경우가 종종 있었다고 한다. 선생이 그들의 억지를 몰랐을 까닭이 없다. 그러므로 선생의 주변에는 선생의 명성을 이용하려는 사람들은 있었으나 진정으로 선생을 아끼고 이해하는 사람은 많지 않았다고 생각된다. 선생의 외로움은 이러한 데서 나온 것은 아닐까.

나는 최근에 법정 스님의 『텅 빈 충만』이란 책을 뒤적이다가 「나도 중이나 되었으면」이라는 글을 읽게 되었다. 처음에는 무심히 읽어가다가 그것이 함 선생에 대한 글임을 알고는 정신을 가다듬고 읽게 되었다. 선생은 1975년 가을에 장자(莊子)모임 회원들과 함께 송광사 불일암에 있는 법정 스님을 찾아간 일이 있다. 밤에 선생은 그와 함께 한방에서 주무시며 많은 말씀을 하셨는데, 그 가운데 그는 선생이 "나도 젊다면 산 속에 들어와 중이나 되었으면 좋겠소"라고 침통한 어조로 한 말씀을 특히 기억하고 있다. 그 무렵 선생은 몹시 지쳐 있는 듯한 느낌이었다고 하며, 이 말씀이 "함 선생을 생각할 때마다 한동안 그림자처럼 뒤따르곤 했다"고 술회하였다. 이것이 1975년의 일이었다는데, 선생이 남강 선생의 영을 향해서 외로움을 호소하며 우신 것이 1979년이었다. 그 후 선생의 그러한 심정에 변화가 있었는지 어쩐지를 나는 모르고 있다. 그러나 어쩌면 그 외로운 심정은 더 깊어갔던 것이 아닐까 하는 것이 나의 짐작이다.

선생을 에워싼 수많은 추종자들 속에서 선생이 그렇게 외로움을 마음속에 간직하고 계셨다는 것이 도무지 실감이 나지 않는다. 그러나 그것은 선생 자신의 솔직한 고백이었다. 아마도 그 외로움은 우리가 상상하는 것보다도 훨씬 더 컸는지 모른다. 이로 인해서 선생께서는 홀로 절대자와 가까워지기를 원했던 것으로 보인다. 그러므로 선생의 그 외로운 속마음을 이해하지 못하고서 과연 진실로 선생을 이해할 수 있을까 하는 생각을 나는 지워버릴 수 없다.

함석헌 선생님을 보내드리고

| 전제현

 지난 1989년 2월 8일 아침 때이른 봄비가 내리는 가운데 우리 민족의 스승이요, 오산학교의 얼굴이셨던 함석헌 선생을 마지막 보내드리는 영결식이 우리 학교 강당에서 엄숙히 거행되었습니다.
 선생께서 즐겨 부르시던 찬송가 「나의 갈 길 다 가도록」을 눈물로 부르고 평생 신앙동지였던 장기려 박사의 기도와 고려대학교 김용준 교수의 약력보고에 이어 녹음을 통하여 선생님 생전의 말씀을 들을 때에는 울지 않는 사람이 없었습니다. 이어 오산학교 합창단이 조가 '오 함석헌 선생님'을 부르자 장내는 경건함과 장엄함으로 가득 채워졌고 몇 분의 조사에 이어 오산학교 교가를 부르는 순서에 이르러서는 또다시 복바치는 그리움과 설움에 가슴이 터지는 듯한 아픔을 누를 길이 없었습니다.

　삼만이천일백오 일 여든여덟 해
　착하고 곱게 자라 여리신 씨울
　불의엔 강하고 억압엔 거세어라

일본 칼도 못 베고 붉은 총도 못 꺾었네
아 의와 사랑 실천하신 흰 수염
그 모습
어디 다시 뵈오리까 씨올의 그 모습

40년 하루 한끼 사신 그 절제
바른말 곧은 생각 펼치신 씨올
독재엔 맞서고 하늘엔 순종하니
선한 싸움 이기고 주님 곁에 가시었네
아 참과 평화 외쳐 부른 우렁찬
그 소리
언제 다시 들어볼까 씨올의 그 소리

선생님 떠나시는 길에 바치기 위하여 못난 내가 지은 이 조가 속에 나는 어리석게도 함 선생의 모든 것을 담아보고자 안간힘을 다 써보았지만 그것은 처음부터 글러먹은 생각이었습니다. 선생님의 사상, 정신은 과연 어디서 어디까지이며 선생의 밑바닥 힘, 참 힘은 얼마나 강한 것인지, 선생의 사랑이 얼마나 따사롭고 얼마나 뜨거운지 헤어릴 수조차 없는 것을 다시 한 번 아프도록 느끼지 않을 수 없었습니다.

함석헌 선생께서는 1901년 평북 용천의 농촌에서 태어나셨는데 6세에 이미 기독교 덕일소학교에 입학하셨습니다. 당시 우리나라 농촌에서는 학교에 다니는 어린아이가 거의 없었고 집안 형편이 조금 나은 아이라야 기껏 동네 글방에 다니는 정도였던 것을 생각하면 매우 일찍 신식 공부를 시작한 것이었습니다. 3·1운동 때에 평양고등보통학교(5년제 중·고교) 3학년이었던 함 선생께서는 그의 하숙집에서 만세 부를 것을 의논하고, 태극기를 목판에 새겨 밤새도록 찍어가지고 3월 1일 평양 경찰서 앞거리에서 독립선언문을 뿌리면서 날이 어둡도록 만세를 불렀습니다. 일본 헌병이 칼을 빼 들고 말을 타고 다니면서 학생들을 진압하였지만 함 선생께서는 그 일본 칼이 왜 그런지 조금도 무섭지 않았다고 합니다. 그저 신이 나서 종일토록 뛰어다니면서 만세를 불렀다고 합니다. 이 일로 함 선생은 학교를 그만두고 고향에 돌아와 2년 동안 농사일을 거들면서 지냈습니다. 평양고보의 많은 친구들은 학교로 돌아가서 '만세 안 부를 것과 일본사람의 말을 잘 따를 것'을 서약하고 복학하였으나 함 선생은 아무리 생각해 보아도 일본사람 앞에 '만세 부른 것은 잘못했다'고 빌 수 없었기 때문에 그대로 집에 있다가 그래도 공부는 계속하고 싶어서 1921년 봄 서울에 올라가보았으나 뜻을 이루지 못하고 다시 고향으로 돌아가려던 참에 길에서 집안 형님 되는 함석규 목사님을 만났습니다.

함 목사님은 여러 말 말고 정주 오산학교에 가라면서 소개장을 써주었습니다. 그 소개장을 가지고 평양신학교에 가서 조형균 장로님을 만났더니 조 장로님이 친히 안내하여 오산학교에 데려다주어 3학년에 편입하셨습니다. 교실에 들어가니 3·1운동 때 오산학교는 일본헌병이 불을 질러버렸기 때문에 김기홍 선생 등이 급히 교사를 지었으나 아직 책상 걸상도 없이 흙바닥에 가마니를 깔고 앉아서 공부를 하고 있었더랍니다. 공립인 평양고보에서는 선생들이 학생에게 '오이 고라' '이놈 저놈' 하였는데 오산학교에서는 면접 때 처음 뵌 김이열 교장선생조차 학생에게 존댓말을 쓸 만큼 전혀 다른 환경에서 함 선생은 열심히 공부를 하셨고, 마침 그해 7월 새로 교장이 되어 온 당시 31세의 유영모 선생을 만나게 되어 그분으로부터 『성경』과 노자의 『도덕경』(道德經)을 배우고 일본의 우치무라 선생에 대한 말씀을 들었습니다. 남강 선생이 도산을 만남으로써 오산학교를 세우고 독립운동가가 되고 교육자가 된 것처럼, 함석헌 선생은 남강 선생과 특히 유영모 선생을 만남으로써 사상가가 되고 교육자가 되고 평화와 민권운동에 평생을 바치게 된 것이라 하겠습니다. 유영모 선생은 교장으로 오신 지 1년 남짓하여 일본 당국의 교장 인준 불허로 할 수 없이 오산을 떠나면서, 그때 고읍역까지 따라나온 함 선생에게 "내가 이번에 왔던 것은 함군, 자네 한 사람을 만나기 위해서였던가 보네"라고 말씀했다고 합니다.

1922년 7월 말, 남강 선생께서 민족대표 33인 가운데 제일 마지막으로 감옥에서 가석방되어 오산으로 돌아오셨고 이때에 함석헌 학생은 말로만 들었던 남강 선생을 만나뵙게 되었습니다. 그리하여 이때부터 남강 선생의 불길 같은 민족애와 교육열, 대쪽같이 굽힐 줄 모르는 독립정신과 정열적인 개화의지, 그리고 그 누구라도 다 녹이고 포용하는 위대한 포용력을 보고 듣고 배우게 되었습니다. 유영모 선생으로부터 지식과 사상을, 남강 선생으로부터 정열과 투지와 포용력을 받아들인 함 선생은 이때 민족의 거목으로 급성장하게 되었습니다.

남강 선생의 당부하심에 따라 일본 동경고등사범학교를 마친 함 선생은 1928년 4월 오산학교 교사로 부임하여 역사와 수신(修身)을 가르쳤는데, 수업을 일본말로 하게 되어 있었지만 꼭 우리말로만 하셨고 역사시간에도 일본 역사 대신에 우리나라 역사를 가르치셨으며, 일본사람 만드는 수신시간에는 수신 교과서에 나오는 한자만을 골라 한자풀이를 하면서 민족정신과 『성경』의 정신을 가르치셨습니다.

강정호 박사(제29회)가 1학년에 입학하여 첫 수신시간에 함 선생이 들어오시더니 책표지에 써 있는 '중등수신'(中等修身) 녁 자를 가리키며 "읽어보라"고 하셨습니다. "쥬우또오슈우싱"이라 읽었더니 "왜 일본 발음으로 읽습니까? 다시 읽어보시오" 하셔서 "중등수신"이라고 했더니 "무슨 중잡니까?" "가운데 중입니다" "무슨 등자?" "잘 모르겠습니다" "이런 쉬운 글자도 못 읽어서 어떻게 합니까?" 하시면서 글자풀이를 시작으로 그 녁 자 가지고 한 시간 내내 열강을 하시는데 어찌나 감명을 받았던지 시간이 끝나고 난 뒤에도 자리에서 일어설 생각이 나지 않더라는 것입니다.

　함 선생께는 예수, 간디, 도깨비 세 가지 별명이 있었는데 틈틈히 가르쳐주시는 예수님의 말씀과 주일마다 성경공부 시간에 하시는 그 성자적인 언행으로 예수라는 별명이 붙었고, 수업시간마다 불을 뿜는 열강 속에 토해지는 독립정신, 반일정신, 평화사상으로 해서 인도의 독립운동가 간디와 닮았다 하여 간디라는 별명이 있었고, 담당과목인 역사와 수신은 물론 중국 고전·우리 문학과 한글·물리·천문학·어학(영어·일본어·독일어·희랍어)·수학·음악·미술까지 못 하시는 과목이 없을 뿐 아니라, 그 어느 과목에도 참으로 해박한 지식을 갖고 계셨기 때문에 함 도깨비라는 별명이 붙었던 것입니다.

　함 선생께서는 학생들을 지극히 사랑하였지만 잘못하는 학생이 있을 때에는 잘못을 솔직히 시인할 때까지 철저히 추궁하셨기 때문에 학생들은 선생님을 두려워했습니다. 이렇게 학생들을 바르게 지도하심에는 엄격하셨지만 어떤 일이 있어도 퇴학시키는 일이 없어 학생의 부모된 자세로 선도하기 위해 할 수 있는 일은 다 하셨습니다. 워낙 생각이 바르고 모든 일에 행동으로 모범을 보여주셨기 때문에 누구나 함 선생을 특별히 존경하고 그 앞에서는 모두가 머리를 숙이고 순종하였습니다. 1930년대에 공산주의 바람이 오산에도 불어와 공산주의 학생 일부가 남강 선생더러 학교를 그만두시라고도 하고 민족주의 선생들을 집단으로 욕보인 일까지 있었습니다. 그때 함 선생께서는 다른 선생들과는 달리 손찌검하는 학생을 보지 않고 미리부터 눈을 꼭 감은 채 일을 당하셨습니다. 며칠 후 어떤 학생이 함 선생더러 눈감고 계셨던 이유를 여쭤보았더니 "나는 수양이 덜 된 사람이기 때문에 학생 얼굴을 알게 되면 그 후부터 그 학생을 전과 같은 마음으로 대할 수 없을 것 같아서 그랬다"고 하시어 그 학생들이 엉엉 울면서 잘못을 빌었다고 합니다.

1938년 3월 오산학교 생활이 10년 좀 안 되었을 때 함 선생은 학교를 떠나게 되었습니다. 일본사람들이 제일 미워하고 싫어한 데다가 그때 일본인들이 강요했던 창씨개명마저 거절하셨으니 더 이상 견디고 있을 수가 없었던 것입니다. 마지막 날 학생들을 모아놓고 오후 첫 시간부터 날이 저물 때까지 장장 대여섯 시간에 걸쳐 우리 민족이 나아갈 길을 설파하시고는 학교를 떠나 근처에서 약 2년간 과수원을 경영하셨는데, 뒷날 "멀리서 오산교복 입은 학생 모습만 보여도 그렇게 눈물이 날 수가 없더라"며 "이때에 짝사랑의 심정을 알았다"고 말씀하시며 웃으셨습니다.

1940년 봄 송산농사학원을 경영하시다가 그해 여름 평양대동경찰서에 붙잡혀 1년간 옥고를 치르시고 1942년 5월에는 성서조선사건으로 또 1년간 옥고를 치르신 후 고향에서 농사를 지으시다가 해방을 맞았습니다. 여러분의 간청에 못 이겨 평안북도 교육부장을 맡아보다가 1945년 11월 23일 신의주학생 반공의거사건에 책임자라 하여 소련군 당국에 붙들려가서 50일간 옥고를 치르고 나왔는데, 1946년 12월 24일 또다시 보안대에 끌려가 한 달 동안 매를 맞으셨습니다. 함 선생께서는 그때 일을 "나는 거기서 맞고 나와서 개가 됐지요. 소련군보다 몇 배나 더 지독한 보안대 사람들이 내 등을 어찌나 짓이겨놨던지 잠도 엎드려서 자고 밥도 엎드려서 먹고 변소도 엎드려서 기어다녔으니 개가 됐던 거지요"라고 회상하셨습니다. 여러분의 강권에 못 이겨 1947년 3월 월남하셔서는 민권운동과 민주화운동의 기수가 되어 1958년 8월에 약 한 달간, 1976년 3월에는 5년형을 언도받았다가 집행정지 되었고, 1979년에 또 15일 등 일제하에서나 공산치하에서나 대한민국에서나 여전히 감옥 가는 게 일이라고 할 만큼 자주 옥고를 치르셨습니다.

함 선생께서는 88년간 이 세상에 사셨지만 선생 자신은 햇수를 세지 않고 하루하루를, 오늘이 마지막 사는 날이라는 생각을 가지고 모든 일에 최선을 다하기 위하여 날수를 셈하셨습니다. 그렇게 32,105일간을 사신 것입니다. 또 식사는 하루 한끼 낮에만 잡수셨는데, 1987년 암으로 입원하여 수술받으시기 전까지 40년간이나 계속하셨으니 그 의지와 정신을 누가 따를 수 있겠습니까?

함 선생은 한국이 낳은 위대한 사상가라고들 하는데 그 사상이 어떤 것이냐를 논하는 것은 대단히 어렵습니다. 왜냐하면 그 경지가 너무나도 멀고 높고 또 깊고 오묘하기 때문입니다. 일찍이 기독교 가정에서 자라나 보수적 기독교 사상을 배운데다가 유영모 선생을 만나고서는 기독교와 동양사상까지 깊이 배우면서 더 큰 차원의 사상에 눈뜨게 되고 일본의 우치무라 선생에게서 더 심오한 진리를 터득하게 된 것 같습니다. 함 선생의 사상은 함석헌전집(20권)과 월간 『씨올의 소리』에 일단 정리되어 있다 하겠으니 그의 씨올사상은 앞으로 후학들에 의해 두고두고 연구되어야 할 것입니다. 함 선생 가까이서 오랫동안 그의 사상을 접한 분들도 알기를 제가끔 달리할 정도이니 장님이 코끼리 만지듯이 각기 만져본 자리에 따라서 기둥과 같다고도 하고 바람벽과 같다고도 하는 식입니다.

함 선생은 또한 간디의 평화주의를 깊이 연구하시고 평생 평화를 위해 몸바치셨으므로 세계 퀘이커교 본부에서는 두 번이나 선생을 노벨 평화상 후보로 추천하기까지 하였습니다. 1988년 9월, 제24회 하계 올림픽 대회를 앞두고 많은 재야인사들의 반대를 무릅쓰고 고열에 시달리는 병중의 몸으로 서울올림픽평화대회 추진위원장으로 마지막 평화운동의 불을 지피셨고, 남북학생회담을 주장하는 학생 대표들에게 "김일성을 깊이 알지 못하면서 그런 일에 나서는 것은 안 된다"고 잘라 말씀하신 것이 투병중에 남기신 마지막 가르침이었던 것 같은데 이토록 함 선생은 돌아가시는 날까지 그의 믿음에 따라 젊은이들과 겨레와 하나님을 위하여 있는 힘을 다 바치셨습니다.

1981년 분규가 그칠 날이 없던 오산학원의 평화를 되찾기 위해 오산학교 동창회장이 되시었습니다. 이미 80을 넘긴 고령임에도 동창회 모임에는 빠짐없이 나오셔서 모교와 후배들을 이끌어주셨고 1984년 남강문화재단을 창립하시고서는 원고료, 강연료 등을 모두 털어 기금으로 희사하셨으며, 1987년 제1회 인촌문화상을 수상하여 상금 전액을 또 기탁하셨습니다. 기회 있을 때마다 재학생들에게 강의를 해주셨고 모교의 선생님들에게도 따로 교양강의를 해주시곤 하였습니다. 흰 두루마기와 고무신, 흰머리, 흰 수염의 그 성자다운 모습과 불을 뿜는 듯한 그 열강은 우리 오산인

(五山人)들의 가슴을 뛰게 하고 피가 끓게 하였습니다.

1988년 11월 암으로 서울대학병원에 입원중이시던 함 선생은 모교 교장인 나의 손을 잡으시고 유언을 하셨습니다. "남강 선생께서 이루지 못하신 소원을 내 유해를 가지고라도 이루어드리면 좋겠습니다. 내 뼈를 골격 표본을 만들어 오산학생들이 공부하게 해주시고 내 대뇌와 심장 등 모든 장기도 방부제에 담아서 두고 공부하게 해주세요. 그리고 내 살던 작은 집과 터가 있는데 그것도 남강재단에 드리니 써주세요."

살아생전에 그토록 갖은 고생을 다하시면서도 당신께서 가지신 정신과 지식과 말씀과 행동과 옥고와 매맞음과 그 모든 것을 오산을 위해 바치셨던 함 선생님은 남강 선생의 뜻을 이어 당신의 유해까지 다 바치고 돌아가신 것입니다.

오산학교는 남강 선생께서 교육구국의 신념으로 세우셨고, 고당 조만식 선생과 유영모 선생에 의해 기독교 정신에 바탕을 둔 애국학교로 기틀을 잡아 함석헌 선생의 해박한 지식과 정열에 의해 민족학교로 자리를 굳혔던 것입니다. 함 선생은 돌아가시는 시간까지 오산의 스승이었으며, 그러므로 오산학교에서 오산학생들 가슴에 이 평화와 씨올의 정신을 영원히 남기시고 오산학생들 손으로 운구되어 그 육신만이 오산을 떠난 것입니다.

함 선생 유언의 처리

남강 선생의 뜻을 잇기 위해 유해를 표본으로 만들어 오산학생들 공부하는 데 쓰라고 하신 유언은 선생님 돌아가신 후, 유가족들과 많은 친지, 제자들, 그리고 우리 오산학교 관계자들이 의논하여 선생님 유지이기는 하지만 뜻을 따르지 못하고 매장하였습니다. 왜냐하면 선생의 신체 각 부분을 표본으로 만들었을 때 그

보관문제로 인하여 표본이라기보다는 우상과 같이 다루게 되기 쉽고, 결과적으로 선생의 뜻과는 다르게 되지 않겠느냐는 점에서, 그리고 종교적으로나 윤리적으로 어려움이 많아 눈물을 머금고 그대로 유택(幽宅)에 모시게 되었습니다.

제3부

씨올을 사랑한 바보새

생각하는 씨올이라야 삽니다
생각하면 씨올입니다
생각 못 하면 쭉정이입니다
씨올의 올은 하늘에서 온 것입니다
하늘은 한 얼입니다
그렇기 때문에 올이 들면 삽니다
반드시 삽니다

다석과 씨올을 그리며

김용준

1955년 12월 중순경이었다고 생각된다. 해질 무렵 나는 원효로 4가의 함석헌 선생님 댁으로 가고 있었다. 선생님의 탄생 2만 날을 맞이해 몇몇이 모여 선생님의 말씀을 듣기로 돼 있었다.

십여 명이 선생님 댁에서 말씀을 들으며 밤을 지샜던 것으로 기억한다. 그날 밤 선생님께서는 포물선 모양의 그래프가 그려진 백지 한 장을 가지고 나오셨다. 2만 날을 맞이하시는 당신의 생애를 그래프에 담으셨다고나 할까. 어떻든 그 도표를 따라 선생님께서 걸어오신 지난날을 말씀해주셨다. 그런데 그 포물선형 도표 두 군데에는 수직으로 꺾이는 단애점(斷崖點)이 있었다.

첫번째 단애점은 오산고보 시절 유영모 선생님을 처음 뵙게 된 해였고, 두번째 단애점은 일본 동경고등사범학교를 다니실 때 우치무라 간조 선생님의 성서집회에 나가신 때였다.

2만 날을 살아오시는 동안 이 두 스승을 만남으로써 정신적으로 큰 도약을 할 수 있으셨다는 말씀이었다. 백지에 가까운 당신께 인도의 간디를 처음 말씀해주신 분이 유 선생님이었고, 일본

에 우치무라 간조란 무교회주의자가 있다는 사실을 알게 된 것
도 유 선생님을 통해서였다고 하셨다. 평상시 함 선생님이 '선생
님'이라 하시면 그것은 유 선생님을 가리키는 말씀이었다.

1962년 늦봄, 나는 미국 워싱턴DC에서 함 선생님을 모시고 있
었다. 5·16군사혁명 직후 혁명은 사람이 해야지 군인이 할 수 있
는 것이 아니라고 준엄하게 꾸짖으신 저 유명한 글 「5·16을 어떻
게 볼까」가 장준하의 『사상계』에 게재된 사건으로 미국 국무성
의 초청을 받으셨던 것이다.

군사 쿠데타가 터진 나라에서 이런 글이 발표될 수 있었다는
사실이 도리어 높이 평가됐다는 후문이었다. 어떻든 3개월간의
미국 시찰 뒤 워싱턴으로 돌아오신 선생님은 "군사혁명 정부는
어떻게 통치를 하고 있느냐"라는 미국무성 관리의 질문에 "네, 잘
하고 있습니다"라고 간단히 답변하셨다. 그런 우매한 질문에 더
이상 대답할 필요를 느끼지 못하신 듯했다.

얼마 뒤 한국 유학생회의 초청강연을 앞두고 나는 강연중에 군
사혁명 정부에 대해서는 언급하지 마시라고 선생님께 청을 드렸
다. 선생님은 내 청을 받아들여 태평양을 건너온 너희들은 열심
히 공부해야 한다는 취지의 말씀으로 일관하셨다. 그 후 워싱턴
교포사회에서 함석헌은 군사정부의 사쿠라라는 풍문이 돌았다.
선생님은 독일, 인도, 미얀마를 거쳐 1년 후에나 귀국하시겠다며
독일로 향하셨다.

선생님의 '침묵'은 오래 가지 않았다. 당시 독일에 유학중이던
제자 안병무 박사의 후일담에 의하면 어느 날 아침 갑자기 한국
에서 온 신문을 보시다가 눈물을 글썽이시면서 "나 돌아갈래" 조
용히 한마디 남기시고 곧바로 공항으로 향하셨다고 한다.

선생님께서 내게 보내신 많은 편지 가운데 "싸워야지"라는 첫

마디로 시작되는 의분에 찬 편지를 받은 것이 바로 이 무렵이었다. 그때 나는 인도쯤에서 보내실 선생님의 편지를 기다리던 참이었다. 귀국 일성으로 군사독재정권을 혹독하게 꾸짖으시며 장준하를 국회의원으로 옥중 당선시킨 이야기는 너무도 유명하다.

3월 13일은 함 선생님의 탄생 100주년, 함 선생님이 평생 스승으로 모시던 유영모 선생님의 탄생 111주년이 되는 날이다. "나를 돌아보고 은밀한 곳에 되돌아가 지금 깊음을 안다"(省吾返隱, 知今深)라는 좌우명을 나에게 주신 유영모 선생님의 추창(惆愴)한 눈빛을 나는 잊을 수가 없다.

해직으로 할 일 없던 시절, 때로 선생님을 찾아뵈면 "시대에 맞지 않아 세상에서 큰 어려움을 당할 때는 근본을 깊이 하고 궁극의 경지에 편히 머물며 때를 기다리는 것이 자신을 지키는 길이다"(不當時命大窮乎天下, 則深根寧極而待, 此存身之道也)라는 장자의 글로 나를 깨우쳐주시던 바보새 함석헌 선생님의 인자하신 모습이 사뭇 그리워진다.

두 선생님께서 오늘을 살고 계시다면 작금 이 나라의 몰골을 뭐라 하실까.

젊은 날 영혼의 스승

김삼웅

  나는 20대를 전후하여 월간 『사상계』에서 함석헌 선생의 글과 사진을 만났다. 1960년대 초의 일이었다.

  아직 정신적으로 미숙한 청년의 눈에 백발의 훤훤한 선생의 모습은 신비감과 경외의 대상이었다. 나는 선생을 그렇게 만났다. 그 덕택에 『사상계』를 정기구독하게 되었고 이 잡지를 통해 함 선생의 글을 빠짐없이 읽었다.

  선생을 직접 뵙고 '인연'을 맺게 된 것은 1970년 봄 『민주전선』(民主前線) 기자를 하면서 강연회나 집회에 좇아다니게 되고, 몇 차례 인터뷰와 원고를 받으면서이다. 당시는 박정희 대통령이 3선개헌을 강행하고 세번째 대통령에 출마하여 민주주의가 짓밟히고 있었다. 언론탄압으로 『사상계』는 이미 강제 폐간되었고 신문은 할 말을 하지 못했다.

  당시 신민당 기관지인 『민주전선』은 비록 야당 당보이긴 하지만 통제받지 않는 언론으로서 많은 국민의 사랑을 받고 있었다. 광화문 지하도 같은 곳에서 판매할 때는 동전과 지폐가 수북이

쌓일 만큼 시민들은 '신문값'을 아끼지 않았다.

『민주전선』의 취재 책임을 맡았던 나는 1970년 6월 초 서울 원효로 4가에 있는 함 선생 댁을 방문했다. 그 무렵 박 정권은『사상계』에 실린 김지하 씨의 담시「오적」을『민주전선』에 전재한 것을 '불온문서'로 몰아 당사에 난입하여 신문을 압수하고 관계자를 구속했다. 박 정권이 정통 야당 당사에 난입하여 당기관지를 압수해간 것은 전무후무한 일이었다.

이렇게 정치폭력이 판치는 시절에 이를 비판하는 글을 지식인들에게 청탁했지만 쓰겠다는 사람이 없었다. 이것이 함 선생을 찾아 인터뷰를 하게 된 배경이다. 한 시간쯤 회견한 내용을 '한국 민주양식을 찾아서'란 시리즈 첫 회에 20매 분량으로 실었다. "불의의 시대에 의인이 갈 곳은 감옥" "자유는 감옥에서 새끼를 친다" "언론의 게릴라전 필요, 침묵은 굴종이며 방종이다"는 자극적인 제목으로 박정권의 만행을 비판하는 특집이었다.

이 신문은 시내 가판에서 파격적인 판매부수를 올렸다.

이후 나는 유신시대에도 몇 차례 함 선생의 글을 받아『민주전선』에 실었다. 그때마다 의로운 소리에 목말라하던 국민의 성원이 대단했다. 장준하 선생이 함 선생의『민주전선』기고를 두고 못마땅해하였다. 유신체제의 신민당은 유진산 씨가 당수를 맡아 '체제 내 야당'으로서 비판기능을 상실하여 국민의 지탄을 받고 있었다. 이런 신문에 기고하는 것은 사이비 야당을 도와주는 것이라는 주장이었다. 그렇지만 함 선생은 야당에는 깨끗한 사람도 많고 당원들에게 바른소리를 들려줘야 한다면서 글을 쓰셨다.

5공시절 나는『한국민주사상의 탐구』라는 책을 썼다. 일월서각에서 출판한, 나의 첫 저서에 해당되는 책인데 원고를 보신 함 선생은 흔쾌히 추천사를 써주셨다.「의기를 살려라」란 제목의 글이다.

나는 70년대가 막 열릴 무렵에 민주회복의 대열에서 처음으로 김삼웅 씨를 알게 되었다. 그때나 이때나 정치놀음에 혐오를 느껴 여야의 정당에 별다른 관심을 갖지 않고 있지만 야당에서 내는 『민주전선』이라는 신문에서 일하는 김삼웅 씨를 알고는 야당에는 그 같은 사람도 있구나 하는 새로운 인식을 갖게 되었다. 나는 김삼웅 씨의 간청에 못 이겨 『민주전선』에 몇 차례 글을 써서 재야의 동지들로부터 핀잔을 받기도 하였지만 『민주전선』을 만드는 그의 의기 넘친 자세에 격려가 된다면 하는 생각이었기 때문에 핀잔이 그렇게 마음 아픈 것은 아니었다.

김삼웅 씨는 한때 내가 만드는 잡지 『씨올의 소리』에서 어려운 일도 맡아주었고 많은 사람이 글 쓰기를 기피할 때 여러 차례나 용기 있는 글을 써주어서 잡지에 싣기도 하였다.

이런저런 인연으로 그를 지켜보면서 끝까지 기(氣)를 잃지 않는 의(義)의 사람이 되어주기를 바랐다.

나에 대한 과찬인 듯하여 옮기기가 쑥스럽지만 함 선생은 이러한 글을 써주셨고, 마침 강만길 교수께서 '오늘의 책'으로 추천하여 엄혹한 5공시절에 큰 위안과 자부를 안겨주었다.

이에 앞서 1972년 1월 28일부터 사흘간 『씨올의 소리』 주최로 안양 농민교육원에서 독자수련회가 열렸다. 이 모임에는 함 선생 외에 이태영·안병무·김동길 씨와 미국 평화위원회 교육간사인 레이먼드 윌슨 박사를 연사로 초청한 '세계평화의 길'이란 주제의 심포지엄도 있었다.

정기독자인 나는 『민주전선』 기자 신분으로 취재를 위해 이 모임에 참석했다. 『씨올의 소리』 제작을 뒤에서 도와주기도 했던 관계로 이 모임은 나에게 의미가 컸다. 취재 내용을 『민주전선』 한 면에 특집으로 꾸몄다가 당 고위인사로부터 "『민주전선』이 함석헌 신문이냐"라는 호통과 질책을 받기도 했다. 이때 함 선생과 함께 찍은 흑백사진이 지금도 나의 서재에 소중히 걸려 있다.

1975년 8월 장준하 선생이 포천군 약사봉 계곡에서 의문사를 당하자 나는 몇 차례 현장을 다녀와서 『씨올의 소리』에 「약사봉 계곡의 진혼곡」이란 장 선생의 생애와 의문사에 관련한 글을 썼다. 장 선생이 유신체제에 도전하고 긴급조치 금지사항인 개헌문제를 가장 먼저 제기한 것을 빗대어 '금지된 동작'을 맨 먼저 깬 선각자라고 표현했다.

이 글 때문에 중앙정보부 요원이라는 괴청년 세 명에게 남산 부근의 무역회사 간판이 붙은 어느 사무실에 끌려가서 심한 조사를 받았다. 함석헌·장준하 선생과의 관계와 글을 쓰게 된 배경을 캐묻고 '관례'대로 나가서 발설하지 않는다는 서약서에 서명을 하고서야 풀려날 수 있었다.

5공 초기에 모든 신문의 지면에서 함 선생의 이름은 철저히 배제되었다. 『씨올의 소리』도 5·17비상계엄조치로 강제 폐간되었다.

말도 글도 쓸 수 없는 '산송장'을 만든 것이다. 그래서 나는 함 선생의 대표적인 글과 평가들을 모아 단행본으로 내고자 자료를 수집하여 어느 출판사에 넘겼는데 나중에 나온 책을 보니 편저자가 다른 사람 이름이었다. 『싸우는 평화주의자 함석헌』이란 책이다. 나는 「황야에서 외치게 하라」는 글을 썼다.

포악한 군사독재를 겪으면서 함 선생은 언제나 나의 정신적 지주가 되었다. 그의 담백한 삶과 투철한 역사의식, 그리고 민권사상과 정론을 펴는 참 언론인의 용기를 배우고자 했다.

그래서 지금도 자료를 모으고 메모를 하면서 때가 오면 '들사람 함석헌 평전'을 쓰고자 준비중이다.

함석헌 선생의 언론정신을 올곧게 승계한다고 평가받는 강준만 교수의 개인잡지 『인물과 사상』 2000년 11월호와 12월호에 함 선생 관련 글을 쓴 것은 '평전'의 첫머리에 해당한다.

나는 『씨올의 소리』 창간호부터 근간호까지 전권을 갖고 있다. 유신체제 때 서점에서 전부 압수당한 것도 제본소를 찾아가 폐기된 것을 모아 전권을 수집하게 된 것이다.

나의 소중한 '재산목록'이다.

역설을 가르쳐주신 이

김경재

내가 처음 함석헌 선생님을 만나게 된 것은 『성서적 입장에서 본 한국역사』를 읽은 대학 1학년, 그러니까 1950년 후반이었다. 특히 위 책 앞부분, '역사와 사관' 부분은 큰 망치처럼 큰 우레소리처럼 젊은 청년의 가슴을 쳤다. 눈이 번쩍 뜨이고 가슴이 뛰었다. 글 속에 살아 있는 생기와 날카로운 투시력이, 6·25 이후 춥고 배고프던 시절 황량한 역사의 들판에서 떨던 한 청년의 몸과 마음을 따뜻하게 녹여주었고 배고프지 않게 해주었다.

함 선생님을 직접 가까이 뵙고 모실 수 있는 행운을 맞게 된 것은 1970년대 들어와서 함 선생님이 한국신학대학에 '동양고전강좌' 특강자로서 출강하시던 때와, 1980년대 『씨올의 소리』를 복간하시면서 김용준 선생과 함께 함 선생님을 모시고 한 달에 한두 번 편집회의를 하면서부터이다. 함 선생님이 한국신학대학 수유리 캠퍼스에 '노장철학'을 강의하러 나오시던 당시 학장은 김정준 목사, 교무과장은 안병무 선생이요, 나는 그 아래서 실무를 맡아 겸임하던 전임강사였다.

박정희 정권의 유신헌법 제정 선포로 사회 전체가 열병을 앓던 때였다. 문교부 당국과 정보부, 관할 경찰서 모두 그야말로 난리를 부리던 시절이다. 함 선생님의 대학 출강 교섭을 취소하라는 압력이 매우 강했다. 김정준 학장과 안병무 교무과장은 끝까지 버티자고 했다. 대학의 교과목 개설과 강사 초청까지 감 놔라 배 놔라 간섭 통제하는 정보정치와 철권적 관료정치, 초법적 군부정치에 더 이상 끌려가지 않기로 했던 것이다. 우리는 문교부와 정보부 당국에 대들었다. "당신들이 직접 강의실에 와서 들어보시오."

외래 강사에게 쥐꼬리만큼의 '강사료'를 지급해드릴 수밖에 없는 형편이어서, 그 전달을 맡은 나에겐 월말 즈음이 큰 고역이었다. 함 선생님은 "동양 성현 어른들의 좋은 생각, 높은 생각을 장차 목사가 될 사람들에게 소개해준 것뿐인데, 어떻게 강사료를 받겠소"라 하시며 한사코 거절하셨다.

함 선생님은 내게 '역설적인 분'으로 보였다. 사상가가 크고 높고 전체적인 것을 붙잡는 사고를 하면 작은 문제, 사소한 일은 소홀하기 쉬운데, 함 선생님은 그 둘이 함께 가능했던 분이셨다. "뜨거운 얼음" "칼날 같은 풀잎" "흙 속에 임한 하늘" 같은 말은 역설이다. 얼음은 뜨거울 수 없고, 풀잎은 부드럽고 하늘거리는 것이지 칼날일 수 없다. 하늘은 머리 위 저 높이에 있는 것이지 땅 아래, 흙 속에 있을 수 없다. 장차 목사가 되어 수없이 '설교'를 해야 할 목사 후보인 신학대학 학생들에게 그야말로 역설일 수밖에 없는 말씀을 또 하나 하셨다. 함 선생님은 생각에는 '하는 생각'과 '나는 생각'이 있다고 하시면서, '설교'를 준비해서는 안 된다고 하시며 또 동시에 철저하게 준비해야 한다고 하셨다. 역설적인 말씀이다. 이것은 '설교'를 해야 하는 사람들에게 역설이 아닐 수 없다.

내가 뵈온 함 선생님은 그 성격이 수줍으리만큼 한없이 내성적이면서도 어떤 무사 장군보다 강직하신 분이요, 한없이 다정다감한 미학적 감성을 지닌 분이면서 또한 과학적 사고와 지성의 합리적 빛을 끝까지 신뢰한 지성주의자라 할 수 있다. 군부독재 시절, 대학 교수들은 제자들이 민주화운동과 독재정권타도운동에 참여했다는 이유를 들어 대학을 떠나도록 제적시키는 일을 감수해야 했다. 한국신학대학 교수단 일동은 문교부 대학교육국에서 내려오는 제적학생명단을 받아들고 "선생이라는 사람들이 죄 없는 학생들을 목 자르는 거나 다름없는 제적처리는 할 수 없다"고 끝까지 버티다가 독재정권에 의해 결국 무너지고 말았다. 참담하고 부끄러웠다.

끓어오르는 분노와 죄책감에 사로잡혀, 교수단 일동은 근신 자책하는 삼손의 마음으로 돌아가 스스로 삭발을 단행했다. 교수단의 집단삭발사건은 그 파장을 전혀 예상하지 아니한 순수한 결행이었는데 그 사회적 충격과 파장이 엄청났다. 다음날 아침 조간신문에는 '한국신학대학 교수단 삭발' 보도가 크게 났다. 그렇게 시달리고 있을 무렵, 함석헌 선생님이 수유리 한국신학대학 캠퍼스를 직접 찾아오셔서 교수단을 위로 격려해주셨고, 동참하는 뜻으로 그 뒤 집에 돌아가 선생님도 삭발하셨다. 한없이 뜨거운 열정을 가슴에 지닌 용광로이면서 머리와 지성은 한없이 냉철하셨던 이, 그분이 함 선생님이셨다.

함 선생님은 참의 세계, 진실의 실재는 그렇게 역설적으로 현실적인 것임을 삶으로 몸으로 글로 보여주셨다. 하나의 참 실재가 있을 뿐인데, 그 '하나'를 위에서 보면 하느님이고, 바닥에서 보면 씨올이고, 운동 과정에서 보면 역사라는 것을 눈뜨게 해주신 분이다. 씨올 속에서 하느님과 하늘을 보라고 가르쳐주셨다. 고등학교에 들어간 아들을 데리고 1980년대 초 세배를 갔을 때, 세배를 받으신 후 이런 말씀을 하셨다.

"높은 데로 올라 우주 정신을 깊이 생각해봐요."

그 말씀이 늘 귀에 쟁쟁거린다.

나와 함석헌

석진오

    '나와 함석헌'. 필자는 이 제목을 두고 잠시 생각에 잠겨본다. 여기서 '나'라고 하는 것은 물론 '나의 자아'일 것이다. 그리고 이 날의 '나'가 되기까지에는 무엇인가 함석헌 선생님의 영향이 많이 있었을 것이니, 그것을 한번 '고백'해보자는 것이다.

    미소(微笑).

    사실 나는 함 선생님으로부터 체계적이고 전문적인 가르침을 받은 바가 없다. 다만 함 선생님께서 부산모임에 오시면 반드시 참석하여 그의 말씀을 경청하였을 뿐이다.

    지금 회고해보면, 함 선생님은 당시 정치와 사회가 돌아가는 현상에 대해 주로 『성경』의 사회윤리 혹은 정치철학을 들어 설하신 것 같다. 그리고 물론 예수님의 인생론도 말씀하셨다. 그리고 노자와 장자와 공자와 맹자와 『바가바드 기타』에 관한 말씀도 많이 하셨다.

    내가 이 부산모임에 나가서 말씀을 듣게 된 것은, 당시 부산의 유명한 헌책방 거리 보수동에 있는 민중서점 주인 박동호 선생님의 소개를 듣고 나서였다. 이분은 함석헌 선생님의 초기 제자분들 가운데 한 분이었다.

나는 10대에 이미 보수동 헌책방 골목을 누비고 다녔기 때문에 그 골목의 모든 서점 주인들과는 각별히 친한 상태였는데, 특히 외모가 헤르만 헤세와 닮은 박 선생님은 나를 만날 때마다 레프 톨스토이·마하트마 간디·빅토르 위고·헤세 등의 사상을 말씀해주셨다.

그러던 어느 날 나는『사상계』라는 잡지에서 함석헌이라는 분의 글을 읽고 감격하여『죽을 때까지 이 걸음으로』와『인간혁명』『뜻으로 본 한국역사』, 이 세 권의 책을 구해 읽게 되었다. 나는 마음속에 강한 감동과 충격을 받았다.

'우리나라에도 이렇게 훌륭한 분이 있구나!' 기쁜 마음으로 민중서점에 달려가서 박 선생님에게 '함석헌'이라는 분에 대해 이야기하기 시작했다.

그런데 '세상에!' 박 선생님은 함 선생님에 대한 정보를 나보다 더 많이 알고 있었다. 당연히 그럴 수밖에 없는 것이, 박동호 선생님은 함 선생님의 초기 제자들 중에서도 한때 가장 총애를 받았던 분이었다.

그리고 더 놀라운 것은, 함 선생님이 한 달에 한 번씩 직접 부산에 오셔서 장기려 박사님의 자택에서 강연을 하신다는 것이다. 그러면서 그 모임 장소의 약도와 시간표까지 알려주시는 것이 아닌가!

나는 그날 이후, 함 선생님의 책은 모두 구해서 닥치는 대로 독파해버렸다. 지금 내가 가지고 있는 일제시대에서 나온 김교신님의『성서조선』잡지들 원본도 그때 구한 것이다. 이 잡지에서는 '27세의 함석헌'의 글도 볼 수 있다.

아무튼 함 선생님의 강연회에 다녀온 후로, 그는 내 가슴속에 위대한 정신의 별이 되었다.

하얀색 긴 머리카락, 하얀색 한복, 하얀색 가죽구두, 잘생긴 성자의 얼굴, 말씀 도중에 간간이 『성경』을 보기 위해 줄이 달린 안경을 사용하는 세련된 제스처, 열정적인 말씀과 고요한 침묵의 명상 등으로 좌중을 압도하는 그의 강연은 내 인생의 진로를 바꾸어놓기에 충분한 것이었다.

지금 회고해보면, 나는 당시 그에게 지식 그 자체에 대한 가르침을 받았다기보다는 '강력한 정신적 자극'을 받았다고 생각한다. 다시 말하면, 함석헌 선생님은 내 속에 잠재해 있는 어떤 정신의 씨올을 심어주고 개발시켜주었다는 것이다.

물론 지금 내가 활짝 피운 꽃의 이름은 다르지만 어린 시절에 함석헌 선생님을 만났다는 것은, 일종의 행운이었다고 나는 생각한다. 어느 누구든지 어린 시절에 감동과 자극을 받지 못하고 지낸다는 것은 정말 얼마나 불행한 일인가!

나는 그를 이용한 적이 없고, 그 또한 나를 이용한 바가 없다. 물론 동료들과 의논하여 지방 강연회나 친구 결혼 주례를 주선하여 종종 초청 부탁도 올리고, 일을 마치실 때까지 옆에서 잔심부름 같은 일도 많이 했지만, 그것은 이용이 아니라 얼마나 큰 기쁨에서 이루어진 것인지 경험해보지 못한 사람은 모를 것이다. 아! 순수한 그런 청춘의 시절이 나에게도 있었구나!

글 제목을 '나와 함석헌'이라고 했지만 나는 함 선생님께 개인적인 지도를 받은 바가 없다. 이 말은 나는 그의 학생이 아니라는 뜻이다. 누구나 그런 것처럼, 다만 나는 어릴 때 가난한 영혼의 방랑자였고 수많은 책 속의 현인들을 만난 것처럼 그렇게 그의 책과 그를 만났을 뿐이다.

그는 스승 다석 유영모 선생님께 항상 죄책감을 갖고 있었고, 또 그 자신은 제자를 키우는 법이 없었다. 그는 항상 홀로 가는 분이었던 것 같다. 그러나 그의 내면적 영향력은, 특히 한국 기독교 사상계에서는 지대하였다.

그는 지식의 단순한 전달자가 아니었다. 그는 종교인이었다. 아마 미래의 한국기독교는 다석 유영모 선생님이나 신천옹 함석헌 선생님 같은 이가 한국인이었다는 것에 대해 대단한 자부심을 갖게 될 것이다.

함석헌 선생님과 말씀을 나눌 때 보면, 선생님은 말씀의 가지와 잎들이 너무 많았다. 그러나 그는 한마디도 한 바가 없다. 그러므로 그는 나에게 아무것도 준 바가 없고, 나 또한 받은 바가 없다.

다만, 여기서 내가 지금 분명히 말할 수 있는 것은 '그는 그의 인생을 위해 최선을 다해서 살았고, 나는 내 인생을 위해 최선을 다하고 있을 뿐'이라는 것이다.

종교를 하느라고 정치를 한다
장기홍

1983년 말, '한반도의 통일'을 위한 심포지엄이 로스앤젤레스에서 열렸을 때 함 선생님은 마지막으로 한 말씀 하시게 되어 있었다. 그는 "지금까지 여러 연사들이 많은 발표와 토론을 했지만 누구 입에서도 '진리'라는 말이 나오지 않았습니다" 하시며 입을 열었다. 그때 나는 그 말씀이 좀 막연하다고 느꼈다. 그러나 세월이 지난 지금 나는 그때 그이가 생각했던 것처럼 생각하고 있다.

오랫동안 그에게 배운 내가 늘 느끼는 것은 그이야말로 참으로 타고난 교사라는 점이다. 가르치고 또 가르치기를 일생 동안 했지만 그에게서 배운 누가 과연 바닥에 깔린 깊은 뜻에 닿았으랴! 그는 어떤 교리나 학설을 배우라 하지 않고 진리를 따를 것을 가르쳤다. 동시대 사람들을 그가 보았을 때는 모두들 너무나 미달이고 숨통이 막혔으므로 '형편없어!' '형편없는 것들!' 하는 탄식을 그는 자주 했다.

아직도 가끔 그를 무교회주의자라 하는 이가 있지만 적중한 말이 아니다. 그 주의의 창시자인 우치무라 선생은 '교회 밖에도 구원이 있다'라는 기치를 내걸었는데, 함 선생에게는 구원이란 개념이 별로 없었다. 나는 얼마 전 우치무라 선생의 전집 가운데 일제 때 조선에 관한 논평을 읽었다. '조선사람들은 독립을 원할 것이 아니라 온 세계가 기독교 아래 하나될 때를 앞당기면 된다'는 것이 요지였다. 함 선생이 그를 별로 받들지 않았던 배경이 그런 데 있지 않았나 싶었다. 함 선생은 자주 '어째서 예수의 피가 나를 구원할 수 있나?' 하는 의문이 있었노라고 술회했다. 그러니 구원이 교회 안에만 있든 교회 밖에도 있든 그다지 문제가 아니었다. 그는 '예수만 믿으면 구원을 얻는다'는 신비적 교리에 의문을 품었다. 그의 초기 집회 때에는 예수의 주기도문을 외웠던 것으로 나는 기억한다. 그러나 사도신경이나 삼위일체, 구원 등의 교리는 언급하시지 않았다.

빼앗긴 나라의 역사를 가르치게 되었던 오산학교 교사 시절 그는 30대 청년으로서 『성서적 입장에서 본 조선역사』를 썼다. 하나님 의지(意志)로 되어간다는 유대적 사관을 가지고 민족의 참혹한 현황을 설명하기 위해 고심한 흔적이 역력한 걸작이다. 애간장을 태우며 뼈아프게 집필하던 그의 모습을 그려볼 수 있게 하는 이 독자적 역사서는 뭇 남성의 탐욕(제국주의 외침)에 희생된 늙어버린 매춘부로서의 민족의 자화상을 그려 보였다. 예수가 뭇 중생의 죄를 한 몸에 지고 고난을 당했듯 이 민족도 뭇 족속들의 탐욕의 통로요 하수구로서 그 죄를 한 몸에 안고 고난을 당하는 '수난의 여왕'이라는 그림을 그는 그려냈다.

1983년, 핵탄도 미사일이 우리 국토에 장치되었다는 소식을 접한 그는 "우리 민족은 세계사의 하수구 노릇 쓰레기통 노릇을 하다하다 못해 이제는 핵전쟁의 처참한 싸움터가 되어버릴 것인가!" 하고 울먹였다. "이 민족이 희생해서 세계가 바로 된다면 그

십자가에서 우리 민족은 죽고 세계 속에서 부활한다.” 경고성 설교이기도 했지만 그러한 ‘희생사관’은 바로 『성서적 입장에서 본 조선역사』의 역사관이다. 저 고대인들이 사람을 잡아 신께 바치던 그 종교행위를 그는 그의 역사관에 적용했던 것이다.

그가 50대 후반부터 우리에게 가르치던 노자와 장자에게는 인격신(人格神)의 개념도 없고 그러한 의지로서의 역사라는 개념도 없다. 차츰 노경에 들면서 그는 인격신의 개념에서 벗어났다. 인격신과 인격이 아닌 신의 차이를 초월했다고 보는 것이 더 정확할 것이다. 1983년 그는 나에게 자기가 인격신을 믿지 않은 지는 이미 오래다라고 말씀했다. 그런 낌새를 알았음인지 부산의 장기려 박사는 하루는 나더러 자기가 “함 선생님은 노자나 장자를 믿습니까, 예수를 믿습니까?” 하고 물은 적이 있노라 했다. “예수를 믿노라”는 함 선생의 답을 얻어내고 그는 기뻤다고 내게 말하던 것이 기억난다. 우문우답이라 할지 우문현답이라 할지? ‘하나님이 있다’는 말이나 ‘하나님이 없다’는 말은 다르지만 높은 차원에 서면 같다는 것이 그의 지론이다. 인격적인 신과 비인격적 ‘우주적 의지’도 높은 차원에 서면 마찬가지일 터이다. 이렇듯 그는 매사를 통합적으로 보는 길을 텄으며 그 종합의 길, 해방의 길을 더욱 개척할 과제를 우리에게 남겼다.

간디는 자기는 “종교를 하느라고 정치를 한다”고 말했다. “어쩔 수 없는 정치가 내 몸을 뱀처럼 감고 있다”고도 말했는데 신천(信天)은 자주 이러한 간디의 고백을 언급하고 인용했다. 나는 그 말이 함 선생님 자신을 두고 하신 말씀으로 이해했다. 그는 늘 궁극적 종교적 관심사의 사도였지만 박정희 정권 때부터는 차츰 정치에 저항하는 데 관심이 쏠리었다. 그는 정치는 더럽다 하고 멀리하려 했으나 정의를 위하자는 뜻에 이끌려 줄곧 반정부의 대열에서 행동했다. 그의 모임에 나가던 사람들 가운데 비교적 후기에 그를 알게 된 사람들은 그를 사회활동가만으로 오해하기 쉽다. 그러나 나같이 비교적 전기에 그를 접한 사람들은 그의 종교인적 면모에 익숙하다. 그는 간디가 그랬듯이 타고난 종교인이었다. 그의 사회활동은 실은 종교적 실현이었다고 보아야 한다고 나는 생각한다. 그는 노년에 점점 종교적 색채에서 벗어났던 것이 사실이다. 또 그는 스스로 도덕적 교사로서의 자격을 사양한 나머지 도덕과 관계가 많은 종교에 대해서도 사양하시는 기색이 있었다. "내게 남은 것은 사상밖에 없다. 앞으로 남길 것은 그것밖에 없다." 지금도 기억나는 그의 자탄이다. 그의 그러한 태도 때문에 그의 본질 곧 그의 종교인적 면모는 진흙 속에 묻힌 것같이 되어버렸으나 그의 중심에는 늘 종교가 있었다.

그는 1962년 미국무성 초청으로 미국을 일주하시는 동안 퀘이커교도들을 접하게 되었고 그 후 그들과 가까이 지내게 되면서 퀘이커의 모임에도 나가게 되었다. 그는 자기 사고 또는 생활방식과 비교적 잘 통하는 교파를 찾자면 역시 퀘이커라고 보았다. 퀘이커 당국에서는 퀘이커교도로 정식으로 등록할 것을 권유했다. 그는 한동안 "꼭 교인으로 등록을 해야 한다니 그건 또 무언가?" 하고 반문하기도 했으나 그에게 돌아온 대답은 "꼭 교인으로 등록을 해야 퀘이커가 되는 겁니다"였다. 이는 내가 그에게서 직접 들은 말이다. 그는 성격으로 보아 '꼭 등록을 안 해야겠다'는 그런 주장을 할 분도 아니었다. 여하간 그는 정식으로 퀘이커가 되셨고 퀘이커에 관한 책도 쓰셨다.

1962년 나는 미국 버클리에서 그이를 뵐 기회를 가졌고, 그곳 교포들은 그의 말씀을 듣는 모임을 가졌다. 즉석에서 나더러 소개 말씀을 하라 해서 나는 그만 그를 '성자'라고 소개했다. "장군이 쓴 안경의 색깔일 뿐"이라는 평으로 그의 말씀은 시작되었다. 선생님이 성자이기를 바라던 소망이 부지불식간에 그렇게 말하게 했을 것이다. 노장과 공맹을 가르치고 성경말씀을 가르치던 그가 그의 문도(門徒)들에게 준 인상과 이미지는 그런 것이었으니 나이 스물여덟 총각이던 나 역시 그를 그렇게 그리게 마련이었다.

여하간 그는 자기를 무교회주의자니 퀘이커니 성자니 하고 이름붙이고 규정하는 것을 싫어했고 또 그런 것은 불가능하다는 것이 노자의 학도다운 그의 철학이었다. 그는 수십 년간 집회를 했어도 모임에 이름을 붙이지 않았다. 좀더 구체화하고, 좀더 밝히 파악하고, 좀더 또렷이 과제를 붙들고 실행하는 일을 모두 후진에 맡긴 셈이다. 나는 생각한다. 그는 우리 각 마음속에서 모든 고등종교를 하나로 일치시켜 앞으로의 인류를 위한 지도(指導)정신이 될 보편적 종교심을 마련할 과제를 우리에게 남겼다라고!

1961년쯤의 일이다. 함 선생님 눈에는 장기홍이라는 청년이 몹시 고지식하고 융통성 없는 총각으로 보였던지 어느 하루 그는 남영동 대로에서 나를 데리고 마치 경허가 만공에게 했듯 기이한 실험을 해보였다. 그는 갑자기 대로를 가로질러 휠휠 두루마기 자락을 날리며 교통위반을 하시는 것이 아닌가! 나 또한 그를 따라 대로를 가로질러 걸었다. 몇 분이나 지났을까. 그는 그것을 다시 한 번 반복하여 제 길로 되돌아왔다. 그는 나에게 이 거룩한 교통위반의 실험을 시켜 보임으로써 묵은 안목을 버리고 새로운 안목으로 올라서는 법을 가르쳤던 것이다.

젊은 날에 만나야 할 스승과 책

권술용

최근 '젊은 날에 만나야 할 스승, 정신의 수소폭탄 시인 함석헌'
이라는 책 소개가 나온 것을 보았다. 가치관이 정립되지 않은 젊
은 날에 올바른 스승, 위대한 스승을 만나 그 큰그릇에 자기를 대
입시켜 성장해야 한다는 것이었다. 나는 10대의 후반에 이미 위
대한 스승을 만났다. 그것도 공동체생활 속에서 직접 모시며……
일생일대의 행운이 아니겠는가!

온 세상의 번뇌를 혼자 앓고 있는 양 가슴앓이를 하던 만 18세
때 교회학교 선생님이셨던 지금 '평화의 마을' 김종태 원장님 소
개로 천안 씨올농장의 함 선생님을 찾아간 것이다. 김종태 원장
님은 중앙신학교 사회사업과 졸업반 때 학교를 중퇴하고 친구와
함께 씨올농장에서 일을 하고 계시다가 안내를 해주신 것이다.
그해 여름 『사상계』에 「생각하는 백성이라야 산다」는 논설로 보
안법에 걸려 구속되었다가 석방되신 후 "혼의 힘을 길러야 한다"
고 설파하시던 그 '씨올농장'은 전국의 뜻있는 젊은이들이 스승을
찾아 모여든 곳이었다. 새벽 네시 기도회를 마치고 황토밭을 일

구고, 우마차를 끌고 「저 높은 곳을 향하여」를 부르며 천안 시내의 똥이란 똥은 모두 우리 차지인 양 푸러 다니고, 밀기울 죽을 먹으면서도 기가 펄펄 살아 있던 씨올농장은 지금 생각하면 평화와 인권운동의 요람지였다.

그 시절 대학생, 청년들이 『사상계』를 끼고 다녀야 지식인 행세를 했던 시절, 지금은 중장년층 이상이 되어버린 우리 사회 각계의 지도층 인사들 가운데 직간접적으로 함 스승의 글과 말씀에 영향을 받지 않은 이가 있을까 싶다. 안병욱 교수가 「한국을 비추는 두 등불」이란 제목으로 춘원 이광수의 『민족개조론』과 함석헌 선생님의 『뜻으로 본 한국역사』 두 책을 소개한 것이 기억난다. 난 옛 판본인 『성서적 입장에서 본 조선역사』를 18세 때에 밤샘으로 읽으면서 감동한 적이 있었다.

그 후 『뜻으로 본 한국역사』로 개작되어 나온 책을 다시 읽으며 새로이 감동할 수 있었다. 식민지사관이나 교과서에서 읽었던 미화되고 왜곡된 역사, 한줌도 안 되는 지배세력들에게 착취당해 고향을 저버리고 유리 걸식하며 화적떼가 되어버린 조선 후반기의 피폐할 대로 피폐한 민중들의 억울한 삶……. 그 옛날 광채 나는 흰옷 입은 무리가 한반도에 나타났다. 그리고 그 넓은 만주벌판을 말달리던 고구려의 기상이 있었다. 그러나 조선조에 이르러서는 수레의 중축이 부러진 역사로 전락했다.

한국의 역사를 고난의 역사로 규정하셨다. 고난을 기본으로 한 한국의 역사는 뜻으로 새롭게 보고 뜻으로 해석하고 뜻으로 출발하는 역사여야 한다고, 고난의 역사는 피폐할 대로 피폐하여 세계 역사의 길거리에 나앉은 늙은 갈보 같은 부끄러운 역사라고 했고, 수난의 여왕이라고 갈파하였다.

함 스승은 광야에서 외치는 소리, 한국의 간디, 우리 시대의 양심, 민중의 대변자, 지사적 사상가, 민족혼에 뿌리박힌 역사가, 겨레의 예언자, 민권운동가, 씨올의 대변자, 민족의 스승, 종교가, 언론인, 싸우는 평화주의자 등 수많은 호칭이 있다. 18세에 위대한 스승을 만나 공동체생활 속에서 모시며 씨올농장을 거쳐 강원도 진부령 씨올개척농장 시절, 산화(山火)로 책임을 지고 교도소로 간 일, 제대 후 토담집을 지어(강원도 대진) 야학하던 시절, 그 후 다시 천안 씨올농장 시절이 이어졌다. 그 먼 강원도 산간 길을, 야학당 토담집을 스승께서는 몇 차례씩 찾아오셨다. 호랑이를 그리다가 고양이밖에 못 그렸다던가, 평생을 가까이서 멀리서 모시고 살았건만, 인물 되기를 게을리한 탓에 뜻을 잃고 헤맨 중년 시절, 뜻을 키우고 갈고 닦은 이들은 사회 각계에서 빛을 발하고 있는데 이제 이 나이에 겨우 사회복지의 언저리에 어정쩡하게 서 있는 자신을 돌아보면 스승께 죄송하고 스스로의 용렬함에 깊은 탄식을 금할 수 없다. 그러나 내가 사업에 여러 번 실패하고 어두운 골목길 진흙탕을 헤맬 때에도 내게는 빛나던 젊은 날이 있었고, 스승의 감동 어린 글들은 다시 나를 붙잡아 서게 하는 힘이 될 수 있었으니 올바름과 반듯함이 무엇인지 깨우치는 바가 있다.

그렇다! 뜻으로 본, 뜻으로 사는, 뜻의 역사를 이루는 뜻을 가진 사람만이 불의한 시대를 보상하고 새 시대를 열어가는 주역이 될 것이다. 사람은 관계 속에서 살아간다. 일생을 통해 많은 사람을 사귀고 스승을 만난다. 많은 책을 읽어 정신의 양식을 삼는다. 그러나 그 중에도 위대한 스승을 직접 혹은 책을 통하여 만남으로써 우리는 인생의 전환점을 맞기도 한다. 젊은 날 올바른 역사관을 갖는다면 역사의식과 시대의식에 눈떠 가치관을 정립하고 혼탁한 시대를 지혜롭게 헤치고 나갈 수 있으리라 믿으

며 평화의 마을 식구들에게 『뜻으로 본 한국역사』 이 책 한 권
을 꼭 권하고 싶다.

씨올을 사랑한 바보새
곽분이

분단 이후 첫 남북정상회담을 열어 55년간 닫혔던 땅, 막혔던 입을 열었다. 「북한 동포에 보내는 편지」 가운데 함 선생님 말씀이 생각난다.

남은 북을 믿고 북은 남을 믿고 일어섭시다. 빨리 일어설수록 좋습니다. 그러나 준비가 못 됐거든 서둘지 마십시오. 봄이 와야 싹은 납니다. 그 대신 올 때까지는 아무리 기다려도 걱정은 없습니다. 다만 속이 썩지만 마십시오…….

이 말씀 하신 지도 수십 년이 지났다. 그는 한 시대를 뛰어넘어 우리에게 언제나 큰 비전을 주신다.

이제 이산가족의 만남이 이루어지게 되었다. 함 선생님의 두고 오신 가족과 고향 평북 용천을 생각한다. 서울대학병원에서 투병하실 때, 병석에서조차 북한 고향을 그리시며 침대에서 벌떡 일어나 수건을 목에 거시고는 "저기 아버님이 오시는데 마중을 나가야 한다"는 것이었다. 생전에 언젠가 늙으면 자주 어릴 적 생각이 나고 고향 꿈을 꾼다 하시면서 "나도 이제 갈 때가 되었나 보다"라고 직접 말씀하시는 것을 들은 적이 있다.

대수술을 받으실 때 나는 워싱턴에서 금식기도를 했다. 수술이 성공적이기를 간절히 기도했다. 그리고 그해 1987년 15년 만에 귀국해서 선생님께 병문안을 갔다. 그리고 선생님은 기적적으로 일어나셨고, 강연·강의·회견 등 맹활약을 하셨다. 나는 다시 미주로 떠났다. 하지만 1988년 다시 병원에 입원해 투병하시기 시작했고 나는 또다시 서울에 돌아와 선생님을 뵈었다. 이제 마지막일지도 모른다는 생각에 불안했다. 그리고 돌아올 결심을 하고 있던 중에 대전에 있는 한성신학대에 교수 자리가 마련되어 영구 귀국을 준비하다가 선생님의 타계소식을 접했다. 그렇게도 임종을 지키려 했는데. '씨올을 사랑한 바보새' 함 선생님은 그렇게 가셨다. 그리움과 슬픔으로 가슴이 아렸다. 내 속에 넘어가는 석양 빛처럼 그 황금빛을 남기고, 선생님은 '수평선 너머'로 가셨고, 이제 소리 없는 빛으로 이 역사 속에 다시 오실 것을 믿는다.

나는 이화대학을 졸업하고 등짐을 지고 농촌으로 갔다. 그곳은 북한이 가깝게 보이는 강원도 고성군 간성면 탑동리 선유실 마을이다. 강원도는 이대 자매마을로, 방학 때면 농촌계몽운동으로 봉사활동을 다니던 곳이다. 이곳에서 나는 먼저 온 선배와 함께 학교를 짓고 초등학교 과정을 가르치고 교회학교도 열었다. 선유실 안반덕 골짜기에서 모여드는 아이들을 가르쳤다. 각 가정이 여기저기 흩어져 있는 작은 마을이었다. 전혀 교육의 혜택을 받지 못한 문맹 마을이었다. 농사와 화전을 일구어 감자와 옥수수로 생계를 이어가는 그런 가난한 농촌이었다. 그때 나는 어쩌면 이 골짜기에서 그들과 함께 영원히 살지도 모른다는 생각도 했다. 그렇게 내 공동의 삶이 시작된 곳은 강원도 선유실이다.

20대 초반 나는 그곳에서 내 일생 일대 전환을 일으킨 한 분, 큰 스승, 함석헌 선생님을 직접 처음 뵈었다. 선유실에서 4, 5킬로미터 올라가면 안반덕이 있고, 그곳에 씨올농장이 있었다. 안반덕은 아름다운 골짜기 마을이다. 선생님 제자들이 농사를 짓고 있었다. 비록 마을은 떨어져 있었지만 우리는 가까운 이웃이 되었다. 박 정권 초에 시국이 시끄럽고 수상하면 함 선생님은 이곳을 은신처삼아 잠깐 쉬러 오셨다. 안반덕 씨올농장은 선유실을 거쳐 가야 한다. 선생님이 오시면 강원도 산골짜기에 빛과 생명이 솟는다. 그리고 우리는 선생님 말씀을 들으려고 모였다.

흰 두루마기에 하얀 수염을 날리며 안반덕 농장을 향해 산골길을 걸어가시는 선생님의 모습은 동화 속에 나오는 산신령, 도사 같았다.

선유실, 안반덕 씨올농장에 오신 선생님의 모습이 지금도 생생하다. 깜박거리는 호롱불 아래서 중국 고시를 해석해주시고 생각을 깊게 해주셨다. 그때는 선생님은 내게 철인이요 시인이었다. 뜨거운 여름 길, 골짜기에 흐르는 물로 얼굴을 씻고 그 손으로 흐르는 물을 마시면서, 또 이 풀 저 풀 뜯어 맛을 보신다. 그때는 청빈한 농부 같았다. "소가 먹을 수 있으면 사람도 먹을 수 있다"는 믿음이시다. 씨올농장 아궁이에 장작을 넣으며 불을 때시던 모습은 어느 절간의 스님 같기도 했다. 두 무릎을 꿇고 앉아 명상하시며, 찬송가를 1절부터 4절까지 가사를 암기하여 목청 높여 부르실 때는 순진한 예수쟁이 같았고, 믿음 좋은 목회자의 모습 그대로였다. 선생님과의 만남은 이제까지의 내 존재를 흔들어놓았다.

당대 지성지였던 『사상계』를 통해서 이미 선생님의 글을 읽었지만 『뜻으로 본 한국역사』에서 고난의 역사로 본 관점은 새롭게 내 마음에 와 닿았다. 그리고 우리 역사를 다시 읽는 계기가 되었다. 깜박거리는 등잔불 밑에서 선생님이 쓰신 글들을 읽으면서 새로운 깨달음이 있었다. 민족을 생각하고, 역사를 이해하고, 인간의 고뇌 같은 것을 다시 느끼는 날들이었다.

선생님이 번역하신 칼릴 지브란의 『예언자』를 읽으면서 선생님의 철학과 신학과 역사관을 이해하게 되었다. 그러면서 지금까지 내가 고수했던 신앙이 흔들리기 시작했다. 함 선생님은 내 신앙의 허점을 찔렀고, 내 영혼은 다시 깨어남을 느꼈다. 선생님은 내 삶의 방식을 뒤흔들어 놓았고, 나는 내 신앙을 반성하며 내가 가지고 있던 모든 관념을 비판하기 시작했다. 그 후 나는 전통 기성교회를 떠나 퀘이커, 종교 친우회 모임에 나가게 되었다.

한신대에 편입해서 다시 신학공부를 시작했다. "자유, 평화 위해서 조국을 지킵시다"로 시작되는 파월장병 노래가 울려 퍼지던 군사정권하에서 월남파병반대운동, 삼선개헌반대운동에 몸으로 말씀으로 참여하신 선생님의 뒤를 이어 한신대 수유리 캠퍼스에서 시위가 시작되었다. 4·19 때 침묵했다는 자책감에서 한신의 데모는 단식투쟁으로까지 이어졌다. 이것이 나의 최초의 시위 참여였다. 선생님과 뜻을 같이한다는 동지의식도 있었다. 이런 와중에 막사이사이상을 수상한 장준하 선생의 『사상계』가 군부의 힘에 의해 폐간되었다. 장준하 선생이 "이 나라의 부정부패의 원흉은 바로 박정희"라고 서슴지 않고 말했기 때문이다. 함 선생님과 장준하 선생님, 이 두 분은 뜻을 같이하는 이 민족의 민주화와 통일의 동지요 투사였다.

『사상계』가 폐간당하자 함 선생님은 "세계 언론이 인정하는 막사이사이상을 받은 한국의 『사상계』가 어디로 갔느냐고 세계 사람들이 묻는다면 그들에게 부끄럽고 창피한 일이다"라고 애통해하셨다. 우린 함께 발을 굴렀지만 속수무책이었다. 『사상계』가 폐간당하고 장준하 선생님은 감옥에서 신민당 국회의원으로 옥중 출마를 했다. 함 선생님은 장 선생님의 옥중 당선을 위해 지지 강연에 나섰다. 나는 선생님 강연회에 좇아다니면서 나라를 사랑한다는 것이 무엇인지, 정의가 무엇인지 몸으로 배웠다. 함 선생님 강연은 청중들을 완전히 사로잡았다. 그의 강연에는 청중들을 울리고 웃기는 감동과 진실이 있었다. 그의 카리스마적인 리더십이 장 선생님을 옥중 당선시킨 것이다. 정의가 이긴다는 확신을 얻은 나는 너무 기뻐서 울어버렸다. 그때 장 선생님과 함 선생님은 하나였다.

70년대 초반에 함 선생님은 『씨올의 소리』를 창간하셨다. 그때 『사상계』가 폐간당하고 『씨올의 소리』가 『사상계』 역할을 담당했다고 볼 수 있다. 의식 있는 지성인들이 편집위원들로 구성되었다. 당대 양심의 소리를 내는 재야 인물들이었다. 그러나 얼마 못 가서 박 정권은 『씨올의 소리』 발간을 탄압하기 시작했다. 쓰는 글마다 검열당하고 삭제되었다. 나는 그때 편집 실무직을 맡은 사람들을 도와 교정을 보았다. 장준하 선생님도 당국자들의 눈을 피해 여관을 전전하면서 교정을 보고, 비밀히 인쇄된 『씨올의 소리』를 가슴에 품고 독자들에게 우편으로 우송하던 기억을 잊을 수가 없다. 우리들의 빼앗긴 들에는 언제나 봄이 오려는지?! 이것이 그때의 심정이었다. 겨울 공화국은 봄을 맞기까지 너무 길었다.

나는 선생님이 번역하신 『퀘이커 300년사』를 읽으면서, 또 모임에 참여하면서 퀘이커 사상을 통해 평화운동에 대한 이상을 높였다. 선생님 자신도 입으로만 비폭력이나 평화를 외치시는 것이 아니라 실제의 삶에서 평화의 이상을 실천하며 사셨다. 1일 1식 하셨던 선생님의 검소한 생활을 보고 나는 1일 2식을 하기로 했고, 선생님을 통해서 배운 간디와 노자 사상을 공부하면서 채식을 하기로 결심했다. 채식이 곧 평화의 이상을 높이는 작은 실천이라 생각한다. 육식을 하지 않는 것은 동물의 생명까지 존중한다는 데서 연유한다. 채식으로 소식을 하면서 세계의 굶주린 사람들을 생각한다는 동기도 있다. 퀘이커들의 신앙을 통해서 나는 평화를 위해 헌신할 것을 다짐하게 되었으며 평화교육을 내 주요 과제로 삼게 되었다.

무엇보다 내 삶과 행동의 바탕이 된 것은 함 선생님의 '씨올사상'이다. 선생님은 일찍이 우리 민족의 역사를 고난의 역사로 보고, 씨올을 고난의 역사의 주체자로 당당하게 일으켰다. 나는 선생님의 씨올사상을 통해서 인간을 보는 눈이 달라졌다. 하나님 앞에서 우리 역사의 책임적인 존재가 되어야 한다는 의식은 함 선생님의 씨올사상에서 배운 교훈이다.

씨올이란 말은 우리의 억압된 정치 상황에서 새롭게 떠올리고 있는 '민중'이란 말과 유사성을 지닌다. 그러나 그의 씨올사상은 단순히 사회 · 정치적 또는 경제적 차원에서 짓밟혀서 변두리로 밀려난 소외계층(the marginal)을 가르치는 민중이라는 개념보다 그 의미가 포괄적이고 근원적이라 할 수 있다. 민중이란 우리가 아는 대로 정치 · 경제 · 문화 · 사회적으로 억압받는 계층으로 특히 정치적 개념이며, 사회 · 정치적 차원에서는 씨올이 민중으로 표출될 뿐이다.

함 선생님에게 씨올은 사람에 대한 근원어(根源語)이다. 그것은 '난 대로 있는 사람' '맨 사람' 곧 알 사람을 가리킨다. 그가 말하는 '알'은 실(實)이요 참이다. "그 알이 이 끝에서는 나로 알려져 있고 저 끝에서는 하나님·하늘·뿌리만으로 알려져 있다." 하나님의 형상대로 창조된 그 모습을 의미한다. 모든 사람이 씨올로서 살게 하기 위하여 씨올을 짓밟는 그 어떤 것에도 함 선생님은 서슴없이 대든다. 그것이 정치체제든 경제구조든 윤리든 종교든 조금도 가리지 않고 말로, 글로, 아니 온몸으로 대든다.

선생님의 씨올사상의 핵심은 스스로 함에 있다. 스스로 함은 생명의 기본원리이며 씨올의 근본원리다. 여기서 스스로 한다는 것은 결코 저절로 된다는 말이 아니다. 끊임없이 자기를 초월한다는 말이다. 자기 초월은 스스로 자유로움이며 자신의 주체성을 확립하는 것이다. 그래서 씨올사상은 제 힘으로 서서 주체적으로 살자는 주체사상이다. 이러한 주체사상은 나의 자주성을 지킬 뿐만 아니라 너의 자주성을 존중한다. 따라서 씨올사상은 인간의 자주성을 짓밟는 물리적 제도적 폭력에 저항한다. 주체성을 위한 저항에서 투쟁성이 나온다. 이 투쟁은 스스로 하는 삶을 유린하는 폭력에 대항하는 투쟁으로 평화를 위한 투쟁이다. 선생님에게 평화란 주체적 삶의 실현이며 이웃의 자주성을 존중하고 지켜주기 위한 투쟁이다. 씨올들의 주체적 삶을 유린하는 것을 반평화적이며 반생명적 폭력으로 규정한다. 씨올을 역사의 주인으로 내세웠고, 씨올을 통해서, 씨올의 각성으로 역사는 변화된다고 믿었다. 그러나 언제나 씨올은 힘있는 자들에 의해 억압받고 착취당해왔다. 그러나 하나님은 그들 편에 서서, 그들을 통해서 역사하신다. 선생님은 씨올을 그의 생명처럼 사랑했다. 그리고 씨올을 믿고 씨올에게 미래를 걸었다. 하나님 앞에서 우리 역사의 책임적인 존재가 되어야 한다는 의식은 선생님의 씨올사상을 통해서 배운 교훈이다.

이러한 함 선생님의 씨올사상을 통해서 예수의 평화사상, 노장사상, 간디의 비폭력 저항운동의 의미를 더욱 깨닫게 되었다. 그리고 하나님 믿음은 나를 속박하는 것이 아니라 참과 사랑에로 나를 해방함을 깨달았다. 그의 씨올사상 속에는 동양의 노장사상과 서양의 기독교 신앙, 민족혼과 새 인류의 꿈이 담겨 있다.

나는 60년대 선생님이 나가시는 퀘이커 예배 모임, 70년대에 선생님이 인도하시는 노자·장자 모임에 열심히 좇아다녔다. 내 깨달음이 더디기는 했지만, 오늘 나를 주체적인 여성의 정체성을 가지고 여성신학과 평화교육의 밑돌을 놓게 해주셨다.

나는 씨올 속에 하나님의 빛이 있기 때문에 자기 초월이 가능함을 노동자 전태일의 분신자살을 보면서 확인했다. 1970년 11월 13일, 20대 젊은이 전태일의 죽음은 평화시장, 노동자들의 현장으로 우리의 눈을 돌리게 한 최초의 사건이었다. 전태일의 죽음은 노동자들의 노동착취와 고통에 찬 그들의 현실을 몸으로, 죽음으로써 세상에 알리는 계기가 되었다.

그가 죽은 즉시 그의 죽음을 헛되지 않도록 세상에 알리고, 부활시킨 분이 바로 함석헌 선생님이다. 함 선생님은 '씨올의 소리' 주체로 전태일의 죽음을 추모하는 그 첫번째 모임을 경동교회에서 가졌다. 그 후 전태일의 추모 모임은 '씨올의 소리' 주체로 계속되었다. 오랫동안 침묵을 지켜왔던 교회들은 그 사건을 계기로 입을 열게 되었고 깊은 잠에서 깨어났다. 목사들은 정신을 차리고 NCC가 눈을 떠서 인권위원회를 두고 산업선교회가 생겨났다. 부활은 혼자서는 불가능하다. 부활이야말로 더불어 함께 일어나는 것을 그때 깨달았다. 함 선생님의 사회운동은 씨올운동인 것이다.

씨올은 결코 죽지 않는다고 말씀하신 대로 선생님은 오늘 우리 민족과 함께 역사 속에 살아 계시다. 민족이 어둡고 험난한 가시밭 길을 헤맬 때에 언제나 우리 앞에서 "생각하는 백성이라야 산다"고 말씀하시며 필봉과 온몸으로 싸워오신 선생님을 생각하면서 옷깃을 여민다. 제한된 글 속에 선생님에 대한 회고를 다 담을 수는 없다.

선생님 자신의 호는 '바보새'다. 영어로는 'albatross'다. 이것은 북태평양 위를 높이 나는 새, 우리말로는 '바보새', 한자 표기로는 신천옹(信天翁)이다. 선생님 자신이 붙인 호(號)의 의미는 그의 삶과 사상을 전부 상징하는 것으로 이해된다.

금년(2000년 2월 4일)이 선생님 작고하신 지 11년째 되는 해다. 그리고 내년 3월 13일이면 선생님 탄생 100주년이 된다. 날수로 32,106일, 햇수로 88년을 사시면서 씨올을 사랑하며 씨올을 위해 평생을 사셨다. 함석헌씨올기념사업회에서는 선생님 탄생 100주년을 기념하는 사업들을 준비하고 있다. 그리고 문화관광부에서는 내년, 문화의 달에 함 선생님을 문화인물로 선정했다는 기쁜 소식이 있다. 선생님 탄생 100주년은 의미 있는 씨올행사가 될 것으로 믿는다. 선생님은 지금도 우리들에게 역사의 주체자로서 옹근 씨올의 역할을 다하기를 바라고 계실 것으로 믿는다.

선생님은 정신의 수소폭탄
송현

고등학교 졸업할 무렵엔가 표지가 떨어져 나간 무슨 잡지의 화보에서 함석헌 선생님을 처음 뵈었다. 하얀 고무신에 흰 두루마기를 입고, 흰 수염을 날리며 서 있는 멋쟁이 할아버지였다. 그 뒤 선생의 자서전 『죽을 때까지 이 걸음으로』를 읽고 느꼈던 벅찬 감격, 그 뒤에 선생님의 저서 가운데 저 유명한 『뜻으로 본 한국역사』를 읽고 받은 충격은 내 일생에 커다란 변화를 가져온 값진 충격이었다. 개인적으로 내게 이 책은 『성경』과도, 『팔만대장경』과도 바꿀 수 없을 만큼 귀중하다.

장기려 박사가 주관하던 '부산모임'에 한 달에 한 번씩 함 선생님이 오신다는 소문을 듣고, 나는 선생님이 오시는 날을 손꼽아 기다렸다. 그때 나는 부산의 어느 중학교에서 국어선생 노릇을 하고 있었다. 마침내 부산에 선생님이 오셨다. 선생님께 내 소개를 하고는 책장마다 붉은 밑줄이 줄줄이 그어진 『뜻으로 본 한국역사』를 내밀며 사인을 해달라고 하였더니, 선생님은 나보다 더 멋쩍어하시면서 빙그레 웃는 얼굴로 사인을 해주셨다.

아마 1973년 겨울이지 싶다. 한국신학대 학생들이 모두 박 정권에 반대한다는 의미에서 삭발을 하였다. 그러자 교수들도 다 삭발을 하고, 마침내 김정준 학장도 삭발을 하였다. 그러자 함 선생님이 학생들을 격려하러 한국신학대학에 들렀다가 돌아오시는 길에 고대 이발관에 가서 삭발을 하셨다. 이 소식을 나는 부산에서 여러 날 뒤에 들었다. 이름 없는 사립중학교 국어 선생인 나 같은 미미한 존재가 박 정권에 반대하여 삭발한다는 것은 그때 사정으로는 지방신문 1단 기사감도 되지 않았지만, 나도 선생님의 뜻에 따라 삭발을 하였다. 그때 나는 비틀스보다 더 긴 장발이었는데, 나의 삭발은 학교에서 큰 파문을 일으켰다.

이듬해인 1974년에 나는 서울 서라벌고교로 자리를 옮겼다. 일요일 오후 세시에 명동 가톨릭 여학생회관에서 함 선생님이 강의하시는 성경모임에 처음 나갔을 때 일이다. 첫 시간이라 그날 나온 사람들이 돌아가면서 자기 소개를 하게 되었다. 사람은 외양으로 평가해서는 안 된다는 말이 실감이 날 정도로 거기 나온 분들은 대부분 겉은 참 소탈했지만 다들 대단한 분들이었다. 내 차례가 되어 주눅들린 목소리로 내 소개를 더듬거리며 하면서 속으로 이런 생각을 했다.

'여기 나온 분들이 모두 대단한 분들 같은데, 나도 이분들보다 무엇이거나 한 가지 더 잘하는 것이 있어야 할 게 아니야. 내가 이분들보다 잘할 수 있는 것이 무엇일까?'

아무리 생각해보아도 그들보다 더 잘할 수 있는 것이 있을 것 같지 않았다. 그래서 마침내 나는 이렇게 결심을 했다.

'좋다, 선생님 말씀을 듣는 수업태도라도 내가 1등을 해야지!'

나는 의자 안쪽까지 엉덩이를 밀어넣고, 턱을 바싹 당기고 선생님 말씀을 들었다. 나는 이 결심을 선생님이 돌아가시는 날까지 지켰다.

그때가 1974년이지 싶다. 명동 성경모임 식구들이 선생님을 모시고 다산 정약용 선생 묘소에 참배를 갔을 때 사진을 찍었다. 사실 나는 오래 전부터, 정확히 말하면 10년도 더 전부터 선생님과 사진을 한 장 같이 찍고 싶었다. 선생님이 부산 모임에 처음 오셨을 때도 내가 넉살만 좀 좋았더라도 충분히 사진 한 장은 찍을 수 있었다. 아니 그보다 더 전에 부산에 시국강연하러 선생님이 오셨을 때도 찍을 수는 있었다. 어중이떠중이까지도 선생님과 사진 찍기를 좋아했고, 이미 수많은 이들이 선생님과 사진을 찍곤 했다. 그런 광경을 수없이 보면서도 나는 존경하는 선생님 옆에 설 자격이 아직 없다는 생각 때문에 참고 참았다.

그날 명동모임 식구들이 선생님을 모시고 다산 선생 묘소에 참배를 갔을 때 날씨가 참 좋았다. 잔디밭도 좋았고 전망도 좋았다. 그래 그런지 여러 사람들이 선생님과 사진을 찍었다. 일행들 중에는 나보다 훨씬 오랫동안 선생님을 모신 분들도 적지 않았다. 나도 선생님을 따라다닌 것이 근 10년은 되었으니, 이제 10년이란 햇수를 담보로 선생님 옆에 서서 사진 한 장은 찍어도 되지 않을까 하는 생각을 하였다. 내 군번도 사진 한 장 찍을 군번은 되지 싶었다. 이런 생각을 하니 갑자기 죄지은 사람처럼 가슴이 쿵쿵 뛰기 시작했다. 다른 사람들이 사진을 다 찍을 때까지 기다렸다. 찍을 만한 사람들은 다 찍고 나자, 나무 밑에 선생님 혼자 동그마니 남게 되었다. 나는 때는 이때다 하고 선생님 곁으로 다가갔다.

"선생님! 드릴 말씀이 있습니다."

"?"

"저는 오래 전부터 선생님과 함께 사진 한 장 찍고 싶었습니다. 선생님과 사진을 같이 찍고 싶은 마음을 10년 가까이 간직하고 있었습니다.”

더듬거리며 이 말을 하는데 내 얼굴이 화끈거리며 벌겋게 달아올랐다. 선생님은 아무 말씀도 하지 않으시고 빙그레 미소를 지으시면서 내 손을 꼭 쥐어주셨다. 이런 절차를 밟아서 사진을 찍었다. 그 뒤에는 선생님과 여러 장 사진을 찍었다.

1989년에 김형윤 씨가 사장으로 있던 출판사 대원사와 나는 어린이용 위인전 가운데 『함석헌 선생』의 집필 계약을 하였다. 내 젊은 날 피끓는 가슴으로 선생님을 만나, 내 삶의 근본을 뒤흔들고, 내 인생관과 역사관의 기틀을 바로잡는 데 가장 큰 영향을 미쳤던 함 선생님의 위인전을 내가 쓰게 되었다는 것이 좀처럼 믿어지지 않았다. 내가 그 동안 모았던 선생님에 관한 각종 자료와 내 가슴속에 살아 있는 선생님의 사상과 믿음 등을 바탕으로 좋은 위인전을 쓸 자신이 있었다. 나는 선생님의 위인전을 쓰기 시작했다. 그 무렵 나는 공교롭게도 ‘대원불교대학’에 입학하여, 불교를 공부하던 중이었다. 내가 불교에 대해서 알면 알수록 함 선생님의 위인전을 쓰는 데 혼란이 생기기 시작했다. 내가 불교에 대해서 전혀 모르던 때의 함 선생님과 불교를 조금씩 알게 된 뒤에 함 선생님의 모습이 점점 달라졌기 때문이다!

‘아! 정말 큰일 날 뻔했구나! 나는 그 동안 선생님의 또 다른 면은 몰랐구나! 선생님을 제대로 그리려면 불교에 대해서도 더 공부해야겠고, 장자나 노자 등에 대해서도 더 공부를 해야겠구나! 내 어설픈 밑천으로 선생님 위인전을 쓰면 도리어 선생님을 욕되게 하겠구나!’

나는 이런 사정을 출판사측에 설명하고, 내가 공부를 더 해서 제대로 된 위인전을 쓰면 그때 다시 계약하기로 하고, 받았던 돈도 돌려주고, 출판 계약을 해약하였다. 내가 공부를 하면 할수록 선생님은 점점 더 거인으로 다가와 어느 세월에나 선생님 위인전을 쓸 수 있을지 의문이다.

사실 많은 사람들이 선생님이 시인인 줄 잘 모른다. 알아도 어느 한 면만 알고 있다. 이것은 선생님이 너무나 방대하기 때문이다. 그래서 선생님을 제대로 아는 이가 흔치 않다. 그런데 특히 선생님이 위대한 시인이라는 사실을 아는 이는 더더욱 많지 않다. 나는 선생님이야말로 위대한 정신을 가진 놀라운 직관의 시인이요 예언자 같은 대시인이라고 본다. 이 나라 역사에서 '시인 함석헌'을 가졌다는 것은 우리 민족의 크나큰 축복이요 자랑이 아닐 수 없다.

나는 이 땅의 젊은이들에게 '시인 함석헌'의 면모를 소개하고 싶어서 부족하지만 선생님 탄신 100주년을 기념하는 뜻에서 서둘러 『젊은 날에 만나야 할 시인 함석헌』이란 책을 썼다. 이 땅의 젊은이들이 나이 한 살이라도 덜 먹었을 때, 정신의 수소폭탄과 같은 함석헌 선생을 하루라도 빨리 만나서 '정신의 수소폭탄' 파편에 한번 맞아보기를 간곡히 바란다.

시대의 예언자

유석성

　나는 대학시절부터 스승으로 생각한 두 분의 선생님이 계셨다. 그 두 분은 장공 김재준 목사님과 함석헌 선생님이다. 두 분으로부터 학교 강의실에서 학점을 받은 일은 없지만 언제나 나의 가슴 속에 스승으로 남아 있다. 1970년, 두 분 선생님은 각각 『제3일』과 『씨올의 소리』를 창간하셨다. 이 두 잡지는 나에게 교과서 아닌 교과서였다. 두 월간지를 통해 강의실에서 배우지 못한 시대정신, 역사의식, 사회의식을 키울 수 있었다.

　내가 함석헌 선생님의 성함 석 자를 처음으로 본 것은 중학교 1학년 때 어느 서점에서 한복 입고 수염 기른 모습의 사진이 담긴 책에서였다. 흡사 19세기 어르신 같은 특이한 모습이 인상적이었다. 그분의 책을 보니 어문일치 구어체의 낯선 문체가 이상하게 느껴졌다. 그 후 한일회담 반대시위 때 신문에서 그분의 사진과 기사를 읽은 것 같다. 그 후 대학에 입학하여 70년 4월 홍사단이 있던 대성빌딩에서 사월혁명기념강연회가 열렸다. 그날 함석헌 선생님이 강연회 연사로 나오셨는데 그 강연회장에서 함석헌 선생님을 처음으로 뵈었다. 그날 청중들에게 큰 감동을 주시는 말씀을 하셨다. 강연회가 끝난 후 『씨올의 소리』 창간호를 강연회장에서 구입하였다. 그날부터 함석헌 선생님이 강연하시는 곳에 열심히 찾아다녔고 『씨올의 소리』는 70년대 내가 애독하던 잡지가 되었다. 그때 매달 『씨올의 소리』를 기다리며 지냈고 이 잡지는 내게 세상 보는 눈과 진리를 탐구하며 사는 길을 안내해 주었다. 당시 열심히 읽었던 잡지로는 『씨올의 소리』와 『제3일』 외에 안병무 박사님의 『현존』 『기독교사상』 『신학사상』 『창작과 비평』 『문학과 지성』, 그리고 중간에 폐간된 『다리』 『창조』 등이 있다. 『사상계』는 이미 폐간된 상태였다.

함석헌 선생님께서 매주 강의하시는 고전강좌에도 나가보았다. 『장자』 강의 때였는데 그날은 『장자』 강의는 아니 하시고 굴원(屈原)의 「어부사」(漁夫辭)를 강의하셨다. "온 세상이 다 흐렸는데 나 혼자 맑았고 뭇사람이 다 취했는데 나 홀로 깨어 있다"는 말씀을 풀어주신 기억이 난다. 굴원의 모습 속에서 역사에 대답하고, 죽음으로 항의하는 자의 모습을 강조하셨다. 함 선생님의 고전강의가 삼민사에서 『하늘 땅에 바른 숨 있어』라는 책으로 나왔는데 한승헌 변호사님의 권고로 내가 서평을 쓰기도 했다. 또한 함 선생님이 번역하신 칼릴 지브란의 『예언자』는 내 정신의 양식이 되었다.

내 일생 참으로 감명 깊었고 오늘도 학생들에게 강의시간에 추천한 『뜻으로 본 한국역사』를 읽게 되었다. 이 책은 주지하다시피 본래 『성서적 입장에서 본 조선역사』로서 이미 일제시대 때 강의한 내용을 정리한 것이다. 성서적 관점에서 한국역사를 기술한 이 책은 신학도인 나에게 우리 역사를 어떻게 볼 것인가 하는 새로운 관점을 열어주었다. 우리 역사를 고난으로 해석한 관점이 독특했다. 『구약성경』「이사야」제53장 고난의 장(章)의 정신을 한국역사에 응용한 것이라 느껴진다. 이 고난은 신학적으로 중요한 문제이다. 고난은 예수의 십자가 사건을 이해하는 핵심개념으로서, 예수를 따른다는 것은 자기 십자가를 지고 따르는 것이요 그것은 곧 고난의 길을 의미한다. 고난 없이는 신을 인식할 수 없다.

이러한 사상은 '십자가 신학'(theologia crucis)으로서 종교개혁자 루터가 주장하였고, 현대 20세기에는 디트리히 본회퍼가 고난의 문제를 신학화하여 전개하였으며, 튀빙겐 대학교의 위르겐 몰트만 교수가 그의 저서 『십자가에 달린 하나님』을 통하여 심화시켰다. 나는 독일 튀빙겐 대학교로 유학 가서 몰트만 교수님의 지도로 본회퍼에 관한 학위논문을 쓰면서 이 고난의 문제를 깊이 생각해볼 기회가 있었다. 20세기에 고난의 문제를 처음으로 신학화한 학자는 본회퍼라고 평가받는다. 그는 1930년대 제자직과 십자가의 문제를 다루면서 예수를 따라가는 길은 십자가를 지는 길이고 그것은 고난의 길이라고 한 것이다.

일본의 기타모리 가조는 제2차 세계대전 중에 『하나님의 아픔의 신학』을 펴낸 일이 있다. 그러나 함석헌 선생님이 1932년부터 쓰시기 시작한 『성서적 입장에서 본 조선역사』의 고난사관은 함 선생님의 혜안과 탁월함을 보여준다. 1956년 1월 『사상계』에 「한국기독교는 무엇을 하고 있는가」를 시작으로 한국기독교와 이 사회에 던진 말씀은 아모스와 미가, 이사야와 같은 예언자의 음성이요 빈 들에서 외치던 세례 요한과 같은 들사람의 음성이었다. 물량주의 · 기복주의 · 현실도피주의에 빠져 있고, 소금과 빛의 역할인 사회정의 실현에 빈곤한 한국교회에 함 선생님의 말씀은 여전히 유효하다. "재목은 숲에서 나고 인물은 종교의 원시림에서 얻을 수 있다"(전집 14권 116쪽)고 한 함 선생님의 말씀처럼 기독교는 이 시대를 위한 인물을 얼마나 기를 수 있을까?

함 선생님은 생각하는 백성이라야 산다고 말씀하셨다. 우리 민족에게 부족한 것이 깊이 생각하는 "사고함"이 부족하다고 하였다. 이 민족에게 필요한 말씀이다.

독일에서 꿈을 꾸었다. 함 선생님이 돌아가시는 꿈이었다. 그때가 아마 1986년이라고 생각된다. 나의 무의식 속에 함 선생님이 오래 사시기를 바라는 마음이 있었던 것 같다. 꿈을 깨고 나서 그것이 현실이 아니고 꿈이었다는 사실을 얼마나 다행스럽게 생각했는지 모른다. 적어도 내가 공부를 끝내고 돌아갈 때까지만이라도 살아 계셔서 한번 뵙고 싶었고 말씀도 듣고 싶었다. 그러나 함 선생님은 88올림픽이 끝난 후 1989년 2월 4일 돌아가셨다.

이제 더 이상 그 준엄한 예언자적 말씀도, 동양고전풀이도, 길게 말씀하시는 강연의 말씀도 듣지 못하게 되었다. 나는 1990년에 귀국하여 벌써 10년이 지났다. 그렇지만 지금도 어디선가 흰 두루마기를 입으시고 흰 수염을 날리며 함 선생님이 걸어 나오실 것 같고, 나는 함 선생님이 말씀을 하시는 곳을 부지런히 찾아다닐 것 같은 착각에 빠진다.

함석헌 선생님이 나에게 가르쳐주신 것은 역사에 대한 관심과 동양사상의 귀중함, 그리고 비폭력에 대한 평화사상, 끝없는 저항의 정신, 민중을 향한 애정과 역할, 그리고 진지하게 진리를 탐구하고 신을 찾아가는 구도자적 자세이다. 파스칼은 신음하면서 신을 탐구하는 자만을 시인할 수 있다고 하였다. 오늘도 신음하면서 신을 탐구하는 사람들에게 함석헌 선생님은 부활하리라 믿는다.

선생님과 나눈 대화

서정웅

    문학을 공부하던 고려대학교를 중퇴하고, 동해안 최북단 휴전선 바로 밑의 대진이란 어촌에서, 중학교가 없는 마을에 '향우학원'을 세워 애쓰던 권술용 형을 도와 아이들을 가르칠 때였다. 우리 동네 남쪽 간성에서 산 속으로 20여 리 들어가면 나오는 국민학교도 없는 화전민 마을의 선혜학원과, 그곳에서 다시 5리 정도 산골로 더 들어가 안반덕이란 곳에서 술용 형과 함께 함 선생님을 처음 만나뵈었다. 19세 한 젊은이의 눈에 비친 함 선생님은 신선 같다는 생각이 들었다. 하얀 도포에 흰 머리카락, 흰 수염, 가볍고 빠른 발걸음, 구름같이 어디 메임이 없어 보이는 자유함이 귀하게 보였다.

    선혜학원에서 안반덕으로 선생님을 모시고 몇 제자들이 산길을 올라갈 때, 선혜학원의 곽분이 선생이 웃으면서 나를 가르키며 선생님께 물었다.

    "선생님 여기 이 청년은 천사같이 아름다운 외모를 가지고 있지만 그렇지 못한 경우도 많잖아요. 하나님이 불공평하신 겁니까?"

"외모에만 가치를 두면 하나님이 불공평하시지. 그러나 외모를 자세히 뚫어봐야 해. 그 한 껍질 밑에는 해골이 있고, 그 해골도 죽으면 다 썩어버리지. 참 가치란 그 영혼의 아름다움에 있는 거야."

대학 중퇴 후 7년간을 자유롭게 독학하던 때에 강원도에서, 그리고 서울에서 함 선생님의 집회나 모임에 자주 나가면서 선생님의 가르침을 많이 받았고, 또한 선생님의 저서들을 통해 크게 영향받았다. 독재정치에 대해 "아니" 하고 홀로 일어서시던 담대함, 원효로 4가 70번지의 선생님 댁에서 가까이 뵈며 느낀 소탈하고 고결한 삶의 자세에서 깨달은 점이 많았다.

함 선생님이 중앙신학교 강의실을 빌려 「요한복음」을 강의하실 때, 내가 곤란한 질문을 했다.

"선생님, 사람들이 기도할 때 자기 소원을 다 빌고는 '예수님 이름으로 기도합니다'고 마치는데, 예수님도 내 이름으로 무엇이든 구하면 다 들어주시마고 하셨고요, 왜 하필 예수의 이름입니까? 자기가 기도했으면 떳떳하게 자기 이름으로 하면 안 됩니까?"

함 선생님의 대답은 이러했다.

"기도 끝에 복받기 위해 주문처럼 예수 이름을 이용하는 것이 옳은 자세는 아니다. 기도의 내용이 예수님의 뜻에 합당한 것이 더 중요하다. 그리고 그 기도가 하나님의 뜻에 합당하다면 '나 아무개가 기도합니다'로 마쳐도 좋다고 생각한다."

이런 말씀은 이단자로 비난받을 수 있는 정말 담대한 말씀이었다.

한번은 향린교회에서 『성경』을 강의하실 때인데, 내가 선생님께 조용히 물었다.

"예수께서 '나'로 말미암지 않고는 하나님의 나라에 올 자가 없다고 하셨는데, 예수 이외에는 구원이 없습니까? 「사도행전」 4장에도 천하인간에 구원을 얻을 만한 다른 이름을 우리에게 주신 일이 없다고 했는데요?"

"여기서 말하는 '나'나 '예수의 이름'은 역사적 예수에게 너무 제한하지 말았으면 좋겠다. 달을 쳐다보라는데 달은 쳐다보지 않고 손가락만 쳐다보는 어리석음이 있기 때문이다. 나는 진리가 역사적으로 육신을 가지고 몇십 년 이 땅에 산 예수보다 크다고 믿기 때문이다. 문제는 내 속에 계신 예수의 영, 진리의 영이, 즉 성령이 나를 온갖 억압과 죄로부터 자유케 하는 구원, 그것이 천국까지 나를 이끌 것이라고 믿기 때문이다."

한번은 군에 있을 때 면회를 오셨다. 그때 다방에서 초라한 졸병을 앞에 앉혀놓고 말씀하셨다.

"인생은 훈련이다. 퀘이커에 집총거부나 병역거부도 있고, 너도 그 문제로 고민했지만 군대에 잘 왔다. 이 훈련을 통해서 평화의 전사로 거듭나야 한다."

원효로 집에서 선생님이 꽃을 심고 가꾸고 계셨다. 낡은 옷을 입고 흙에 더럽혀져 있는 초라한 늙은 농부처럼 보였다.

"선생님, 할 일도 많으실 텐데, 열매도 없는 꽃은 왜 가꾸십니까?"

나의 질문에 선생님은 웃으면서 대답하셨다.

"꽃은 생명이고 평화를 상징하거든. 이건 내 기도야. 이 땅의 생명들이 평화를 누리게 해주십사고 하는."

하루는 퀘이커 모임을 마치고 봉원사에 몇몇 분들과 선생님이 법정 스님을 만나 대화를 나누었다. 선(禪)에 대해서 다도(茶道)에 대해서 여러 이야기를 나누었다. 선의 역사와 장점에 대한 나와 법정 스님의 말에 선생님은 중요한 것을 지적하셨다.

"퀘이커의 명상 속에 오시는 깨달음과 선의 깨달음이 일맥상통하는 점이 있다. 그러나 선승들이 깨달음과 화두(話頭)에 치중하되 경전에 대한 학습의 바탕이 없으면 공염불이 되기 쉽다. 일본의 어떤 스님이 보시를 깊이 깨달아 탁발을 하며 상대로 하여금 자비를 베풀게 하는, 보시하는 상대가 선행을 하게 하여 공덕을 쌓게 해주는 데 일생을 보내었지. 의미가 있는 일이야. 그러나 그것이 아무리 좋아도 그것에 치중하여 스스로 땀흘려 씨를 뿌리고, 키우고, 거두는 수고가 없다면 이 역시 구름을 잡는 것같이 되기 쉽지. 그래서 노동이 중요하다고 본다."

비 오는 어느 봄날 내가 말을 걸었다.
"선생님, 저기 보세요. 공기 오염에 찌들어 시커멓게 죽은 것 같은 저 가로수들에게서 연록색 신선한 새싹이 나오는군요."
갑자기 선생님이 눈물을 흘리셨다.
"왜요 선생님?"
"저 가로수가 나라는 생각이 드는군. 그러나 신선한 새싹을 주시는 주님이 너무 고맙지 않아. 죽은 자를 살리는 부활의 주님은 너무 고귀한 분이야. 그리고 생명이란 얼마나 존귀한 것이냐. 날나리벌 알아? 풀벌레를 잡아다 둘째와 셋째 다리 사이에 딱 한 번 침을 놓지. 그리고 거기 알을 낳아놓으면 그 알들이 자랄 때까지 그 먹이는 싱싱한 채로 있게 되지. 천지를 지으시고 생명을 지으신 하나님은 너무나 오묘하시지."

잠시 기다렸다가 내가 물었다.

"퀘이커는 전통적 기독교의 예배형식과 거리가 멀지 않습니까? 퀘이커에서 선생님을 노벨 평화상 후보로 계속 추천도 해주고, 펜들힐에 유학까지 하시면서 퀘이커에 대해 느끼신 점이 많으실 텐데요?"

선생님이 빙긋이 웃으셨다.

"누구나 예배의 주체가 될 수 있는 평등의 사상이 좋고, 정직하고 친절하고 인간을 존중하는 정신이 좋아. 그러나 내가 지금 몸담을 데가 없잖아. 퀘이커를 내가 다 공감해서가 아니라, 지금 당장에는 내가 머리 둘 곳이 없지 않아."

선생님이 미국에 계실 때 평화시장 전태일 분신사건이 발생했다. 나의 편지를 받으신 선생님은 너무 가슴이 아프다고 하시면서 좀더 자세한 내용을 다시 편지하라고 하셨다. 씨올들의 아픔과 고통 때문에 머리를 깎고, 1일 1식 하던 식사마저 끊으신 일이 있었다. 돌아가실 때까지 40여 년을 1일 1식 하신 것도 씨올에 대한 사랑의 일환이었다.

어느 해 3월 선생님의 생신날이었다. 아드님 댁에 계실 때인데 많은 분들이 오셨다.

"내가 일생을 잘못 살았어."

"아니, 왜요 선생님?"

"여기 보아. 모두 다 학식 있고 지위도 있는 사람들뿐이잖아. 씨올 씨올 하면서 여기 밑바닥 씨올은 아무도 없잖아."

사람들이 다 자리를 잡고 앉자 옛날 이야기를 하셨다.

"내가 어릴 때, 어느 해 늦가을 집 뒤에 감나무에 감을 다 따고, 감이 하나가 남아 있었지. 저 감은 외아들인 내 차지인 것을 아무도 의심할 사람이 없었어. 그런데 어디 갔다와 보니 그 감이 없는 거야. 알고 보니 좀 모자라던 내 여동생이 따먹었어. 내가 막 화를 내니, 어머님이 말씀하셨어 '저것도 사람 아니냐?'"

이 말씀을 하시며 눈물을 흘리셨다. 못나고 어리석은 것까지 차별 없이 포용하는 어머님 같은 사랑이 그립다고 하셨다.

나는 40대의 중반이 되어 선생님이 돌아가시던 병상에서까지 개인적으로 많은 대화를 나누었다. 선생님을 따라 신촌 퀘이커 모임에 나갈 때였다. 하루는 예배를 마치고 봉원동 모임집을 나와서 걸어서 이화여대 운동장을 지나 이대 입구의 버스 정류소로 선생님은 나와 둘이서 걷고 계셨다. 내가 중요한 질문을 했다.

"선생님! 선생님의 일생에 가장 중요하다고 생각하시는 것을 한 글자로 요약하시면 무엇입니까?"

가시던 걸음을 멈추고 나를 쳐다보시더니 선생님이 말씀하셨다.

"'의'지. 義란 글자는 나 '我'자 위에 '羊'자가 있거든. 양은 자기 희생이지. 자기 희생이 없는 '나'는 거짓된 나야, 죄인인 나에 불과해. 그래서 세례 요한이 '세상 죄를 지고 가는 하나님의 어린양을 보라'며 예수님을 가리켰거든. 어린양의 희생의 피로 '나'가 뒤집어써야 돼. 그래야 의롭다고 인정되는 거지. 너는 나를 의인(義人)으로 생각하느냐?"

"예."

"아니야, 나는 죄인이야. 내 아내가 48세쯤 자궁적출수술을 받았거든. 그때부터 이 사람이 자기를 더 이상 여자가 아니라고 생각하는 거야. 그래서 성적으로 나를 거부하는 거지. 그리고 세월이 흘러 내가 노인이 되었는데도 사랑하고픈 불씨가 내 속에 타고 있는 거야. 어느 날 선혜학원에서 안반덕으로 그녀랑 둘이서 올라오다가 나의 외로움, 슬픔, 그리고 사랑을 고백했지. 그녀가 나를 쓸어안아 주면서 용납해주었지. 앞으로 노인층이 많아질 텐데, 삶의 진실을 영혼을 걸고 탐구하고 싶었어. 그러나 나는 괴테처럼 시인이 아니고, 신앙의 사람이잖아. 영혼의 깊은 나락에 빠져 허우적이게 되었지."

잠시 다시 걷다가 다시 나를 쳐다보시며 말씀했다.

"결국은 '의'다. 그렇다, 의인(義認)이다. 의로워서가 아니고 의롭다고 인정해주시는 거다. 그러나 또 한 차원 바울이 말하는 의에는 동의할 수 없는 점이 있어. 바울이 여성을 차별하고 성(性)을 죄악시하고 권력에 굴종하도록 가르쳤는데, 예수님의 가르침하고는 달라. 예수님은 여성을 존중했고 결혼을 귀히 보셨거든. 그리고 예수님의 복음운동은 억압받는 씨올들에 대한 해방이었어. 내가 말하는 의는 바울처럼 정신적, 감정적으로 치우친 의가 아니야. 인간을 존중하는 의, 사회를 바로되게 하는 의지. 궁극적으로 죄악과 억압으로부터 해방을 주는 의를 말해. 진리는 언제나 바닥에 있지. 그 바닥의 생명인 씨올을 생각하고 아끼는 것이 의야."

손자 같은 제자에게 자신의 아픔과 평소의 소신을 털어놓으시고는 다소 홀가분한 표정이었다.

그 후 학업을 계속하려고 선생님께 조언을 구했다. 한국신학대학에 가라고 하셨다.

"왜 한국신학대학입니까?"

"그곳은 정신이 살아 있고 훌륭한 교수들이 있어."

그래서 선생님의 권고대로 한신대학을 나와 장로교 목사가 되었다. 계속 선생님의 가르침을 받으려 모임에 좇아다녔다. 어느 날 장자모임에 조금 늦게 들어갔다. 선생님이 "저기 반자도지동 (反者道之動)이 들어오누만" 하고 웃으셨다.

마지막 병상에서, 백병원과 서울대 병원에서 선생님은 나를 잡고는 편찮으신 당신에게, 그리고 가족에게 민망할 정도로 많은 말씀을 하셨다. 그 동안 받았던 많은 가르침을 복습을 시키시나 하는 생각이 들 정도였다. 그러나 새로운 말씀도 있었다.

"한반도가 통일될 거다. 그러나 많은 피를 흘리고 통일이 될 거다. 이것은 새로운 시대가 열리는 것을 의미한다. 인류 구원의 새로운 사상이 나와야 한다. 저절로 나오는 것이 아니다. 목숨을 걸고 영혼을 걸고 찾아내야 한다. 지금 지상의 가장 악한 것은 국가주의다. 국가란 이름으로 행해지는 끔직한 죄악들이 공공연히 합법화되어 있다. 창조적 기백과 혼을 가진 참 정신이 나와야 이런 제도적이고 구조적인 죄악을 무너뜨릴 수 있다. 나는 빈 들의 소리요 바람에 불과하다. 나는 씨올을 믿는다. 역사가 나아가는 옳은 방향의 계시가 내리는 하나님의 안테나는 자유로이 생각하는 씨올의 정신뿐이다. 우주생명의 진화를 위해 씨올의 정신은 누구에게도 굴복해서는 안 된다. 의인은 세상에서 넘어져도 다시 벌떡 일어나야 한다. 회개하는 소망이 있고, 부활의 소망이 있기 때문이다. 의인을 일으켜 세우시는 하나님의 손길에서 우리를 빼앗을 자가 없다. 예수 그리스도가 죽음을 이기고 다시 일어나셔서 우리에게 영생을 주셨다. 너도 어둠의 권세와 싸워 이겨라."

연락을 받고 서울대 병원으로 새벽에 달려갔을 때 선생님은 마지막 숨을 거두고 계셨다. 정약용 묘소에 갔을 때 풀숲에 앉아 소리내어 기도하시던 선생님의 모습이 생각났다. 나는 속으로 물었다.

'선생님 마지막으로 무엇을 말씀하고 싶으세요?'

이런 생각이 떠올랐다.

'나는 사랑했다. 후회하지 않는다. 서로 사랑하며 더불어 살아라.'

내 손을 잡아주셨을 때

박종채

저는 지금 53세로 평생 농사만 지으며 살았습니다.

제가 함석헌 선생님을 알게 된 경위는 이렇습니다. 1964년 고3 어느 날 쉬는 시간이었는데 앞에 앉은 학생이 어떤 책을 펴서 옆 친구에게 보이며 "야, 이거 보라. 참 이상한 글이다" 하는 것이었 습니다. 나도 호기심이 나서 어깨 너머로 보니 언론인 오소백 씨 가 편찬한 『해방 20년사』에 실린 「생각하는 백성이라야 산다」는 선생님의 글이었습니다. 그 첫 부분을 읽는데 과연 이상한 글이 었고 더구나 작은 사진에 선생님의 쏘는 듯한 눈빛은 아주 인상 적이었습니다. 몇 줄을 읽는데 수업시작 종이 울렸고, 그 후로는 잊고 있었는데 그 이듬해 면사무소에 나갔다가 우연히 다시 그 책을 발견하여 읽고는 큰 감동을 받았습니다. 그때 저는 "내 일생 의 방향을 잡았다"는 느낌이 들었습니다. 그 후 그분의 저서와 『사상계』에 실린 글 등 구할 수 있는 글은 모두 구해 읽으며 수 없이 많은 감동을 받았습니다.

그러다가 1966년 6월 군입대 신체검사를 받으러 내려온 친구를 따라 취직을 한다고 상경하여 한 달을 고생하다 내려왔는데 그러던 중에 처음으로 선생님을 댁으로 찾아뵙게 되었습니다. 저는 당시 크게 번져가던 통일교에도 빠져 있었습니다. 재림주가 한국에 와서 우리 한국을 중심으로 인류를 구원하고 새 세계를 창조한다는 놀라운 섭리를 설좌하는데 젊은 제 가슴에 엄청난 감격을 불러일으켰습니다. 전문 전도원으로 발벗고 나서려 했는데 혼자 계시는 어머님을 두고 떠날 수도 없었고, 더구나 그들이 가르치는 교리에 뭔지 모를 일말의 의심이 떠나지 않았습니다. 그러던 중 선생님을 찾아뵙고 들은 "인간은 하나님께서 자유를 주셔서 타락한 것이다"는 한 말씀이 제가 통일교의 수렁에서 빠져나오는 결정적인 계기가 되었습니다. 또 어떻게 하면 일생을 보람있게 살 수 있느냐고 여쭸더니 그걸 어떻게 쉽게 말할 수 있겠느냐면서 어떤 높고 귀한 뜻을 세우고 그 실현을 위해 계속적으로 노력하는 것이다, 사람은 죽음 뒤에도 또 다른 삶이 있는데 그때까지도 노력해야 하는 것이다라고 말씀해주셨습니다. 과연 죽은 후에도 잊지 말아야 할 귀한 말씀이었습니다. 진화와 창조설의 의문도 해결해주셨습니다.

군대를 막 제대하고 70회 생신 축하모임에 갔다가 한 여성을 보고 충격을 받았습니다. 어찌나 맑고 아름답던지 꼭 하늘에서 내려온 선녀를 보는 느낌이었습니다. 나중에야 그가 일본에 사는 다나카 요시코 님이고 퀘이커 신도요 독신이라는 것을 알았습니다. 그녀는 그 뒤로도 씨올모임에서 더러 만났지만 말이 통하지 않는 것을 서로 안타까워했습니다. 그것이 심리적으로 어떤 의미를 갖는가는 무의식의 심리학 관련 서적을 10여 년 읽고 나서야 조금 이해할 수 있었습니다.

1983년 4월경에 선생님의 무슨 강연회엔가를 갔는데 그때 내 마음이 크게 어두워 있어서 저만큼 계시는 걸 보면서도 나아가 인사도 못 올리고 있었는데 조금 전에 만나서 얘기를 나눈 박영자 씨가 선생님께 얘기를 했는지 내게 찾아오셔서는 "서울로 올라오게 되었느냐"며 인사를 건네주셨습니다. '세상에, 사람이 사람 대접을 이렇게 하는 것이구나!' 그 인격으로 치자면 지구상에 살아 있는 사람 가운데 제일일 만한 분이 나 같은 놈을 그렇게 대접하다니! 잊을 수 없는 감화와 교훈이 되었습니다.

또 한번은 노장강의인지를 들으러 갔는데 강의가 끝나고 모두들 나가고 나도 막 나가고 있는데 내게 오셔서는 손을 잡아주시면서 "나하고 얘기 좀 하자" 하시더니 조용해지자 보내준 편지를 이제야(옛날 살던 원효로 집으로 가서) 보았다, 그때 보았더라면 왜 답장 안 했겠느냐, 이제 문제가 다 해결된 걸로 알고 감사하게 생각한다는 말씀을 해주셨습니다. 그러기 몇 달 전에 제가 죽을 지경으로 괴로운 일을 당하고는 그 해결책을 편지로 여쭈었지요. 선생님께서 제 손을 잡아주신 것은 제게 특별한 의미가 있었습니다. 저는 평소에 선생님께 두 가지 소원 같은 것을 가지고 있었습니다. 하나는 선생님의 손을 한번 잡아보았으면, 또 하나는 선생님께서 내 집을 한번 방문해주셨으면(내가 그럴 만한 사람이 되었으면) 하는 것이었습니다. 손을 잡아보고 싶었던 것은 그분의 자서전 중에 해방 후 월남하시기 전 소련군의 감시를 받으실 때 그들이 마음대로 자기 손을 끌어다 지장을 찍었다면서 "(그 엄지손가락을) 잘라버릴까?" 하는 대목을 보았기 때문일 것입니다. 그런 손으로 제 손을 잡아주셨습니다.

이제 그분이 내게 무엇인가를 간략히 써보겠습니다.

먼저 그분은 참 나의 표상입니다. 나의 '그이'지요. 저는 그분을 꿈에서 자주 봅니다. 말하자면 나의 무의식이 택해서 내 의식에 제시해주는 내 천성의 궁극적 실현상입니다.

다음으로 그분은 내게 인격의 밑돌을 놓아주신 분입니다. 신앙·역사·인격·정신·민족·씨올 뜻·생각 등 내 삶의 바탕이 되는 가치들을 모두 그분에게서 배웠습니다.

또 민족의 등불이 되어야 할 분입니다. 아직은 아닙니다. 그러나 그 사상의 깊이와 폭을 실제 삶으로 승화시킨 그 힘은 차차 열릴, 열리지 않으면 전체 인류와 함께 멸망의 길로 갈 뿐인 이 민족의 역사 진군의 깃발이 될 것입니다.

내 인생의 인도자는 둘입니다. 함석헌 선생님과 스위스의 위대한 심리학자 카를 구스타프 융. 선생님께서 언젠가 "하늘나라에 들어간다는 것과 들어가서 그 깊고 오묘한 맛을 본다는 것은 또 다른 문제다"고 말씀하신 것을 기억합니다. 저는 더디고 더딘 암중모색을 거쳐 이제 겨우 무의식 세계의 문고리를 본 느낌입니다.

나의 천성과 융의 인도를 따라 그 세계에 깊이 들어가서 거기서 더욱 밝은 눈으로 선생님을 다시 만날 것을 기대합니다.

크고 아름다운 분

박재순

나는 함 선생님을 1970년 공릉동 서울 공대 교회에서 처음 뵈었다. 서울대 교양과정부가 공대 안에 있었기 때문에 나는 그해 공대 교회에서 신앙생활을 했다. 그 교회 데이비드 로스 목사님은 함 선생님의 글 『하나님의 발길에 채여』를 영어로 번역한 분으로서 함 선생님을 존경하였다. 그해 어느 날 공대 교회에서 함 선생님의 강연을 듣게 되었다. 나이 일흔의 노인인데도 몸가짐과 소리가 하늘을 찌를 듯 꼿꼿해서 나는 두려운 마음마저 들었다.

그때 함 선생님은 "서구문명은 다리가 끊어진 줄도 모르고 계속 나아가다가 망하게 되었는데 지금 우리가 그 뒤꽁무니를 기쓰고 따라갈 게 뭐냐…… 서구문명을 따라가지 말고 뒤로 돌아 앞으로 가면 우리가 앞장서게 될 것"이라면서 새로운 삶, 새 문명, 동양정신을 말씀하셨던 것으로 기억된다. 또 "젊다고 아랫배의 힘을 다 쓰지 말고 아끼라"고도 하셨다.

1973년 봄에 박정희 정권의 탄압은 거세지고 일본의 경제침략에 대한 위기의식은 높아졌다. 일본인의 기생관광에 대한 민족적 분노도 거세졌다. 4학년 졸업반이었던 나는 친구들과 일본상품 불매운동을 벌여야 한다는 생각에 이리저리 애쓰며 돌아다녔지만 뾰족한 수가 없었다. 나는 그때 커피, 콜라를 마시지 않았고 택시도 타지 않았다. 일본상품 불매운동 같은 것은 아무나 할 수 있는 일이 아니었다. 이 사람 저 사람 찾아다녔으나 반대는 안 해도 앞장서겠다는 사람은 없었다. 졸업반 친구 한 사람과 함께 원효로의 함 선생님 댁을 찾아갔다. 방안은 소박하고 정갈한 느낌을 주었다. 차 한 잔을 달여주셨다. 작은 앉은뱅이 책상에 책이 있었고 방안에 난 화분이 있었다. 가까이서 본 함 선생님은 편안하고 부드러웠으며 힘을 감추어서인지 눈동자는 텅 빈 것 같았다. 선생님의 눈에서 선생님의 생각과 감정을 느낄 수 없었다. 불매운동 이야기를 하니 들으시기만 하고 별 말씀이 없었다. 거듭 그 이야기를 꺼내니 "장준하 선생을 찾아가보라"고 말씀하신다.

그해 가을에 우연히 함 선생님이 성경강의와 장자강의를 한다는 말을 듣고 명동 가톨릭 여학생회관과 정동교회 젠센 기념관에서 선생님의 강의를 들을 수 있었다. 선생님의 말씀은 쉽고 감동적이었다. 나는 마치 선생님이 나를 위해, 내게 말씀하시는 것처럼 느껴졌다. 선생님은 "나는 이제 노자·장자·공자·맹자·석가·예수의 말이나 글에서 진리와 생명의 세계가 있다는 것은 안다. 그 세계의 문 앞에서 그 세계를 보고 느낀다"고 말씀하셨다. 그 말씀을 하실 때 나도 그런 세계를 알 것 같고 몸과 마음으로 그런 세계가 느껴졌다.

대학을 졸업하고 서울신학대학에 편입한 후에도 선생님 강의에 열심으로 나갔는데 민청학련 사건으로 1974년 3월 말에 잡혀가서 8월 초순까지 서대문 구치소에서 고생하다 나왔다. 나와서 다시 명동 성서모임에 나갔더니 강의를 마치고 로비 의자에 잠시 앉으셔서 한동안 안 보였는데 어디 갔다 왔느냐고 물으셨다. 그래서 사정을 말씀드리고 서대문 구치소에 아직 많은 사람들이 있는데 다들 건강하고 씩씩하다고 말씀드렸다.

서대문 구치소에 몇 달 있으면서 나의 신학과 삶은 민족과 사회를 위해 봉사하는 것이어야 한다는 확신을 가지고 한신대로 옮겼다. 살벌한 긴급조치 시대였다. 친구들과 모일 곳도 없고 마땅히 할 일도 없어서 서울대 후배들과 한신대 후배들을 모아서 함 선생님께 힌두교 경전인 『바가바드 기타』를 배우기로 했다. 1년 가까이 열다섯에서 스무 명 정도가 모여서 공부했는데 70대 중반의 노인이 복잡하고 까다로운 영어 문장을 명쾌하고 정확하게 해석하고 알기 쉽게 번역하는 데 감탄하지 않을 수 없었다.

1975년 겨울에 열 명 정도가 선생님을 모시고 모산의 구화고등공민학교에서 수련회를 가졌다. 최민화·오이환·정호진 등이 함께했다. 수련회를 위해 만든 책자에 내가 쓴 글을 보시고 "누가 썼나 잘 썼다"고 하셨다. 어느 날 저녁에 우리를 데리고 맹사성의 고택을 찾으셨다. 선생님은 여러 차례 오셨던지 주인을 잘 아셨다. 맹사성이 소를 타고 천안까지 왔고 청빈했다는데 집은 그리 허술해 보이지 않았다. 비록 화려하지는 않았으나 대갓집 풍모가 엿보였다. 돌아오는 길에 선생님은 밤하늘의 별을 보시며 "야!" 하고 감탄하신다. 나도 오래 별을 바라보았는데 천안의 밤하늘에 무수한 별들이 한도 끝도 없이 신비하고 찬란하게 펼쳐져 있었다. 낮에 선생님은 밭에서 삽질을 하셨는데 젊은 사람 못지않게 잘하셨다. 흰 수염을 나부끼며 시골길을 걸으면 아이들이 따라다녔다. 아이들을 사귀는 게 제일 쉽다며 "우리들은 뿌리파다, 좋다 좋아 / 같이 죽고 같이 산다, 좋다 좋아" 하고 선생님이 다리로 장단을 맞추며 노래 부르시면 이내 아이들도 따라 불렀다.

저녁에 마당에서 선생님 말씀을 들을 기회가 있었다. 유영모 선생님 이야기가 나오면 "내게 좋은 선생님이 계셨지요" 했고 남강 이승훈 선생님 이야기가 나오면 감동하여 목소리조차 젖어들었다. 함 선생님은 참으로 스승을 그리워하고 사모하며 사신 어른임을 알 수 있었다.

1976년에 나는 척추수술을 받았다. 수술과정이 너무 고통스럽고 힘들었다. 한 달 가량 머리와 다리에 무거운 추를 달고 꼼짝없이 침대에 누워 지내야 했다. 선생님은 몇 차례 병실을 찾아주셨고, 수술하는 날 아침에는 여덟시에 수술실로 들어가기 바로 전에 부산에서 비행기를 타고 오셔서 잠시 뵐 수 있었다. 내 꼴을 보시고 많이 안타까우셨던가 보다. 댁의 마당에서 시들고 있는 나무를 보시며 "저 나무가 재순이 같다"며 눈물을 흘리셨다는 말을 전해 듣고 나는 선생님의 마음을 다 헤아릴 수 없었다.

70년대 후반에 성공회대학교(당시 천신신학교) 교정에서 장기려 선생님 등과 함께 수련회를 가졌다. 오랜만에 선생님 말씀을 맘껏 들을 수 있어서 참 좋았다. 나는 그때까지 시계를 차고 다니지 않았다. 꼭 돈이 없어서가 아니라 시계 없이도 살 수 있을 것 같아서 시계 없는 삶을 고집했다. 그런데 수련회 기간 동안 옆 사람의 손목시계를 자주 들여다보곤 했는데 그것이 선생님의 마음에 걸렸던가 보다. 어느 날 저녁 편집실에서 선생님을 돕던 김은경 님이 한신대로 나를 찾아와 허리에 차는 회중시계를 선생님이 전해주라고 하셨다며 내놓았다. 얘기를 들어보니 선생님께서 해남의 이준묵 목사님 댁을 가셨다가 차고 다니던 시계를 잃어버리셔서 이 목사님이 하나를 사주셨는데 집에 돌아와 짐 꾸러미 속에서 잃었던 시계를 다시 찾으셨다는 것이다. 그래서 새로 생긴 시계를 나에게 갖다 주라고 하셨다는 것이다. 그래서 나는 그 시계를 자랑스럽게 차고 다녔고 고장난 후에도 고이 간직했는데 교도소에 가고 이사 다니고 미국에 다녀오는 동안에 잃어버리고 말았다. 선생님의 자상한 마음이 담긴 시계였는데 아쉽다.

1981년에 한울회사건으로 2년 반 동안 옥고를 치르며 재판을 받을 때 몇 차례 법정에서 선생님을 뵐 수 있었다. 그리고 1984년 서른다섯에 결혼할 때 선생님을 주례로 모셨다. 주례를 부탁하러 쌍문동 댁으로 지금의 아내와 함께 선생님을 찾아뵈니 이런 저런 말씀 끝에 "요새는 얘기 길게 안 해" 하신다. 내가 불편한 다리로 오래 서 있기 어려운 줄 아시고 걱정을 덜어주시려고 미리 그렇게 말씀하셨던 것 같다. 실제로 결혼식 때 선생님은 10분 정도밖에 말씀하지 않으셨다. 십계명을 읽고 사람 사는 도리를 말씀하셨는데 나를 어찌 보셨는지 내가 "고난을 무릅쓰고 진리와 옳은 일을 위해 살 것"이라는 말씀도 하셨다.

함 선생님은 내가 세상에 나서 만난 사람들 가운데 정신적으로나 사상적으로 가장 위대한 분이다. 나는 선생님의 삶과 사상에서 깊은 감동과 영감을 얻고 있다. 선생님에게 혹시 내가 모르는 어떤 약점이나 흠이 있을지도 모르겠다. 하지만 내게는 그런 게 문제가 안 된다. 함 선생님의 사상과 정신은 참으로 깊고 넓다. 이처럼 크고 아름다운 분이 이 땅에 있었다는 것 자체가 한민족에게 자랑이고 축복이라고 나는 생각한다.

사람답게 죽어보자

노명환

선생님이 하늘나라로 가신 지도 벌써 10년이 지나 내년이면 탄신 100주년이 되는군요.

선생님이 떠나신 뒤 이 나라는 정치·경제·사회 여러 부문에 걸쳐 엄청난 변화가 일어나 도무지 갈피를 잡을 수 없는 지경에 이르렀습니다. 문민정부란 깃발을 들고 선 김영삼 정부가 경제파탄의 지경에 이른 구멍 난 나라살림을 국민의 정부란 깃발을 들고 선 김대중 정부에 떠넘겨 엄청난 어려움을 겪었고 가까스로 빚투성이 나라살림을 추스려놓았으나 앞으로 넘어야 할 산은 끝이 보이지 않고 있습니다.

가치관은 땅에 떨어져 아비가 자식을, 자식이 아비를 죽이는 세상이 되었고 얼마 전에는 전철 안에서 노인이 자리를 양보하지 않았다고 꾸중한 데 앙심을 품은 중학생이 노인을 따라 내려 계단에서 발로 차 죽음에 이르게 한 슬픈 일도 있었습니다.

국민 건강을 위해 만든 의약분업에 반발한 의사들이 환자들을 버려두고 시위를 하는 바람에 죽음을 앞에 둔 환자들이 이 병원

저 병원을 찾아다니다가 끝내 숨진 사례도 여럿 있습니다. 이유야 어떻든 생명을 지키는 의사들이 환자들을 담보로 자기들 이익을 들어줄 때까지 시위를 하겠다니 세상 어느 나라에 이런 일이 있을 수 있는지 너무도 어이없어 말문이 막힐 지경입니다.

이런 때 선생님이 계셨으면 어떻게 하셨을까 생각해봅니다. '이걸 어쩌지 이걸 어쩌지' 밤잠을 못 이루시고 "이놈들아 이래선 안 된다. 천하보다 귀한 생명이 먼저다. 어서 병원으로 돌아가라"고 야단하실 것 같습니다.

정치는 날마다 싸움으로 밤을 지새고 나라살림도 어려워 불안한 이때 온 국민이 축하할 노벨 평화상이 김대중 대통령에게 돌아왔고 그것도 우리나라에선 처음 받는 상이라 나라 안이 온통 축하 물결일 때 그놈에 지역감정이 무엇인지 자기한테는 관심 없는 일이라는 사람도 있고 김영삼 씨는 무엇이 그리 고까운지 노벨 평화상이 권위를 잃었고 김대중 대통령은 독재자라 받을 자격이 없다고 몰아붙이는데 이래도 되는지요?

선생님! 저는 선생님 영향으로 불굴의 기상과 용기를 배웠습니다. 수줍고 보잘것없는 제가 71년 11월호 『씨올의 소리』 독자란에 「사람답게 죽자」란 글을 쓰고 72년 10월 유신 때 유신헌법을 반대하는 글을 써서 포고령위반으로 구속되어 감옥살이를 하고 그 뒤에도 고생을 했지만 이 모든 일이 선생님에게 영향을 받지 않았다면 어림도 없는 일이라 생각됩니다.

그때 『씨올의 소리』에 쓴 글 「사람답게 죽자」를 여기 옮겨 그 때를 회상해보렵니다.

'기다린 씨올 10월호' 10월 15일에 내린 위수령 소식을 듣고 이름 없는 구석구석의 씨올들이 분개하는 것을 보았습니다. 어느 소갈머리 없는 놈은 또 그래야만 된다고 하는 대학생들이 공부는 않고 데모만 하느냐고 독재를 써서 억눌러야 된다고 노예의 소리를 듣고 더욱 분개했습니다. 신문들도 눈치를 보느라고 바른말을 못 하고 지성인들도 기대할 수 없고 오직 속 시원히 말할 수 있는 분은 함 선생님밖에 없으리라 생각했지요. 과연 10월호「군정 10년을 돌아본다」에서 속 시원히 비판해주셨고 5·16 후 아무도 말 못 할 때 바른말 하신 그 문제가 10년이 지난 지금 어쩌면 그렇게 적중했는지 그 통찰력이 놀랍습니다.

말씀 마지막에 "이놈들아, …… 씨올아 일어서자! 밤낮 짐승 노릇만 하겠느냐? 한번 사람답게 죽어보자!" 얼마나 시원하고 통쾌한 말씀인지 모르겠습니다.

그렇습니다. 어떻게 사느냐보다도 사람답게 죽는 그것이 문제 아닙니까? 먼저 자신부터, 그리고 씨올이 속한 직장에서, 단체 안에서 부정·부패·부정의에 저항합시다. 도전합시다. 죽음을 각오할 때 두려움이 무엇입니까. 우리가 바로 죽기를 망설이는 것은 비겁 때문이요 가족 때문입니다. 용기를 냅시다. 씨올의 가족을 내 가족처럼 돌봅시다.

서신을 통해 서로 격려합시다. 저도 편지하겠습니다. 저에게도 보내주십시오.

이 글이 나온 뒤 전국에서 여러 씨올들이 많은 격려를 해주었고 어느 고등학생은 제 집을 찾아와 하룻밤 자고 간 일도 있으며 그때 『씨올의 소리』는 대단했지요.

그 뒤 꼭 1년이 지나 박정희 정권은 예상대로 영구독재를 위해 10월 유신이란 독재 간판을 내걸고 계엄령을 선포하여 반대자들을 마구 잡아 가두었지요. 1년 전 '사람답게 죽자'고 글을 쓴 제가 비겁하게 가만히 있을 수 없어 구속될 것을 알면서도 유신헌법을 반대하는 글을 여러 동지들한테 보내고 결국 구속되어 서대문 구치소에서 형기를 마치고 나온 3일 뒤 함 선생님께서 황송하게도 동지 몇 사람과 면회 오셨다는 사실을 나중에 알았고, 독재자의 총칼도 무서워하지 않는 분이지만 한편 정이 많고 자상하신 선생님께선 제가 감옥에 있을 때 제 집 식구들을 돕기 위해 장기려 박사님 부산모임에서 모금해 보내주셨다는 말을 듣고 얼마나 감격했는지 모릅니다.

선생님! 저희들은 내년에 선생님 탄신 100주년 기념사업으로 여러 가지 일을 준비하고 있습니다. 저는 장학사업과 기념비 세우는 일을 맡은 소위원회에 들어 있는데, 기념비 세우는 일은 연천군에서 건축 자재를 재활용한다는 명분으로 선생님 묘소 옆에 엄청난 쓰레기를 쌓아놓고 태우고 있어 선생님 묘소를 적당한 곳으로 옮긴 뒤 추진하기로 하고, 우선 내년 탄신 100주년에 맞추어 선생님이 감옥에서 틈틈이 쓰셨다는 주옥 같은 시집 『수평선 너머』 가운데 한 편을 골라 시비에 새겨 사람들이 많이 모이는 공원에 세우기로 하고 준비하는 중입니다.

선생님! 이 일을 시작할 때 일부에선 기념비 세우는 일이 선생님 정신에 어긋난다고 반대하기도 했지만 선생님은 이 세대에 선생님을 알고 있는 우리들만 기억해선 안 되고 후세에 오래도록 기억해야 할 인물이기에 세우기로 결정했습니다.

선생님, 이 일로 저희들을 나무라시지나 않을는지요. 기왕 시작한 일이니 여러 씨올들이 힘을 모아 일이 잘 되었으면 좋겠습니다.

선생님, 이만 물러갑니다. 편안히 계십시오.

함석헌은 나에게 어떤 의미를 주는가

김조년

　이제까지 살아오는 동안에 어떤 사건이나 어떤 사람이 나에게 커다란 영향을 주었을까? 오늘의 내가 나 됨에 어떤 것들이 힘을 실어주었을까? 이렇게 된 것은 필연인가 우연인가? 사람이 낳고 자라면서 사람·환경·사건·생각·행동 들을 만나는 것은 꼭 그렇게 되어야 하는 것으로 이미 정해져서 그런 것인가? 아니, 그런 것에 대하여 깊이 생각할 필요 없이 그냥 되는 대로 돌아가는 인생인가? 아무리 생각해보아도 내가 오늘 나 된 것에 어떠한 것들이 작용하였는지 꼬집어서 말할 수 없다. 물론 내가 믿는 신앙체계나 예로부터 옳은 것으로 여겨지며 전해 내려온 생각들을 따르면 이러한 물음에 대한 대답은 간단할 수도 있다. 하지만 간단하게 대답을 주면서도, 마음속으로는 만족스럽지 않은 것이 사실이다. 그 대답이 시원하지가 않다는 말이다. 왜 그럴까?
　사람의 생애를 전하는 글이나 말을 살펴보면 일생 동안 어떤 사람과 사건을 만난 것이 오늘의 그가 되는 데 아주 중요한 계기였다고 흔히 말한다. 그러면서 그것을 아주 자랑스러워하거나, 마치 변경될 수 없는 확고한 것인 양 말하고 있다. 그러나 사람의 사람됨이 그렇게 간단히 그림 그리듯 몇 가지 뚜렷한 계기로 환원될 수는 있는 것일까? 그렇지는 않을 것이다. 매우 복잡하고 도저히 생각해낼 수 없는 잡다한 것들이 합하여 오늘의 나를 만든 것이 아닐까? 그 가운데 어느 '뚜렷한 것'이 빼도 박도 못 하게 내 삶에 매우 중요한 쐐기를 박아놓았기 때문이라고 할 수 있는 것일까? 겉으로 보고 자로 재본다면, 그렇다고 말할 수 있을 만큼 그것이 크고 많아 보일는지 모른다. 그러나 크게 밖으로 드러나는 것이라 하여 꼭 그것이 내게 영향을 많이 준 것일까? 그냥 겉으로는 굉장한 영향을 준 듯하지만 실제로는 전혀 관여하지 않은 것은 아닐까? 오히려 내가 의식하지도 알아차리지도 못하는 사람이나 사건들이 나를 이렇게 만들어놓은 것은 아닐까? 왜 이런 생각이 자꾸 맴돌까?

내 일생을 돌아보면 삶의 방향을 갑자기 바꾸거나 껑충 한두 계단을 뛰어오른 것 같은, 그런 극적인 변화는 없었다. 그냥 그렇게 아침에 일어나고 씻고 밥 먹고 움직이고 때가 되면 싸고 생각하고 사람들과 히히덕거리고 때로는 싸우다가 속상해하다가, 그리고 잠자고 한 것밖에는 생각이 안 난다. 매일 반복되는 그 일을 계속해온 것밖에는 없는 듯이 보인다. 그러니까 내 삶이 지극히 흐리멍텅하여 어느 획이 중요하고 어느 점이 확실한 것인지가 드러나지 않는다는 말이 되겠다. 남들이 고생할 때 나도 그런 고생을 한 것 같고, 남들이 굶을 때 나도 가끔 굶어본 것 같고, 남들이 기뻐하고 즐거워할 때 나도 함께 그랬던 것이 분명하고, 남들이 울고 아파했듯이 나도 그랬을 뿐이다. 무엇 하나 이것은 나만이 겪은 것이다라는, 눈 크게 뜨고 깜짝 놀라 들여다볼 만한 것이 없다. 그저 그렇고 그런 길을 걸어왔을 뿐이다. 특별히 좋은 길도 아니고, 그렇다고 나쁜 길도 아니다. 다만 그러한 길에서 때로는 돌뿌리에 채여 넘어지기도 하였고, 때로는 모래를 잘못 밟아 미끄러지기도 하였으며, 때로는 도랑을 건너뛰었고, 때로는 풀밭에 앉아 쉬기도 하였다. 그런데도 혹시 어떤 사람이 나에게 중요한 힘을 주지는 않았는가를 생각해보라는 주문이다. 도대체 함석헌은 나에게 어떤 의미를 주는가를 생각해보라는 것이다. 그가 내 삶에 상당히 커다란 자리를 차지하고 있지 않나 하는 뜻에서일 것이다. 그러나 무엇 하나 잡히는 것이 있을까?

오늘 함석헌은 나에게 어떤 의미를 주는가를 생각하는 시점에서도 마찬가지로 속시원한 대답이 나오지 않는다. 무엇인가 분명히 있는데 전혀 분명한 것 같지가 않기 때문이다. 나는 이때껏 어느 누가 나에게 많은 영향을 주어, 아니 그 사람의 영향을 내가 받아 이렇게 된 것일 거라는 막연한 생각을 하면서 살았다. 그러면서 한편으로 그들을 만났던 것을 기뻐하고 행복한 일이라고 여기기도 하였고, 또 다른 커다란 인물을 만나서 감화를 직접 받을 수 없었던 것에 대하여 안타까워하기도 하였다. 그러면서 아직도 그러한 사람들을 찾고, 찾았을 때 그 사람이 가고 없거나 너무 멀리 있어서 만날 수 없으면 도대체 그들이 어떤 생각을 하면서 세상을 살았을까를 알고 싶어한다. 그러한 앎이 혹시 내 삶에 기름이 되고 좋은 밑거름이 되지나 않을까 하는 기대에서다.

그가 편치 않아 수술을 받고 병원에 누워 계신다 할 때 혹시 위로가 될까 하여 찾아뵈었다. 점점 쇠약해져가는 그를 볼 때 안타까운 마음이 많이 들었다. 그에 대한 좋지 않은 소문이 나돌 때 그것을 들으려 하지 않았고, 그를 헐뜯는 어떤 것에 대하여는 항변하듯이 변호하기도 하였다. 어찌 보면 그것은 그를 위해서라기보다는 내 속에 있는 그에 대한 좋은 감정이 손상될 것이 두려워서 그랬는지도 모른다. 그가 강연한다고 할 때 기를 쓰고 듣고 싶어하였고, 그가 잡지나 신문에 글을 써서 던졌을 때 가슴 후련하게 느낀 적도 많았다. 그가 노자를 강의할 때 시간을 만들어서라도 참석하려 하였고, 그가 무슨 일에 참여한다 할 때 혹시나 그것이 역사의 흐름을 바꾸지나 않을까 하는 생각에 그 일이 잘 되기를 빌기도 하였다. 그에게 드릴 것도 없지만 막연히 포도가 날 때 길가 가게에서 한두 송이 사서 들고 찾아뵈었고, 해가 바뀔 때는 으레껏 인사를 다녀오기도 하였다.

그러다가 그가 가셨다. 그때는 몹시 안타까웠다. 살아 계실 때 자주 찾아뵙고 무엇인가를 배우고 얻었어야 하지 않았나 하는 생각에서였다. 뒤늦게 후회하였지만 다시 시간을 뒤로 돌릴 수는 없었기에, 그가 남긴 글들을 대강대강 모두 읽어보았다. 그리고는 어떤 것들은 마음에 새겨두어야 할 것이라고 생각하고, 적어놓거나 밑줄을 쳐놓기도 하였다. 그를 체계 있게 공부해야겠다는 생각을 여러 번 하였고, 그리하여 그의 사상체계를 정리하였으면 하기도 하였다. 그러나 그러한 것들은 그냥 생각과 희망으로 있을 뿐 아직까지 실현하지 못하고 있다. 그러다 보니 요사이는 약은 생각이 든다. 학생들을 교육한다는 뜻에서 그의 책들을 학생들에게 꼭 읽게 하고, 그들을 토론시켜, 나는 가만히 앉아서 그의 생각을 따먹어 보면 어떨까 하는 생각이 들기도 한다. 사람들이 그의 존재를 너무 잊고 산다고 생각하기 때문이기도 하다. 그래서 그를 되살려야 한다는 뜻으로 씨올모임에 열심히 참석하려 하였고, 개인 차원이 아니라 공식적으로 그를 기리는 모임이 있어야겠다는 데 뜻을 같이 하였다. 그리고는 그가 탄생한 지 100년이 되는 때 행사를 잘 치르는 것이 좋겠다는 생각이 많이 들어 그것을 준비하는 마당에 여러 번 참석하였다. 그것은 마치 내가 그에게 상당한 영향을 받아 지금 좋은 삶을 살고 있는 것인 양 느끼고 있기 때문이기도 하였다. 그것은 내가 그를 따르고, 그에게 많은 영향을 받은 제자들의 무리에 속하면 좋겠다는 희망에서 그런 것인지도 모른다. 이것이 함석헌이 나에게 주는 의미이다.

가끔 나는 생각해본다. 도대체 함석헌에게 어떤 매력이 있기에 그 많은 사람들이 그렇게 오래도록 그의 주변을 맴돌았는가? 하던 공부도 집어치우고, 다니던 학교도 중퇴하면서, 누구는 국가가 주는 의무라는 것을 거부하면서까지 그가 추진하고자 한 공동체에 뛰어들어 청춘을 불사른 까닭은 무엇인가? 나는 가끔 그 때문에 삶의 길을 완전히 바꾼 사람들에게 물어보았다. "도대체 그이의 어떤 면이 당신을 혹하게 만들어 그를 따랐는가?" 그럴 때면 한결같이 대답하는 것이 있었다. "그의 말씀이 그렇게 감동스러웠다"는 것이다. 세상에 감동을 주는 말씀이 어디 한둘이던가. 아무리 그렇더라도 이제까지 걸어가던 길을 홱 돌려서 다른 길로 가도록 그렇게 커다란 충격을 주는 감동이 어디 흔한 것인가? 도대체 나는 그것이 무엇인지 알고 싶었다. 감동을 받았다면 자주 만날 수 있는 길을 모색하면 될 것인데, 별로 대책이 있어 보이지도 않는 그이를 왜 그렇게 따라갔을까? 권력이 있던 것도 아니요 재산이 있던 것도 아니며, 그렇다고 굉장한 회사의 중책을 맡아 좋은 자리를 보장해주던 것도 아니다. 다만, 그 말씀, 그 좋은 말씀만을 가졌던 사람이다. 그것이 의문이었다.

일제시대 오산학교 교사로 있을 때 그가 어떻게 하였기에 그 많은 학생들이 그를 존경하였으며, 그가 학교를 떠난 뒤 그들 중 몇몇은 왜 그를 따라서 농산학교로 갔을까? 나는 50년대 말과 60

년대 초 자기 삶을 버리고 그를 따랐던 사람들의 행동을 생각하면서, 갈릴리의 보잘것없는 청년 예수를 따라 나섰던 사람들을 가끔 생각해본다. 예수가 어처구니없게도 힘없이 죽어갔을 때 그를 따르던 사람들은 뿔뿔이 흩어졌다가 다시 나타난 예수의 힘을 얻어 죽을 때까지 고난의 길을 걸어갔다. 어느 누구 하나 평탄한 길을 걷지 못하였고, 어느 누구 하나 그냥 편안히 다리 뻗고 죽은 사람이 없다. 함석헌을 따르던 그 사람들은 어떤가? 들어보면 그 감동이 컸던 만큼 그에 대한 실망도 컸고 회한도 많은 듯이 보인다. 만약 함석헌이 오래 살지 않고 그 열풍이 일어날 때 어렵게 죽었더라면 그를 따르던 제자들은 어떻게 되었을까?

내가 보기에 함석헌의 생각을 실현해보려고 몸부림쳤던 사람들은, 엄밀히 따져서 그의 제자라고 할 수 있는 사람들은 송산농산학원에서 함께 생활했던 사람들, 천안 씨올농장에서 젊음을 불태웠던 사람들, 안반덕의 거친 산언덕을 개간하고 통나무집에서 살던 사람들, 『씨올의 소리』를 자기 몸과 같이 생각하고 울부짖던 그 몇몇 되는 사람들이었지 않았나 싶다. 그들은 세상에서 알아주는 굉장한 삶을 살고 있는 것 같지가 않다. 그들이 그이의 제자라면 제자이지 않을까? 그렇지만 그렇게 실패한 공동체가 그가 이루어보고자 했던 간절한 꿈이었음이 분명하다. 되지도 않을 것 같은 그 꿈을 실현하기 위하여 젊음을 불사른 것은 어리석은 짓이지만, 그것이 오늘 그들을 만들었고 또 그를 기리게 하는 것인지 모른다. 간디의 아슈람이 몹시 그리웠고, 톨스토이의 농장이 매우 부러웠던 것은 사실이다. 그러나 그가 시도했던 것은 겉으로 보기에 아무것도 성공한 것이 없다. 그의 말대로 그는 실패에 실패를 거듭한 사람이다. 그때는 시절이 그것을 허락하지 않았고, 사람이 따라주지 않았던 것 같다. 하지만 세월이 허락했다면 그는 성공한 사람이었을까? 그 문제에 대해서는 아무도 장담할 수 없을 것이다.

그는 한 가지에 주력하여 자신을 내던질 수 없었다. 그는 매우 복잡한 사람이었기 때문이다. 마음은 항상 두 갈래 세 갈래 만 갈래로 찢어지고 있었다. 밭고랑에서 똥통을 지고 호미로 김을 매다가 꽉 꼬꾸라져 죽었으면 좋겠다는 그의 마음을 실현하기에는 그는 너무 많이 생각하는 사람이었다. 땅 속으로 깊이 기어들어 갔다가 다시 고개를 들고 하늘을 훨훨 날아가는 그 생각을 간단히 구름에만 실어 보낼 수는 없었다. 그가 항상 존경하고 따랐던 스승 유영모나 또 다른 선사들처럼 조용히 생각만 깊이 파고 본질을 깨닫는 데 그 자신을 투신하기에 그는 너무 자유분방한 사람이었기 때문이다. 깨달은 생각을 그냥 산바람에 날려보내고, 바위에 대고 외치기에는 그는 아직 사람을 깨우쳐야 한다는 욕심이 많았다. 가만히 이름 없는 씨올로 살기에는 그는 너무 강력하게 들판에서 외치는 세례 요한을 닮았기 때문이다. 굉장한 지위와 권력을 가지고 어느 틀 안에서 성실하게 일하였다면 상당히 큰 성과를 거두었을 것이라고 생각이 되지만, 그러기에는 틀이 그를 받아들일 수 없었다. 그는 이단아였고 방랑자이기를 즐겨하였다. 그것은 그가 택하였다기보다는 어쩔 수 없이 그 길을 가도록 운명지어진 것인지도 모른다. 그래서 그는 언제나 자신이 걸어가는 길은 "하나님의 발길에 채여서" 가는 길이라고 하였다. 누가 그 업을 벗어나서 살아갈 수 있었을까?

그런 그가 역시 "하나님의 발길에 채여" 나에게 왔다. 바람결에, 풍문에 그가 나를 찾아왔다. 『사상계』로, 『동아일보』로, 사람과 사람의 입을 거쳐, 별로 돈도 되지 않을 출판사들의 책을 통하여, 이리저리 감시받으면서 외치던 연설을 통하여 그가 나를 찾아왔다. 그가 진정한 사람을 만나고 싶다는 간절한 마음으로 나를 찾아왔다. 그러나 참사람, 맨사람이기에 나는 욕심이 많았고, 자신이 있어 보였고, 들을 수 있는 귀가 너무 막혀 있었다. 그래서 나를 투신하기보다는 그의 그 '좋은 말씀'의 국물이나 마시는 것이 좋겠다고 생각했는지 모른다. 어쩌면 나를 그것에 던져버리기에는 나에겐 아직 열정이 없었는지 모른다. 다만 차가운 이성이 그의 말씀을 분석하고 고르고 받아들이고 있었는지 모른다.

그러면서 때가 되면 그가 주장했던 것 같은 공동체를 어디에선가 다른 사람들과 힘을 합하여 만들어보면 좋겠다는 생각을 하게 되었다. 그의 실패를 살피지만, 그렇다고 그것을 극복하고 성공으로 이끌어갈 자신이 생기는 것도 아니다. 그래서 가끔 사람들을 모으고, 함께 명상하고, 산을 같이 올라가고, 생각을 모은다. 결국 그가 짜두었던 국물을 약간 맛보면서, 이렇게 하면 되지 않을까 하는 시늉으로 살아간다. 아무래도 내 입이나 생각에서 평화·인권·민주·씨올·부드러움·교육·역사·생각·주체·생명·비폭력·진리·말씀·민중 따위의 말들이 자주 나오는 것은 분명히 그가 하던 말이나 생각을 흉내낸 것이라 할 수 있다. 가만히 나를 생각하면, 그것에 나를 투신하지 못하고 큰 바위 얼굴만을 쳐다보는 지극히 미지근한 삶을 살고 있는 것으로 보인다. 그래서 나도 역시 다른 무수히 많은 '기라성 같은 함석헌의 사람들'처럼 그와 함께 농사지으려는 것이 아니라, 그가 지은 농산물의 맛있는 국물을 빨아먹자는 엉거주춤한 자세로 살아가는 것인지 모른다.

이것은 모순인가, 아니면 당연한 귀결인가? 상당히 많은 경우 그의 말씀을 받아먹던 사람들은, 그렇게 하였다는 것 때문에 고난을 받기도 하였지만 그 고난이 오히려 그들을 영광스럽고 유명하게 만들었다. 그것이 그들을 크게 만들었고, 자기 힘으로 서서 세상을 향하여 큰소리치면서 살 수 있게 만들어주었다. 그들 자신이 큰사람이 되었다. 그러다 보니 '선생님'을 위하여 무엇인가를 함께 하자는 것에 적극 자신을 투자할 수 없다. 그에게 배운 올곧은 생각은 있어서 굽은 길을 가지 않겠다는 고집이 있기 때문이다. 그렇지만 그가 한결같이 주장하였던 부드럽고 멀리 돌아가는 길을 따르지는 못하고 있다. 그들이 비록 크게는 되었지만 역시 자잔한 잔쟁이에 불과한 모습이다.

그런데 그와는 반대로 그의 이상을 실현하기 위하여 몸을 던졌던 사람들은 한결같이 세상에서 말하는 작은 사람들이다. 그 일을 위하여 어떤 사람은 재산도 다 잃었고, 어떤 사람은 청춘을 빼앗겼으며, 어떤 사람은 인생 자체를 놓쳤다. 그런 그들에게 남아 있는 것은 사람이 사람답게 살려면 이러하여야 한다는 고집스러운 삶이다. 실패하였지만 그래도 그때 그 삶이 옳은 방향이었다는 판단으로 받는 위안이다. 그러나 그들은 그 위안으로 만족할 수 없는 양심이 있다. 그래서 오늘도 그들은 끊임없이 꿈틀거린다. 어딘가 몸에 밴 그때 그 삶을 계속하여 실현해보려고 애를 쓰는 그 모습을 본다.

그렇다면 나는 그의 말씀에서 무엇을 마시고 사는가?

나는 이 두 부류의 어디에도 속하지 않는다. 한 번도 그가 서 있는 곳에 가까이 가서 서보지 못하였기 때문이다. 그러나 다만 세상을 볼 때는 항상 거꾸로 뒤집어도 보아야 한다는 것, 사람은 사람이지 돈이나 권력이나 명예에 자신을 팔아도 될 만큼 값싼 것이 아니라는 것, 아무리 누가 무어라 하여도 총이나 칼 같은 쇠붙이보다는 봄바람같이 부드러운 말씀과 사랑이 훨씬 크다는 것, 낱낱이 흩어져 제 잘난 것만 믿고 사는 것보다는 속알은 꽉 찼으면서도 그래도 나는 쭉정이가 아닐까 하는 겸손한 마음에서 다른 것들과 함께하려는 마음이 아름답다는 것, 세상이 아무리 어둡고 더럽고 답답하더라도 역사는 한 발짝 앞으로 나아간다는 것, 더럽고 완전히 썩어야 그곳에서 새싹이 나오니 어디에서도 희망을 잃지 말아야 한다는 것, 생명은 절대명령이기에 절대긍정의 삶을 살 수밖에 없게 되어 있다는 것 따위를 철저히 믿는다. 아마도 이러한 믿음은 분명히 함석헌이 나에게 남긴 의미일 것이다.

또 간절한 소망이 있다면, 시간이 더 지나가기 전에 위에 말한 두 부류의 함석헌의 사람들이 그가 살아 있을 때처럼 한 지붕 아래 모여보는 것이다. 거기에서 누가 키가 더 크고, 누가 그에 더 가까이 서 있는가 내기하기보다는 함께 그가 하고자 하였던 그 일들을 점검하고 추진해보는 때가 왔으면 한다. 이른바 흩어진 씨울들이 모아질 때 함석헌의 사상을 실현하기 위한 모임이 그라면 거부하였을 '마사회'나 '담배인삼공사'가 내는 그 많은 희사금으로 명맥을 유지하게 되지는 않을 것이다. 그것을 그가 보기에 알짬이라고 보지는 않을 것이기 때문이다. 물론 지금 흩어진 씨울들이 서로 키재기하면서 다투는 것을 바라지도 않을 것이다. 때로는 삐지고 밉살스럽기도 하겠지만 그래도 한 지붕 아래 모여드는 것이 아름답다는 것을 알고 삶에 옮길 때가 오길 바란다. 그래서 나는 어디를 가나, 너무나 큰 욕심이긴 하지만, 평화를 심는 다리를 놓는 한 조각 돌이면 좋겠다. 그것은 생각과 행동을 하나로 하고, 전체와 개체를 하나로 보며, 물질과 정신을 통합하고, 몸과 마음을 분리시키지 않으며, 이승과 저승이 하나의 삶의 체계에 있다는 것을 실현하고 싶다. 제도가 사람을 못되게 하는 것이

많지만, 제대로 된 제도에서도 못된 인간이 나타날 수 있는 것이
니 사람이 사람답게 살기 위하여는 제도와 인간 자체의 변화가
끊임없이 일어나야 함을 믿고 사는 것이 중요함을 안다. 그것이
함석헌이 나에게 주는 의미이다.

마지막 인터뷰

김영호

내가 함석헌 선생을 처음 만난 것은 60년대 중반이었다. 복학 후 영적으로 목말라서 교회와 법회를 기웃거리다가 신학교의 문을 두드렸는데 그 과정에서 뜻밖에 함석헌이라는 큰 정신을 만나게 되었던 것이다. 안병무 선생이 교장으로 있던 중앙신학교(강남대 전신)에서였다. 호랑이를 보러 갔다가 사자까지 본 격이었다. 중신에서 함 선생은 『바가바드 기타』를 강의하고 있었다. 강독교재는 부산 피난 시절 헌책방에서 발견했다는 오래된 영문 번역판이었다. 당시나 지금이나 한국의 신학교에서 기독교 아닌 다른 종교의 경전을 가르친다는 것은 상상할 수 없는 일이다. 함 선생의 종교사상이 인도사상에까지도 열려 있음을 보여주는 일이다. 『바가바드 기타』는 다양한 힌두교사상의 한 결정체로 가장 대중적인 경전이다. 그가 1979년 토론토를 방문했을 때 집 서가에 꽂혀 있는 경전의 몇 가지 주석서를 소개하였는데 거기서 몇 가지를 뽑아 갔다. 거기에 제너, 마하리시 요기, 특히 간디와 같이 활약한 비노바 바베의 두툼한 주석서가 들어 있었다. 이후에 이 책들이『씨올의 소리』에 연재된 번역과 주석에 자주 인용되는 것을 보았다. 함 선생이『바가바드 기타』를 특별히 좋아한 이유는 이 고전이 행동의 도(카르마 요가)를 제시한다는 점이었을 것이다. 이는 그의 평소의 종교관과 행동철학에 잘 부합된다.

이것말고도 함 선생이 인도 전통에서 배운 것으로 간디의 비폭력사상이 있다. 나는 일찍이 그가 번역한『간디 자서전』을 읽고 어느 책보다 큰 감명을 받았다. 아무리 생각하고 연구해도 비폭력원리만큼 타당하고 보편적인 원리가 따로 없다는 점에서 함석헌의 뛰어난 통찰력을 다시 알 수 있다. 언젠가 동숭동 문리대 시청각 강당에서 간디 기록영화가 상연된다는 소식을 알려드렸더니 잊지 않고 와서 관람했다. 이런 것이 남아 있었나 하면서 감동을 받은 듯했다. 도인 풍모로 휘적휘적 교정에 들어서는 모습이 선하다. 비폭력 평화사상 때문에 그는 88올림픽 평화공원 기공식에 오해를 무릅쓰고 참석하기도 하였다. 1979년 캐나다 방문 당시 우리는 그의 노벨 평화상 수상을 요청하는 서명작업을 벌인 일이 있었다. 그때는 미국 퀘이커 교회가 그를 후보로 추천해놓은 상태였다. 그는 간디만 아니라 비폭력을 주장한 톨스토이와 헨리 데이비드 소로를 존경하였다. 그는 소로의 유명한 수상집『월든』을 '월든 호숫가에서'라는 이름으로 번역하여 나도 읽은 적이 있다. 얼마 전에 이곳 보스턴 부근 콩코드 근처에 있는 월든 호수를 답사하면서 바로 머리에 떠오르는 사람이 함석헌이었다. 이러한 인물을 일찍이 우리에게 소개해준 함석헌 선생의 식견에 다시 한 번 놀랐다.

선생과의 인연은 그의 생애의 끝막음으로 이어진다. 선생이 세상 떠나기 전 그의 마지막 사업은『씨올의 소리』복간이었다. 군사정권에 의해서 강제 폐간된 잡지를 복간할 계획으로 함 선생은 편집위원회를 구성하면서 그 팀에 아무리 봐도 자격이 없거나 격이 떨어지는 나를 끼어주었다. 나를 빼고는 모두 당시 재야를 대표하는 기라성 같은 분들이었다. 처음 필동의 한 음식점에서 모두 모였을 때 내가 왜 말석에라도 끼게 되었는지 너무 부끄러웠다. 아마 가장 소장인 나를 심부름이나 하라고 시켰을 것이다. 그래서 김경재 님과 나를 실질적인 편집 심부름을 하게 하고 노장층에서는 김용준 님이 대표로 나서서 소 편집위원회가 구성되었다. 여기서 첫 복간호에 함 선생과의 인터뷰를 싣기로 하고 그 일이 나에게 맡겨졌다. 그런데 그때 선생의 병세가 악화되어 서울대병원에 입원하게 되었다. 병실에 누워 있는 환자와 본격적인 인터뷰가 잘 이루어질 리 없었다. 여러 번 찾아가 기회를 엿보다가 잠깐 잠깐 여쭤보곤 하는 수밖에 없었다. 묻고 대답하기보다는 간간이 그 스스로 이야기하는 말씀을 녹음하는 식이었다. 유교경전 『대학』(大學)을 인용하면서 시류를 비판하였다. 얼마 못가서 기운이 달려 침상에 누워서 눈 감고 겨우 대답하는 상태였다. 그래도 인터뷰는 실어야 되겠기에 단편적인 말씀을 주워 모아 엮을 수밖에 없었다. 내용이 구체적이고 충실하지 못할 것은 당연했다. 인터뷰에 당시 노태우 대통령을 비판하는 내용이 왜 없느냐고 안병무 선생이 섭섭해하였다고 한다. 마오 쩌둥에 대한 비판 같은 것은 당시 학생 운동권의 환영을 못 받았을 것이 뻔하다. 그러나 현재의 시점에서 지나온 역사를 되짚어보면 함 선생의 관찰이 옳았다는 것이 드러나고 있다.

함 선생 주변을 맴돈 인연보다도 더 중요한 것은 나에게 미친 그의 생각과 사상이다. 그가 펼친 생각이 내 생각의 푯말이 되었다. 마치 손오공이 부처님 손바닥을 벗어나지 못했다고 하듯이 내가 아무리 생각을 해도 그의 사상의 언저리를 맴돌고 만 셈인 것을 알았다. 민중중심사관, 국가조직과 종교조직의 문제, 비폭력 원리, 현실 참여와 비판의 불가피성 등 그가 주장한 사상이 아직도 내 생각의 잣대로 남아 있다.

함 선생이 세상 뜰 때쯤 나는 꿈속에서 그가 머물고 있는 들판의 작은 오두막같이 생긴 다락방으로 올라가고 있었다. 나는 아직도 그가 펼친 진리의 오두막에서 못 나가고 있다. 그도 인간인지라 인간적인 약점을 보인 점도 있었을 것이다. 그러나 중요한 것은 인류 의식의 진화과정에서 어떤 기여를 하였느냐에 있다고 한다면 분명히 함석헌은 우리가 만난 어떤 한국인보다 뛰어난 사람이었다고 할 것이다. 그와의 인연이 나에게 소중한 행운으로 느껴지는 것은 아마 이런 점에서일 것이다.

40년 이민 생활의 밑그림

김세인

10월 하순경 몽둥이로 뒷머리를 얻어맞는 느낌을 받았습니다. 함석헌 선생님 탄신 100주년 기념문집에 실을 '원고 청탁서'를 받은 것입니다.

한 번도 이런 일이 있으리라고 상상해본 적이 없습니다. 매일 꼬박꼬박 일기를 쓴 적도, 어디 기고를 해본 적도 없기 때문입니다.

원고 청탁을 받지 않은 것으로 덮어버릴까도 생각해보았지만 선생님이 내 속에 자리잡고 계심을 피할 길이 없어 이렇게 붓을 들었습니다.

1960년 말경에 미주에 이민해서 Sandy Spring Monthly Meeting 퀘이커 모임에 정식 교인이 아닌 참석자(attender)로 지금까지 30년 넘게 참여하면서 이 땅에 뿌리를 내리고 살고 있습니다.

선생님 덕분이 아니라고 할 수 없습니다. 1950년 말에 서울역 앞에 있던 에비슨관에서 말씀하시던 모습이, 세월이 지나 돌아가실 때까지 변함 없던 그 모습이 지금도 제 마음속에 남아 있습니다.

한복 차림에 교회 강단에 서서 설교하는 종교인과는 다르게 중국 고전을 누구나 알아들을 수 있도록 쉽게 말씀하시고 영어 원서도 쉽게 풀어주시는 선생님의 첫인상은 참 특별했습니다.

그리고 선생님의 이러한 모습은 미국 이민 생활의 밑바탕이 되었습니다. 미국 국민이 되기 전에 한국사람이 되어야 하며 한국사람이 되는 일은 한국인의 뿌리를 찾아 붙잡는 일이라 생각됩니다. 선생님이 이러한 길을 열어주셨다고 생각합니다.

어려운 군사독재 시절『씨올의 소리』가 폐간된 후 복간되었다가 다시 정간되고『씨올소식』과『씨올마당』을 거쳐 다시『씨올의 소리』를 맞이하는 일련의 과정을 머나먼 타향에서 지켜보며, 그 속에서 선생님의 모습을 계속 뵙게 됨을, 해방신학과 민중신학을 깊이 있게 접할 수 있었고 과정신학도 김경재 님을 통해서 접할 수 있었습니다. 특별히 김진 님이『씨올의 소리』에 기고한 라이문도 파니카에 대한 소개(1998. 4, 제143호)는 더 넓은 시야를 갖게 했습니다.『베다의 경험』(*Vedic Experience*) 외에 몇 권의 책을 정독하고 있습니다.

『씨올의 소리』를 통해서 선생님의 체취를 느끼고 모습을 뵐 수 있는 것을 참으로 다행스럽게 생각합니다.

노자강좌는 어떻게 시작되었나

김제태

함석헌선생기념사업회가 선생의 탄신 100주년 기념사업의 하나로 간행하려는 책『다시 그리워지는 함석헌 선생님』에 실을 원고를 쓰라는 청탁을 받고 얼른 붓을 들지 못했다.

우선 송구스럽기도 했고, 또 개인문집에라면 모르지만 역사적인 문헌으로 가치가 있어야 할 문집에 실어도 좋을 글 내용을 고르기가 쉽지 않았기 때문이다.

망설이던 끝에 뒤란에 숨겼던 것 같은 얘기 두 가지를 꺼내려고 한다.

함석헌 선생의 노자강좌는 어떻게 시작되었는지가 그 하나이고,『씨올의 소리』가 당시 중앙정보부와 경찰의 탄압으로 폐간당할 고비를 수없이 겪었지만, 그 중에서도 숨막히는 순간으로 표현될 수 있는 숨겨진 얘기가 다른 하나이다.

노자강좌와 성서·동양학회

'설마'라고 말할 사람들도 있겠지. 하지만 이것은 사실이다.

존경하는 스승 문하에 나아가 배우는 일조차 마음대로 할 수 없고, 아는 바와 깨달음을 전하는 일이 아무에게나 허락(?)되지 않던 때가 있었다는 것 말이다.

5·16군사쿠데타 이후, 군사정권하의 상황이었다.

그러한 상황 아래 5·16을 정면으로 반박하고, 그 정권을 부정하는 함석헌 선생의 정기강좌가 근 20년 계속됐다는 것은, 그 강좌의 규모 여하를 막론하고 기적 같은 일이다. 그것이 바로 이른바 '노자강좌'요, 그 강좌가 시작된 경위는 이러하다.

1970년, 함석헌 선생의 삶과 사상을 배우고자 하는 20여 동지들이 지금의 함석헌기념사업회와 비슷한 취지로 모임을 만들었다. 이름하여, '성서·동양학회'(聖書·東洋學會)였다.

물론 당시 상황에서 '함석헌 선생'을 모임 이름이나 취지문에 거명하는 게 쉽지도 않았고, 나름대로 생각의 폭을 넓힌다는 뜻에서 구태여 함석헌 선생을 거론하지 않으면서 함 선생을 배우는 모임으로 이름을 정하려 한 것이다.

30여 년 전 창립 취지문을 필자가 보관하고 있어 여기에 그 일부를 인용한다.

……이제 우리는 역사적 현실을 의식함에 있어, 집단악(集團惡)에 대한 사랑의 힘과 기계문명을 능가할 정신문화 창조가 심각하게 요구되고 있음을 절감한다.

이에, 우리는 『성서』(聖書)와 동양(東洋)을 직결시켜 성서적 바탕에 서서, 동양사상(東洋思想) 및 한국사상(韓國思想)을 탐구하며, 동양 및 한국의 터전 위에서 『성서』의 바른 뜻을 밝혀내어, 인간의 정신적 새 기초를 수립해야 할 필요성을 공감한다.

고로, 여기에 선구된 인물의 사상 연구를 취지로 하여 '성서 · 동양학회'를 발기한다.

이 취지문은 박선균 목사(전 『씨올의 소리』 편집장)가 기초하였고, 박선균 목사와 김영호 선생(현 인하대학교 철학과 교수), 그리고 필자가 서명하여 발기하였다(당시 상황을 고려하여 서명자 수를 되도록 줄이기로 했다).

1970년 7월 1일에 발기 모임을 거쳐, 같은 해 9월 1일에 창립하였고, 그 후 매월 모임을 갖고, 함석헌 선생의 저서 내용을 중심으로 선생의 사상을 연구하고 발표하기를 계속하는 가운데, 직접 선생의 말씀을 들어 배우는 기회를 갖기로 결의하였다. 그해 11월 어느 날 서울 세검정 현 상명대학교 부근의 김홍석 회원 집에서 함 선생과 안병무 박사를 모신 가운데, 우선 노자(老子)강좌를 시작하기로 하고, 그 준비를 회장을 맡은 필자와 총무직을 맡은 박선균 목사가 위임받았다.

그러나 당시 군사정권의 미움을 사고 있던 함석헌 선생의 강좌를 위해서 한 주에 한 번씩 정해놓고 강의 장소를 빌려줄 곳을 찾기 어려웠다.

다행히 고맙게도 정동교회(기독교대한감리회 정동제일교회) 안에 있던 서울청년관(젠센 기념관)이 장소를 제공해주었다(젠센관은 노자강좌와 함께 필자가 하는 사회교육 프로그램을 위해서 수년간 장소를 제공해주었다).

이렇게 해서 1971년 4월 첫 목요일 함석헌 선생의 '노자강좌'가 시작되었다.

함석헌 선생의 노자강의는 단순히 『노자』(老子) 책을 해석하는 강의가 아니었다. 『성서』로 『노자』를 풀이하는가 하면, 『노자』로

『성서』를 해석하고, 『바가바드 기타』 등 힌두사상으로 연결짓기도 하며, 한국역사로 뛰어들어 충무공 이순신 장군은 전사(戰死)했다기보다는 스스로 죽음을 택했을 거라는 주장을 하기도 하는 그런 강의였다.

그야말로 성서 · 동양학회의 취지를 함석헌 선생의 강의 내용으로 확인하는 것이라 할까, 함석헌 선생의 사상을 성서 · 동양학회가 취지로 포괄했다는 것을 실감케 하는 강의였다고 할 수 있다.

수강생은 당시에 70대 노인에서 20대 대학생에 이르기까지 다양했는데, 비단 『노자』 강의를 들으러 모였다기보다는 함석헌 선생의 말씀을 들으러 온 사람들이었다고 할 것이다(강좌는 학회 회원강좌가 아니라 공개강좌였다).

비록 그 수는 많아야 30여 명이었고 대개는 10여 명 정도였지만 열심히들 배웠다. 사실 그때 함석헌 선생의 강좌에 참석하고 있다는 것 자체가 사찰 대상이 될 수도 있는 형편이었음에도 불구하고 참석하는 것이었다. 필자도 이 강좌의 주동자 가운데 하나라고 해서 종로경찰서에 아내와 어린 아들(유평)과 함께 연행되어 강좌에 대해 조사를 받은 일도 있었다.

필자가 함석헌 선생의 노자강좌 주선에 최선을 다하려 했던 것은 성서 · 동양학회 회장이었기 때문만은 아니었다. 학교 다닐 때, 어느 교수님이 강의 중에 유대가 로마 제국에 망할 때 있었던 일화를 소개한 일이 있다. 그때 유대 민족으로부터 존경받는 노인이 있었는데 로마도 그 노인에게 관용책을 쓰기로 하고 원하는 바가 무엇이든 다 들어주겠으니 말하라고 했더니, 그 노인이 다만 젊은이 대여섯 명이라도 내 맘대로 가르칠 수 있게 해달라고 했다는 것이다. 그 교수님 말씀은 그 노인에서 비롯된 교육이 2000년을 이어 지금의 이스라엘로 되살아났다는 것이다. 사실 여

부를 막론하고, 필자는 함석헌 선생에게서 이런 일화가 비롯되기를 바라는 마음 간절했던 것이다.

　성서·동양학회는 젠센 기념관 큰 강당을 빌려 함석헌 선생 사상연구발표회(성진회 대표 강승·함 선생 생질녀 김정희·시인 변찬린 발표)를 공개로 개최하기도 하고, 함석헌 선생 생신 축하회를 개최하기도 했으며, 매년 현충일에는 선생을 모시고 회원들이 정몽주 선생, 다산 정약용 선생, 윤관 장군, 황희 정승 등 선인들의 묘소를 성묘하면서 역사와 인생을 논하기도 하였다. 또 함석헌 선생의 영상자료 제작과 문헌자료 수집, 일부 문헌의 외국어 번역 등을 계획하기도 했다.
　필자는 여기서 함석헌 선생 노자강좌(사실은 老子·莊子講座였음)에 관련하여 아주 특별히 기억하고 그 공을 기려야 할 회원을 소개하고자 한다. 그는 조의영 회원이다. 그는 공무원 신분임에도 불이익을 괘념치 않고 초기부터 강좌를 끝내야 했던 때까지 17여 년간 계속 참석하면서 자비로 카세트 테이프를 구입하여 함석헌 선생의 강좌 내용을 모두 녹취하여 역사적 자료로 남긴 것이다. 기념사업회에서 이 녹음을 풀어 책으로 낸다니 더욱 다행스러운 일이다. 필자는 돌비에 새기는 마음으로 여기에 이 사실을 적어 넣어 조의영 선생의 노고와 공헌을 치하하고자 한다.
　성서·동양학회의 함석헌 선생 노자강좌 계획 추진은 아마도 조의영 씨를 통해 함석헌 선생의 생각과 음성을 이 세상에 남기려는 하느님의 뜻이었나 보다고 믿고 싶다.

'씨올의 소리'에 이바지한 숨은 씨올들
　'씨올'이라는 호칭을 마치 함석헌 선생의 아호인 양 쓰려는 시도에 대해 반론부터 표하고자 한다.

왜 그랬을까. 함석헌 선생 장례식을 오산고등학교에서 거행할 때부터 '씨올 함석헌 선생'이라고 하여 씨올을 마치 함석헌 선생 아호인 양 쓰기 시작하더니, 기념사업회에서도 '씨올 함석헌 선생 탄신 100주년 기념사업'이라고 하여 공식적으로 사용하고 있다.

이는 당치 않은 일이라고 생각한다. 우선 함석헌 선생이 생존해 계셔서 이런 일을 보셨다면 긍정하실까 말이다. 함석헌 선생이 당신의 아호처럼 쓰고 싶어하신 바는 '바보새'(信天翁, albatross)였던 것으로 안다. 씨올을 당신의 아호연하여 쓰신 일은 없다고 생각한다. 어떤 글에서 '씨올 함석헌'이라 쓰신 일이 있다지만, 그것은 '일개 씨올인 함석헌'이라는 뜻으로 쓰셨겠지 아호처럼 쓰셨을 리 만무하다. 짐작건대, 그 어른이 '씨올'을 독점하고 뭇 씨올들에게서 씨올로서의 긍지와 정체성을 뺏을 분이 아니다.

『씨올의 소리』는 1970년 4월에 창간하여 5월호까지 단 두 호를 내고 군사정부에 의해 등록을 취소당했고, 행정소송을 내서 대법원 판결까지 거쳐 승소하여 1971년 8월부터 복간호를 내기 시작했다.

그러나 정부 당국은 인쇄·제책 과정을 방해했고 판매를 금지하거나 압수하는 등 탄압은 물론, 인쇄소에 들이닥쳐 자기들 마음대로 내용을 고치거나 삭제하는 횡포를 자행했다.

중앙정보부 요원이나 경찰관으로 생각되는 정체불명의 사람들이 『씨올의 소리』를 인쇄해주거나 제책해주는 업소를 수색해 불이익을 주거나 협박함으로써 『씨올의 소리』가 제작 불가능으로 스스로 주저앉고 말도록 상황을 만들어가고 있었다. 1972년 1월부터 이미 총판계약을 했던 종로서적센터에 압력을 넣어 계약을 취소하게 했고, 아울러 문대골 당시 『씨올의 소리』영업부장(현 한국기독교장로회 목사)을 구속하여 혹독한 고문 끝에 사임하게 하는 한편, 시중에 배포한 『씨올의 소리』 2,000부를 판금 조처하고, 인쇄 계약을 맺었던 삼명인쇄사, 전광산업시보사 등이 계약을 취소하게 하는 일이 자행되었다.

결국 1972년 4월호는 겨우 인쇄만 해놓은 상태에서, 그나마도 고스란히 압수당할 것을 염려해 편집위원 장준하 선생(전 『사상계』 발행인) 댁으로 이것을 옮겨놓고 가족끼리 접지 작업을 해서 보급했다는 것이다.

하지만 이런 상태로는 『씨올의 소리』가 한 발짝도 앞으로 나아가지 못하리라는 판단을 한 장준하 선생은 궁리 끝에 스스로 중앙정보부 고위 당국자와 만나 담판을 지었다.

장준하 선생은 정부 당국에서 태도를 바꾸어 『씨올의 소리』 탄압을 중지하도록 권고하다가 그것이 여의치 못하자 담력 있게 통고를 했다는 것이다.

"만약에 이 같은 당국의 방해와 탄압이 계속된다면 지하간행물로 돌변하여 사생결단의 투쟁으로 맞서겠소. 진로를 터주겠소, 아니면 지하간행물이 되게 하겠소?" 대략 이런 담판을 걸었다는 것이다.

전국의 크고 작은 인쇄, 제책 시설을 이잡듯이 뒤져 살피는 당국자로서는 장준하 선생의 이런 통보가 아마도 죽어가는 참새의 최후의 "쨱!" 소리 정도로 들렸을 것이다. 그런데 하도 불가능한 일을 장담하고 나서는 장준하 선생을 어떻게 봤던지 단 한 번이라도 당국의 눈을 피하여 제작해내는 재주를 부린다면 다시 고려해보겠다고 했단다.

당시 『씨올의 소리』제작 지원진으로서 편집위원은 이병린 변호사·이태영 변호사·계훈제 선생·천관우 선생·김동길 교수·장준하 선생으로 구성되어 있었는데, 이분들은 대국적 방향 설정 등을 담당하면서 대외적인 울타리 구실이 더 큰 분들이었고, 기획·편집·제작 등 실제적인 업무는 공개되지 않았지만 기획위원이라는 명분으로 문대골·문명섭·진영상·채규철 제씨와 필자로 구성되어 있었다.

장준하 선생의 담판 이후, 분위기가 더욱 삼엄해진 인쇄·제책소에서 어떻게 단 한 달치만이라도 더 제작하느냐 하는 것은 당국으로서나 『씨올의 소리』 제작진 양편에 모두 숙젯거리였다. 결국 이 일은 당시 인쇄·제책 관계자들과 친분이 넓었으면서도 적극적인 반정부 활동을 못 한 연고로 당국의 요시찰인물이 아니었던 필자에게 맡겨졌다. 그리고 책이 만들어져 나오기까지는 함 선생도 모르게 이 일을 진행하며, 다만 장준하 선생과 박선균 편집장, 필자, 그리고 제작을 혼자서는 추진할 수 없어서 참여하게 된 필자의 아내 이렇게 네 사람만 아는 일로 하였다.

원고가 필자에게 넘겨진 후로는 장준하 선생도, 박선균 편집장도 시치미를 뚝 떼고 마치 할 수 없이 손놓고 있는 것처럼 태연스럽게 날을 보내고 있었다. 그러나 원고를 넘겨받은 필자로서는 그야말로 일생일대의 결단 같은 것을 해야 했다. 만약에 제작 진행을 하다가 들키는 날에는 우선 잡혀가서 고문 받을 것이 문제였다. 문대골 부장처럼 큰 뼈대(大骨)도 아니니 잡히면 몸이 남아나지 못할 것이다. 또 혼자도 아니고, 아내와 함께 하다가 둘이 다 붙잡혀 가면 자식들은 어떻게 한단 말인가. 그러나 이것은 이미 내려진 결단의 뒷걱정일 뿐이었다.

여기까지는 '『씨올의 소리』에 이바지한 숨은 씨올들'의 애기를 하기 위한 경위 설명일 뿐이고, 이제부터가 본래 쓰고자 하는 내용이다.

요즈음은 컴퓨터 한 대만 있으면 책을 만들어낼 수 있다. 그러나 당시에는 컴퓨터를 일반이 쉽게 쓸 수 없던 활판인쇄 시대였다. 원고를 인쇄소에 넘기면, 인쇄소에서는 우선 문선부(文選部)에서 납으로 만들어진 글자(活字) 한 자 한 자를 원고대로 골라 모아 식자부(植字部)로 넘기고, 거기서는 골라놓은 글자들을 발간하려는 책의 판형(『씨올의 소리』는 국판형이었음)에 맞추어 하나하나 꽂아 판을 짜서 우선 낱장 교정지를 찍어내 편집자에게 넘기면, 편집자는 원고대로 식자가 돼 있나, 고칠 데는 없나를 살펴 교정을 한다.

이 교정지를 따라서 판을 수정하는 과정을 대략 서네 번 거치노라면 수정이 완료되는데, 그러면 편집 책임자가 교정 완료 표시 'OK'를 놓게 되고, 연후엔 판 종이에 글자자국을 내는 이른바 지형(紙型)을 뜨고, 그 지형에 납덩이를 도가니에서 녹인 것을 부어 주물판을 만들어 이것을 인쇄기에 걸어 인쇄를 한다. 이렇게 인쇄된 것을 제책소에 넘기는데, 제책소에서는 주로 여성 기술자들이 하는 접지작업과 접지한 것(꼭지)들을 모아 풀칠작업(호부장)이나 실로 엮는 작업(양장)을 거쳐 책을 만들고 이것을 재단부로 넘겨 재단하면 완제본이 되는 것이다. 그런데 이런 여러 과정이 한두 군데 업소에서 이루어지는 게 아니고 대체로 가깝고 먼 여러 장소를 옮겨 다니며 이루어진다.

필자가 이렇게까지 인쇄·제책 과정을 자세히 설명하는 것은, 당시 『씨올의 소리』가 당국의 감시와 사찰 아래 몰래 한 달치 몇천 권을 만들어낸다는 것이 얼마나 어려운 일이었던가와 아울러, 혹 몰래 만들어냈다고 하면 그 여러 과정에 관여했던 많은 사람들이 한결같이 입 다물어준 결과이니 얼마나 대단한 일인가를 실감케 하기 위해서다.

물론 필자가 『씨올의 소리』 한 달치, 그 담판용을 만드는 데도 이 모든 과정을 거쳐야 했다. 우선 평소 믿음직하게 여겨 거래와 친분을 가졌던 분에게 갔다. 을지로 삼정동에 문선과 식자를 합쳐 15, 6명쯤이었던가 하는 크지 않은 조판소가 있었다. 거기 책임자는 필자보다 몇 년 연상의 황해도 출신 실향민 유씨였다. 필자는 아무 설명 없이 원고를 유씨에게 넘겨주었다. 유씨는 원고를 대강 넘겨보고는 아무 감정 표시 없이 "네 알겠습니다" 했다. 모른 척하고 진행할 심산인 양 대수롭지 않게 받아놓았다. 도망치듯 그곳을 빠져나와 연락을 뚝 끊고 있다가 10여 일 후에 교정지를 넘겨받아 단 두 번의 교정을 거쳐 박선균 편집장의 'OK'를 받아 서둘러 여러 과정을 진행시켰다.

을지로 소재 몇 군데 업소를 돌며 지형과 제판, 인쇄 등의 과정을 거쳤다. 표지는 『씨올의 소리』라는 큰 글자와 내용의 제목들이 또렷이 드러나는 것이어서, 조심스럽게 을지로에 있는 삼호인쇄사에 부탁했다. 그리고 지형작업을 위해 식자 조판한 것을 옮길 때와 본문 인쇄한 것을 제책소로 넘길 때는 마차형 손수레꾼에게 의뢰했고, 지형과 표지 인쇄한 것 등을 옮길 때는 영업용 택시를 이용했다. 용달차는 조사당할 가능성이 더 있으니까. 그것도 단 번에 직행하지 않고 엉뚱한 곳, 큰길가, 되도록 번잡한 곳에 일단 옮겨놓고, 거기서 다른 택시 편으로 또 한 번, 이런 방법으로 세 번쯤 거쳐서 목표 업소로 옮기는 식이었다.

그럴 때마다 물건을 옮겨놓은 데서 좀 떨어져서 필자의 아내가 눈치 안 채이도록 지키고 있곤 했다. 나중에 아내는 그때 일을 두고 너무 무섭고 떨려서 두 번 다시 할 수 없는 일이라고 했다.

제책은 역시 평소 거래로 사장과 친분이 있던 인현동 삼성제책소에 의뢰했다. 인쇄된 본문지와 표지를 받은 사장 김씨는 일감을 대강 살펴본 뒤, 알았다는 듯 대수롭지 않게 여기는 태도로 넘겼다. 일종의 묵계였다. 물론 필자도 사전에 어떤 일감이라는 설명을 하지 않았다. 그렇다고 그게 어떤 일감이라는 걸 모를 리 없다. 사장은 서둘러 야간작업으로 제책을 끝내주었다.

당시는 기계제책이 일반화되지 않아 대부분 여성 기능자들로 이루어진 많은 인원이 작업에 참가해야만 했다. 본문 인쇄지를 한 장 한 장 접어 이것을 한데 엮고 『씨올의 소리』라는 표지를 씌워 재단하는 작업에 참가한 사람들이 이것이 무슨 책이라는 것을 몰랐을 리 없다. 더구나 『씨올의 소리』를 인쇄해주거나 제책해주는 곳을 찾아내려는 당국의 눈초리가 삼엄한 상황에서 말이다.

필자가 '『씨올의 소리』에 이바지한 숨은 씨올들'이라는 작은 제목을 달아 나타내려는 뜻이 바로 여기에 있다. 그때 그 일감을 맡아준 회사 대표들이 단순히 필자와의 친분 관계나 돈벌이를 위해서만 한 일이라고는 생각할 수 없다. 글자찾기(文選)부터 제책에 이르는 과정에 참가했던 그 많은 사람들의 입은 누가, 무엇이 꼭 다물게 했을까.

아니, 당국의 지시를 받은 '감시꾼'들은 정말로 '이 잡듯' 뒤졌는데도 그 책이 나올 수 있었을까. 인쇄물들이 몇 번에 걸쳐 제책사에 도착할 때, 단 한 번이라도 그 제책사에서 감시꾼과 맞닥뜨리지 않은 것은 어디서 온 요행일까.

아마도 하늘이 시키셨을 게다. 씨올마음(民心)은 하늘마음(天心)이라 하거니. 그때 그 책이 나와야 했기에 하느님이 움직이셨을 게다. 옛 사람들이 감천(感天)하신다 이르던 게 바로 이런 것이리라.

여하간 만들어졌다. 1972년 5월호 『씨올의 소리』.

장준하 선생이 이 책을 당국에 전했는지 어쨌는지는 모른다. 그 후로 얼마 동안 필자는 씨올의소리사 쪽에 가지 않았다. 아무튼 그 뒤로 당국에서 인쇄소를 지정해주었다. 만리동에 있는 대광인 쇄사다. 그곳엔 이미 『기독교사상』지가 지정받아 인쇄를 하고 있었고, 그 후 『씨올의 소리』도 계속 그곳에서 인쇄를 하게 되었다.

그 일이 있은 지 수년 후에, 다급하게 교정하느라 가슴 두근거리며 만지던 그때 그 교정지를 묶어 만든 허름한 교정본(校正本)을 옛 이야기삼아 함 선생님께 보여드렸더니 황송하게도 속장에다 "김제태 동지. 함석헌"이라고 서명까지 해주셨는데, 필자가 화재를 당해 모아두었던 책과 기록, 사진과 함께 그 책도 잃고 말았다.

아깝지만 아쉬워만 할 일이 아니라고 생각한다. 그대로 보존됐더라면 혹여 두고두고 제 자랑거리로 삼지 않았을까. 만약 그랬다면 그 '숨은 씨올들'에게 죄스러운 일 아니겠나.

하늘 뜻을 따랐을 그 숨은 씨올들. 치하하고 존경한다. 참 고마웠다.

하늘은 한 시대에 몇 사람쯤이나 그런 훌륭한 분들을 세상에 보내시는 걸까. 불경스런 표현이 될지 모르지만, "참 그립다! 바보새 함석헌 선생. 그리고 장준하 선생".

나를 깨워 일으켜준 얼

박선균

할 말이 있다! "네가 누구냐고 묻는가?" 물을 것이다. 2천 년 전 애굽·바빌론의 문명이 오고 가는 세계의 한길에 나타나, 약대털옷에 가죽띠를 띠고 메뚜기와 석청을 먹으면서, "나는 빈 들에 외치는 소리다!" 하는 세례 요한을 보고 "네가 누구냐!" 했던 인간들이 나보고 묻지 않을 리가 없다……

이 글은 1957년 3월호 『사상계』에 실린 함 선생님의 글 「할 말이 있다」의 첫머리이다. 나는 40년 전 이 글에 접할 수 있었다. 그것은 우연이었다. 고학생 주제에 『사상계』를 사서 볼 만한 여유나 실력이 있어서가 아니었다. 대학생 선배의 책꽂이에서 우연히 본 것이다. 당시에는 잡지만이 아니라 신문들도 한문투성이였기 때문에, 고등학생 실력으로 『사상계』를 읽어낸다는 것은 쉽지 않았다.

그러나 유난히도 내 눈에 쉽게 들어오는 제목 하나가 「할 말이 있다」였다. 쉬운 제목이기 때문에 그냥 펴본 것이다. 내용도 모두 한글이었다. 나는 단숨에 다 읽을 수 있었다. 처음에는 뜻을 안 것 같지도 않다. 그러나 군데군데 나를 감동시키는 대목이 있었던 것 같다. 나는 또 읽었다. 소리내서 읽어도 보았다. 그러는 중에 알 수 없는 어떤 힘이 내게 와 닿는 것 같은 느낌을 받았다. 이 글은 쉬운 한글로 씌어 있긴 했지만 보통 글이 아니라는 것을 조금씩 깨닫게 되었다.

나중에 안 일이지만, 선생님의 글은 파격적이었다. 다듬어서 내는 문체가 아니었다. 말 그대로 거침없이 폭포수같이 튀어나오는 선생님의 글은 아주 혁명적이었다. 이런 글을 지금까지 본 일이 없다. 때로는 불같이, 때로는 물같이, 분노하고 절규하고 심판하는 듯 이어지는 선생님의 말씀은 나를 그냥 놔두지 않았다. 잠들어 있는 나를 막 흔들어 깨우는 것 같았다. 몇 번을 읽었을까. 나는 아예 내 노트에 이 글을 모두 베꼈다. 그리고 기회 있을 때마다 계속 읽었다. 그래서 앞부분 얼마는 거의 외우다시피하였다.

사실 당시 나는 무작정 상경 끝에 간신히 얻은 직장에서 일하며 공부하고 있었다. 아무도 돌봐주는 이 없는 외로움에 울고, 가난에 울고, 못생겨서 울며 괴로워하던 때였다. 어떡하든지 반드시 돈을 벌어서 가난을 면해보리라. 부자가 되든지 고관대작이 되어 성공하리라, 마음에 다짐했다. 돈과 벼슬이 나의 목표였다. 그러나 마음같이 되지는 않고 현실 벽에 부딪혀 진학의 꿈도 깨지면서 나의 꿈은 산산조각이 날 판이었다. 내성적인데다 감수성이 예민하던 시절, 좌절 속에 생을 비관하기에 이른 때, 선생님의 「할 말이 있다」를 만난 것이다. 이 글은 나에게 있어서 큰 구원이었다.

이렇게 「할 말이 있다」가 『사상계』에 나간 이후, 윤형중 신부가 「함석헌 씨에게 할 말이 있다」는 제목의 글을 게재하면서 일대 논전이 시작된 것은 유명하다. 함 선생님은 「윤형중 신부에게는 할 말이 없다」는 제목으로 마치 폭풍우와도 같은 말씀으로 가톨릭에 대한 맹공격을 퍼부었다. 윤 신부도 만만치 않았다. 「함석헌 씨의 답변에 답변한다」는 글로 물러서지 않았다. 선생님은 더 이상 대응하지 않았다. 그런데 얼마 후 가톨릭에서는 그래도 분이 안 풀렸는지, 서창제라는 분이 『신태양』지에 「무교회주의에 대하여」란 제목으로 '함석헌은 저능아' 운운하며 "함석헌 하나가 가톨릭에 대드는 것은 사자에게 덤벼드는 아메바 한 마리에 불과하다"는 글을 낸 일이 있다. 함 선생님은 그 글을 보시고 「사자냐? 아메바냐?」라는 글을 『신태양』에 쓰셨다. 이처럼 통쾌한 글은 일찍이 보지 못했다. 나는 선생님의 글을 계속 읽을 수 있었다. 대격전이었다. 가톨릭에서는 섭섭할지 모르지만 내 보기에도 싸움은 함 선생님의 완승으로 끝났다. 이것은 나만의 생각이 결코 아닐 것이다.

그 후 선생님은 5·16 군사독재정권과의 싸움으로 이어지지만, 나는 선생님의 글을 통해 몰랐던 너무 많은 사실을 알게 되었다. 조금씩 나의 눈이 떠지는 것도 의식할 수 있었다. 나는 『사상계』가 나올 적마다 선생님의 글이 있나 없나를 먼저 살피게 되었고, '함석헌' 이름 석 자를 똑똑히 기억하게 되었다. 아니, 기억하기보다는 내 마음속에 새겨졌다고 해야 할 것이다. 대체 '함석헌'이란 분은 어떤 분인가? 나는 선생님에 대한 관심과 그리움으로 가득 차 있었다.

선생님의 답장 받고 감격하던 날

1958년 어느 날이라 생각된다. 나는 고향 선배에게 "혹시 함석헌 씨를 아느냐?"고 물었다. 선배는 이미 함석헌 씨를 직접 봤다고 말하면서, 그분은 대성빌딩(당시 명동 소재)에서 '새윤리'라는 강연을 계속한다고 했다. 그러면서 "함석헌 씨는 수염이 길게 났는데, 예수와 비슷하다"고 말했다. 나는 당장이라도 대성빌딩으로 달려가고 싶었지만 그럴 형편이 못 되었다. 그해 8월 어느 날이었다. 나는 『한국일보』를 우연히 보게 되었다. 「보안법에 걸린 나라 없는 백성」이란 제목으로 큰 기사가 났는데, 거기에 함 선생님의 사진까지 나 있는 것 아닌가! 자세히 보니 필화사건이었다. 『사상계』에 실린 선생님의 「생각하는 백성이라야 산다」라는 글이 문제가 된 것이다. 선생님의 모습이 초라했다. 내가 생각한 모습이 아니었다. 넥타이를 매거나 신사나 고관대작이 아니었다. 시골 농부의 모습 같았다. 사실 나는 그 모습이 좋았다. 그 기사를 자세히 읽는 중에 선생님의 주소 '용산구 원효로 4가 70번지'를 발견했다. 나는 그것을 노트에 적어두었다. 그 후 선생님은 구류 20일 만에 석방되었고, 『사상계』에 「'생각하는 백성이라야 산다'를 풀어 밝힌다」라는 제목으로 눈물 어린 애국충정의 글이 발표되었다. 나는 '이때다!' 하고 선생님께 편지를 썼다. 무슨 말을 어떻게 썼는지 전혀 기억이 없다. 선생님의 답장 내용으로 볼 때, 젊은 혈기로 남 앞에서는 감히 한마디 말도 못 하는 주제에 편지로는 제법 열정을 가지고 '나라를 위해 목숨을 버리고 싶다, 어쩌고' 한 것 같다. 선생님은 아직 말도 채 되지 못한 어린 학생의 글을 읽으시고 답장을 주신 것이다.

  선균 군에게,
  군의 편지 감사히 읽었소.
  참을 찾고, 정의를 사모하고, 나라를 사랑하는 맘은 하나님의 뜻이 우리 안에 일으키신 것이니, 스스로 감사하고, 내가 내 자신을 존중하여 그 정신을 잃지 않고 키우도록 해야 할 것이오.

……새싹이 첨 틀 때는 열이 나듯이 우리 맘이 첨 일어날 때도 열정이 있는 법이오. 그러나 새싹이 열만 있으면 도리어 썩듯이 우리 맘도 그저 열정만으로는 오래 못 가! ……

광신적 종교는 못 써! 그러므로 믿음이 필요한 것이오. 구원한 이상을 바라며 부족한 나 자신과 사악한 사회에서 낙심을 아니 하고 이기는 것은 겸손한 믿음이오. 어떤 실패를 당하면서도 하나님이 마침내 이기시고야 만다 하는 믿음, 죽으면서도 비관 아니하는 믿음, 죽임을 당하면서도 대적을 미워하지 않는 믿음, 그것만이 이길 것이오…….

봉함엽서에 단기 4291년 12월 31일자 일부인이 찍힌 것으로 볼 때, 1958년임을 알 수 있고, '원효로 4가 70 함석헌'이라는 친필 글씨가 선명했다. 나는 이 편지를 받고 얼마나 감동하고 흥분했는지 모른다. 어쩌면 나 같은 사람에게 친히 편지를 주시다니! 전혀 상상치 못한 일이었다. 당시 나의 생각으로는 신문에 글을 쓴다든지, 잡지에 글이 나고 이름 석 자가 활자로 찍혀 나오는 그런 분은 보통 사람이 아니라고 생각했다. 이런 훌륭한 분이 나에게 직접, 내 이름을 부르며 답장을 보내주시리라고는 전혀 기대하지 않았다. 나는 가까운 이웃들에게 이 편지를 보여주며 자랑하기도 했다. 이 편지는 지금도 보관하고 있다. '91년 12월 31일'과 '원효로 4가 70 함석헌'은 아직도 뚜렷하다.

예기치 못한 선생님과의 만남

내가 ○ 대학의 합격통지서를 받은 때는 1959년 2월이었다. 등록금에 대한 아무런 대책도 없이, 일종의 모험심으로 도전하기는 했으나 또 한 번의 쓰라린 좌절을 맛보고 있을 때였다. 신문에 ㅈ

신학교에서 숙식이 제공되는 근로장학생을 모집한다는 광고가 났다. 나는 눈이 번쩍 뜨였다. 여기야말로 내가 갈 곳이구나 생각하고 부랴부랴 서류를 준비해서 응시했다. ㅇ대학의 합격통지서가 결정적이었다. 나는 농촌지도자 양성을 위한 근로장학생이 되었다. 어느 날 나는 ㅈ학교 강의시간표를 받아본 순간 내 눈을 의심했다. 강의시간표에 '함석헌 선생 특강'이 있는 것이 아닌가. '아니, 선생님이 여기와 무슨 관계가 있는가?' 나는 전혀 모르고 있었다.

나중에 안 일이지만, ㅈ신학교는 함 선생님과 창립 당시부터 인연이 있었다. 설립자 이호빈 목사를 비롯하여 홍태헌 교수, 안병무 박사 등은 일찍이 선생님과 교분을 가지고 있었고, 선생님이 넥타이 매고 양복 입고 찍으신 사진도 홍 교수님 앨범에서 볼 수 있었다. "야, 정말 이 학교에 잘 들어왔구나! 하나님의 뜻이구나!" 거듭거듭 감격했다.

이윽고 함 선생님의 특강 시간이 왔다. 나는 숨을 죽이고 기다렸다. 선생님의 특강에는 전체 학생이 참석했다. 선생님은 한 선생의 안내를 받아 성큼성큼 들어오시더니, 칠판에 왕양명의 시 한 편을 쓰신 것으로 기억한다. 글씨에는 힘이 있었고, 목소리는 카랑카랑했으며, 쏘는 듯한 안광이 빛났다. 고름이 있는 회색 두루마기를 입으셨고, 머리와 수염은 희끗희끗한데, 너무 잘 나시고 멋이 있어 보였다. 신문에서 본 초라한 모습이 아니었다.

선생님의 강의는 다른 선생님들처럼 노트나 교과서를 보면서 하는 강의가 아니었다. 메모 한 장 없이 그냥 말씀하시는데, 동서고금의 학문과 종교를 꿰뚫어보시는 듯, 선생님의 강의의 깊이와 넓이를 당시 나의 실력으로는 측량할 수가 없었다. 그저 놀랄 뿐이었다.

나는 1970년까지 위 학교를 졸업하고 거기 직원이 되어 일하면서, 선생님을 먼발치에서, 또는 가까이에서 뵐 수 있는 기회가 자주 있었다. 1960년 4·19가 일어나고 곧이어 5·16이 일어나면서 선생님이 군사정권에 저항하는 최일선에 서서 국민적 지도자로 부상하면서부터는 학교에 오시는 일이 거의 끊어지기도 했다. 선생님의 강연 소식이 여기저기에서 들려올 때마다 나는 기회가 주어지는 대로 달려가 참석했다. 선생님이 강연하는 곳이면 어디든지 꽉꽉 사람이 미어터져 발 디딜 틈이 없을 정도였다. 보통 두 시간 정도 서서 들었다. 강연이 끝나면 선생님이 원효로까지 걸어가시는 것을 보았다. 나는 선생님과 함께 걸어도 봤지만, 선생님의 걸음은 너무 빨랐다. 따라가기가 힘들었다. 흰 두루마기 자락을 바람에 날리며 걸어가시는 선생님의 모습은 한 폭의 그림 같았다.

1965년 안병무 박사가 독일에서 돌아와 교장에 취임하면서 선생님은 ㅈ신학교에 자주 오셨다. 나중에 함 선생님께 전임강사 대우를 해드린 것으로 안다. 그 후부터 선생님은 나도 조금씩 기억하시는 것 같아 기뻤다. 한번은 선생님이 학교 게시판에 내가 써 붙인 붓글씨를 보고 "잘 썼다"고 칭찬해주신 일이 있다. 나는 신이 나서 계속 글씨 연습도 해보았지만 어림없었다. 70년 첫 학기쯤으로 기억한다. 안 박사가 교장에서 물러나고 함 선생님의 강의시간도 없어진 것을 알고 난 다음, 나도 누가 뭐라 하지는 않았지만 학교에 머무를 마음이 없어져서 사표를 던졌다. 이런 훌륭한 인물을 왜 수용하지 못하는가 하는 항의 같은 것도 있었지만, 복잡한 사무직 일에서 탈출하고 싶은 마음이 있었던 것도 사실이다.

다음해 7월이었다. 거의 1년 동안 실업자가 되어 방황하고 있을 때, 나는 함 선생님의 부름을 받았다. 물론 안 박사님의 추천도 있었지만, 선생님도 나를 알고 계시던 때였다. 이것은 행운이요 전화위복이 아닌가. 꿈에 그리던 선생님을 매일 뵙게 되고 선생님 댁으로 출근하게 되었으니 이런 축복이 어디 있는가. 나는 남모르는 기쁨을 머금고 있었다. 선생님의 강연을 녹음하고, 그것을 풀어 원고를 만들고, 선생님과 회의를 하며, 매월『씨올의 소리』를 내는 일로 바쁘게 뛰어다니는 것이 즐거웠다.

선생님 곁에서 10년, 듣고 본 것

나는 전체적으로 10년쯤 선생님 곁에서 선생님의 심부름을 했다 할 수 있다. 선생님 곁에서 4, 50년을 지낸 분들에 비할 때, 나의 10년은 내놓을 것이 못 될 것도 같다. 그러나 1971년부터 1980년까지 10년에 이르는 엄청난 역사의 회오리 속에서 선생님은 그 한가운데서 활동하셨기 때문에, 그 현장을 지켜본 나의 체험은 중요할 수도 있을 것이다. 사실 나는 솔직히 말하면 나는 새도 떨어뜨릴 만한 정보원들의 위력에 떨고, 몇 번 연행당하며 구류 정도 살았을 뿐 당당하게 내놓을 것이 아무것도 없어 부끄러운 마음으로 이 글을 쓴다. 「씨올의 소리 탄압이야기」를 쓸 때도 조금 언급했지만, 기록도 제대로 못 하고, 사진 한 장 찍어놓지 못한 점은 두고두고 한으로 남을 수밖에 없다. 그러나 내 눈으로 직접 본 것은 있다. 생생하게 기억하는 것이 분명히 있다. 사흘이 멀다 하고 가택연금 아니면, 정보과 형사·정보부원·보안사 요원 등이 들락거리고, 선생님의 강연을 방해하고, 쓰신 글을 사전검열하고 붉은 글씨로 삭제 표시하여 못 나가게 하고, 인쇄소에 압력을 가하여『씨올의 소리』를 내지 못하게 하는 등, 필자가 듣고 본 것을 여기에 다 기록할 시간도 지면도 없기 때문에, 몇 가지만 언급하고자 한다.

첫째는 선생님의 저항과 분노의 모습이다. 선생님은 1963년 8월 16일자 『동아일보』에 「정부 당국에 들이대는 말」을 쓰신 일도 있지만, 어떤 분이 선생님의 90평생을 한마디로 '저항'이라 할 수 있다고 한 말을 듣고, 과연 맞다 생각한 일도 있다. 날짜는 정확하지 않으나 1974년 대통령 긴급조치가 떨어지고 나서 선생님이 가택연금된 어느 날이다. 기관원 네댓 명이 대문 앞을 지키고 있었다. 나는 사무실에 있다가 선생님의 분노하시는 너무도 큰 목소리를 들었다.

"허락이라니? 박정희는 한강다리 넘어올 때 허락받고 넘어왔나!"

나는 소스라치게 놀라 뛰어나갔다. 아마 짐작건대 "윗분의 허락이 있어야 나가실 수 있다"는 기관원의 상투적인 말을 듣고 분노하신 듯했다.

또 어느 때는 "동네 사람들 들어보시오!" 하면서 지키고 있는 사복형사들을 앞에 놓고 일장연설을 하신 일도 있다. 정확하게 1979년 3월 24일이다. 함 선생님과 함께 종로 5가 기독교회관 금요기도회에 참석하기 위하여 자택을 나서자 기관원 열두 명 정도가 자택 앞길을 막았다. 선생님은 물러서지 않았다. 그날 오후 네시 삼십분부터 일곱시 금요기도회가 끝날 때까지 무려 두 시간반 동안 150여 미터를 밀고 나가며 기관원들과 싸우는 선생님의 모습을 봤다. 그때 선생님의 외손자가 대학생인데 나와 함께 선생님과 기관원들을 지켜보다가 더 이상 참지 못하겠다는 듯 육탄공격으로 나서려 할 때, 선생님은 "아니다, 너는 가만 있어라!" 하시며 제지하셨다. 선생님이 형사들이나 기관원들과 싸우실 때도 무슨 과격한 언동이나 이성을 잃는 일은 결코 보지 못했다. 그저 손으로 밀기만 하시고, 그들 누구와도 맞대고 싸우는 일은 없었다. 그런 선생님의 모습을 생각할 때, 선생님의 싸움의 대상은 어디까지나 악한 정권에 있고 시대의 죄악에 있었지 어느 개인이 아니었다.

둘째는 선생님의 서민적 모습이다. 나는 선생님의 서민 같은 모습이 좋았다. 선생님은 권위주의라고는 찾을 수 없는 분이다. 내가 10여 년을 선생님 곁에서 『씨올의 소리』 일을 보았지만 선생님은 한 번도 이래라 저래라 지시하는 일이 없었다. 그저 알아서 하고 스스로 일하기를 바라셨던 모양이다. 나는 그것도 채 깨닫지 못하고, 오랜 생활 하급직원으로서 길들여진 상태에서 무슨 지시가 내려지기만 기다렸으나, 선생님은 아무 지시도 없었다. 대문은 항상 열려 있기 때문에 누구나 노크도 없이 들어올 수 있었고, 선생님을 만나기도 쉬웠다. 『씨올의 소리』 사무실이 선생님이 기거하시는 방 앞을 지나서 안쪽에 있었기 때문에, 비서 역할이나 문지기 역할도 할 수 없었다. 우리는 오는 사람을 좀 통제해 보려고도 했지만, 선생님은 전혀 그런 문제에 신경쓰지 않으셨다. 『씨올의 소리』를 다시 시작하면서 선생님의 사무실을 따로 만들어드려야 한다는 이야기도 나왔지만, 선생님은 "그럴 필요가 없다" 하시고, 만들어주려면 조그마한 책상 하나 한쪽 귀퉁이에 놓아주면 좋겠다고 하셨다.

선생님의 식사는 1일 1식으로 알려진 바지만, 그때도 점심 한 끼를 드셨다. 세 끼 먹는 우리는 마치 할아버지 밥상에 둘러앉은 손자들 모양 보통 대여섯 명씩 버젓이 앉아 함께 식사를 했다. 점심 시간에 오는 사람이면 누구나 식탁에 참여할 수 있었다. 두레상도 있었지만 네모난 다리 부러진 상도 있었다. 선생님은 부러진 상다리를 비닐 끈으로 동여매 쓰고 계셨다. 나중에 짐작한 일지만 선생님은 같이살기운동을 생각하시며 그렇게 하신 듯도 한데, 그때 나는 까맣게 모르고 그저 열심히 먹기만 한 것이다. 그런 우리를 보시고 어떻게 생각하셨을까? 선생님은 그 넓은 마음으로 스스로 깨달아 알기를 기다리셨을 것인데, 아무 반응도 조짐도 보이지 않았으니 얼마나 답답하셨을까?

끝으로 한 가지를 더 말한다면 선생님이야말로 씨올의 참모습을 우리에게 보여주신 분이라고 나는 생각한다. 나는 솔직히 말해서 '씨올'이라는 말이 처음 나왔을 때, 그게 무슨 소리인가 했다. 전혀 아는 바가 없고 느낌도 없었다. 나만이 아니라 다른 이들도 '민중'은 알겠는데, '씨올'은 무엇인지 도대체 알 수 없다는 말을 여러 번 들었다. 선생님의 거듭된 설명과 말씀을 듣고 어렴풋이 짐작을 하기도 했으나, 곧바로 잊어버리고 손에 잡히는 것이 없었다.

1978년 어느 날로 기억한다. 내가 『금지된 씨올의 소리』를 묶어서 한 권의 책으로 준비하면서, 선생님과 백병원 병실에서 인터뷰를 가진 일이 있다. 나는 그때 "씨올은 죽지 않는다"는 선생님의 말씀을 들었다. 나는 이 말씀이 선생님의 유언 가운데 으뜸이라고 생각한다. 그 후 책의 발문을 쓰면서 나는 내 나름대로 확신을 가졌다. '그렇다! 씨올의 참모습을 어디 다른 데 가서 찾을 것이 아니다. 함 선생님 자신이 씨올이다! 함석헌 사상이 씨올사상이고, 함석헌 정신이 씨올정신이다. 함석헌＝씨올이다.'

선생님 90평생의 삶 전체가 씨올의 참모습을 찬연히 나타내 보여주고 있다고 본다. 선생님같이 순수하고, 선생님같이 생을 살되 옳게 바르게 곧게 살며, 어떤 욕심도 없이, 나라와 민족과 세계를 진정으로 생각하며 산 어른이 누구인가? 오직 참을 찾아 한평생을 바친 이런 인물을 어디 가서 다시 만날 것인가? 선생님 탄신

100주년을 맞아, 아직도 어리석고 부족하기 짝이 없는 나의 못남을 탄한다.

함석헌과 나, 그리고 생명공동체

이해학

나는 해방되던 무렵에 노령산맥과 차령산맥이 만나는 지리산 끝자락인 회문산 언저리 순창에서 무녀독남으로 태어났다. 동네 앞으로는 섬진강이 느리게 때로는 빠르게 굽이굽이 흘렀다. 해방되던 무렵 온 동네 사람들이 감옥에서 풀려나오는 사람들을 마중하는 경쾌한 장면을 할머니 등에서 구경하였다. 6·25 전에는 왜 그리 먹을 것이 궁하였던지 처음에는 보리가 떨어지고 메밀도 떨어지면 자운영을 베어다 먹었다. 그것도 떨어졌을 때 도토리로 연명하고 심지어는 소나무 껍질을 벗겨다 먹으러 깊은 산을 헤매었다. 그런 와중에도 나는 일찍 국민학교에 들어갔다. 아버님 손을 잡고 나무로 깎은 나막신을 신고 학교에 간 첫날 교장선생님께 마룻바닥에 엎드려 큰절을 하여 온 교무실이 웃음바다가 되기도 했다. 이것이 나의 추억에 남은 아름다운 어린 시절이다. 그것이 아름다운 추억의 마지막 장면이다. 그 다음부터는 음침하고 불안하고 소름끼치는 슬픔과 아픔이 내 어린 시절을 뒤덮는다. 회문산에서부터 봉화가 오르면 어른들을 따라 뒷산에 올라가서 봉화를 구경하였다. 섬진강 건너편 인계면을 넘어 쌍치 복홍의 높은 산들마다 연기가 올랐다. 체계산 넘어 구례 쪽도 한꺼번에 봉화가 오른다. 어른들은 두런두런 불안한 대화를 주고받는다. 곧 무엇인가가 터질 듯한 그 음산한 분위기를 지금도 잊을 수가 없다.

B-29가 하늘을 나르기 시작하더니 전쟁이 일어났다고 야단들이었다. 나는 전쟁이 무엇인지를 전혀 몰랐다. 그러나 전쟁은 사정없이 잔인한 것으로 덮쳐왔다. 아무런 이성도 체면도 없었다. '나리나리 개나리……' 하며 줄 서서 여선생을 따라다니던 것도 며칠, 운동장에는 군인들이 점거하고 학교는 문을 닫고 말았다. 얼마 뒤에 봉화가 오르던 팔덕면 쪽에서는 매일 콩 볶는 소리가 들렸다. 비행기가 와서 다리를 부수고 폭격을 가한 지 며칠 만에 거대한 다리는 무너졌다.

밤에는 공비라고도 하는 인민군들이 산에서 내려와 사람들에게 등짐을 지워 지리산으로 올랐고 그들은 대부분 집에 돌아오지 못했다. 낮에는 국군들이 몰려와 살아남은 사람은 모조리 끌어다가 섬진강 가에 줄 세우고 기관단총으로 쏘아서 죽였다. 나는 그들의 피가 섬진강으로 흘러 섞이는 것을 동산에 서서 바라보았다. 나는 이때에 막연하게나마 언젠가는 이 사실의 증인이 되어야 한다는 것을 느꼈다. 죽음의 공포가 후방에 사는 우리에게도 엄습하였다. 내가 가장 좋아하고 따르던 육촌 형뻘인 화주 아버지는 경찰서에 끌려가서 온몸이 팅팅 부어 화장실을 가는데 돼지같이 기어가는 것을 같은 마을에 사는 순사가 회초리를 들고 몰고 가더라고 누군가가 전했다. 그 형은 며칠 만에 집에 돌아왔으나 바로 죽어서 내가 학교 가는 길목에 묻혔다. 그때 나는 학교에서 돌아올 때마다 그 묘지에 가서 형의 억울한 죽음에 반듯이 복수를 하겠다고 다짐하기도 했다. 지금은 그 순사도 죽고 없다.

동네 사람들은 대나무 밭에 굴을 파고 숨기도 했는데 배짱 좋으시던 우리 아버지도 별수없이 동네 어른들 몇 분과 여름 내내 수수밭에 숨어 지내셨다. 전쟁이 그치고 난 뒤 아버님은 마흔한 살의 나이에 돌아가셨다. 4학년까지는 책상에 앉아보지도 못하고 땅바닥에 글씨를 쓰면서 공부를 하였다. 내 생전에 유네스코에서 보내준 고마운 교과서와 매일 나누어주던 미국 우유, 그리고 한 숟갈씩 입 벌리고 받아먹던 간유는 잊을 수가 없을 것이다. 수천 대의 GMC 트럭에 탄 파란 눈의 코쟁이 미군이 휩쓸고 지나간 자리에는 처녀와 아줌마들이 노랑머리 아이를 낳아 울면서 고향을 떠나는 풍경이 내 어린 눈에 선하게 그려져 있다.

중학교는 춘향이골 남원에서 다녔는데 그때가 지리산 공비 토벌을 마지막 하던 때였다. 여름에는 아침 일찍 아이스크림 집에 가서 얼음과자 통을 메고 다녔고 광주에서 다니던 고등학교 때는 『경향신문』을 돌렸다. 『경향신문』이 이승만 정권에 의해서 휴간 폐간이 반복되는 사이에 독자들의 분노를 대하며 민주주의를 호흡했던 나로서 1960년 고등학교 2학년생으로 4·19에 가담한 것은 당연했는지도 모른다. 광주 도청 앞에서 물대포를 맞으며 경찰서로 진격하였을 때는 경찰은 공포탄을 쏘아도 밀려오는 군중을 막을 길은 없고 아직 발포명령이 나기 직전이어서 당황한 나머지 개머리판을 돌리며 경찰서를 막으려 사수하고 있었다. 이 개머리판에 나는 이마를 맞아서 이마 뼈가 네 조각이 나 죽은 지 여덟 시간 만에 깨어 일어났다. 지금도 그때에 입은 이마의 상처를 안고 4·19탑에 가서 그곳 어디엔가에 있어야 할 내 자리를 더듬어 본다. 아니 나의 살아 있는 이유를 찾아본다.

고등학교를 졸업하고 학교 도서실 사서조교로 근무하던 1년간 그 시대에 누군들 그렇지 않을 수 있을까만 『사상계』를 읽기 시작하였다. 모르면서도 읽었다. 소화가 안 된 채 읽었다. 『사상계』의 도움이었을까 5·16혁명 이후에 서점에 쏟아져 나온 함석헌 선생의 『인간혁명』은 너무도 강렬한 인상을 주었다. 붉은 글씨의 표지만 보아도 혁명이었다. 이러한 때에 도서관에 처박혀 있을 수가 없었다. 뛰쳐나가고 싶었다. 그냥 앉아 있을 수 없는 그 무엇이 있었다.

함 선생님은 5·16군사혁명이 일어나고 시퍼런 기운이 감도는 때에 "군대는 똥이다" "4월에 핀 꽃은 오래 가도 5월에 핀 꽃은 곧 시들고 만다"라고 겁없이 비판하셨다. 당시에 살아 있는 이는 그분뿐이었다. 그가 하나님같이 보인 것을 어쩌랴.

바로 이때에 남원교회 선배들이 서울로 올라오라고 불렀다. 그들의 도움으로 1963년부터 영적 감성이 풍부한 한 신학교에 입학하여 열정에 빠졌다. 당시 나의 영적 상태는 목마름 자체였다. 기도원을 헤매며 금식과 방언 받기 위한 몸부림을 치는 나의 열광적 신앙은 가히 자랑스러웠다. 그러면서도 문학 청년으로서 서울 생활을 위해 고학을 하면서도 흥사단 시국강연을 찾아다니는 이중생활을 주변에서는 이단자같이 바라보았다. 목마름과 자기정리가 안 되어 방황하던 때에 그곳에서 만난 분이 김영록, 이영일 학우이다. 이분들도 나이 많은 동료로서 우리는 한 가지 공통점으로 친해졌는데 함석헌 선생에 대한 관심이었다. 우리는 곧 함석헌 연구에 몰두하였다. 『죽을 때까지 이 걸음으로』에 실린 사진을 펴놓고 그분 글을 읽고 토론하였다. 우리는 새벽마다 다른 사람들의 눈길을 피해 기숙사 목욕탕으로 가서 함께 애국가를 조심스럽게 불렀다. 새벽마다 눈물을 흘리며 순복음의 뿌리를 썩게 하는 자유주의 신학교를 성령의 불칼로 없애달라고 기도하던 내가 선교사들의 제국주의 근성에 맞붙어 싸우고 그 학교 졸업장을 거절하고 말았다. 그곳을 빠져나가서 한국신학대학으로 옮길 수 있었다. 이 모든 것은 함석헌 선생을 배웠던 결과였다. 당시 나의 혼란을 정리할 수 있었던 것은 함석헌에게서 역사신앙을, 장준하에게서 민족주의를 배웠기 때문이었다. 또 한 분 빈민들 속에서 노동목회를 한 일본의 가가와 도요히코(賀川豊彦)에 심취되었다. 지나고 보면 나는 그분들의 사상적 언저리를 떠나지 못하고 사는 것 같다. 그 이후에 나는 한국신학에 가서 김재준에게서 생활신앙을, 박형규에게서 참여신앙을, 문익환에게서 통일의 열정까지를 맛보며 자랐다. 그러기에 나는 훌륭한 선생님들의 자양분을 맛볼 수 있었던 행복한 사람이라고 늘 자부한다.

국가비상사태가 선포되자 외국여행을 하다 말고 돌아오셔서 사상계사 주관으로 시국강연을 하셨다. 광화문에 사람들이 구름떼같이 몰려들었다. 나도 들어가지 못해 아우성을 치는 군중 가운데 하나였다. 하도 밖에서 야단들을 치니까 장준하 선생님이 함 선생을 발코니에 모시고 나와 한마디 하셨다. 무슨 말씀이었는지는 기억나지 않는다. 확실한 것은 그분이 있어서 우리는 행복했다. 말 탄 경찰들이 들이닥쳐 군중을 사납게 흩었지만 우리의 가슴은 뜨거움이 펄펄 넘쳤다.

우리에게 『씨올의 소리』는 희망의 상징이었다. 1970년 4월 19일 『사상계』가 폐간되자 사상계의 정신적 맥을 이어가는 『씨올의 소리』가 4·19학생혁명 10주기를 기념하여 창간된 후 폐간·복간을 거듭했지만, 모두의 가슴에 희망의 물줄기를 이어주었다. 그 암흑기를 뚫고 나아가는 바알에게 머리 숙이지 않은 7천 명의 지도자들과 동지들이 곳곳에 포진하고 있음을 확인하는 복음이었다. 그 잡지가 급기야 탄압을 받아서 인쇄소에서 재단을 못한 채 접지로 된 책을 장준하 선생이 몇 권씩 가족들 책가방으로 빼내다 발송하고 있을 때 인쇄업을 하는 고향 선배 강은기 선생이 그 책을 버스에서 팔았다는 말을 듣고 달려가 나도 팔겠다고 했을 때는 이미 팔 책이 없어서 돌아온 것이 못내 아쉬움으로 남아 있다.

원효로에 계실 때는 새해 세배를 가면 선생님은 당황해서 어쩔 줄 몰라하셨으나 쌍문동에 사실 때는 절을 제대로 받으셨다. 나는 고학을 해야 하였기에 노자풀이 강연을 듣지 못한 것이 늘 서운하였는데 한신대에서 동양사상을 수강할 수 있어서 다행이었다.

1969년 군대에 갔다가 폐결핵으로 의병제대를 하고 돌아와 복학을 하였지만 조용한 학기가 없었다. 당시로는 교련반대와 언론화형식으로 매 학기 수업이 제대로 되지 않았다.

이때 함석헌·김재준·이병린 어른들이 '민주수호국민연합'을 만들고 일촉즉발의 위기감이 돌았다. 드디어 3학년 2학기인 1971년 가을 위수령 파동이 발동되어 고대 운동장에 군인들이 진을 쳤다. 그때 문교부가 제적을 명령한 전국 데모 주동자 173명 속에 내가 들어 있었다. 교수님들은 제자를 제적시킬 수 없다 하여 마지막까지 버티었으나 결국 제적되고 말았다. 나는 나 아닌 엄청난 다른 힘이 나를 역사 복판으로 떠밀어 가는 것을 느꼈다. 그때 나는 악의 힘에 휩쓸린다고 생각하였는데 나중에 보니 성령의 힘에 끌려 다닌 것이었다. 나는 교단이 인정하는 선과로 옮겨 학업을 계속하려 하였으나 경찰이 극성을 부려서 리포트로 대신하라는 지시를 받았다. 1973년 한신대 학업을 마치고 박형규 목사님이 지도하시는 빈민선교단체인 도권특수지역선교위원회(KMCO) 실무자로 성남 지역에 파송을 받았다.

1973년 민족의 성일인 3월 1일에 성남에 주민교회를 창립하였다. 민족의 정기와 예수의 정기를 합류하여 생명운동의 텃밭을 일구고자 하였다. 그해 9월에 김대중 씨가 일본에서 납치되고 재미교포 신문을 복사하려던 나는 남산 중앙정보부에 끌려가서 벌거벗겨진 채 침대목으로 3일간 죽도록 두들겨 맞았다. 북쪽에 몇 번 갔느냐는 것이다. 나중에 안 일지만 그 신문이 김대중 씨를 지원한 교포신문이기에 나를 빨갱이로 몰아서 김대중 씨를 잡을 궁리를 하였다는 것이다. 이런 소용돌이 속에서 우리는 첫번째 성탄절을 맞아서 김포공항에서 예배를 드렸다. 김포는 일본의 매춘 관광객이 들어오는 통로요 외를 유치하는 통로요, 김대중 납치 후 굴욕외교의 통로로서 이 시대의 가장 낮은 자리 구유라고 교인들이 토론을 통해서 결정했기 때문이었다.

1973년 말 장준하 선생과 백기완 선생이 '헌법개정 청원 백만인 서명운동'의 기치를 들었다. 5·16군사혁명 주체와 공화당이 흔들거렸다. 급기야 김종필 총리는 1974년 1월 8일 대통령긴급조치 1, 2호를 발표하였다. 함 선생님은 내가 1월 18일 긴급조치 1호로 가장먼저 구속되어 감옥에 있을 때에 시작된 목요기도회에서 가족과 어울려 함께 싸우셨다. 특히 1975년 1월 19일 15년형을 받고 있는 이해학 전도사 구속 1주년 기념 강연은 위험을 무릅쓰고 하셨지만 많은 사람들에게 용기와 희망을 주셨다. 그리고 우리 교회 창립기념일인 3월 1일에는 여러 차례 강연을 맡았으나 번번이 연금되어 오시지 못하셨다. 그러나 우리 교회에서 씨올교육의 일환인 여성교육을 위한 '마실터' 개원예배에 오셔서 감격스러운 말씀을 주셨던 것을 잊을 수가 없다.

1976년 3·1절이었다. 내 인생에서 참 큰 사건이 이루어진 날이다. 그날 우리 교회에 강사는 함 선생님과 이우정 선생이었다. 그분들은 경찰에 의해서 연금되어 못 오시고 이럴 때를 위해 미리 준비하셨던 문익환 목사님이 강연을 하고 돌아가셨다. 내게는 아무 일도 없었다. 그래야 했다. 바로 그날 명동성당에서 '민주구국선언문'이 발표되었다. 그 일로 해서 윤보선·함석헌·김대중·이우정·문익환·서남동·문동환·김지하 등이 국가내란 예비음모죄로 구속되었다. 그리고 이들을 사형으로 몰아갈 기세였다. 더 실감나는 것은 이우정 선생이 눈덩이가 시퍼렇게 되어 나오고 함 선생님이 수염이 뽑혀 나오신 것이다. 피가 거꾸로 돌았다. 며칠을 고민하다가 우리 교회 청년회장 김금용 씨를 불러 선언서를 주고 복사하여 알리기로 하고 자금을 주어 내려보냈다. 그는 전주에서 '민주구국선언문'을 뿌리다가 탄로가 나서 올라와 나에게 알리고 붙잡혔다. 나는 6개월간 수배된 뒤에 자수하여 3년형을 살았지만 우리 교회가 받은 시련은 이루 말할 수 없다. 서굉일 교수는 이 사건을 '기장 100주년교회역사'에 자료를 실었다. 나는 1978년 8·15에 출옥하였다.

80년대 광주민중항쟁을 거친 우리는 일정 부분 좌절과 함께 과격한 경향으로 경도되고 있었다. 함 선생님은 이것을 몹시 우려하셨고 역사를 길게 보고 긴 호흡으로 미래를 준비할 것을 강조하셨다. 주변에서 이제는 변절하셨다고 선생님께 강연 부탁을 꺼려하는 경향까지 일었다. 지금 생각하면 그 말씀을 좀더 귀기울여 가슴에 묻을 것을 하는 아쉬움이 있다.

그는 여러 가지 공동체운동의 실제에서는 완성을 이룩하지 못하였지만 그것은 뜻이 전파하는 그 본래의 목적에서 출발하였기 때문에 일의 성패와는 큰 관계가 없었다고 생각된다.

함 선생님은 70대 초 퀘이커 중심의 평화운동을 펴는 한편 군사독재·유신체제에 맞서서 싸워야 했고, 다른 한편으로는 함께 사는 운동을 전개하여 하나님의 창조물인 인간의 생명은 존중되어야 한다고 하였다. 씨올들이 동아리 져 예수사상, 간디사상으로 뭉쳤다. 함석헌의 공동체운동을 통한 사회운동의 밑바탕에는 성서의 평화사상, 정의사상과 함께 예수의 저항정신이 있었다.

우리는 매해 3·1절에 '통일민족을 향한 함께 사는 운동'이라는 표제를 걸고 민족의 절기와 교회창립 기념행사를 해왔다. 군사독재 시절 유일한 합법공간을 최대한 활용하였다. 그날은 경기도 일대에서 모여 왔다. 힘있는 사람과 힘없는 사람이, 노인과 어린이가, 남자와 여자가 한 조를 이루어 함께 뛰는 '꼴찌 마라톤'은 태극기를 손에 들고 갈 때는 민족통일의 구호를 외치고, 올 때는 군사독재 타도를 외치는 신형 데모였다. 그래서 갈 때는 경찰의 안내를 받고 올 때는 그들과 막아 서서 한판씩 실랑이를 벌이곤 하였다. 나는 씨올의 한 사람으로서 『씨올의 소리』가 제창한 '더불어 사는 운동'을 구체적으로 현장에서 실천하고자 했다.

주민교회는 1979년에 '주민공동체 헌장'을 발표하고 함께 고백해왔다. 79년 신용협동조합을 창설하여 지금은 4천여 조합원을, 90년에 시작한 생활협동조합은 1천5백여 조합원을 확보하고, 98년 3·1절에 '생명공동체 선언'을 함으로써 더불어 사는 운동의 본격화를 시도하였다.

수많은 실험을 거쳐온 씨올농장의 체험을 믿음을 기반으로 하는 생명공동체에서 실현해보고자 한다. 그래서 함석헌 선생이 주장한 개인과 전체를 한가지로 인식하고 개체와 전체를 하나로 조화하는 생명운동을 이어가고 싶다. 나는 함석헌을 통해서 생명을 사랑하시는 예수를 선명히 보고 느꼈기에 그는 나의 구원의 안내자이다. 나의 예수이다. '죽을 때까지 이 걸음으로' 나도 그와 함께 가고 싶다.

오산을 떠나시던 날의 풍경

김경옥

"계희영"
"길은호"
"김경옥"
"김대섭"
"김도희"
"김병채"
"예, 예, 예, 예, 예, 예……"

회색 서지 두루마기를 입고, 출석부를 뒷짐에 들고 갓 학교에 들어온, 오산사립고등보통학교의 신입생들의 이름을 부르며 층층대를 내려오는 이가 바로 1학년 갑조 담임인 함석헌 선생님이다.

비상한 기억력
어느새 자신이 담임한 학생들의 이름을 죄다 외웠다. 1937년 3월, 겨우내 영하 섭씨 20도를 오르내리던 강추위도 한결 풀리고, 멀리 서쪽에 제석산이 바라다보이고, 남쪽에 남산, 동북쪽에 연향산, 그리고 뒤의 황성산 기슭에는 벌써 파릇파릇 새싹이 돋고 있었다. 철 이르게 집을 나온 천재 건축가 박동진 씨가 설계해서 지은 교사는 붉은 벽돌 3층 건물로 500명 오산 건아의 보금자리다.

널찍한 운동장에서 입학식을 마친 우리들 민족의 간성을 꿈꾸는 100명 중 1학년 갑급 50명은 함석헌 선생의 인솔로 건물 서쪽 1층으로 들어가려고 하였다.

그럴 수가 없었다.

담임인 함 선생은 교사 바로 서쪽 언덕에 있는 설립자 남강 이승훈 선생의 동상 앞으로 이끌고 갔다.

춘원 이광수가 지은 동상명인 '쓰여 붙이는 말'을 모두 외어야만 교실에 들어갈 수 있었다.

남강 이승훈 선생은 서력 1864년 갑자년 3월 25일에 평안도 정주 본집에서 이석주 씨 둘째아들로 나니 모친은 홍주 김씨라, 어려서부터 밝고 참되니 사람들의 믿음을 받다. 중년에 무역상으로 이름이 높아진 것도 이 갸륵한 인격이 신용의 밑천이 된 것이다. 1907년 정미년 6월에 평양에서 도산 안창호 선생과 만나 뜻이 서로 맞아 신민회에 들고, 일변 향지에서 오산학교를 세우고, 일변 마산동에 자기 회사를 세우니 모두 나랏일이다. 이로부터 선생의 국가적 생활이 시작된다. 1910년 기미년 33인의 한 사람으로 옥에 들어간 것까지가 세 번이요, 있기가 전후 아홉 해, 선생의 백발이 옥중에서 난 것이다. 예수교에 두터운 신앙을 가지어 오래 장로로 있었고 가장 사랑하는 아들 재단법인 오산고등보통학교 이사장이다. 선생의 품에 자라난 오산학원 동창들이 선생의 은혜를 기념할까 하고 힘을 모아 이에 선생의 동상을 세우니, 서력 1929년 을사년 11월 30일이다.

춘원 이광수 동상 옆에 낡은 무덤이 하나 있고, 비석도 서 있다. 별로 관심이 없어서 그냥 지나쳐버렸지만, 나는 본래 초등학교도 오산사립보통학교를 나왔기 때문에, 오산학교의 본래 시발인 소학교 구내의 '경의제'를 한번 쳐다보고, 학년 갑급 교실로 들어갔다.

수학 · 영어 · 역사도 척척

확실히 몇 학년 때부터인지는 기억이 나지 않지만 함 선생의 둘째따님과 사촌동생 함석조는 오산소학교에서 같이 공부하였으며, 남강 선생의 외손자로 기억하는데, 뒤에 오산학교의 이사장을 역임한 조진석 박사의 장남인 조명준 박사도 같은 반으로 가끔 함께 함석헌 선생의 사택으로 놀러가곤 하였다.

오산학교 남쪽 언덕 너머에 과수원으로 둘러싸인 아담한 집으로 기억된다. 함석조는 동기동창 때 가끔 만나고, 따님은 부잣집 맏며느리감으로 얼굴이 풍만하게 생겼다.

나는 만 6세에 초등학교에 들어갔으며, 순조로이 오산보통에도 진학했으니까 갑 · 을조 합해서 100명인 1학년생 중에 나와 같은 나이의 어린 학생은 단 두 명뿐이었고, 가까운 성주의 오천학교에서 검정시험으로 합격한 노(盧)모는 우리보다 나이가 더 아래로 아주 수재였다.

우리들은 매일 여섯 시간의 정규수업이 끝나면, 한 시간 동안 복습을 하는데, 모르는 것이 있으면 담임인 함석헌 선생에게 질문하곤 하였다.

함 선생은 수학이면 수학, 영어면 영어, 역사면 역사 무슨 학과이든지 척척 가르쳐주는 것이었다. 사실 함 선생은 오산 선배들이 별명 지은 대로 '함 도깨비'로 모르는 것이 없었다.

오산에는 이런 전설이 내려오고 있었다.

어떤 유학생이 정신이상으로 해괴망측한 행동을 하므로 고향에서 그의 부모를 모셔왔다. 그런데도 부모도 알아보지 못하고 여전하였다고 한다. 그런데 함석헌 선생이 "여봐 학생, 정신을 차리게, 부모님이 오시지 않았나?" 하니까 곧 잠잠해지더라는 얘기다. 그만큼 함 선생은 학생들에게 존경을 받고 있었다는 말이다.

오산 출신이라면 누구나 또렷하게 기억할 학교 서쪽의 제석산, 그 산마루에 걸터앉았던 저녁해가 서쪽 해창 앞바다로 넘어가고 뉘엿뉘엿 노을이 지면 우리들은 책가방을 싸고 학교를 나섰다.

나는 집이 5리 가량 동쪽에 있던 경의선 정거장 고읍(古邑)이었기 때문에 서둘러 학교 운동장을 빠져나와 철길 밑의 신작로를 재빠르게 걸어갔다.

오산에 흔한 것이 '넉'이라는 토탄이다. 들리는 말로는 석탄이 되려다가 채 못 된 것이라고 하는데, 그런 넉이 나는 고장은 그리 많지 않다고 한다. 그 넉에 불을 붙여 아궁이에 넣고 재를 덮어두면 밤새 꺼지지 않고 온돌방을 뜨듯하게 데워주어 아주 귀중한 겨울 땔감으로 사랑을 받았다.

함 선생 댁에서도 그 '넉'을 땠을 줄로 안다. 논에서 캐는 그 넉은, 봄부터 가을까지는 농사를 지어야 하기 때문에 볼 수 없지만 가을이 되어 벼를 다 베고 나면 캐서 마치 벽돌 무더기처럼 쌓아놓고 겨울 연료로 내다 팔기도 하고 또 집에 가져다 때기도 한다.

오산학교를 나온 이들을 살펴보면 큰 사업이나 돈 모으는 재주는 없어도 이름 없는 교육자로 세상에 많이 봉사했음을 알 수 있다. 훌륭한 인물로는 우리나라 교육계의 보배인 박창환이 있다. 나하고 동경유학을 갈 때는 음악을 공부하려고 갔는데, 서울에 와서 보니 어엿한 목회자가 되어 있더니, 어느 사이에 헬라어 권위자가 되고, 광나루 장로교신학대학의 학장으로 있다가 전두환 씨가 학장 위임을 거부하여 시카고에 와서, 함석헌 선생 1주기 추도 때 설교를 맡아주었다. 지금은 모스크바 한국인신학대학의 학장으로 있다.

남부여대(男負女戴)로 간도에

제2학기 방학식은 내일인데 느닷없이 전교생은 강당에 모이라는 것이었다.

강당이라야 그로부터 4년 뒤에, 정식 강당이 완성될 때까지 임시로 쓰던 유도실이었다. 여기서 오산사립고등보통학교(1940년에 접어들면서, 일본식으로 중학교로 이름이 바뀌기 전에는 그렇게 불리었다)의 교사 배열을 잠깐 설명할 필요가 있다.

3층 벽돌건물인 본관은 운동장 바로 뒤에 의젓하게 자리잡고 있었으며, 그 뒤에 약간 높은 데 도서실, 그리고 그 뒤 소나무숲 속에 유도실이 있었다.

황성산의 남쪽 기슭으로, 뒤에는 전날 민족의 대표적 서정시인 소월 김정식이 노닐던 경의선 다리가 있고, 강당으로 쓰이던 유도실 자리에는 나중에 국제규모의 수영장이 들어서고, 대강당은 동쪽에 그 옆에는 화학실험실 등, 조선 내 최대규모의 시설을 갖추었다.

학생들은 그 모임이 함석헌 선생의 고별사를 위한 것임을 직감하고 있었다.

사실 전쟁이 턱앞에 다가오자 일본 군벌은, 조선의 지성인 수만 명을 감쪽같이 처치해버리려는 음모를 꾸미고 있다는 그런 소문이 퍼지고 있었다.

그 첫번째로 자기네 나라의 전쟁수행정책에 큰 걸림돌이 되고 있는 함석헌을 제지하기 위해 우선 그가 조선인 청소년 등을 가르치는 교육계에서 활동하지 못하도록 하고자 했던 것이다.

일본 군벌은 구미연합국과의 전쟁수행을 위해서 각 부문에서 이른바 그들이 생각하고 있는 불온지성을 우선 입 다물게 할 필요가 있었으며, 그 제1급 인물이 함석헌이었던 것이다. 더욱이 그는 일본이 가장 미워하는 오산학교의 교사가 아닌가!

실은 감쪽같이 교단에 서지 못하게 하려면, 학년 말 (당시 각급 학교는 3학기제였다)에 이런저런 핑계를 대 학교를 그만두게 하는 것이 마땅하지만, 더는 오산의 청소년을 가르치게 내버려둘 수 없다고 생각했는지 그 학기가 끝날 때, 그나마 사정을 봐주어서, 갑자기 추방을 명령했던 것이다.

전교생이 모두 유도실에 모였다. 이윽고 함석헌 선생을 비롯한 모든 교사들이 줄줄이 들어왔다.

교장이 단 위에 올라가서, 이번에 개인사정에 의해 함 선생이 학교를 떠나게 되었다는 송별의 말을 하였다. 그때의 교장은 남강 이승훈 선생의 맏사위인 주기용 씨였다.

장내는 엄숙했다. 바늘이 떨어져도 고막을 찢을 듯한 정적이 흘렀다. 이윽고 함석헌 선생은 낯익은 회색 두루마기 자락을 너풀거리며 단 위에 올랐다.

늦가을의 오후는 너무 조용했다.

학생들은 차마 무엇을 어떻게 느껴야 할지 모르는 것 같았다.

함 선생도 비감이 복받쳐 오르는 듯, 잠시 말문이 막히는 듯, 꼼짝하지 않았다. 그러나 금세, 가까스로 숨을 가다듬고 입을 열었다.

"학생들 미안합니다. 나라 사정에 의해서 내가 오늘로 오산의 교단을 떠나게 되었습니다. 정말 미안합니다."

한동안 말을 잇지 못하고 물끄러미 창 밖을 내다보다가 다시 정색을 하고,

"내 연전에 기차를 타고 평양에 나갔다 오다가 기차간에서 허름한 옷차림의 중년 부부를 보았는데, 아마 그 첫 자식인지 서너 살 난 사내아이가 칭얼거리며 엄마의 가슴에 파고드니, 무덤덤한 표정의 그 엄마인 듯한 중년 부인이 남부끄러운 줄도 모르고 젖을 꺼내, 그 젖은 말라 비틀어졌지만요, 아이 입에 물립디다. 그 남편인 듯한 중년 사내는 그저 창 밖으로 휙휙 지나가는 낯익은 정경을 더 이상 볼 수 없게 되니 놓칠세라 뚫어져라 쳐다보고 있었지요!"

감개가 서린 듯 한참을 또 말문을 닫고 있다.

"그렇게 간도로 가는 동포들, 입에 풀칠이라도 해야 하니까 죽지 못해서, 목숨이 더러워서, 황량한 만주 벌판 살을 에는 찬바람 휘몰아치는 곳으로 남부여대로 떠나가는 동포들!"

하도 기가 막히다는 듯, 이제 설움도 더 느낄 수 없을 만큼 자신도 무덤덤해져서,

"아마, 이 조선 땅은 머지 않아 텅텅 비게 되겠지요."

이미 창 밖에는 뉘엿뉘엿 저녁 노을이 지고 있었다. 그러나 단 한 학생도 숨조차 크게 쉬지 않고, 함 선생이 말하는 그 구구절절한 동포들의 참상에 귀 기울이고 슬퍼하면서 시간 가는 줄을 몰랐다.

선생님, 참 뵙고 싶습니다
박상희

오늘 참으로 오랜만에 한신대 수유리 캠퍼스를 돌아보면서 새삼스런 얼굴들이 떠올랐습니다. 크고 작은 역사의 소용돌이 속에서 오늘 지금 여기를 살라는 거부할 수 없는 명령을 가슴에 품고 그 삶을 살기 위해 역부족이었던 자신에 대한 자각도 없이 그냥 맨몸을 살던 때.

하얀 수염에 하얀 두루마기 자락을 훨훨 날리면서 저기 저만큼 걸어오시던 함 선생님. 선생님은 그 모습 그대로 우리들에게 희망의 소리였고 힘이었습니다.

선생님을 가까이 모실 수 있었던 것은 1971년 위수령으로 인해 학교에서 제적당한 후, 1972년 마침 학교에 특강 오신 채규철 님을 통해서 씨올의소리사에 근무할 수 있게 되면서였습니다.

이미 오래 전에 작고하신 친정 아버지(만주에서 해방 전에 역사 선생님으로 근무하셨음)께서 숙독하시던 『사상계』를 통해서 선생님의 글을 조금 접할 기회가 있었고, 『생각하는 백성이라야 산다』라는 글을 즐겨 읽으시던 돌아가신 아버지 영향을 받아 마음으로만 흠모하고 있었는데 전혀 뜻하지 않게 가까이서 뵐 수 있는 기회를 갖게 된 것이었습니다.

1972년 3월.

전차를 타고 원효로 4가에 내려 구불구불 골목길을 돌아 열린 문을 들어서서 계단을 뺀 좌우 터에 화초가 가득한 길을 오르는데, 낯익은, 아주 맑은 홍안의 젊은 분이 소리 없이 웃고 계셨습니다. 그분이 바로 장준하 선생님인 것을, 그날 그분이 선생님과 함께 천안 씨올농장으로 떠난 뒤에야 알 수 있었습니다.

그렇게 선생님을 뵈러 간 날 우리 시대의 두 거목을 동시에 뵙게 되었습니다.

제가 아직 학생이고 씨올의소리사에서 일하고자 왔다는, 학교에서 잘려서 오게 된 것이라는 채 선생님의 말을 들으실 때, 조금 고개를 숙이시듯 하며 잠시 침묵하시던 선생님의 모습이 너무도 인상적이었습니다.

선생님은 그 후로도 자주 그런 모습을 보이셨는데, 뭔가 못마땅한 결과에 대해 생각하실 때나 곤란한 일을 듣거나 발견하시면 그런 표정을 지으시곤 하였습니다.

그러고는 "여기 일을 할 수 있겠나!" 하시면서 "한번 해보시오" 하셨습니다.

그 뒤 저는 박선균 목사님의 이야기를 듣고 선생님의 그 모습과 말씀을 이해하게 되었습니다. 바로 전에 근무하시던 분이 고문으로 그만두셨다는 사실을……

그날, 천안으로 떠나시기 위해 옷 입으러 들어가신 선생님을 향하여 아까 열린 문으로 들어올 때 처음 마주한 그 젊은 분이 약간 겸연쩍은, 그러나 확실한 소리로 "저, 선생님, 기름값을 주셔야겠습니다, 5,000원만요" 하셨습니다.

　장준하 선생님! 저는 선생님을 생각하는 이 자리에 장준하 선생님을 생각하지 않을 수 없으며 장 선생님을 생각하면 항상 눈물이 앞을 가립니다.

　가난을 삶으로 사시면서 민주의 자존감을 지켜주신 분.

　결국 장 선생님은 죽음을 당하는 그 순간까지 이 가난의 거룩함을 소유하셨습니다.

　장 선생님이 함 선생님으로 하여금 이 시대를 민족의 영원한 스승으로 사시게 했다면 지나친 것일까요.

　선생님과 장준하 선생님은 결코 둘로 나누어 생각할 수 없는 그런 사이라고 저는 생각합니다. 선생님은 장 선생님의 죽음을 옆에서 보기 안타까울 정도로 애석해하셨습니다. 1975년 장 선생님이 돌아가시고 우리가 해결하지 않고는 넘어갈 수 없는 민족의 중대한 사안을 결정하시려고 할 때마다 이럴 때 장 선생이 있다면 무언가 해법을 이야기할 수 있었을 것이라며 먼 하늘을 응시하시곤 하였습니다.

　그때 선생님은 강연을 부탁받는 일이 많았는데, 또 그만큼 취소되는 일도 잦았습니다. 그것도 강연시간에 막 대어 가려고 집을 나설라시면 전화가 오거나 부탁한 곳에서 누군가가 헐레벌떡 뛰어와 "선생님 죄송합니다. 꼭 진행하려고 했는데 도저히 할 수 없는 형편이라서" 하는 것이었습니다. 그러면 "내 그럴 줄 알고 있었지" 하면서 오히려 위로와 격려를 해주시던 선생님의 모습 또한 잊을 수가 없습니다. 선생님은 강연도 딱 당해서 가시고 원고도 마루에 앉아서 받아가야 할 정도로 항상 쫓기듯이 쓰셨습니다.

어느 달이던가 무슨 여성지에 원고를 쓰셔야 하는 때였습니다. 선생님의 원고를 받고자 수차례 전화를 하고 부탁을 드려 쓰기로 하셨는데, 결국 마감 시간이 다 되어서 담당 기자가 좇아와 마루에 앉아 쓰시기를 재촉하였고 해거름이 되어서야 겨우 탈고된 원고를 안고 울먹이며 달려가던 기억이 납니다.

『씨올의 소리』에도 항상 선생님 글이 제일 늦게 나올 정도로 애를 태우셨는데, 항상 거절당하는 선생님이 스스로 터득하신 살아가는 방법이 아니었을까 하는 생각도 해보았습니다.

언젠가 1972년 여름방학이 시작되기 전쯤으로 기억되는데, 한 대학의 강연회에 거절을 당하시고는 그 울분을 삭이지 못한 선생님은 두루마기를 훨훨 벗어 던지고 속바지저고리 차림에 맨발로 마당에 앉으시더니 손에 호미를 드셨습니다. 선생님은 쭈그리고 앉아서 밭을 매기 시작하셨는데 갑자기 "내 꿈이 무엇이었는지 아는가?" 하고 물으셨습니다. 아무 말 없는 나를 바라보시더니 금세 땅으로 눈을 돌리시면서, "나는 산 속에 가서 이렇게 땅을 파고 농사나 지으면서 살 사람인데 이거 원 내 맘대로 살지도 못하고" 하며 애매한 땅만 긁듯이 매시던 모습을 또한 잊을 수가 없습니다.

선생님은 항상 자신의 삶을 자신이 살도록 가만두지 않는 시대의 암울함을 원망하셨음에도 선생님을 필요로 하는 곳이라면 어디든지 가셨고 외치셨고 사셨습니다.

그런 선생님께서 가장 싫어하는 부탁 가운데 하나가 결혼 주례였습니다.

자신의 결혼에 대해 항상 다하지 못한 미안함으로 사셨고, 그것을 죄 벗기라도 하듯이 오랫동안 누워 계신 할머니께 극진히 대하셨습니다. 낮 동안 바쁘게 사시다가도 밤이 되면 할머니 시중을 조금도 귀찮아하지 않으시고 꼭 자신이 하셨습니다.

어쨌든 싫어하신 일 가운데 하나가 결혼 주례였는데 1979년 11월의 어느 한 결혼 주례만은 곰곰이 기다리시는 모습을 볼 수 있었습니다.

저 유명한 YWCA에서의 결혼 주례를 가장한 대강연회였습니다.

그때 선생님은 마치 자신의 일생을 어느 성직자 앞에 고해라도 하듯이 차분하게 사적인 심정을 모인 청중들에게 많이 피력하셨습니다. 생각하는 씨올만이 민족의 희망임을 누누이 역설하셨고 씨올만이 그 희망을 저버리지 않고 올바른 역사를 만들어갈 것으로 바라보셨기에 박정희 이후 이 씨올들을 모두 생명 없는 모래알로 만든 독재자에 분노하셨던 것으로 기억합니다.

선생님은 이른 새벽 독송으로 하루를 시작하셨습니다.

어느 날 아침에는 「내 주를 가까이 하려 함은」의 찬송으로 시작하는가 하면 어느 날은 제목부터 크게 「서풍의 노래」를 이르시고는

오, 사나운 서풍아, 너 가을의 산 숨이야,
네가, 볼 수 없이 올 때 그 앞에 몰리는 시든 잎새
……
예언의 나팔소리를 외치라, 오 바람아,
겨울이 왔거든 봄이 어찌 멀었으리오?
겨울이 왔거든 봄이 어찌 멀었으리오?

이 마지막 구절은 꼭 두 번씩 반복하셨던 것으로 기억 납니다.

어느 날은 『성서』를 크게 낭독하십니다. 선생님의 그 새벽의 목소리를 함께 기거하는 이들은 모두 들었으리라 생각합니다.

1일 1식의 식사를 하시는 선생님은 이른 새벽부터 분주하셨습니다. 열두시면 정확히 식사를 하셨고 강의 요청이 없거나 취소되었을 경우에는 어린아이처럼 맨발로 마당을 걸어다니셨으며 이렇게 맨발로 살아야 할 텐데 얼마나 좋은가고 몇 번씩 되뇌이셨습니다.

선생님은 영락없는 어린아이의 품성을 갖고 계셨습니다. 적절한 예는 아니지만, 1972년 『씨올의 소리』가 제본도 되지 않은 채 배달되었던 때의 이야기입니다. 그 작은 잡지가 나올 때마다 겪어야 했던 수난이 보통이 아니었습니다.

제가 들어가 일하기 전에 문대골 목사님이 일하고 계셨는데 중앙정보부에 들어가 얼마나 맞았던지 사육신의 죽음이 이런 것이 아니었을까 할 정도로 혼이 나고 몸져누우시게 되었습니다. 그 가족의 고생 또한 말이 아니라고 선생님은 항상 안타까워하셨습니다.

때가 임박해서야 부랴부랴 출간을 서둘러야 했는데 한낮에 을지로에 있는 제본소에서 전화가 왔습니다. 4월호 제본을 하지 말라는 연락이 왔고 압수하러 온다는 정보가 들어왔다고. 그 말을 듣는 순간 제본소에 들어가보니 인쇄된 잡지는 제본도 되지 않은 채 압수되기만 기다리고 있는 것 같았습니다. 선생님께 전화를 드리니 빨리 장 선생님한테 연락을 하라는 것이었습니다. 장 선생님께 연락을 드리고 제본이 안 된 잡지 위에 올라앉아 뺏기지 않으려고 실랑이를 하고 있는데, 장 선생님이 들어오셨습니다. 이 일로 인해 저는 개인적으로 『씨올의 소리』에서 일할 수 있는 자격을 획득한 셈이었습니다.

그때 저는 비로소 선생님이 갈등과 부딪침에서 직접적인 충돌을 피하는 무저항 평화주의의 본래적 품성을 가지고 계신 것을 알았습니다. 선생님은 실천하시되 충돌이 있을 때는 뺏기는 자였고 세상의 대항 앞에서는 침묵으로 말씀하셨습니다. 그러나 선생님이 가장 소중히 여기고 소망을 둔 씨올들에게는 말씀을 아끼지 않으셨던 우리들의 따뜻하고 소중한 스승이었습니다.

우리가 언제 또 이런 아름다운, 우리 씨올들에게 의심 한 점 없는 희망으로 얘기해줄 스승을 만날 수 있을까요? 우리가 언제 이렇게 가장 우리다운 풍모를 가지고 아름다운 역사 인식과 철학을 사신 참사람을 만날 수 있을까요? 우리가 어느 시대에 자기 삶을 제대로 살지 못한 아픔을 호미 들고 앉아 화초를 가꾸며 씨올의 삶에 희망을 거는 소박한 예언자를 만날 수 있을까요?

날이 지날수록, 당신의 부족함을 채워준 장준하 선생을 선생님으로 깍듯이 사랑하신, 겸손을 살아주신 선생님의 모습이 많이 그리워집니다.

선생님 참 뵙고 싶습니다.

들사람의 꿈

안병원

내가 함석헌 선생님을 뵌 것은 내 삶에 있어서 일대 사건이 아닐 수 없다.

1971년 3월 어느 화창한 봄날 나는 평소 존경하는 김일정 고종형과 함께 원효로 4가 70번지 '씨올의 집'으로 찾아가 함 선생님께 첫인사를 드렸다. 그때에도 내 인생에서 항상 좋은 일만 더해 주던 김일정 형님이 길잡이가 되어 선생님을 뵙게 된 것이다.

함 선생님께서는 수줍은 듯한 표정으로 미소를 지으시며 맞아주셨다. 사진으로 보고 글 속에서 만나던 선생님의 풍모를 가까이서 뵈니 우선 잘 어울리는 한복과 흰 수염이 퍽이나 인상적이었다.

그날은 겨레의 큰 스승님을 뵙게 된 기쁨과 감격으로 내 마음이 가득 차서 더 이상 다른 말씀을 드려보지 못했다. 그저 옆에 모시고 있으면서 조용조용히 하시는 선생님의 말씀을 듣는 것만으로도 매우 흐뭇한 일이 아닐 수 없었다.

이 만남으로 부안 변산의 촌놈 안병원이는 세상을 바라보고 인생을 새롭게 시작하는 개안의 새날을 맞게 되었다.

내가 항상 숭앙하여 본받고자 하는 또 한 분의 스승, 진정으로 행동하는 민족혼·정의혼·자유혼이신 장준하 선생을 뵙게 된 것도 함 선생님으로 말미암음이요, 전통적 유가의 그물에서 벗어나지 못하고 고루한 생각에 젖어 있던 한 인간의 잠자는 종교심을 일깨워 예수님을 구주로 믿게 하신 이도 함 선생님이었으며, 부드러움과 미소를 잃지 않으면서도 강인한 의지와 불 같은 신념으로 참을 지키고 가르치는 언행에서 나라와 겨레의 내일에 희망이 있음을 깨닫게 해주신 분도 함 선생님임을 말하지 않을 수 없다.

진실로 함 선생님은 나를 어두움에서 빛으로 인도해주신 분이다.

우리 민주 양심세력은 70년대 박정희 정권, 80년대의 전두환·노태우 정권으로 이어진 군벌 독재의 서슬 퍼런 칼날 아래 장준하 선생을 비롯한 문익환·계훈제·김대중·백기완 선생 등의 사상적·정신적 지주로서 시대의 어둠을 밝히고자 온몸을 던져 싸우시는 함 선생님으로부터 광야의 의로운 외침을 듣고는 소스라치게 놀라 시대적 소명과 양심으로 돌아가 민주회복운동과 민권투쟁의 대열에 서지 않을 수 없었다.

그 시절 나는 전북 부안의 오두막에서 살고 있었는데, 경제적 빈곤과 수험생활 실패의 고통 속에서도 용기를 잃지 않고 의연하게 대장부의 길을 가고자 했던 것은 오로지 선생님의 가르침에서 비롯되었다.

돌이켜보면 서울 정동교회 젠센 기념관에서의 노자풀이, 명동 천주교회 전진상 회관의 노자강좌, 저동 향린교회에서의 『장자』 가르침을 받기 위해 시간 맞춰 매달 한 번만이라도 서울을 오르내리던 일들, 대중집회가 봉쇄됐던 그때 부안에서 나성오 군의 결혼식 주례로 모시고는 두 시간씩 시국강연을 듣던 일, 1972년 7

월 29일부터 31일까지 2박 3일간 장준하 선생님과 함께 부안에 모셔왔을 때 '선맥' 회원과 『씨올의 소리』독자들을 향해 외치시던 두 분 선생님의 말씀에서 우리는 영원히 꺼지지 않는 겨레사랑의 불길을 보았으며 참을 향한 새 생명이 움트고 자라나는 것을 기대했고, 우리가 앞장서 나갈 그날이 있기를 소원하였다.

그 가르침의 현장에서 "생각하는 백성이라야 바른 삶의 자리를 지키고 자신의 권리를 보장받으며 살 수 있다, 권리는 자신이 누릴 수 있는 능력만큼만 누릴 수 있다, 스스로 노력하는 자만이 향유할 수 있는 것이다"라고 말씀하시던 일, 1975년 8월 17일 민족의 거성 장준하 선생, 함석헌 선생님이 그렇게도 큰 기대와 희망을 걸었던 분, 그리고 끝없는 신뢰와 사랑을 아끼지 않던 그 장준하 선생이 의문의 죽음을 당하셨을 때 천주교 명동성당에서 열린 49제 추모의 밤에 『성경』「열왕기 상」18장을 들어 말씀하시면서 장 선생님은 '엘리야'와 같은 의인인데 아합과 같은 세력에 의하여 역사적인 죽음을 당하셨다고 결론지으시고 "이 희생이 헛되지 않도록 해야 한다"고 절규하시던 함 선생님, 나는 "장 선생님은 우리 민족과 함께 영생하신 분"이라고 피를 토하듯 부르짖으시던 함 선생님의 모습에서 죽음을 이기고 부활하신 참 생명, 예수님의 모습을 보았다.

1978년 3월 19일 원효로 '씨올의 집'에서 선생님의 자서전 『죽을 때까지 이 걸음으로』와 특히 『뜻으로 본 한국역사』책 여백에 "수난의 여왕을 위하여"라는 휘호를 써주시던 일, 또 1979년 생신 때에는 어리석은 나에게 일생 동안 지키며 살아가야 할 훈계의 말씀으로 맹자의 丈夫論 居天下之廣居 行天下之大道 立先下之正位 得志 與民由之 不得志 獨行 其道…… 내용의 글을 「노자익」의 표제면에 써 주시던 일, 1982년 3월 13일 또다시 선생님의 저서 『역사와 민족』에 呂叔間曰, 智者不與命鬪, 不與法鬪, 不與理鬪, 不與勢鬪의 글과 席啓圖曰, 不與不知命者鬪, 不與不知法者鬪……를 써 주시면서 나의 우매함을 깨우쳐주시던 일, 전 고려대 총장 김상협 씨가 국무총리에 나가는 것을 보시고 "나라에 어른이 없어 큰 걱정인데 쓸만한 재목이 있다 싶으면 권력을 가진 사람들이 가만놔주지 않고 끌어내 못쓰게 만들고 만다"고 하시면서 한탄하시던 일 등이 지금도 눈에 선하게 다가온다.

진실로 함석헌 선생님은 우리 민족의 영원한 스승이요 대 선각자이다. 뿐만 아니라 나의 생각과 삶을 그 뿌리째 바꿔놓으시고, 믿음의 사람으로서 또한 선비로서 헐벗고 굶주리고 고통받고 슬픔 당한 내 이웃을 돌아보며 바르게 살아가도록 훈도해주신 선생님이다. 나는 선생님의 언행을 통한 가르침에 힘입어 믿음의 눈이 뜨고 큰 배움의 싹이 자랐으며 예수님이 내 구주임을 깨닫게 되었다. 실로 아둔하고 부족하기만 한 내가 사망권세의 어둠을 깨치고 부활 영생의 새 하늘과 새 땅이 열릴 것을 확신하게 되었음에 어찌 더 이상의 큰 은혜가 있다 하랴. 오로지 선생님께 감사 드리며 오늘도 당당한 들사람(野人)답게 살아가지 못하는 부끄러움과 아쉬움을 가득 안고 있지만 그래도 겨레와 이웃을 향한 순전한 사랑을 일궈보리라는 간절한 꿈을 키우며 내일을 바라보고 달려간다.

시대에 우뚝 선 큰 사상가의 책을 만들며

김언호

'함석헌 전집' 전 20권이 완간되는 데는 총 7년의 세월이 걸렸다. 한국현대사에 우뚝 서는 사상가 함석헌 선생의 저작전집을 위한 편집위원회가 구성된 것이 1980년이었고, 한길사가 편집위원 안병무 박사로부터 전집의 간행을 협의받기 시작한 것은 1981년 3월경이었다. 그 첫 권인 『뜻으로 본 한국역사』의 편집작업에 들어간 것이 1982년 가을이었으며 1983년 3월부터 그것이 간행되기 시작했다. 그 마지막 권인 『씨올의 옛글풀이』가 1988년 1월에 나왔으니 첫 권이 나오기 시작하여 완간하는 데에만 만 5년이 걸렸다.

총 20권 7년 만에 완성

함석헌 선생의 방대한 사상을 '전집'으로 간행해냈다는 것은 출판인으로서 나에게는 더할 수 없는 행복이다. 전집작업을 시작하면서 나는 선생을 늘 가까이 모실 수 있었다. 선생의 말씀과 행동을 옆에서 보고 들었다. 그것은 하나의 감동적인 보람이었다.

선생의 저작전집이 간행되는 1980년대 초·중반은 민족·민중 운동이 가장 치열하게 전개되는 혁명적 시기였다. 출판운동도 혁명적인 모습으로 진전되었고 나는 그 와중에서 오직 책을 위하여 책과 더불어 출판문화운동의 현장에 서 있었다. 이 고단한 혁명의 시기에 한길사가 함 선생의 저작전집을 완결시킬 수 있었다는 것은 너무나 큰 행운이 아닐 수 없었다. 나는 출판계의 동료들과 더불어 한편으로는 '출판의 자유'를 위한 의견을 발표하면서 다른 한편으로는 당국에 의해 외출이 억제되곤 하는 선생님을 찾아가 말씀을 들을 수 있는 신비스런 즐거움을 누린 셈이다.

우리는 함 선생의 글을 읽고 말씀을 들을 수 있었던 세대라고 할 수 있다. 『사상계』에 주로 발표되는 선생의 글은 부패한 군부독재에 짓눌리고 있는 세상을 온통 시원하게 만드는 큰 숨통이었다. 선생의 거침없는 말씀으로 모두들 정서적·정신적 위안을 얻을 수 있었다.

역사와 시대, 저자와 출판인의 필연적 인연

'함석헌 전집'을 만들게 되었다는 것을 되돌아보면서 나는 나 스스로 선생의 전집을 출판하게 될 운명과 까닭을 축적시켜 왔다는 생각도 해본다. 한 권의 책이란 한 시대의 소산이라는 생각을 고수하고 있는 나는 어떤 책이든 저자와 출판사는 일종의 필연적 인연이 있다는 것이고, 그것은 전체 역사의 진행과도 중첩된다고 생각해본다.

좀 별나다고나 할까, 나는 중학교에 다닐 때부터 함 선생의 글을 읽었다. 부산에서 사범학교에 다니는 가형이 함 선생 이야기를 늘 해주었고, 그가 읽던 『사상계』를 시골에서 중학교에 다니는 나에게 주어서 잘 이해하지 못하면서도 그것을 읽어보려 했다. 그러다 부산에서 고등학교를 다니면서부터 나는 『사상계』를 본격적으로 읽게 되었다. 선생의 글은 줄을 쳐가면서 숙독하는 편이었다.

1963년 고등학교 3학년 2학기에 나는 함 선생의 『뜻으로 본 한국역사』로 교내 독서발표대회에 참가하게 되었다. 고교생에게는 결코 쉬운 책이 아니라고 생각되지만, 그때 전교생 앞에서 무슨 이야기를 했는지는 모르지만, 문예반 선생님이 그것을 글로 써달라고 해서 『백양』(白楊)이란 교지에 발표하기도 했다.

서울에서 대학을 다니면서부터 나는 선생의 강연회가 열리기라도 하면 열심히 좇아다녔다. 박정희 정권은 한일회담의 조기 타결을 서두르기 시작했고, 군사정권의 탄생 때부터 그것을 근원적으로 비판하던 선생은 굴욕적인 한일회담을 공박했다. 시민회관(지금의 세종문화회관)과 대광고등학교 등에서의 군중집회에서 선생은 놀라운 위력을 발휘했고 군사정권은 선생을 '정신병자' 운운하는 천박한 욕설로 대응하고 있었다.

자유언론운동 파동으로 1975년 나는 신문사로부터 해직당했고 결국 한길사라는 출판사를 설립하게 되었다. 나는 1978년에 원효로 자택으로 선생을 찾아뵙고 책을 하나 냈으면 좋겠다고 말씀드렸다. 그러나 선생은 가타부타 말씀을 하시지 않았다. 그러다가 1982년에야 전집작업으로 큰 인연을 맺었다.

'함석헌 전집'의 편집위원회는 『씨올의 소리』 편집위원회가 그대로 계승하는 형식으로 구성되었다. 신학자 안병무 박사(전 한신대 대학원장)를 비롯하여 계훈제(민족·민중운동가)·고은(시인)·김동길(전 연세대 교수)·김성식(전 고려대 교수)·김용준(전 고려대 교수)·법정(스님)·송건호(전 한겨레신문사 회장) 선생 등이 편집위원들이었다. 이 가운데 여러분들이 한길사의 주요저자였다. 아니면 한길사의 출판노선 및 출판방식에 동의하는 분들이었다. 편집위원회가 한길사를 전집의 간행 출판사로 지목한 것은 그런저런 이유에서 비롯되었을 것이다.

한길사가 전집간행 출판사로 지목되자 몇몇 사람이 편집위원들을 찾아가 자기들이 전집을 간행해야 된다면서 '방해'하는 바람에 출판작업이 거의 1년 가까이 지체되는 일이 벌어지기도 했다. 그들이 당시 마포경찰서 뒤쪽에 있던 한길사로 몰려와 사무실이 소란해지던 모습을 떠올리노라면 지금도 쓸쓸해진다.

'함석헌 전집'의 편집작업은 결코 쉬운 일이 아니었다. 방대한 문필량은 물론이고 선생의 그 문필의 역사를 체계적으로 정리하는 작업이란 보통 일이 아니었다. 편집위원회의 부탁으로 수집해온 자료들 역시 부실했다.

나는 한길사에 넘겨진 자료의 분량을 감안, 당초 열두 권 정도로 정리하자는 생각을 했다. 그러나 넘겨온 자료를 점검하면서 선생의 많은 글들이 빠진 것을 알게 되었고 따라서 간행을 진행하면서 자료를 보완해 나갔다. 편집위원들이 구체적으로는 도움을 줄 수 있는 처지가 전혀 못 되었다. '함석헌 전집'의 구체적인 작업을 내가 해낼 수 있었다는 것 역시 한 출판인으로서 뿌듯한 보람으로 간직하고 있다.

민족사의 격랑 속에서 분실된 원고

함석헌 선생의 저작활동은 반세기 이상에 이른다. 1930년대 초반부터 『성서조선』에 『성서적 입장에서 본 조선역사』(나중에 『뜻으로 본 한국역사』로 개정된다)를 쓰기 시작하여 80년대 중반까지 말씀을 하시고 글을 쓰셨으니 참으로 그 양이 방대할 터이다. 선생의 글과 말씀은 스무 권의 전집으로 엮을 수 있을 만큼 되기도 하지만, 사실은 일제와 남과 북의 분단권력에 의해 끊임없이 투옥되고 수난받는 속에서 상당한 분량의 글이 유실되었다고 한다. 이 험난한 민족사의 격랑 속에서 유실된 보배스런 자료가 그 얼마나 많을까마는, 『뜻으로 본 한국역사』와 짝을 이루는 큰 책 한 권 분량의 원고도 그대로 유실되고 말았다는 것이다.

함 선생을 어떤 분이라고 한마디로 규정하기는 어려울 것이다. 사상가이자 철인이며 교육자이고 시인 문필가이다. 그는 스스로 농사를 짓기도 했지만 한국현대정치사에서 엄청난 영향을 끼친 '정치가'라고도 할 수 있을 것이다. 안병무 박사가 「함석헌 전집 20권을 읽고」라는 글에서 지적한 대로 "선생은 우리에게 사상의 새 출발을 할 수 있는 튼튼하고 넓은 바탕을 마련했다"고 할 것이다. 전집을 끝내면서 나에게는 문득 '시대에 우뚝 선 야인의 삶과 사상'이란 말이 떠올랐다.

전집에는 『간디 자서전』과 『퀘이커 3백 년』 『예언자』 등 번역서도 들어 있다. 선생의 사상의 전모를 이해하는 중요한 작업이기 때문에 이것들도 포함시켰다. 『바가바드 기타』(전집 제13권)와 『씨올의 옛글풀이』는 선생만이 할 수 있는 작업이다. 『바가바드 기타』는 동서양의 사상을 총동원한 평석작업으로 이를 자세히 살펴본 독자라면 선생의 사상의 폭과 깊이가 어떠하다는 사실에 경악하게 될 것이다. 아울러 선생의 번역이란 단순한 번역이 아니라 제2의 창작임을 알게 된다.

선생의 사상은 동서와 고금을 자유분방하게 넘나드는 독창적인 것이지만, 선생의 전집을 읽노라면 누구나 그의 동양적인 사상과 분위기에 빠져들게 된다. 선생이 해방 이후 노자강의와 장자강의를 지속하셨던 것은 선생의 사상의 바탕이 무엇이라는 것을 보여주는 일단이기도 하지만, 선생의 '노자평석 강의' '장자평

석 강의'가 전집에 수록되지 못해 참으로 유감스럽다.

나는 이를 전집에 수록하기 위해서 누구를 시켜 선생의 강의한 녹음을 풀어 선생이 직접 손질하시게 하려 했다. 그러나 상황과 세월이 급박하게 돌아가면서 선생은 더 바쁘게 되셨고, 또 노령을 마다하시지 않고 요청해오는 강연·강의에 응하셨는데, 선생은 그것을 생애의 마지막 의무로 생각하셨기 때문이다. 건강도 차츰 악화되었다. 선생의 노자·장자강의는 녹음 테이프로 남아 있지만, 선생이 현존하시지 않으니 너무나도 안타깝다. 누군가에 의해 선생의 노자·장자강의가 정리되어 나와야 할 터이지만, 그것을 현실적으로 해낼 '제자'가 없는 것이 숨김없는 현실이다.

나는 전집 완간을 기념해서 선생을 직접 모시고 말씀을 듣는 마당을 기획했다. 1988년 봄 1주일에 걸쳐 성북구 안암동에 있던 한길사 세미나실에서 연속강연을 하시도록 모셨다. 선생은 판서를 하시면서 씨올이란 무엇인가에서부터 우리의 역사와 오늘의 현실, 민족과 인류의 미래에 관해서 말씀하셨다.

나는 전집 완간 출판 기념회를 해드리지 못한 것을 지금도 죄송스럽게 생각하고 있다. 사실은 대대적인 출판기념회를 하면서 선생의 삶과 사상을 본격적으로 조명해보는 계기로 삼으려고 했다. 그런데 이상한 사람이 선생의 글을 뽑아 편집했다면서, 그것을 가지고 출판기념회를 하는 우스꽝스러운 일이 벌어졌고, 마음이 약한 선생은 못마땅해하면서도 그곳에 나가시게 되었다.

이런 어색한 모임이 있고 해서 바로 출판기념회를 기획하기가 어렵게 되었던 것이고 선생의 건강이 악화되기 시작하면서 입원하고 퇴원하고 다시 입원하시게 되었다. 선생은 주변이 있는 것 같지만, 아니 선생의 후광을 입으려고 하는 사람은 많지만, 정작 선생을 모시고 선생의 사상을 조직적이고 구체적으로 구현해낼 수 있는 인사가 많지 못한 현실이 나를 안타깝게 하는 대목이다.

사모님이 먼저 가신 후 기거하시던 원효로 집을 떠나 쌍문동 큰아드님 댁으로 가셔서 돌아가실 때까지 계셨던 선생은 참으로 꽃을 좋아하셨다. 그런 의미에서 선생은 영원한 소녀 같은 분이라는 생각도 들었다. 원효로 댁으로 가끔 가서 뵙게 될 때 선생님은 언제나 호미를 들고 나무와 꽃을 가꾸고 계셨다. 쌍문동 댁에는 온실을 만들어두셨는데, 그 온실에는 겨울에도 온갖 꽃들이 피고 있었다. 온실의 천장과 맞닿아 있는 선인장은 6·25 직후부터 가꾸기 시작한 것으로 원효로에서 옮겨온 것이었는데 키가 자꾸 자라면 계속 잘라준다고 하셨다. 향기가 천리를 간다 해서 천리향이라고 하는 꽃에 대해서도 설명해주셨다.

총칼을 아랑곳하지 않고 꽃을 가꾸니

그 어떤 나무든 풀이든 아름다운 꽃으로 피어나게 하는 지혜를 가지신 선생은 어느 날 나에게 말씀하셨다.

"요즘 사람들은 너무 헤프요. 노자는 물자를 아껴 쓰라고 했지요."

선생은 신문지와 함께 배달되는 선전지들을 적당하게 잘라 실로 꿰매고는 인쇄되지 않은 그곳을 메모지로 사용하시던 분이었다. 이 험난한 시대에 우뚝 서서 몰려오는 총칼을 아랑곳하지 않고, 도도한 사상을 토해내시던 선생은 한 송이 꽃을 가꾸셨고 휴지 한 장도 버리시는 법이 없었다.

외국 여행 중에 쌍문동 집에 화재가 발생해 귀중한 책들을 비롯한 선생의 삶의 흔적들이 다 타버렸는데, 어느 날 선생을 찾아뵈었더니 한길사가 기증한 여러 책들 가운데 모서리가 거의 다 타버린 『해방전후사의 인식』을 새로 사들인 책장에 넣어두셨다. 책 모서리는 다 탔지만 속은 타지 않아 조심스럽게 다루면 내용은 읽을 수 있었다. 1일 1식을 하셨던 선생에게는 모든 사물이 생명을 가지고 있는 인격체였던 것 같았다.

연초에 세배를 갔는데, 청와대에서 보내왔다는 홍삼 선물상자가 방바닥에 놓여 있었다. "선생님, 이걸 보내왔군요" 했더니 선생님은 "작년에도 그걸 보내왔지요" 하셨다. 작년에 그곳에서 보내온 홍삼 선물상자가 포장된 그대로 선반 위에 놓여 있었다.

1985년 3월 13일 저녁 이화여대 뒷문 쪽에 있는 음식점 '석란'에서 선생님의 85회 생신을 축하하는 모임이 열렸다. 전집의 편집위원들을 중심으로 해서 여러분들이 초청되었는데 참석자들이 노래 하나 하시라니까 선생님은 같이 부르자면서 '나의 살던 고향'을 노래하셨다.

선생님은 1979년과 1985년 두 번에 걸쳐 미국의 퀘이커 모임인 친우협회에 의해 노벨 평화상 후보로 추천되었다. 한길사는 한길사의 책을 주로 소개하는 계간잡지 『한길』(당시에는 부정기)에 친우협회의 함석헌 선생 노벨 평화상 추천이유서 전문을 소개한 바 있지만, 이 나라 이 사회가 과연 함 선생의 삶과 사상을 얼마나 이해하고 있을까, 전집을 제대로 읽고 검토해본 인사들이 과연 얼마나 될까를 나는 묻고 싶다. 『뜻으로 본 한국역사』는 지금도 꾸준하게 읽히는 우리 시대의 '고전'이 되었지만, 나는 시간이 조금이라도 나면 『씨올에게 보내는 편지』(전집 제8권), 『인간혁명의 철학』(전집 제2권) 등을 뒤적이면서 평화로움과 책 읽는 기쁨을 누린다.

우리는 선생을 읽고 만나야 한다

나는 반양장으로 된 선생의 전집을 새로 편집해서 아름다운 양장본으로 다시 만들었다. '함석헌 전집'은 한국현대사가 낳은 탁월한 사상이자 빛나는 정신이기 때문에, 그것은 제대로 보존되고 다음 세대에게로 전승되어야 한다. 그 일은 한 직업출판인인 나에게 주어지는 기본적인 책무이기도 하다.

그리하여 1993년 5월 1일자로 양장본 전집 500질이 간행되었다. 선생님의 글과 말씀, 정신과 사상과 실천을 소중하게 생각하는 제자와 독자들은 아마도 이 전집을 정성스레 보관하고 있을 것이다. 그러나 이 양장 전집은 10년이 지나도 다 판매되지 못했다. 사실 선생님의 진가는 하루아침에 빛나지 않을 것이다. 위대한 정신과 사상을 제대로 평가하는 일은 그리 쉬운 일도 아닐 것이다. 나는 언젠가는 선생님의 위대한 사상이 널리 이해되고 읽힐 것이라고 확신하고 있다.

90년대 초반부터 4년여에 걸쳐 나는 주변의 젊은 친구들과 '함석헌 독서회'를 진행하기도 했다. 한 달에 한 번씩 모여 선생의 글을 소리내어 읽고 토론하는 형식이었는데, 참가자들에게는 참으로 즐거운 감흥이었다. '함석헌'을 읽으면 읽을수록 새로운 그 무언가를 얻을 수 있었다.

1996년에는 다시 '함석헌 선집' 전5권을 펴냈다. 선생님의 방대한 글을 다 읽는다는 것이 쉬운 일이 아닐 것이다. 『뜻으로 본 한국 역사』를 제1권으로 하고 『들사람 얼』 『생각하는 백성이라야 산다』 『씨올에게 보내는 편지』 『죽을 때까지 이 걸음으로』를 양장본으로 펴낸 것이다.

선생의 탄신 100주년을 맞아 선생의 정신과 사상과 실천을 연구한 논문집을 한길사는 준비하고 있었는데, 마침 기념사업회 쪽에서도 이런 준비를 하고 있어서 양쪽의 작업을 합쳐『민족의 큰 사상가 함석헌』을 내게 되었다. 나는 주변의 젊은 인문학 연구자들에게 함석헌 선생을 깊이 연구해볼 것을 계속 권유하고 있는데, 이 연구논집에는 그 일부가 수록되고 있는 셈이다.

선생의 탄신 1백주년이 되는 2001년은 우리 출판사의 창립 25주년이 되는 해이기도 하다. 25주년을 맞아 나는 선생을 이 시대 민족의 근거로서, 출판작업을 하게 된 것 역시 참으로 행복하게 생각하고 있다.

신문과 방송 쪽에는 열심히 말했다. 21세기 이 민족의 정신과 사상의 지표로서 선생을 새롭게 조명해야 한다고.

우리 출판사는 다시 선생님의 선집을 전12권으로 펴내는 작업을 진행하고 있다. 많이 읽히고 읽히지 않고를 상관하지 않고, 나는 선생님을 읽고 만나야 된다고 생각하고 있다. 특히 어떻게 하면 젊은이들에게 선생을 읽고 만나게 할 수 있을까를 궁리하고 있다. 이번 선집은 그런 차원에서 진행하고 있다. 선집이 나오면 독후감 경연대회 같은 행사도 펼쳐보려 한다. 좋은 책은 읽혀야 하기 때문이다.